阎兆万　著

诗骚华夏韵

诗和远方的精神滋养
与时空穿越

探寻中国人诗歌基因源流
感悟华夏五千年诗韵风华

中国书籍出版社
China Book Press

图书在版编目（CIP）数据

华夏诗韵：诗和远方的精神滋养与时空穿越 / 阎兆
万著 . -- 北京：中国书籍出版社，2025. 5. -- ISBN
978-7-5241-0292-2

Ⅰ . Ⅰ207.22

中国国家版本馆 CIP 数据核字第 202533VP02 号

华夏诗韵 ：诗和远方的精神滋养与时空穿越
阎兆万　著

书名题签	孙晓云
策划编辑	毕　磊
责任编辑	毕　磊
责任印制	孙马飞　马　芝
封面设计	郗红艳
出版发行	中国书籍出版社
社　　址	北京市丰台区三路居路 97 号（邮编：100073）
电　　话	(010)52257143（总编室）　　(010)52257153（发行部）
电子信箱	eo@chinabp.com.cn
经　　销	全国新华书店
印　　刷	山东麦德森文化传媒有限公司
开　　本	880 毫米 ×1230 毫米　　1/32
字　　数	300 千字
印　　张	12.25
版　　次	2025 年 5 月第 1 版　2025 年 5 月第 1 次印刷
书　　号	ISBN 978-7-5241-0292-2
定　　价	79.00 元

当我们遇见中华诗词，
灵魂里便滋润、散发着诗意的芬芳

序

心中有诗和远方，注定与诗歌有一场美丽邂逅

　　诗言志，诗言情。学诗，使人情飞扬，志高昂，人灵秀。诗歌是"无用之大用"，可以滋养人的精神和灵魂，正所谓"腹有诗书气自华"。有一句话，是大家经常听到的，"生活不止眼前的苟且，还有诗和远方"，这句话不是听听说说而已，而是要在思想上真正认知，且要见诸行动。特别是现在物质生活富足了，精神一定也要富养。不管你现在身处人生的哪个阶段，若有幸与诗歌邂逅，定能使你精神抖擞、饱满真情。

　　从儿时牙牙学语的"鹅鹅鹅，曲项向天歌。白毛浮绿水，红掌拨清波"，到长大后欣赏的"明月松间照，清泉石上流""晴空一鹤排云上，便引诗情到碧霄"，再到年长时和诗仙一起感叹"君不见，黄河之水天上来，奔流到海不复回"！诗歌似无声却

1

暖心的伙伴，始终相伴身旁。它以简洁有力的文字勾勒世间万象，触动内心最柔软角落，成为生命中不可或缺的精神滋养。

诗歌之中，家国情怀如熊熊烈火，燃烧着每一个中华儿女的赤子之心。"王师北定中原日，家祭无忘告乃翁"，陆游临终之际，心心念念仍是国家统一。那份至死不渝的爱国之情，穿越时空界限，让我们深刻感受到一个时代的渴望与担当。"人生自古谁无死？留取丹心照汗青"，文天祥面对生死抉择，以磅礴气势展现出对国家的忠诚和对正义的坚守。这些诗句，如不朽丰碑，激励着一代又一代人为国家繁荣富强、民族尊严独立而不懈奋斗。每当诵读这些饱含家国情怀的诗歌，心中便涌起无限自豪与使命感，仿佛与古人们一同置身于那个波澜壮阔的时代，为共同理想拼搏。

诗歌赋予我们追逐梦想的力量，为我们插上翱翔天际的翅膀。"会当凌绝顶，一览众山小"，杜甫以豪迈笔触表达攀登人生高峰的坚定决心。在追求梦想的道路上，我们难免遭遇挫折与困难，但这句诗却如明灯，照亮前行方向，让我们坚信只要坚持不懈，就能战胜一切阻碍，实现远大抱负。"长风破浪会有时，直挂云帆济沧海"，李白在困境中依然保持对未来的乐观与自信，这种精神鼓舞我们在面对生活的风浪时，勇往直前，永不言弃。诗歌让我们明白，梦想并非遥不可及，只要心怀壮志，努力拼搏，就一定能驶向成功彼岸。

诗歌也是爱情最深情的告白。"曾经沧海难为水，除却巫山不是云"，元稹用这般深情的笔触，诉说着对爱人的情有独钟。经历过沧海的波澜壮阔，其他地方的水便难以入眼；领略过巫山的云蒸霞蔚，别处的云都黯然失色。这是对爱情的极致赞美，也是对爱人独一无二的承诺。"身无彩凤双飞翼，心有灵犀一点通"，李商隐描绘出恋人间即使不能时刻相伴，却心意相通的奇妙感觉。这种心灵的契合，让爱情超越了距离与现实的束缚，充满了浪漫与美好。这些爱情诗篇，让我们感受到爱情的千般模样，教会我们珍惜身边人，用心去守护那份真挚的情感。

亲情在诗歌中同样展现出无比强大的力量。"慈母手中线，游子身上衣。临行密密缝，意恐迟迟归"，孟郊笔下的母亲，在孩子远行前，一针一线细密缝补衣裳，担忧孩子迟迟不能归来。这看似简单的场景，却饱含着母亲对孩子无尽的牵挂与疼爱。"尊前慈母在，浪子不觉寒"，即便在外漂泊如浪子，只要家中有慈母在，内心便永远有温暖的港湾。这些关于亲情的诗歌，让我们懂得亲情的无私与伟大，提醒我们珍惜与家人相处的时光，莫要等到"子欲养而亲不待"时，才追悔莫及。

诗歌亦是歌颂友谊的最美旋律。"桃花潭水深千尺，不及汪伦送我情"，李白用生动的对比，将汪伦为他送行时的深厚情谊表达得淋漓尽致。桃花潭的水即便深达千尺，也比不上友人这份真挚的送别之情，让我们深切感受到友情的厚重。"我寄愁心与明月，随君直到夜郎西"，王昌龄被贬，李白将自己的忧愁与牵挂托付给明月，伴随友人直到偏远的夜郎西部。这跨越距离的牵挂，展现出朋友间惺惺相惜的情谊。王维的"劝君更尽一杯酒，西出阳关无故人"，更让人懂得朋友离别的依依不舍之情。在这些诗歌里，我们看到了友谊的珍贵，它能在我们孤独时给予陪伴，在我们失意时给予鼓励，如璀璨星辰照亮我们的人生旅程。

而在旅人思乡的悠悠情思里，诗歌是那剪不断的乡愁。"枯藤老树昏鸦，小桥流水人家，古道西风瘦马。夕阳西下，断肠人在天涯"，马致远寥寥数笔，勾勒出一幅萧瑟凄凉的秋日晚景图。枯藤缠绕的老树、黄昏归巢的乌鸦、潺潺流淌的溪水围绕的人家，古旧的道路上，西风中一匹瘦马驮着漂泊的旅人。夕阳西下，这般景致不仅没能慰藉旅人，反而更衬出他远离家乡、漂泊天涯的孤寂与愁苦，那浓浓的乡愁如潮水般涌上心头。"露从今夜白，月是故乡明"，杜甫在异乡的月夜，看着那洒下清辉的月亮，不禁觉得故乡的月亮才更加明亮皎洁。这质朴的话语，饱含着对故乡深深的眷恋。漂泊在外的游子，在这些诗歌中找到共鸣，那思乡之情被唤醒，不管走多远，故乡永远是心中最深的牵挂。

当生活的琐碎与压力让我们疲惫不堪时，诗歌就像一泓清泉，润泽着干涸的心田。"采菊东篱下，悠然见南山"，陶渊明笔下的田园生活，宁静而闲适，让我们在喧嚣尘世中寻得一片心灵的净土。在这片净土上，我们可以忘却烦恼，放慢脚步，用心感受大自然的美好与宁静。"人闲桂花落，夜静春山空"，王维用细腻笔触描绘出一幅静谧的春夜图，让我们体会到内心的宁静与平和。这些诗歌，让我们在忙碌生活中学会沉淀自己，保持一颗淡然的心，去发现生活中那些被忽略的美好瞬间。

诗歌更能激发我们在困境中励志奋发。"千磨万击还坚劲，任尔东西南北风"，郑燮笔下的竹子，历经无数磨难却依然坚韧不拔，这种精神激励我们在面对挫折时，不屈不挠，勇往直前。"老骥伏枥，志在千里；烈士暮年，壮心不已"，曹操即使到了暮年，依然心怀壮志，渴望为国家建功立业。这些诗句，让我们懂得，无论处于人生的哪个阶段，无论遭遇多大的困难，我们都不能放弃自己的理想与追求，要始终保持积极向上的心态，努力奋斗，书写属于自己的辉煌人生。

遇见诗歌，是一场灵魂的洗礼，是一次与古圣先贤的心灵对话。它让我们在领略中华文化博大精深的同时，也汲取到无尽的精神力量。在诗歌的滋养下，我们的生命变得更加丰富多彩，我们的灵魂变得更加高贵而坚韧。让我们遨游在诗歌的璀璨星空中，不断品味、感悟，让诗歌的光芒照亮我们前行的道路，伴随我们走出一个更加精彩的人生。

目　录

导　语

　　华夏文明是世界上唯一没有中断的人类文明，诗歌功不可没。中国，这片承载着五千年灿烂文明的广袤大地，宛如一座巍峨耸立的文学宝库，诗歌无疑是最为璀璨耀眼的明珠。从远古歌谣、《诗经》，到屈原的《离骚》、唐诗宋词元曲，到明清以降对诗词的探索，再到现代的自由诗和新格律诗复兴，诗歌贯穿了华夏历史的滔滔长河，它不仅是文字的精妙艺术，更是中华民族情感与智慧的不朽结晶，是当之无愧的文化瑰宝。

　　中国诗歌源远流长、博大精深。机缘巧合，我有幸遇见诗词、走进诗歌。

　　我第一次翻开《古诗源》，看到"日月光华，旦复旦兮"，隐隐约约听到从远古传来华夏先民祈盼美好生活的历史回响。重读《诗经》，仿佛跨越了几千年时光，穿越到那个质朴纯真的时代。"关关雎鸠，在河之洲。窈窕淑女，君子好逑"，寥寥数语，生动勾勒出青年男女间纯真美好的爱情。"蒹葭苍苍，白露为霜。所谓伊人，在水一方"，朦胧意境中，对美好爱情抑或是理想和梦想的执着追求，触动着一代又一代读者的心弦。《诗经》以独特的"风""雅""颂"，全景式展现了当时的社会生活。

战国时期，屈原横空出世，以一部《离骚》震古烁今。"长太息以掩涕兮，哀民生之多艰"，他将满腔的爱国热忱与对民生疾苦的深切关怀，融入这一浪漫主义的鸿篇巨制。在奸佞当道、谗言蔽目的黑暗现实中，屈原坚守高洁品格，"亦余心之所善兮，虽九死其犹未悔"，这份对理想的执着与对正义的坚守，使《离骚》不仅是一首诗歌，更是一曲伟大灵魂的壮丽悲歌。屈原开创的"楚辞"体，以其独特的韵律和瑰丽的想象，为中国诗歌的发展开辟了新的道路，注入了奇崛浪漫的基因。

东汉末年，曹氏三杰登上历史舞台，为诗坛铸就刚健清新的建安风骨。"东临碣石，以观沧海。水何澹澹，山岛竦峙"，展现出曹操包容宇宙的广阔胸怀与一统天下的雄心壮志。"老骥伏枥，志在千里。烈士暮年，壮心不已"，即便暮年，仍难掩其壮志豪情。曹丕的"秋风萧瑟天气凉，草木摇落露为霜"，以女子视角，抒发对远方爱人的思念，情感真挚，语言清丽。才高八斗的曹植，其诗兼具风骨与文采。"捐躯赴国难，视死忽如归"，尽显报国的英勇无畏；《洛神赋》更是辞藻华丽，想象奇幻，将梦幻与现实交织，为后世文学创作树立了典范。曹氏父子引领建安七子以其卓越的文学成就，引领了建安文学的繁荣，"建安风骨"成为后世文人推崇与追求的文学风格。

唐朝，诗歌迎来了最为辉煌的巅峰。诗仙李白，以豪放飘逸的诗风，展现出浪漫情怀与不羁个性。"天生我材必有用，千金散尽还复来"，是他对自我价值的高度自信与乐观豁达；诗圣杜甫，用沉郁顿挫的笔触，记录动荡时代的民生疾苦。"朱门酒肉臭，路有冻死骨"，深刻揭示社会的贫富悬殊；"安得广厦千万间，大庇天下寒士俱欢颜"，尽显心怀天下的崇高胸怀。王维的山水田园诗清新自然，如"空山新雨后，天气晚来秋"，让人仿若置身宁静山林，感受自然美妙。唐朝诗歌题材广泛、风格多样，如百花齐放，将中国诗歌推向前所未有的高度。

宋代，词成为文学主流。苏轼的词豪放大气又不失细腻。"大江东去，浪淘尽，千古风流人物"，雄浑壮阔，令人心潮澎湃；"十年生死两茫茫，不思量，自难忘"，对亡妻的深情，催人泪下。李清照，婉约词派代表，用作品诉说人生经历与情感起伏。"寻寻觅觅，冷冷清清，凄凄惨惨戚戚"，尽显晚年孤独凄凉；"生当作人杰，死亦为鬼雄"，又展巾帼豪迈。宋词以独特格律和丰富情感内涵，为中国诗歌发展添上浓墨重彩的一笔。

到了元明清时期，社会转型带来了文化上的变革，诗歌领域也不可避免地经历了一场深刻的转变。这一时期的诗歌创作反映了当时社会的复杂性和多样性，同时也展现了传统文化面对新时代冲击时的适应与创新。诗人们在时代的浪潮中不断探索，有的追求复古，有的倡导革新，不同的诗歌流派和风格竞相涌现，如明代的台阁体、前后七子、唐宋派、公安派、竟陵派等，清代的江左三大家、南施北宋、南朱北王、乾隆三大家等，他们以各自独特的方式，为中国诗歌的发展贡献着力量，留下了浓墨重彩的篇章。

到了近现代，对诗歌特别是新格律诗词的探索依然持续地进行着。一代伟人毛泽东主席的诗词成为一座巍巍昆仑。他的诗词继承了中国古典诗歌将自然美与对国家和人民命运的关切相结合的优良传统，善于把自然美与社会美融为一体，展现了革命者雄姿英发的战斗风貌和豪迈气概。

中国诗歌传统一直在传承创新中发扬光大。特别是当今时代，格律诗在传承经典的基础上推陈出新，取得了诸多成就。诗人们既遵循古典格律，又融入现代思想与情感、时代元素和新词汇，使格律诗能反映当代生活。不再局限于传统题材，涵盖对社会现实的思考、对自然生态的关怀、对都市生活的描绘等，不仅有专业诗人，还有众多诗词爱好者参与，网络平台也为格律诗的传播和交流提供了便利，创作人数和作品数量都达到了前所未有的水平。诗词检测软件和 AI 写诗工具的出现，为诗歌的创作、认定、编辑、评选工作带来前所未有的挑战，同时也为诗歌的繁荣和创新提供了机遇。

诗歌，在中国这片土地生根发芽、茁壮成长，融入民族血脉，成为精神生活的不可或缺。无论是喜庆节日，还是忧伤时刻；无论是繁华都市，还是宁静乡村，诗歌都能触动内心最柔软处，引发情感共鸣。它是传承文化、沟通心灵、表达情感的重要桥梁。中华大地，因诗歌的滋养而博大精深、魅力无穷。让我们怀着愉悦和敬仰，领略其美妙深邃，让诗歌滋养我们的灵魂，从诗歌中汲取前行的精神力量。

第一章

远古歌谣，感动于华夏先民的淳朴、情爱与祈盼

　　追根溯源，最早的诗歌不是写出来的，而是从心里流淌出来的。远古的先民，在劳动、祭祀、闲暇活动和社会交往中，总会有或期盼、或忧伤、或激昂、或喜悦的情绪，这些情感和情绪抒发时的语言，肯定异于日常的话语，这些异于平常的话语，就是诗歌的萌芽，通常以民谣、童谣、歌谣、铭辞、谚语的形式表现出来，便成了最早的诗。清人沈德潜选编的《古诗源》中上溯先秦诗歌的部分，这些诗歌是中国古代诗歌的源头，展现了早期诗歌质朴、自然的特点，为后世诗歌的发展奠定了基础。《古诗源》全书共十四卷，录诗 700 多首，古逸诗作为卷一内容，约103 首，包含了众多先秦及远古时期不同类型的歌谣、铭辞等。在古逸诗选中，以《击壤歌》为中国诗歌的滥觞。

穿越五千年的古朴绝唱

历史的漫漫烟尘中，诗歌承载着人类的情感、思想与梦想，从远古蜿蜒而来。当我们习惯性地将目光聚焦于《诗经》，探寻中国诗歌的源头时，却不知在更为久远的远古时期，一首《击壤歌》悄然奏响了华夏诗歌的序曲，其中"日出而作，日入而息"一句，更是惊艳了悠悠五千年。

击壤歌

日出而作，日入而息。
凿井而饮，耕田而食。
帝力于我何有哉？

这首诗出自《帝王世纪》，她犹如一位从时光深处走来的隐者，诉说着上古时期的宁静与质朴。其创作年代虽如迷雾般尚无定论，但它无疑是早期农耕社会的生动剪影，勾勒出一幅远古人类农耕生活的平和画卷。

"日出而作，日入而息"，这简单的八个字，如一把神奇的钥匙，打开了通往远古田园生活的大门。太阳缓缓升起，柔和的光芒洒在广袤的大地上，唤醒了沉睡的村庄。男人们扛起农具，迈着坚实的步伐走向田间，开始了一天的辛勤劳作。他们在肥沃的土地上翻耕、播种，汗水顺着脸颊滑落，滴入泥土，滋养着希望的种子。太阳渐渐西沉，天边被染成一片绚丽的晚霞，劳作了一天的人们，带着满足与疲惫，踏上回家的路。这不仅是对自然规律的尊崇，更是一种与天地和谐共生的生活智慧。在这种规律的作息中，人们找到了生活的节奏与安宁，远离了喧嚣与纷扰，内心充满了对自然的敬畏与感恩。

"凿井而饮，耕田而食"，进一步描绘了远古人类自给自足的生活方式。为了获取水源，他们挥动着简陋的工具，在土地上挖掘深井。当清澈的井水汩汩涌出时，那是劳动带来的甘甜。而在田间辛勤耕耘，收获的粮食则是他们生活的保障。每一粒粮食都凝聚着他们的心血与汗水，每一口井水都饱含着他们对生活的热爱。这种简单而质朴的生活，没有现代社会的复杂与纷扰，人们依靠自己的双手，创造着属于自己的幸福。

诗的最后一句"帝力于我何有哉"，在整首诗中闪耀着独特的光芒。它不仅是情感的升华，更是一种思想的觉醒。在那个时代，人们认为自己的生活完全依赖于自身的努力和大自然的恩赐，与帝王的力量并无关联。这种对自由、独立生活的追求，反映了早期农耕社会中人们朴素的民主意识和平等观念。

从艺术特色来看，《击壤歌》散发着自然而质朴的魅力。其语言简洁明了，通俗易懂，没有丝毫华丽的辞藻堆砌。诗人以最平实的话语，描绘了人们的日常生活和内心感受，让读者仿佛穿越时空，置身于那个远古的时代，亲眼目睹人们的辛勤劳作与悠然自得。这种质朴的语言，不仅具有强大的艺术感染力，更让诗歌具有了一种永恒的生命力。

在节奏上，《击壤歌》采用了整齐的句式，前四句诗字数相同，形成了一种明快、流畅的韵律。当我们轻声吟诵这首诗时，仿佛能听到远古时代人们劳动时的号子声，感受到他们生活的轻松愉悦。这种节奏与诗歌所描绘的简单、质朴的生活方式相得益彰，进一步增强了诗歌的艺术魅力，让人流连忘返。

《击壤歌》以其质朴的语言、明快的节奏、深刻的思想内涵和独特的艺术魅力，展现了上古时期人们的生活风貌和精神世界。它不仅为中国古代诗歌的发展奠定了坚实的基础，更为后世子孙留下了一笔宝贵的精神财富。当我们在现代社会的喧嚣中感到疲惫与迷茫时，不妨翻开这首古老的诗歌，让那穿越千年的质朴与宁静，洗涤我们的心灵，引领我们重新找回生活的本真与美好。

🌿 她把思念喊出来，便成了最早的情诗

《候人歌》并没有收录在《古诗源》。2020 年夏，笔者随山东诗词学会到禹城采风，在禹王亭历史资料中看到了大禹治水的故事和这首诗，特录于此共赏。当时，似乎看到，在华夏文明初绽曙光的上古时期，涂山脚下，一段感天动地的爱情故事悄然上演。故事的主角，是涂山氏之女与治水英雄大禹，而那句"候人兮猗"，恰似穿越千年的深情呼唤，饱含着无尽的相思与眷恋。

我们可以展开想象，那个时候，洪水泛滥，浊浪滔天，大地

沦为一片汪洋。百姓们流离失所，在洪水中苦苦求生。大禹，这位心怀天下苍生的英雄，毅然决然地肩负起治水的重任，告别了新婚不久的妻子涂山氏之女，踏上了漫长而艰辛的治水之路。

大禹治水，采用疏导之法，不辞辛劳地翻山越岭、勘察地形，足迹遍布九州大地。为了早日平息水患，拯救万民，他三过家门而不入。第一次经过家门时，屋内传来婴儿呱呱坠地的啼哭声，那是他尚未谋面的孩子。可洪水未退，百姓仍在受苦，他强忍着内心的思念与牵挂，转身继续投入治水工作。第二次经过家门，孩子已能在母亲怀中牙牙学语，向他挥动着小手。他只是远远地望了一眼，便又匆匆奔赴治水一线。第三次经过家门，孩子已然长大，拉住他的手，恳请父亲留下。但大禹心系天下苍生，最终还是狠下心，再次离去。

在大禹四处奔波治水的日子里，涂山氏之女独自留在涂山，日复一日、年复一年地盼望着丈夫归来。每个清晨，她都会登上涂山的高处，极目远眺，期待着能看到大禹的身影；每个黄昏，她对着渐渐西沉的落日默默祈祷，愿丈夫平安顺遂。

终于，在无尽的等待与思念中，涂山氏之女再也抑制不住内心的情感，对着空旷的山谷，声嘶力竭地呼喊出："候人兮猗！"这四个字，犹如一道闪电，划破了寂静的长空，饱含着她对大禹深深的眷恋与无尽的牵挂。这一声呼喊，穿越了千年的时空隧道，成为中国诗歌史上第一首情诗。

爱情的美好，很大程度在于心里有一个爱的人。对于涂山氏之女而言，大禹就是她心中的全部。在漫长等待的岁月里，大禹的身影始终在她心间萦绕。她思念着他的笑容、他的温暖、他的担当。这份爱，支撑着她度过无数个孤独的日夜。因为心中有爱，平凡的日子有了盼头，生活也被染上了绚丽的色彩。她知道，在远方，有一个人值得她倾尽所有去等待，这种情感让她的生命变得充实而有意义。

从诗歌发展的角度来看，《候人歌》意义非凡。在文字初兴、诗歌尚处萌芽的时代，这首诗以极简之语，营造出深邃的意境。仅仅四个字，便勾勒出一位女子在山巅痴痴守望的画面，让读者仿佛看到她眼中的期盼、脸上的落寞，感受到那份深入骨髓的思念。这种以简洁文字营造丰富意境的手法，为后世诗歌创作树立了典范。

在韵律方面，"候人兮猗"虽简短，却具备了诗歌的基本韵律之美。有专家认为，"兮"与"猗"都是作为语气助词，拉长了音节，使诗句产生了抑扬顿挫的节奏感，读来朗朗上口。这一韵律模式为后世诗歌，尤其是楚辞的发展奠定了基础。楚辞中大量运用"兮"字来增强韵律与情感表达，无疑是受到了"候人兮猗"的启发。这里对"猗"字是否是语气助词需要商榷一下。其实，"猗"古文字原意指"被阉的小狗"，喻"美好的模样"，这里显然是实词而非语气虚词，另《诗经·小雅·巷伯》中"杨园之道，猗于亩丘"，这里"猗"有"加，超越"的意思，也非虚词。清代朱骏声《说文通训定声·随部》"猗，假借为倚"，通倚，为依、靠着意。所以笔者认为，《候人歌》大意应该是："等你啊，多么的想，与你相依相偎啊"，体现了这首诗在情感表达上的大胆真挚。涂山氏之女直截了当地喊出对爱人的思念，毫无保留，展现出人类情感最本真的一面。这种对情感不加雕琢的表达，为后世诗人提供了情感范式。无论是唐诗中对爱情的含蓄诉说，还是宋词里对离情别绪的细腻描绘，追根溯源，都能在

"候人兮猗"中找到情感的滥觞。

如今，当我们再次吟诵这四个字时，仿佛看见涂山氏之女仁立在涂山之巅，那翘首以盼的身影穿越千年时光，依然清晰可见。她的眼神里，满是对丈夫的思念与期待。那一声呼喊，如黄钟大吕，在历史的长河中久久回荡，诉说着坚贞不渝的爱情，展现出上古时期爱情的纯粹与美好。它让我们明白，爱情是漫长岁月里的执着坚守，是跨越时空的深深眷恋，而心中有一个深爱的人，能让生命绽放出绚丽的光彩。

🌿 远古狩猎生活最形象的诗意表达

《弹歌》以仅仅八个字的篇幅，为我们奏响了一曲远古人类狩猎生活的激昂赞歌。《弹歌》承载着人类文明最初的记忆。它出自《吴越春秋》，全诗仅"断竹，续竹；飞土，逐宍（肉）"。这简短的八个字，却有着无与伦比的魅力。从形式上看，它每句两字，短小精悍，堪称中国诗歌史上的极简之作，以一种最质朴、最纯粹的方式，展现着诗歌最初的形态。这种简洁的形式，没有丝毫的雕琢与冗余，仿佛是远古人类在劳作间隙，自然而然从心底迸发出的呐喊。

当我们细细品味这八个字时，一幅生动鲜活的远古狩猎画卷便在眼前徐徐展开。"断竹，续竹"，简单的四个字，宛如一把神奇的钥匙，打开了通往远古工坊的大门。我们仿佛看到，在一片茂密的竹林中，几位远古人类手持简陋却锋利的石斧，奋力砍向粗壮的竹子。随着"咔嚓"一声，竹子应声而断。随后，他们熟练地将一根根断竹进行拼接、修整，运用着世代相传的智慧，将竹子变成了能够狩猎的弹弓。这个过程，看似简单，却凝聚着远古人类的勤劳与智慧，是他们为了生存，与大自然进行的一场充满创造力的对话。

而"飞土，逐宍（肉）"则将我们带入了紧张刺激的狩猎现场。只见远古人类手持制作好的弹弓，将精心准备的泥丸放置在弹弓之上，拉弓、瞄准，动作一气呵成。随着"嗖"的一声，泥丸如离弦之箭般飞射而出，向着猎物的方向疾驰而去。他们追逐着逃窜的猎物，在山林间穿梭奔跑，呼喊声、脚步声交织在一起。最终，成功捕获猎物的那一刻，喜悦与兴奋洋溢在他们的脸上。这不仅仅是一场简单的狩猎，更是远古人类为了生存而进行的一场勇敢的斗争，是他们与大自然相互依存又相互较量的生动写照。

从节奏和韵律的角度来看，《弹歌》虽然没有遵循后世诗歌严格的韵律规则，但却有着一种独特的、与生俱来的音乐美。每句两个字的形式，形成了一种整齐而明快的节奏，如同远古人类劳作时的鼓点，充满了力量感。而"竹"与"竹"、"土"与"宍（肉）"的发音，在一定程度上产生了和谐的韵律感，仿佛是大自然与人类共同谱写的乐章。这种韵律感，让诗歌在口口相传的过程中，更容易被记住，也更能激发人们内心深处的情感共鸣。

《弹歌》的价值远不止于其文学形式和艺术美感。它是远古人类生活状态和生产方式的真实写照，是研究人类文明起源的珍贵资料。在那个遥远的时代，狩猎是远古人类获取食物和生存资源的重要手段。通过这首诗歌，我们能够直观地了解到他们制作狩猎工具的方法，以及狩猎的具体过程。这对于我们深入研究远古人类的社会结构、经济活动以及文化传承，都有着不可替代的作用。

同时，《弹歌》开启了用诗歌记录生活、表达情感的先河，让我们看到了诗歌从诞生之初便具有的强大生命力。后世的诗歌，无论在形式上如何演变，在内容上如何丰富，都能从《弹歌》中找到最初的影子。它是中国诗歌长河的涓涓细流，虽不起眼，却汇聚成了后世诗歌的浩瀚海洋。

✤ 太古遗音中的民本浩歌

在历史的幽微深处，古老的歌谣穿越岁月的重重雾霭，携着上古的遗韵袅袅而来。《南风歌》，这一相传为大舜所作的诗篇，承载着心怀苍生的民本情怀，闪耀着永恒的人性光芒。其辞曰：

> 南风之薰兮，可以解吾民之愠兮。
> 南风之时兮，可以阜吾民之财兮。

大舜，那位上古时期的贤明君主，宛如一座巍峨的丰碑，矗立在华夏文明的源头。彼时，天下初定，部落联盟初现雏形，构建和谐稳定的政治秩序成为当务之急。大舜以民为本的治理理念，如春风化雨，润泽四方。而《南风歌》正是这一理念的诗意表达，与他所处的时代紧密相连，宛如历史与思想交织而成的锦绣华章。

回溯上古，农业是维系生存的命脉，人们如同依附于大地的草木，对自然气候的依赖程度极高。南风，这股温暖而湿润的气流，宛如大自然的使者，带来了生机与希望，为农作物的生长注入了蓬勃的力量。诗中"南风之时兮，可以阜吾民之财兮"，寥寥数语，却淋漓尽致地展现出人们对风调雨顺、农业丰收的热切期盼。那是对生活最质朴的向往，是在土地上辛勤耕耘的人们心底最深切的呼唤。

在那个文化刚刚萌芽的时代，诗歌如初绽的花朵，以最本真的姿态，口头传唱于市井乡野，承载着人们对生活的种种感受。《南风歌》文字简洁，却不失灵动；节奏明快，仿若跳动的脉搏。它的每一个音符，都契合着上古诗歌的韵律，宛如天籁之音，在历史的旷野中回荡。尽管岁月的洪流已让我们难以确凿考证这首诗是否真为大舜所作，但这已然不再重要。重要的是，《南风歌》宛如一扇窗，透过它，我们得以窥见上古贤君那熠熠生辉的民本思想，触摸到那个时代的精神温度。

当我们静心欣赏这首诗歌，扑面而来的是其亲民爱民的思想光辉。"南风之薰兮，可以解吾民之愠兮"，大舜借温暖的南风，传递出对百姓疾苦的深切关怀。那南风，仿佛是他温柔的抚慰，轻轻拂去百姓心头的忧愁与烦恼。这种对百姓痛苦的感同身受，体现出的民本意识，深沉而真挚，穿越千年时光，依旧能让我们为之动容。

诗中对农业生产的关注，更是将民生的重要性展现得淋漓尽致。"南风之时兮，可以阜吾民之财兮"，巧妙地将南风适时而至与百姓财富的增长紧密相连。在那个靠天吃饭的时代，风调雨顺意味着丰收，丰收则意味着百姓生活富足。这短短一句，生动地表现出对农业生产的重视，以及对民生经济的深刻洞察。农业，作为国家的根基，在这首诗中被赋予了至高无上的地位，彰显出大舜对百姓生活的全方位考量。

从艺术风格来看，诗人运用比兴手法，以南风这一自然现象起兴，自然而然地引出对百姓生活的深切关切。温暖的南风，不仅带来了舒适的气候，更象征着君主对百姓的恩泽。在这温馨祥和的意境中，我们仿佛看到田野里庄稼苗壮成长，百姓们安居乐业，一幅太平盛世的景象徐徐展开。这种巧妙的艺术表达，让诗歌的内涵更加丰富，情感更加真挚，具有强烈的感染力。

《南风歌》蕴含的民本思想，成为后世历代统治者治理国家的重要政治理念参考，贯穿了中国古代政治文化的始终。它时刻提醒着为政者，要以民为本，关注民生，才能赢得民心，实现国家的长治久安。通过这首诗，我们能感受到上古时期人们对自然的敬畏、对生活的热爱，以及对美好未来的憧憬。它不仅丰富了我们对历史的认知，更为我们传承和弘扬中华民族优秀传统文化提供了深厚的滋养。

从远古祭坛到现代学府的诗歌连接

卿云歌

卿云烂兮，糺缦缦兮。日月光华，旦复旦兮。

明明上天，烂然星陈。日月光华，弘于一人。

日月有常，星辰有行。四时从经，万姓允诚。

于予论乐，配天之灵。迁于圣贤，莫不咸听。

鼚乎鼓之，轩乎舞之。精华已竭，褰裳去之。

《卿云歌》，承载着上古时期的文化密码，因与复旦大学的渊源，重焕夺目光彩。1905 年，教育家马相伯先生在创办复旦大学时，从《尚书大传·虞夏传》中采撷了"日月光华，旦复旦兮"，赋予了"复旦"二字特殊期望。"旦"象征着早晨，寓意全新的开始；"复旦"则是日复一日迎来光明，既饱含追求光明、自强不息的进取精神，又寄托着复兴中华的殷切期盼，为这所学校奠定了深厚的精神底蕴。而这熠熠生辉的诗句，正出自那首古老的《卿云歌》。

相传，《卿云歌》是舜帝禅位给大禹时，百官与舜帝同唱的歌。据《尚书大传》记载，舜在位第十四年举行祭礼，钟石笙筦之音突变，乐声未歇，疾风突起，屋宇震动，天空中雷鸣电闪。舜帝垂首微笑，感慨道："明哉，非一人天下也，乃见于钟石！"随后，他举荐禹来行使天子职责，并与群臣百官共同唱起了《卿云歌》。自此，大禹开启了夏朝的历史篇章。

首章由舜帝率先吟唱，为我们勾勒出一幅卿云灿烂、瑞气缭绕的祥瑞画面。"卿云烂兮，糺缦缦兮"，描绘出天空中彩云绚丽、连绵不绝的美妙景象。而"日月光华，旦复旦兮"，不仅展现出日月交替、光辉不断的自然奇景，更寓含着禅代之深意，象征着新的圣贤即将顺天承运，接受禅让即位，为天下带来光明与希望。

次章是八伯的应和之辞，他们赞美上天英明洞察，将执掌万民的重任，再度赋予一位至圣贤人。这不仅是对即将即位的大禹的赞誉，也是对尧舜美德的歌颂，彰显出上古时期人们对贤德君主的尊崇与敬仰。在那个时代，贤能之人被视为上天的恩赐，是带领百姓走向美好生活的引路人。

末章则是舜帝的续歌。前四句"日月有常，星辰有行。四时从经，万姓允诚"，以日月星辰的运行有常，来比喻人间的让贤乃是必然规律，体现出一种顺应天道的豁达与智慧。中四句"于予论乐，配天之灵。迁于圣贤，莫不咸听"，叙述了禅位给贤圣既顺应了天意，又合乎民心，普天之下，无不欢欣鼓舞。最后四句"鼚乎鼓之，轩乎舞之。精华已竭，褰裳去之"，更是淋漓尽致地表现出虞舜功成身退的无私胸怀。他在完成自己的使命后，毫无眷恋地选择离去，将舞台留给更有能力的人，这种高尚的品德令人动容。

然而，也有学者提出不同观点，认为此歌或许是身处战国、秦季乱世的人们，目睹世间的争夺劫杀，出于对礼让治世的向往而代拟之作。但无论创作背景如何，《卿云歌》都以其独特的魅力，深深打动着后人。

从文化层面来看，《卿云歌》体现了上古先民对美德的崇尚以及对圣人治国的政治理想。它所蕴含的礼让精神，如同春雨润物，对中华民族精神的形成产生了积极而深远的影响。"以逊让为美德之意，深中于人心，时时可以杀忿争之毒，而为和亲之媒"，这种精神让人们在面对利益纷争时，懂得谦让与包容，为社会的和谐稳定奠定了基础。

在文学领域，《卿云歌》同样有着非凡的价值。其辞藻华美，意境超迈，宛如一幅绚丽多彩的画卷，将读者带入一个充满奇幻与美好的世界。它孕育了骚赋句法，可与《诗经》的《雅》《颂》相媲美。在艺术风格上，它的浪漫主义色彩与对自然景象的生动描绘，为后世文学创作提供了丰富的灵感源泉；在表现手法上，比兴、象征等手法的运用，也为后世文人提供了借鉴，让文学作品更加含蓄而富有韵味。

辛亥革命后，《卿云歌》还曾两度被改编为中华民国国歌，这足以证明其在历史长河中的重要地位。它不仅是一首诗歌，更是一种文化符号，承载着民族的记忆与情感。

《卿云歌》以其独特的文化内涵、优美的文学意境，从远古走来，在岁月的长河中留下了深刻的印记。而它与复旦大学的渊源，更是为其增添了一抹别样的光彩。它激励着一代又一代的复旦学子，追求光明，传承美德，为实现中华民族的伟大复兴而不懈努力。

🌿 跨越不同民族间的爱恋与文化交响

　　春秋时期的楚越之地，是一片文化交融的热土。在这片土地上，诞生了一首传颂千古的《越人歌》，它不仅见证了不同民族间的文化交流与融合，更以其独特的文学魅力，成为中国诗歌史上的不朽经典。

　　故事发生在楚国王子鄂君子晳的封地鄂邑，这里聚居着众多扬越人。一日，鄂君子晳在河中悠然泛舟，享受着片刻的宁静与惬意。此时，摇船的越人船夫，用悠扬的越语唱起了一首歌，歌声中饱含着对王子的深深爱慕之情。那古越语的发音，犹如来自遥远天际的神秘音符："滥兮抃草滥予昌枑泽予昌州州鍖州焉乎秦胥胥缦予乎昭澶秦逾渗惿随河湖。"经过翻译，展现在我们眼前的，是一首动人心弦的诗篇。

　　　　今夕何夕兮，搴舟中流。
　　　　今日何日兮，得与王子同舟。
　　　　蒙羞被好兮，不訾诟耻。
　　　　心几烦而不绝兮，得知王子。
　　　　山有木兮木有枝，心悦君兮君不知。

这首的大意是，在这欢乐相会的美好夜晚，我既害羞又因能为王子摇船而欣喜，摇船渡越，心中满是高兴与喜欢。我如此鄙陋，王子竟愿与我结识。隐藏在心底的思恋，如潺潺溪流，绵绵不绝。今晚究竟是怎样的一个夜晚啊，我在河中泛舟；今天到底是怎样的一天啊，能与王子同船。承蒙王子错爱，不以我鄙陋为耻，我的心绪纷乱如麻，只因能结识王子。山上有树木，树木有枝条，而我心中喜欢你啊，你却浑然不知。

关于这位船夫的性别，学界至今仍存争议。有学者认为，春秋时期，划船这类繁重的体力劳动通常由男性承担，从文本情感角度来看，当时男性对男性的情感表达，在社会认知中，与《越人歌》所展现的爱慕之情相契合。然而，也有专家指出，歌词中"蒙羞被好兮，不訾诟耻"，那种见到心仪之人时羞涩而复杂的情绪，以及这种含蓄委婉的爱意表达方式，更符合女性的心理特点。无论船夫是男是女，都无法掩盖这首诗歌所蕴含的真挚情感。

《越人歌》的文学价值。从艺术特色上看，歌词情感真挚浓烈，开篇通过反复咏叹"今夕何夕兮""今日何日兮"，将内心的激动与喜悦之情渲染得淋漓尽致。这种反复咏唱的手法，如同层层递进的涟漪，不断冲击着读者的心灵。而"山有木兮木有枝"一句，以比兴的手法，自然而巧妙地引出"心悦君兮君不知"，借"枝"与"知"的谐音双关，委婉地倾诉出内心的爱慕之情。

上古时期社会生活、情感世界的写照

　　《古诗源卷一·古逸》收录的是先秦及以前的古老诗歌，从诗歌形式上看，有四言诗和杂言诗。诗歌题材广泛、风格多样，从不同角度反映了上古时期的社会风貌、生活状态和人们的情感世界。这里再选几首共赏。

康衢谣

<blockquote>
立我蒸民，莫匪尔极。
不识不知，顺帝之则。
</blockquote>

　　此诗是对帝尧治理天下的歌颂，意思是养育了我们百姓，无不遵循着您的法则，人们不知不觉地顺应着帝王的准则，体现了当时人们对贤明君主的赞美和对太平盛世的感受，语言简洁，展现了一种淳朴的政治理想和社会状态。

采薇歌

<blockquote>
登彼西山兮，采其薇矣。以暴易暴兮，不知其非矣。
神农、虞、夏忽焉没兮，我安适归矣？于嗟徂兮，命之衰矣。
</blockquote>

这是伯夷、叔齐不食周粟，在首阳山采薇时所唱。诗歌开篇"登彼西山兮，采其薇矣"，描绘了他们在西山采薇的生活场景，接着，"神农、虞、夏忽焉没兮，我安适归矣"则抒发了对古代贤明时代消逝的感慨，以及在乱世中找不到归宿的迷茫与无奈。整首诗充满了悲凉的情绪，反映出他们对理想社会的执着追求和对现实的失望。诗歌表达了他们对商亡周兴这一历史变革的看法，以及对世道变化的感慨和自己坚守气节的决心，反映了他们的政治立场和人生态度，充满了一种无奈和悲凉的情绪。

麦秀歌

麦秀渐渐兮，禾黍油油。
彼狡童兮，不与我好兮。

此诗相传为箕子所作，箕子路过殷商故都，看到昔日繁华的都城如今已变成一片田野，麦子和禾黍生长茂盛，不禁触景生情。"麦秀渐渐""禾黍油油"描绘出农作物生机勃勃的景象，与昔日都城的繁华形成鲜明对比，营造出一种物是人非的沧桑感。"彼狡童兮，不与我好兮"表面上是在抱怨一个年轻人不与自己交好，实则是借喻的手法，暗指商纣王不听劝谏，荒淫无道，导致国家灭亡，抒发了作者对故国覆灭的沉痛哀思和对历史兴亡的深刻感慨。

饭牛歌三首·其一

南山研，白石烂，生不逢尧与舜禅。
短布单衣适至骭，从昏饭牛薄夜半，长夜漫漫何时旦！

诗中描述了一个"饭牛"者的生活境遇，他身处南山，看到白色的石头都已腐烂，感叹自己没有生在尧舜禅让的太平盛世。穿着短布单衣，从黄昏到半夜都在喂牛，"长夜漫漫何时旦"不仅是对漫漫长夜的感慨，更象征着他对黑暗现实的不满和对光明未来的渴望，体现了底层劳动人民在艰难生活中的无奈与挣扎。

琴 歌

百里奚，五羊皮。
忆别时，烹伏雌，炊扊扅。
今日富贵忘我为。

《琴歌》是一首先秦时期的诗歌，具体作者已不可考。据记载，百里奚早年贫困，以五张羊皮的聘礼娶妻。后离开家去秦国，妻子杀了家中的母鸡，把门闩当柴烧，为他钱行。百里奚到秦国后做了高官。一次，他在府上宴请宾客，一洗衣女仆自请为宾客演奏，她弹琴唱了这首《琴歌》，百里奚才发现这是自己失散多年的妻子。整首诗以百里奚妻子的口吻叙述，将她对丈夫的思念、哀怨以及曾经共患难的情感都融入其中，如"忆别时，烹伏雌。炊扊扅”，通过回忆生活细节，展现出夫妻间曾经的深厚情谊，而“今日富贵忘我为”又直白地表达了被遗忘的痛苦与哀怨，让人感受到她情感的强烈。诗歌语言简洁明了，用简单的话语讲述了一个完整的故事，如“百里奚，五羊皮”，短短几个字就交代了人物和背景，“烹伏雌”“炊扊扅”等描述也生动地呈现出当时的场景，让读者能够清晰地想象出故事的画面。诗中通过对比突出了主题。百里奚从前的贫困与如今的富贵形成对比，妻子过去的付出与现在可能被遗忘的处境形成对比，这种对比深刻地揭示了人性在富贵前后的变化，以及由此给他人带来的伤害，引发读者对人情冷暖、世态炎凉的思考。今天读来，依然令人唏嘘不已，仍有教育意义。

第二章

于岁月深处，探寻中国诗歌的传统与源流

🌿 尹吉甫，对他补上恭恭敬敬的一拜

在中国诗歌的历史上，有一位可称"中华诗祖"的人物，长久以来隐匿于历史的厚重帷幕之后，鲜为大众所熟知，他便是尹吉甫。我们应怀着最诚挚的敬意，向他献上一拜。

尹吉甫，这一名字于多数国人而言，或许稍显陌生。他生于公元前852年，卒于公元前775年，出身不凡，乃黄帝之后伯儵族裔，身为尹国国君，本姓姞，因受封于尹地，故而称尹吉甫，其故乡在房陵，即如今湖北省十堰市房县。

在政治舞台上，尹吉甫是一位叱咤风云的卓越人物。西周宣王时期，他担任太师这一要职，辅佐过三代帝王，是周宣王身边不可或缺的肱股之臣。彼时，他凭借着非凡的政治才能，助力周宣王实现周朝的中兴大业，备受周王室的倚重与尊崇。

军事领域，尹吉甫同样展现出卓越的将帅之才。西周末期，

猃狁迁居焦获，气焰嚣张，一路进攻至泾水北岸。公元前 823 年
（周宣王五年），尹吉甫奉周宣王的命令，毅然出征猃狁。战场
上，他指挥若定，率领军队奋勇反攻，一路直逼太原。不仅如
此，他还奉命在成周负责征收南淮夷等族的贡赋，并且在朔方
修筑城垒。在平遥一带，他增筑城墙、搭建高台，用以抵御猃
狁的侵袭。这些英勇事迹，在当地代代相传，成为百姓口中不
朽的传奇。

　　然而，尹吉甫最为后世所铭记与敬仰的，当属他在诗歌领
域的卓越贡献。他堪称中国古代最早的写诗、采诗、编诗之人，
是中国第一部诗集《诗经》的第一位编撰者和主要采集者。《诗
经》中，《崧高》《烝民》《六月》《韩奕》《江汉》《都人
士》等诸多篇章皆出自他的笔下。这些诗作大多为政治抒情诗，
在思想深度与艺术技巧上，已然达到相当成熟的高度。诗中或歌
颂赞美，或针砭时弊，生动地展现了当时的社会风貌与人们丰富
多样的思想情感。

　　以《诗经·大雅·烝民》为例，其中"天生烝民，有物有
则。民之秉彝，好是懿德"一句，简洁而深刻地表达了对人性本
善以及美好品德的由衷赞美。这样的诗句，穿越了两千八百多年
的漫长岁月，依旧闪耀着智慧与道德的光芒。

　　尹吉甫晚年，秉持着对国家社稷的高度责任感，怀着忧国忧
民的赤诚之心，屡屡向周幽王直言进谏。然而，他的忠言逆耳却
未能被周幽王所接纳，反而招致幽王的不满与抵触。最终，心灰
意冷的尹吉甫愤然辞去官职，告老还乡，于 78 岁那年在抑郁中
溘然长逝。

　　作为《诗经》的核心编撰者与创作者，尹吉甫对中国古代诗

歌的发展与传承，发挥了不可估量的作用。《诗经》作为中华文化的原典之一，宛如源头活水，对后世的文学创作、文化传承以及思想发展，都产生了既深远又持久的影响。它不仅为后世诗人提供了丰富的创作素材与灵感源泉，其赋、比、兴的表现手法，更是成为后世诗歌创作的基本范式。

让我们轻轻翻开《诗经》，静静品味尹吉甫在 2800 年前创作的诗篇。当周宣王派遣他前往齐地筑城时，临行之际，尹吉甫挥笔写下诗篇相赠。在那些简洁而富有韵律的诗句中，我们仿佛能够穿越时空，触摸到那个时代的脉搏，感受到尹吉甫内心深处的家国情怀、壮志豪情以及细腻情思。

诗经·大雅·烝民

天生烝民，有物有则。民之秉彝，好是懿德。天监有周，昭假于下。保兹天子，生仲山甫。

仲山甫之德，柔嘉维则。令仪令色，小心翼翼。古训是式，威仪是力。天子是若，明命使赋。

王命仲山甫，式是百辟，缵戎祖考，王躬是保。出纳王命，王之喉舌。赋政于外，四方爰发。

肃肃王命，仲山甫将之。邦国若否，仲山甫明之。既明且哲，以保其身。夙夜匪解，以事一人。

人亦有言，柔则茹之，刚则吐之。维仲山甫，柔亦不茹，刚亦不吐。不侮矜寡，不畏强御。

人亦有言，德輶如毛，民鲜克举之。我仪图之，维仲山甫举之。爱莫助之。衮职有阙，维仲山甫补之。

仲山甫出祖。四牡业业。征夫捷捷,每怀靡及。四牡彭彭,八鸾锵锵。王命仲山甫,城彼东方。

四牡骙骙,八鸾喈喈。仲山甫徂齐,式遄其归。吉甫作诵,穆如清风。仲山甫永怀,以慰其心。

为了便于理解内容,译文如下:上天生下众民,有形体有法则。人的常性与生俱来,追求善美是其德。上天临视周王朝,昭明之德施于下。保佑这位周天子,降生仲山甫辅佐他。仲山甫贤良具美德,温和善良有原则。仪态端庄面色好,做事小心翼翼很负责。遵从古训不犯错,勉力做到礼节合。天子选他做大臣,让他颁布王命管施政。周王命令仲山甫,要做诸侯的典范。继承祖业要弘扬,辅佐天子振朝纲。出令受命你执掌,天子喉舌责任重。发布政令告畿外,四方听命都遵从。严肃对待王命令,仲山甫全力来推行。国内政事好与坏,仲山甫心里明如镜。既明事理又聪慧,善于应付保自身。早早晚晚不懈怠,侍奉周王献忠诚。有句老话这样说:"柔软东西吃下肚,刚硬东西往外吐。"与众不同仲山甫,柔软东西他不吃,刚硬东西偏下肚。鳏夫寡妇他不欺,碰着强暴狠打击。有句老话这样说:"德行如同毛羽轻,很少有人能高举。"我细揣摩又核计,能举起唯有仲山甫,别人爱他难相助。天子龙袍有破缺,独有仲山甫能弥补。仲山甫出行祭路神,四匹公马力强劲。车载使臣匆匆行,常念王命未完成。四马奋蹄嘭嘭响,八只鸾铃声锵锵。周王命令仲山甫,督修齐城赴东疆。

四匹公马蹄不停,八只鸾铃响叮叮。仲山甫赴齐去得急,早日完工回朝廷。吉甫作歌赠穆仲,乐声和美如清风。仲山甫临行顾虑多,宽慰其心好建功。

这样一位有历史成就的诗歌奠基者，令人肃然起敬。作为诗词爱好者，一定要去湖北房县做一次朝圣之旅，谒拜这位诗祖。

🌿 《诗经》：诗，何以为经？

在中国诗歌的历史长河中，《诗经》的地位很高。它如一座巍峨耸立的丰碑，承载着千年的文化沉淀，闪耀着智慧的光芒。它以其独特的魅力，历经岁月的洗礼而愈发璀璨，成为中国文学史上的经典，引得后人不禁追问：诗，何以为经？

先从《诗经》采集编纂说起。《诗经》的编纂过程，犹如一段神秘而漫长的旅程，虽历经岁月的尘封，但其背后的故事仍能从历史的缝隙中窥见一二。相传，上古时期就有采诗的制度，朝廷派遣专门的使者，深入民间，采集各地的歌谣。这些歌谣源自百姓的日常生活，或歌颂劳动的喜悦，或抒发爱情的甜蜜，或倾诉生活的苦难，它们是民众情感的自然流露，充满了生活的烟火气。这些使者将采集来的诗歌带回朝廷，加以整理、筛选，为《诗经》的形成奠定了基础。具体的《诗经》的形成过程。采集：周朝设采诗制度，派专人到各地收集民间歌谣，目的是观风俗、知民情。如《汉书·艺文志》载"古有采诗之官，王者所以观风俗，知得失，自考正也"。这些采集来的作品成为《诗经》中《国风》重要来源。创作：除民间歌谣，还有贵族文人创作。西周时期，一些卿大夫为歌功颂德或讽谏朝政，创作诗歌，像

《大雅》中部分诗篇，用于宗庙祭祀、朝会等场合。整理编订：众多诗歌收集后，需整理编订。有观点认为尹吉甫是主要编纂者，他对诗歌筛选、润色，确定基本框架。后经孔子删定，《史记》记载孔子"去其重，取可施于礼义"，最终形成《诗经》305篇。传承定型：《诗经》编订后，在各诸侯国流传，秦朝焚书致其传承受影响。但汉代经学家通过记忆和民间留存，重新整理，形成今文诗学和古文诗学，东汉郑玄融合各流派，《诗经》最终定型。

《诗经》是中国最早的诗歌总集。收录西周初至春秋中期诗歌311篇，其中6篇为笙诗，实际305篇。先秦称《诗》或《诗三百》，孔子对《诗》给予极高评价。汉武帝时尊为经典，始称《诗经》，位列"五经"，是中国诗歌现实主义传统源头。按音乐和内容分"风""雅""颂"。"风"是各地民歌，十五国风共160篇，展现百姓生活与情感；"雅"多为贵族祭祀、宴饮诗歌，分大雅、小雅，共105篇，大雅多史诗，小雅抒情言志；"颂"是宗庙祭祀乐歌，40篇，包括周颂、鲁颂、商颂。表现手法是赋、比、兴。赋即铺陈直叙；比是比喻；兴为触物兴词，先言他物引所咏之词。其丰富内容与多样手法为后世诗歌奠定基础，在文学、历史、文化研究上价值重大。

《诗经》之所以能够成为"经"，不在于其漫长而艰辛的编纂过程，主要是圣先师孔子对《诗经》的贡献和解读。孔子对《诗经》进行整理，调整了篇章的次序，并为其正乐，使《风》归《风》、《雅》归《雅》、《颂》归《颂》，各得其所。孔子将《诗经》作为教育学生的重要教材，积极挖掘、发挥《诗经》的教育功能。他认为《诗经》可以激发人们的斗志，陶冶人们的情操；可以帮助人们认识社会生活，考察政治得失；可以帮助人们交流情感，密切人际关系；还可以帮助人们增长博物知识。孔子将《诗经》作为治国理政的指导性文献，要求人们将其运用于政务和外交领域，从而扩大了《诗经》的影响力。他说"不学《诗》，无以言""一言以蔽之，思无邪""诵《诗》三百，授之以政，不达；使于四方，不能专对，虽多，亦奚以为"。孔子通过对《诗经》的解读，赋予了《诗经》更深的文化和哲学意义。他强调诗歌在道德教化和政治批判中的作用，使《诗经》不仅仅是一部文学作品，更成为传授礼仪、教化人心的经典。

从创作背景来看，西周初期到春秋中叶这一时期，社会处于不断的变迁之中。当时的人们通过诗歌来记录生活的点滴，表达情感以及进行各种仪式活动。这些诗歌最初是口头传唱的，在漫长的时间里经过收集、整理，最终形成了《诗经》。在地域范围上，"风"这部分来自当时不同的诸侯国，涵盖了现在的陕西、山西、河南、河北、山东等地，各地的风俗、地貌、人情等差异都体现在这些民歌之中，像《邶风·静女》就展现了青年男女幽会的场景，体现了当时的爱情观念。在文学价值方面，赋、比、兴的手法运用得十分精妙。例如"赋"的手法，在《卫风·氓》中，通过详细地叙述女子从恋爱、结婚到被弃的过程，完整地展现了一个故事，情感真挚。"比"的手法如《硕人》中"手如柔荑，肤如凝脂"，用柔荑和凝脂来比喻美人的手和皮肤，形象生动。"兴"的手法可以看《关雎》，"关关雎鸠，在河之洲"，先以雎鸠鸟的和鸣起兴，引出君子对淑女的追求。从历史价值来说，《诗经》是研究西周和春秋时期社会制度、风俗礼仪等的重要史料。例如"雅"和"颂"中的部分内容能帮助我们了解当时的祭祀仪式、贵族的生活规范等诸多细节，为我们勾勒出当时社会的大致框架。在文化价值层面，《诗经》中的许多诗句、意象已经成为中国文化的重要符号，这些意象的文化内涵在后世的诗词创作中不断被传承和发展。

🌿 从《关雎》与《蒹葭》一窥《诗经》的独特魅力

《关雎》是《诗经》第一篇，具有特殊的开篇地位，它开启了《诗经》的篇章，也开启了从歌谣到诗歌的先河，奠定了中国古典情诗的基本主题和风格。诗中以男子对女子的爱慕为主题，展现了一种真挚、朴素而又美好的情感，后世许多情诗在主题和情感表达上都受到了它的影响。开创了比兴手法先河。运用了比兴的手法，以关关雎鸠起兴，引出男子对淑女的追求，这种表现手法为后世诗歌创作提供了重要的借鉴，成为中国古代诗歌中常用的创作手法之一。蕴含着丰富的儒家思想。如"窈窕淑女，君子好逑"，体现了对美好品德和美好爱情的追求，符合儒家的道德观念和审美标准，对后世儒家文化的发展产生了深远的影响。在语言、韵律等方面也为后世诗歌的发展奠定了基础。其简洁明快的语言风格、和谐优美的韵律节奏，对后世诗歌的语言运用和韵律规范产生了积极的影响。

关　雎

关关雎鸠，在河之洲。窈窕淑女，君子好逑。
参差荇菜，左右流之。窈窕淑女，寤寐求之。
求之不得，寤寐思服。悠哉悠哉，辗转反侧。
参差荇菜，左右采之。窈窕淑女，琴瑟友之。
参差荇菜，左右芼之。窈窕淑女，钟鼓乐之。

开篇以雎鸠鸟相互应和的叫声起兴，引出君子对淑女的爱慕之情。这种起兴手法自然而巧妙，将自然景象与人类情感相联系。"窈窕"描绘女子的外形体态优美，"淑女"侧重女子的品德贤良，君子对这样的女子心生追求之意，是一种真挚而健康的情感表达。

"参差荇菜，左右流之。窈窕淑女，寤寐求之。"诗人借采摘荇菜的动作，来隐喻君子对淑女的不懈追求。"寤寐求之"体现出君子无论是醒着还是睡着，都在思念那位淑女，将思念之情刻画得十分深刻。

"求之不得，寤寐思服。悠哉悠哉，辗转反侧。"这几句写出了求爱不得的苦恼。男子因为得不到淑女的回应，陷入深深的思念之中，夜不能寐，通过"辗转反侧"这一细节，把那种爱慕、求而不得的焦虑生动地表现出来。

"参差荇菜，左右采之。窈窕淑女，琴瑟友之。"再次以采摘荇菜为背景，展现出如果追求成功，就会以琴瑟和鸣来亲近她，这表达了一种对美好爱情的憧憬。

"参差荇菜，左右芼之。窈窕淑女，钟鼓乐之。"诗的最后描绘了男子幻想用钟鼓之声让淑女快乐，体现出他对未来美好生活的期待。整首诗情感真挚，节奏和谐，展现出先秦时期人们对美好爱情的向往与追求。

《蒹葭》是《诗经》中的第一百二十九篇。全文如下：

蒹葭苍苍，白露为霜。所谓伊人，在水一方。
溯洄从之，道阻且长。溯游从之，宛在水中央。
蒹葭萋萋，白露未晞。所谓伊人，在水之湄。
溯洄从之，道阻且跻。溯游从之，宛在水中坻。
蒹葭采采，白露未已。所谓伊人，在水之涘。
溯洄从之，道阻且右。溯游从之，宛在水中沚。

《蒹葭》是一首优美的爱情诗，诗人巧妙地利用芦苇、霜露、秋水等景物渲染出一种凄迷气氛，以此来烘托主人公怀人而不得见的怅惘心情。诗开篇便向读者展示了一个凄清的画面：在一个秋天的早晨，芦苇上霜露浓重，一条河流蜿蜒而去，望远处是一块小小的沙洲，诗人冒着秋寒在岸边徘徊，寻找所思念的人儿。她（他）仿佛在河水中央，周围流淌着波光，依旧无法接近，可望而不可即。

这首诗采用了重章叠唱的手法，不仅便于围绕同一旋律反复咏唱，而且在意义表达和修辞上也具有很好的效果。改动的只是韵脚，如此形成各章内部韵律协和而各章之间韵律参差的效果，给人的感觉是变化之中又包含了稳定，同时也造成了语义的往复推进。

诗篇呈现出朦胧的意境美。诗中并没有具体的事件与场景，甚至连"伊人"的性别都难以确指，诗意的空幻虚泛给阐释带来了麻烦，但也扩展了其内涵的包容空间。诗中的物象，不只是被诗人拿来单纯的歌咏，其中更含着某些象征的意味。"在水一方"为企慕的象征，"溯洄""溯游""道阻且长""宛在水中央"也不过是反复追寻与追寻的艰难和渺茫的象征。

对这两首诗，从表面的意义上是歌颂爱情。实际上，如果把"淑女""伊人"理解想象成社会理想、政治抱负、个人梦想等其他美好事物的话，同样顺理成章，这样理解，可以使人们对这两篇诗歌产生更加丰富的联想，同时也开辟了诗的思想内涵。

从整体来说，《诗经》具有独特的魅力，从自然意象到社会意象，从韵律节奏到比兴手法，全方位地润泽着我们的内心世界。《诗经》中，自然万物皆入诗章。山川巍峨，河流奔腾，花草摇曳，树木葱茏，鸟兽灵动，这些自然意象犹如一幅幅绚丽的画卷，展现在我们眼前。它们不仅以其外在的形象之美打动人心，更蕴含着深厚的文化内涵与真挚的情感寄托。在现代快节奏的生活中，人们时常被紧张与焦虑所困扰，而《诗经》中的自然意象恰如一股清泉，能缓解人们的紧张情绪，让疲惫的身心得到放松。

"蒹葭苍苍，白露为霜。所谓伊人，在水一方。"在《诗经·秦风·蒹葭》里，蒹葭的苍苍之态、白露的清冷之质、秋水的悠悠之状，共同营造出一种朦胧、清幽又宁静的意境。读着这几句诗，仿佛穿越时空，置身于一片苍茫的水畔，尘世的喧嚣与纷扰瞬间消散，内心的焦虑与烦躁也悄然退去，心灵获得了片刻的宁静与安宁。而《诗经·周南·桃夭》中的桃花意象，"桃之夭夭，灼灼其华"，桃花的鲜艳明媚、生机勃勃，象征着美丽、青春、爱情与希望，激发着我们对美好生活的向往与追求，在困境之中为我们带来希望的曙光，给予心理上积极的支持与鼓励。

《诗经》中的社会意象，如家族、宗族、国家、礼仪等，是先民社会生活与文化价值观的生动写照。它们跨越时空的界限，引发现代人对社会归属感与认同感的深刻思考，帮助我们在纷繁复杂的现代社会中找准自己的定位，增强心理的安全感与稳定性。

《诗经·小雅·常棣》中"常棣之华，鄂不韡韡。凡今之人，莫如兄弟"，以常棣之花起兴，强调了兄弟情谊与亲情的弥足珍贵，唤起人们内心深处对家庭的认同与归属感。在现代社会，家庭始终是我们情感的重要寄托与心理支持的坚实来源。通过对《诗经》中家族意象的解读与感悟，我们能更加珍视家庭关系，用心加强与家人的沟通交流，从家庭的温暖与关爱中汲取无尽的心理慰藉与力量。再看《诗经·大雅·思齐》，对周文王家族的赞美，展现了周朝的礼乐文化与家族传承。这种对家族荣誉与文化传承的重视，激发着现代人对家族传统的认同与传承意识，让我们在追溯家族历史文化的过程中，找到自己的根源与归属，从而增强心理的稳定感与自豪感。

《诗经》的语言具有独特的韵律节奏之美，其四言诗体的韵律感，在诵读时能产生和谐、舒缓的节奏，对心理有着积极的调节作用。在现代心理疗愈中，诵读或聆听《诗经》，就像为心灵做了一次温柔的按摩。当我们诵读《诗经·周南·关雎》时，"关关雎鸠，在河之洲。窈窕淑女，君子好逑"，那朗朗上口、明快而舒缓的韵律节奏，引导我们自然而然地调整呼吸节奏，身心逐渐放松，内心的紧张与焦虑也随之缓解，进而进入一种宁静平和的状态。

比兴手法的运用，是《诗经》的又一独特魅力。它借助自然景物或具体事物来表达抽象的情感与思想，为诗歌赋予了丰富的想象空间与深刻的内涵寓意。在《诗经·卫风·氓》中，"桑之未落，其叶沃若。于嗟鸠兮，无食桑葚！于嗟女兮，无与士耽！"以桑叶的生长和鸠鸟食桑葚的自然现象起兴，引出女子对恋爱经历的叙述与感慨。读者由此联想到爱情的甜蜜与美好，以及过度沉溺爱情可能带来的痛苦与伤害。这种联想与启示，能帮助现代人在面对爱情问题时更加理性，避免盲目冲动，从而促进心理的成长与成熟。

《诗经》以其独特的魅力，从自然、社会、艺术等多个维度滋养着我们的心灵。它是我们民族文化的瑰宝，也是我们心灵永远的栖息地。让我们走进《诗经》的世界，品味其中的诗意与深情，汲取无尽的精神力量，让心灵在这片古老而又充满生机的土地上得到滋养与升华。

从端午节纪念屈原说开去

每年的农历五月初五，会放假一天过端午节。端午节，又称端阳节、龙舟节、重午节等，是中国民间的传统节日。2006年5月，国务院将端午节列入首批国家级非物质文化遗产名录；

2009 年 9 月，联合国教科文组织正式批准将其列入《人类非物质文化遗产代表作名录》，成为中国首个入选世界非遗的节日。如今，端午节不仅在中国各地广泛庆祝，在日本、韩国、越南等周边国家和地区也有类似的节日习俗，成为具有国际影响力的文化符号。

端午节起源有多种说法。主要说法是屈原投江后，百姓们为了纪念他，在每年的五月初五举行各种活动。赛龙舟，多人集体划桨竞赛，是端午节的一项重要活动，最早当是古越族人祭水神或龙神的一种祭祀活动。吃粽子，用粽叶包裹糯米等食材制成，有甜粽、咸粽等多种口味，最初是为了投入江中让鱼虾不啃食屈原身体。挂艾草与菖蒲，将其挂在门口，有驱虫辟邪、驱邪除灾的寓意。佩香囊，内装艾叶、雄黄等香料，有避邪驱瘟之意，也是一种装饰。

为什么这么隆重地纪念屈原？源于对屈原爱国精神的敬仰和传承，体现了中华民族对国家、对民族的深厚情感。具体来说，现代人每年祭屈原主要有以下原因：一是纪念爱国精神。屈原是中国历史上伟大的爱国诗人，他一心报国，却遭奸臣排挤诽谤，被楚怀王流放，但仍心系国家和百姓，最终为了保持自己的爱国情操和理想信念，投汨罗江自尽。他的爱国精神成为中华民族的精神象征，人们通过祭祀他来表达对爱国情怀的崇尚与传承。二是弘扬文化传统。屈原是中国浪漫主义文学的奠基人，他创作的《离骚》《天问》等作品，具有极高的艺术价值，对后世文学产生了深远影响。端午节祭祀屈原这一习俗，承载着丰富的文化内涵，是对中华优秀传统文化的弘扬和传承，让后人铭记民族的文化根源和精神命脉。三是凝聚民族情感。每年祭祀屈原的活动，成为中华民族共同的文化记忆和情感纽带。在这些活动中，人们共同参与，增进了彼此之间的联系和认同感，有利于凝聚民族向心力，强化民族归属感和自豪感。四是崇尚高尚品格。屈原坚持真理、刚正不阿、洁身自好的高尚品格，为后人树立了道德标杆。人们祭祀他，是对这些美好品德的向往和追求，希望通过缅怀屈原，激励自己和后人坚守道德底线，做一个有道德、有操守的人。

屈原出生于楚国贵族家庭，博闻强识，志向远大。早年受楚怀王信任，任左徒、三闾大夫，常与怀王商议国事，主张对内举贤任能、修明法度，对外力主联齐抗秦。但因触动贵族利益，遭靳尚等人诋毁，被楚怀王疏远。后楚国郢都被秦军攻破，屈原悲愤交加，投汨罗江自尽。《离骚》是其代表作，也是中国古代最长的抒情诗。诗人从身世、品德、理想写起，抒发了自己遭谗言被排挤的痛苦，表达了对楚国命运的深切担忧。《九歌》原是楚国南部流传已久的一套民间祭神乐歌，经屈原加工改写，诗中创造了大量神的形象，大多是人神恋歌。屈原开创了"楚辞"这一诗歌体裁，他的作品充满浪漫主义色彩，大量运用神话传说、奇妙想象和象征手法。其爱国精神和高尚品格成为后世楷模，无数文人墨客从他的作品中汲取灵感。

从《离骚》中的一些名句，可以感悟屈原高洁的精神操守和思想境界。

忧国忧民。"长太息以掩涕兮，哀民生之多艰"：诗人长声叹息而掩面流泪，为百姓生活的艰难而哀伤。"怨灵修之浩荡兮，终不察夫民心"：怨恨楚怀王荒唐，始终不能明察人心。

追求理想。"亦余心之所善兮，虽九死其犹未悔"：只要是我心中所向往、崇尚的，即使为此死去多次我也不会后悔。"路漫漫其修远兮，吾将上下而求索"：在追求真理的道路上，前方的路还很漫长，但我将百折不挠，不遗余力地去追求和探索。

修身洁行。"朝饮木兰之坠露兮，夕餐秋菊之落英"：早晨饮用木兰上坠落的露水，傍晚食用秋菊飘落的花瓣，表达了诗人对美好品德和高洁品质的追求。"民生各有所乐兮，余独好修以为常。虽体解吾犹未变兮，岂余心之可惩"：人们各有各的爱好，我独自爱好修养并习以为常。即使被肢解我也不会改变，又怎能挫败我的心志。

感怀时光。"汩余若将不及兮，恐年岁之不吾与"：光阴似箭，我唯恐抓不住这飞逝的时光，让岁月来塑造我美好的心灵。"日月忽其不淹兮，春与秋其代序"：太阳与月亮互相交迭，未尝稍停，新春与金秋相互交替，永无止境。

坚持自我。"鸷鸟之不群兮，自前世而固然。何方圜之能周兮，夫孰异道而相安"：鸷鸟不合群，比喻忠正刚强的人不合于世俗。方和圆怎能够互相配合，志向不同何能彼此相安。"宁溘死以流亡兮，余不忍为此态也"：宁愿立即死去或者流放他乡，我不能容忍这种苟合之态。

这里重点对《渔父》进行赏析。原文如下：

屈原既放，游于江潭，行吟泽畔，颜色憔悴，形容枯槁。渔父见而问之曰："子非三闾大夫与？何故至于斯？"屈原曰："举世皆浊我独清，众人皆醉我独醒，是以见放。"

渔父曰："圣人不凝滞于物，而能与世推移。世人皆浊，何不淈其泥而扬其波？众人皆醉，何不哺其糟而歠其醨？何故深思高举，自令放为？"

屈原曰："吾闻之，新沐者必弹冠，新浴者必振衣；安能以身之察察，受物之汶汶者乎？宁赴湘流，葬于江鱼之腹中。安能以皓皓之白，而蒙世俗之尘埃乎？"

渔父莞尔而笑，鼓枻而去，乃歌曰："沧浪之水清兮，可以濯吾缨；沧浪之水浊兮，可以濯吾足。"遂去，不复与言。

屈原表明"举世皆浊我独清，众人皆醉我独醒"，展现其不与世俗同流合污的高洁品格。渔父则劝屈原"不凝滞于物，而能与世推移"，以"沧浪之水清兮，可以濯吾缨；沧浪之水浊兮，可以濯吾足"，传达出一种随遇而安、灵活处世的态度。

这首诗歌体现了儒家和道家两种不同的价值观碰撞。屈原代表着儒家积极入世、坚守原则、宁为玉碎不为瓦全的精神；渔父则代表道家顺应自然、超脱旷达、明哲保身的思想。

从艺术角度看，通过简洁的对话和生动的描写，塑造了屈原和渔父两个鲜明的人物形象。屈原的坚定执着与渔父的通达超脱形成强烈反差，使作品具有丰富的张力和深厚的文化内涵。

✿ "楚辞双雄"之一的宋玉
和他诗歌里的忧愁与悲伤

宋玉相传是屈原弟子，二人并称为"楚辞双雄"。在文学上继承和发展了楚辞风格，宋玉借悲秋抒发自己怀才不遇的感慨。有关宋玉的生平，历史记载较为简略且存在争议。一般认为他出生于贫寒之家，在屈原的影响下开始从事文学创作。他曾在楚国宫廷为官，然而由于性格耿直，不善于阿谀奉承，虽有才华却未得到重用，一生郁郁不得志。《九辩》是宋玉的代表作，它在体制上继承了《离骚》的传统，篇幅较长，抒情意味浓厚。该作品围绕"贫士失职而志不平"的主题，细腻地刻画了作者在萧瑟秋风中，因怀才不遇、人生坎坷而产生的忧愁和悲伤。

宋玉《九辩》中的名句。

悲秋之叹。"悲哉，秋之为气也！萧瑟兮草木摇落而变衰。憭栗兮若在远行，登山临水兮送将归"：以秋天的萧瑟景象开篇，奠定了全诗悲秋的基调，描绘出草木凋零、秋风瑟瑟的画面，烘托出诗人内心的凄凉与孤独。"泬寥兮天高而气清，寂寥兮收潦而水清。憯凄增欷兮，薄寒之中人"：通过描写高远清澈的天空和清冷的秋水，进一步渲染了秋的孤寂和凄凉，使人感到寒意阵阵，心生悲戚。

身世之悲。"坎廪兮贫士失职而志不平，廓落兮羁旅而无友生，惆怅兮而私自怜"：诗人感慨自己作为贫士失去了官职，内心充满了不平和委屈，在漂泊的旅途中孤独无依，只能暗自悲伤和怜悯自己。"独申旦而不寐兮，哀蟋蟀之宵征。时亹亹而过中兮，蹇淹留而无成"：诗人因忧愁而通宵未眠，听着蟋蟀在夜间鸣叫，感慨时光匆匆流逝，自己却一事无成，留在世上艰难地生活。

高洁之志。"与其无义而有名兮，宁穷处而守高"：体现了诗人对正义和高尚品德的追求，宁愿处于穷困的境地，也要坚守自己的高尚情操，而不愿通过不正当的手段获取名声。

宋玉的作品还有《高唐赋》《神女赋》《登徒子好色赋》等，这些作品多以丰富的想象、华美的辞藻描绘自然景观、人物形象，对后世文学创作，尤其是汉赋的发展产生了深远影响。宋玉在文学史上具有重要地位，他是继屈原之后，楚辞的重要作家，与屈原并称"屈宋"。他的作品在艺术表现手法上有诸多创新，如善于运用环境描写来烘托人物情感，通过细腻的心理刻画展现人物的性格特点等。这些创作手法为后世文学提供了宝贵的经验，对中国古代文学的发展产生了深远的影响。

🌿 历史学家班固《咏史》：
五言古诗走向成熟的标志

　　班固，字孟坚，扶风安陵（今陕西咸阳市东北）人，东汉史学家、文学家、思想家，与司马迁并称"班马"，与司马相如、扬雄、张衡合称为"汉赋四大家"。他自幼聪慧好学，9岁能吟诵诗赋，16岁入洛阳太学求学。父班彪卒后，继承父业，在被人告发私改国史罪下狱后，其弟班超上书辩解获释，后被召为兰台令史，转迁为郎，典校秘书，历时20余年写成《汉书》。他的诗歌成就体现在五言诗《咏史》。

咏　史

三王德弥薄，惟后用肉刑。

太苍令有罪，就递长安城。

自恨身无子，困急独茕茕。

小女痛父言，死者不可生。

上书诣北阙，阙下歌鸡鸣。

忧心摧折裂，晨风扬激声。

圣汉孝文帝，恻然感至情。

百男何愦愦，不如一缇萦。

这首诗借用西汉文帝时缇萦上书的事迹，表达了对诸子不肖使自己受到牵累的哀伤与无奈，同时也流露出能够因圣主明君发动恻隐之心而获得宽宥的微茫期许。叙事凝练，语言质朴，遣字用韵融入声韵理论，偶句押韵，一韵到底，全押平声，为后人写古诗效法，也接近唐律诗用韵方式。

五言诗的先河难以绝对归结于某一人，五言诗的发展经历了从萌芽到成熟的过程。

《诗经》时代偶有萌芽。相传周代的采诗官会深入民间收集歌谣，其中一些可能包含五言诗句。《诗经》作为中国最早诗歌总集，作品多以四言为主，不过也存在少量五言句。比如《召南·行露》里的"谁谓雀无角，何以穿我屋"，以及《小雅·北山》中的"或燕燕居息，或尽瘁事国"，尽管这些五言句并非独立的五言诗，但它们为五言诗的产生提供了一定的句式基础和创作经验。

西汉民谣奠定基础。西汉时期，五言的民谣、诗歌开始增多。像《汉书·五行志》记载的"邪径败良田，谗口乱善人"，以及《尹赏传》中的"安所求子死？桓东少年场"等。这些民谣以简洁明快的五言形式，反映了当时社会生活的各个方面，具有浓郁的生活气息和民间色彩。它们在民间广泛流传，为五言诗的发展奠定了坚实的群众基础和语言基础，标志着五言诗开始从民间口头创作逐渐走向文人的书面创作。

李陵、苏武被视为初创者。一般认为，五言诗由李陵、苏武初创。相传苏武、李陵身处匈奴时，相互赠答，写下数首五言诗。如李陵的《别诗二首·其一》："良时不再至，离别在须臾。屏营衢路侧，执手野踟蹰。仰视浮云驰，奄忽互相逾。风波一失所，各在天一隅。长当从此别，且复立斯须。欲因晨风发，送子以贱躯。"这些诗以质朴的语言，抒发了真挚深沉的情感，在诗歌艺术表现手法上也有了显著的进步。它们标志着五言诗已经从最初的民间口头创作和文人的尝试性写作，发展成为一种具有独特艺术魅力和表现形式的诗歌体裁，为后世五言诗的繁荣发展奠定了坚实的基础。然而，对于苏李诗的真实性，也存在一些争议。有学者认为，这些诗的风格和用词与当时的文学创作情况不完全相符，可能是后人托名之作。但即便如此，苏李诗在五言诗发展史上的重要地位依然不可忽视，它们对后世五言诗的创作和发展产生了深远的影响。到了东汉班固的《咏史》，五言古诗走向成熟。

❧ 《古诗十九首》：汉代五言诗的最高成就

《古诗十九首》由南朝萧统编纂而成，他从传世无名氏古诗中选录十九首，每一首都是五言诗，在中国文学史上占据重要地位，具有极高的文学价值。《古诗十九首》中很难判定哪一首最著名。从影响力和大众熟知度来看，《迢迢牵牛星》和《行行重行行》尤为突出。

迢迢牵牛星

迢迢牵牛星，皎皎河汉女。

纤纤擢素手，札札弄机杼。

终日不成章，泣涕零如雨。

河汉清且浅，相去复几许。

盈盈一水间，脉脉不得语。

此诗借牛郎织女被银河相隔不得相见的神话故事，抒发了因爱情遭受挫折而痛苦忧伤的心情。整首诗意境优美，感情细腻，尤其是"盈盈一水间，脉脉不得语"，将两人深情却无法倾诉的无奈展现得淋漓尽致，让无数人感同身受。该诗还巧妙运用叠字，增强了诗歌的节奏感和音乐美，读来朗朗上口，使其流传更为广泛。

行行重行行

行行重行行，与君生别离。

相去万余里，各在天一涯。

道路阻且长，会面安可知？

胡马依北风，越鸟巢南枝。

相去日已远，衣带日已缓。

浮云蔽白日，游子不顾返。

思君令人老，岁月忽已晚。

弃捐勿复道，努力加餐饭。

此诗是一首思妇诗，以女性视角细腻地刻画了女子对远行丈夫的深切思念。"相去日已远，衣带日已缓"，通过描写因思念而日渐消瘦的形象，将女子的深情展现得极为动人。"思君令人老，岁月忽已晚"，则进一步表达时光流逝，相思之苦让人容颜老去的感慨，情感真挚深沉，极易引发读者共鸣，使它成为《古诗十九首》中广为人知的经典之作。

《古诗十九首》代表了汉代文人五言诗的最高成就，被奉为五言诗的典范之作。它使五言诗这种诗歌形式达到了成熟，为后世五言诗的发展奠定了坚实基础，历代诗人都从中汲取营养。在诗歌发展历程中，《古诗十九首》处于承前启后的关键位置。它继承了《诗经》《楚辞》的传统，同时又开启了魏晋南北朝诗歌的先声，对后世诗歌的题材选择、情感表达以及艺术风格等方面都产生了深远影响。《古诗十九首》以其真挚自然的情感打动人心。这些诗歌广泛反映了当时社会文人的生活和情感世界，包括游子思妇的离别之苦、人生短暂的感慨、对功名利禄的追求与失望等。

《古诗十九首》的艺术风格浑然天成，质朴自然。诗歌语言简洁明快，不事雕琢，却能准确地传达出诗人的情感和意境。同时，这些诗歌在结构上也独具匠心，往往以简洁的开头引出主题，然后通过层层递进的方式展开叙述，最后以含蓄的结尾给读者留下广阔的想象空间。如《涉江采芙蓉》，开篇"涉江采芙蓉，兰泽多芳草"描绘出一幅美丽的采莲画面，接着"采之欲遗谁？所思在远道"笔锋一转，点明采莲是为了送给远方的爱人，从而引出下文对离别之苦的抒发。整首诗结构紧凑，层次分明，情感真挚，具有很强的艺术感染力。《古诗十九首》运用了丰富多彩的表现手法，极大地增强了诗歌的艺术表现力。其中，比兴手法的运用尤为突出。比兴是《诗经》中常用的表现手法，《古诗十九首》继承并发展了这一传统。如《庭中有奇树》中"庭中有奇树，绿叶发华滋。攀条折其荣，将以遗所思"，诗人以庭中奇树起兴，由树及人，引出对远方爱人的思念之情。此外，《古诗十九首》还善于运用情景交融、虚实相生等表现手法，营造出深远的意境，使读者在欣赏诗歌的同时，能够产生丰富的联想和强烈的情感共鸣。

第三章

魏晋诗歌里有一种精神，
叫"建安风骨"

建安风骨，指汉魏之际建安时期的文学作品，所体现出的慷慨悲凉、刚健洒脱的精神风貌与艺术风格。建安年间，涌现出以"三曹"（曹操、曹丕、曹植）和"建安七子"（孔融、陈琳、王粲、徐干、阮瑀、应玚、刘桢）为代表的一批诗人，他们的作品共同铸就了"建安风骨"。

"建安风骨"最早由南朝梁代的刘勰在其文学理论著作《文心雕龙》中提出。刘勰在《文心雕龙·时序》篇中评价建安文学时说："观其时文，雅好慷慨，良由世积乱离，风衰俗怨，并志深而笔长，故梗概而多气也。"他指出建安时期的文学作品，由于时代动荡、社会离乱等原因，作者们情志深沉，作品笔力雄健，具有慷慨激昂、刚健有力的风格特点，这种风格后来被概括为"建安风骨"。"建安风骨"强调作品要有充实的内容、真挚的情感以及刚健有力的语言风格和艺术表现力，是中国文学史上重要的文学理念，对后世诗歌理论和创作产生了深远影响。

🌿 建安诗人，把诗歌从涓涓细流引向广阔

东汉末年，政治腐败，外戚与宦官交替专权，导致社会矛盾激化。随后，黄巾起义爆发，虽然起义最终被镇压，但却使东汉王朝陷入了更加动荡的局面。各地豪强纷纷拥兵自重，形成了多个割据势力，相互之间展开了长期的混战。这种社会动荡不安的局面，给人民带来了深重的灾难，许多人失去了家园，流离失所，生活陷入了极度的困境。同时，社会经济也遭到了严重的破坏，农业生产停滞，商业活动萧条，整个社会陷入了一片混乱之中。建安时期的诗人大多亲身经历了社会的动荡和人民的苦难，他们的作品真实地反映了当时的社会现实，表达了对人民的深切同情和对社会动荡的忧虑。

自汉武帝"罢黜百家，独尊儒术"以来，儒家思想一直占据着统治地位。然而，到了东汉末年，随着社会的动荡和政治的腐败，儒家思想的统治地位受到了严重的冲击。人们开始对传统的儒家思想产生怀疑，寻求新的思想观念和精神寄托。在这种背景下，道家、法家、名家等诸子百家的思想重新活跃起来，形成了一种思想解放、学术自由的氛围。建安时期的诗人受到这种思想文化氛围的影响，他们的作品不再局限于传统的儒家思想观念，而是更加注重个人情感的抒发和对人生价值的思考。同时，他们还吸收了诸子百家思想的精华，使作品具有更加丰富的思想内涵

和更加深刻的哲理思考。这种思想文化的变革为建安风骨的形成提供了重要的思想基础和文化支撑。

直面现实。建安诗人直面社会现实，作品广泛反映了当时战乱频繁、百姓流离失所的悲惨景象，以及诗人对国家命运的关注和对人民苦难的同情。例如，曹操的《蒿里行》描述了关东义军讨伐董卓时的情景，"铠甲生虮虱，万姓以死亡。白骨露于野，千里无鸡鸣。生民百遗一，念之断人肠"，深刻地展现了战争给人民带来的沉重灾难，表达了诗人对人民的深切同情。王粲的《七哀诗》通过描写诗人在长安目睹的战乱惨象，"出门无所见，白骨蔽平原。路有饥妇人，抱子弃草间"，抒发了诗人对战乱的痛恨和对人民苦难的怜悯之情。这些作品以真实的笔触描绘了社会现实，具有强烈的感染力和深刻的思想内涵，使读者能够真切地感受到当时社会的动荡和人民的苦难。

情感浓烈。建安诗人在作品中毫不掩饰地抒发自己的情感，无论是对理想的追求、对人生的感慨，还是对朋友的真挚情谊，都表达得极为浓烈和真挚。例如，曹植的《白马篇》塑造了一位武艺高强、渴望为国立功的少年英雄形象，"白马饰金羁，连翩西北驰。借问谁家子，幽并游侠儿。……捐躯赴国难，视死忽如归"，通过对少年英雄形象的塑造和对其英勇行为的描写，表达了诗人对理想的追求和对建功立业的渴望，情感热烈而真挚。又如，刘桢的《赠从弟》以松柏为喻，赞颂了松柏在严寒中依然保持坚贞不屈的品格，"亭亭山上松，瑟瑟谷中风。风声一何盛，松枝一何劲。冰霜正惨凄，终岁常端正。岂不罹凝寒，松柏有本性"，通过对松柏品格的赞颂，表达了诗人对从弟的殷切期望和鼓励，希望从弟能够像松柏一样，在艰难困苦的环境中保持坚贞不屈的品格，情感真挚而深沉。这些作品以浓烈的情感抒发了诗人的内心世界，使读者能够深刻地感受到诗人的情感力量和精神追求。

慷慨悲凉。建安时期，社会动荡不安，战乱频繁，人民生活在水深火热之中。这种社会现实给建安诗人带来了沉重的心理负担和深刻的人生感慨，他们的作品往往流露出一种慷慨悲凉的情感基调。例如，曹操的《短歌行》在表达诗人对贤才的渴望和对建功立业的追求的同时，也流露出一种时光易逝、人生短暂的感慨和忧愁，"对酒当歌，人生几何！……周公吐哺，天下归心"，整首诗情感深沉，慷慨悲凉，具有强烈的感染力。又如，陈琳的《饮马长城窟行》通过描写长城边的艰苦生活和役夫与妻子之间的悲惨离别，"饮马长城窟，水寒伤马骨。明知边地苦，贱妾何能久自全？"深刻地反映了当时社会的黑暗和人民的苦难，表达了诗人对人民的深切同情和对战争的痛恨，整首诗情感悲愤，慷慨悲凉，具有很强的艺术感染力。这种慷慨悲凉的情感基调成为建安风骨的重要特征之一，它不仅反映了建安时期社会的动荡和人民的苦难，也展现了建安诗人积极进取的精神风貌和对人生价值的深刻思考。

刚健明朗。建安诗人在创作中展现出一种刚健有力、明朗豁达的艺术风格。他们的作品语言质朴刚健，不追求华丽的辞藻和雕琢的技巧，而是以简洁明快的语言表达深刻的思想和真挚的情感。例如，曹操的诗歌语言质朴刚健，气势雄浑，如"老骥伏枥，志在千里；烈士暮年，壮心不已"（《龟虽寿》），以简洁而有力的语言表达了诗人虽已年迈，但仍怀有壮志豪情，渴望为国家建功立业的决心和信念，体现了一种刚健明朗的艺术风格。

同时，建安诗人在作品中还展现出一种积极向上、奋发进取的精神风貌，他们面对社会的动荡和人生的挫折，不消极悲观，不怨天尤人，而是以一种豁达乐观的态度去面对生活，以一种积极进取的精神去追求自己的理想和人生价值。例如，曹植在《杂诗·其一》中写道："高台多悲风，朝日照北林。之子在万里，江湖迥且深。方舟安可极，离思故难任。孤雁飞南游，过庭长哀吟。翘思慕远人，愿欲托遗音。形影忽不见，翩翩伤我心。"这首诗虽然表达了诗人对远方亲人的思念之情和离别的痛苦，但在诗的结尾，诗人并没有沉浸在悲伤之中，而是以一种豁达乐观的态度去面对生活。这种刚健明朗的艺术风格使建安诗歌具有一种独特的魅力和感染力，它不仅展现了建安时期社会的风貌和人民的精神状态，也为后世诗歌的发展提供了重要的借鉴和启示。

"建安风骨"打破了汉代诗歌在形式和内容上的束缚，为中国古代诗歌的发展开辟了新的道路。建安诗人在继承《诗经》《楚辞》等优秀传统的基础上，大胆创新，在诗歌的题材、内容、形式、语言等方面都进行了积极的探索和实践，取得了显著的成就。例如，在建安之前，诗歌的题材主要局限于祭祀、宴饮、农事等方面，内容相对单一。而建安诗人则将目光投向了广阔的社会现实和丰富多彩的人生体验，使诗歌的题材得到了极大的拓展。他们的作品不仅反映了当时社会的动荡、战争的残酷、人民的苦难等现实问题，还表达了诗人对理想的追求、对人生的感慨、对友情和爱情的珍视等丰富的情感内容。同时，建安诗人在诗歌的形式和语言方面也进行了大胆的创新。在形式上，他们摆脱了汉代乐府诗严格的音乐格律的限制，更加注重诗歌自身的节奏和韵律，使诗歌的形式更加自由灵活，富有变化。在语言上，他们摒弃了汉代诗歌中那种华丽雕琢、堆砌辞藻的语言风格，采用了一种质朴刚健、简洁明快的语言表达方式，使诗歌的语言更加生动形象，富有表现力。建安诗人的这些创新和探索，为后世诗歌的发展奠定了坚实的基础，对中国古代诗歌的发展产生了深远的影响。后世的许多诗人，都从建安风骨中汲取了丰富的营养，受到了深刻的启发，他们在自己的诗歌创作中，继承和发扬了建安风骨的优良传统，使中国古代诗歌在不同的历史时期都展现出了独特的魅力和风采。

🌿 曹操、曹丕和曹植：
中国诗歌史一道亮丽的风景

曹操、曹丕、曹植，父子三人以其独特的才情与风格，共同勾勒出一道亮丽夺目的风景。他们身处乱世，却以笔为剑，以诗言志，在诗歌的天地里纵横驰骋，为后世留下了无数脍炙人口的佳作，对中国诗歌的发展产生了深远且持久的影响。

曹操，作为"三曹"之首，其诗歌风格犹如雄浑壮阔的沧海，展现出一种慷慨悲凉、气韵沉雄的独特魅力。他的一生波澜壮阔，历经无数战争与政治风云变幻，这些丰富的经历为他的诗歌创作提供了深厚的土壤。《龟虽寿》生动展现出他虽已暮年，却依然心怀壮志、不甘沉沦的进取精神。诗句如黄钟大吕，振聋发聩，让我们真切感受到曹操那磅礴的气势与远大的抱负。而

《观沧海》里，寥寥数语，便勾勒出一幅雄浑壮阔的大海图景，诗人将自己的雄心壮志融入对自然景观的描绘之中，尽显其包容宇宙的胸怀与气吞山河的气魄。曹操的诗歌，摆脱了当时文学创作中追求形式华丽的风气，以质朴刚健的语言、宏大的气魄，抒发了对社会现实的深刻洞察与对理想的不懈追求，为后世诗歌创作树立了"建安风骨"的典范。

曹丕，虽在政治上的成就或许不及曹操，在文学才华的全面性上略逊于曹植，但他在诗歌领域同样有着不可忽视的贡献。他的诗歌风格清新婉约，情感细腻真挚，尤其擅长描写男女爱情与游子思妇的情感。《燕歌行》是其代表作之一，"秋风萧瑟天气凉，草木摇落露为霜。群燕辞归鹄南翔"，开篇便以细腻的笔触描绘出一幅秋意萧瑟的画面，营造出一种凄凉、孤寂的氛围。整首诗通过对女子在秋夜思念远方丈夫的心理刻画，将那种深沉而又无奈的相思之情表达得淋漓尽致。曹丕的诗歌语言优美，韵律和谐，在形式上对七言诗的发展起到了重要的推动作用。他摆脱了以往诗歌在句式上的束缚，使得七言诗在他的笔下逐渐走向成熟，为后世七言诗的繁荣奠定了坚实的基础。

曹植，被誉为"建安之杰"，其诗歌才华犹如璀璨星辰，在"三曹"中最为耀眼夺目。他的诗歌风格兼具刚健与柔美，前期作品多充满壮志豪情，展现出对建功立业的渴望与追求；后期则因遭受政治迫害，诗歌风格转为沉郁悲愤，抒发了内心的痛苦与无奈。前期的《白马篇》，塑造了一位武艺高强、英勇无畏的少年英雄形象，"捐躯赴国难，视死忽如归"，表达了诗人渴望为国效力、建功立业的豪情壮志，诗句充满了激情与活力，读来令人热血沸腾。而后期的《七哀诗》，"君若清路尘，妾若浊水泥。浮沉各异势，会合何时谐"，诗人以女子自比，借女子对丈夫的思念与哀怨，抒发了自己在政治上遭受排挤、抱负无法施展的悲愤之情，情感深沉而又真挚，令人动容。曹植的诗歌在艺术技巧上达到了极高的水准，他善于运用比喻、象征等修辞手法，使诗歌的意境更加深远；同时，他注重诗歌的炼字炼句，语言优美华丽，辞藻丰富，如"翩若惊鸿，婉若游龙"等描写，尽显其高超的语言驾驭能力。

"三曹"诗歌在中国诗歌史上的地位举足轻重。他们生活在东汉末年至三国时期，正值社会动荡不安、战火纷飞之际，却以诗歌为载体，反映了那个时代的社会风貌与人民的苦难，抒发了个人的理想抱负与情感体验。他们的诗歌以刚健质朴、慷慨悲凉为主要特征，强调诗歌要反映社会现实，表达真情实感，对后世诗歌的发展产生了深远的影响。从唐代的陈子昂、李白、杜甫等诗人对"建安风骨"的继承与发扬，到后世无数诗人在创作中追求的真实情感表达与对社会现实的关注，都能看到"三曹"诗歌的影子。

"三曹"诗歌在诗歌形式的发展上也起到了承上启下的重要作用。曹操的四言诗在继承《诗经》传统的基础上，赋予了四言诗新的生命力；曹丕对七言诗的探索与发展，为七言诗的成熟奠定了基础；曹植则在五言诗的创作上达到了很高的成就，使得五言诗在当时得到了广泛的传播与认可，成为后世诗歌创作的主要形式之一。

每当我们吟诵起他们的诗篇，仿佛穿越时空，回到那个英雄辈出的时代，感受着他们的豪情壮志与悲欢离合，领略到中国诗歌的无穷魅力。这里赏析曹操代表作《观沧海》和《龟虽寿》。

观沧海

东临碣石，以观沧海。

水何澹澹，山岛竦峙。

树木丛生，百草丰茂。

秋风萧瑟，洪波涌起。

日月之行，若出其中；

星汉灿烂，若出其里。

幸甚至哉，歌以咏志。

东行登上碣石山，来观赏那苍茫的大海。海水多么宽阔浩荡，山岛高高地挺立在海边。树木和百草丛生，十分繁茂。秋风吹动树木发出悲凉的声音，海中涌着巨大的海浪。太阳和月亮的运行，好像是从这浩瀚的海洋中发出的。银河星光灿烂，好像是从这浩瀚的海洋中产生出来的。我很高兴，就用这首诗歌来表达自己内心的志向。

龟虽寿

神龟虽寿，犹有竟时。

腾蛇乘雾，终为土灰。

老骥伏枥，志在千里。

烈士暮年，壮心不已。

盈缩之期，不但在天；

养怡之福，可得永年。

幸甚至哉，歌以咏志。

神龟的寿命即使十分长久，但也还有生命终结的时候。腾蛇尽管能乘雾飞行，终究也会死亡化为土灰。年老的千里马虽然伏在马槽旁，它的雄心壮志仍然是能够驰骋千里。有远大抱负的人士到了晚年，奋发思进的雄心不会止息。人的寿命长短，不只是由上天所决定的。只要自己调养好身心，也可以益寿延年。我很高兴，就用这首诗歌来表达自己内心的志向。

曹丕，字子桓，曹操的次子，曹魏开国皇帝。在政治上有一定的建树，同时也是邺下文人集团的实际领袖，对建安文学的精神架构起到关键作用。曹丕的诗歌形式多样，以五、七言为长，语言通俗，具有民歌精神，手法委婉细致，回环往复，善于描写男女爱情和游子思妇题材。其《典论·论文》是中国最早的文学理论与批评著作，开创了文学批评的风气，为中国文学批评之祖，而《燕歌行》是中国文学史上第一首完整的七言诗，对后世七言诗的创作有很大影响。

燕歌行

秋风萧瑟天气凉，草木摇落露为霜。

群燕辞归鹄南翔，念君客游多思肠。

慊慊思归恋故乡，君何淹留寄他方？

贱妾茕茕守空房，忧来思君不敢忘，不觉泪下沾衣裳。

援琴鸣弦发清商，短歌微吟不能长。

明月皎皎照我床，星汉西流夜未央。

牵牛织女遥相望，尔独何辜限河梁。

秋风萧瑟，天气清冷，草木凋落，白露凝霜。燕群辞归，天鹅南飞，思念出外远游的良人啊，我肝肠寸断。思虑冲冲，怀念故乡，君为何故，久留他方？贱妾孤零零地空守闺房，忧愁的时候思念君子啊，我不敢忘怀，不知不觉中珠泪下落，打湿了我的衣裳。拿过古琴，拨弄琴弦却发出丝丝哀怨，短歌轻吟，似续还断。那皎洁的月光啊照着我的空床，星河沉沉向西流，忧心不寐夜漫长。牵牛织女啊远远地互相观望，你们究竟有什么罪过，被天河阻挡。

曹植，字子建，曹操的三子，是三国时期著名文学家。其才情横溢，有"才高八斗"之誉。但命运坎坷，在与曹丕的皇位竞争中失败，后受到曹丕的打压。曹植在东阿（今山东东阿县）度过了一段重要时光，对其人生及文学创作都产生了深远影响。黄初三年，曹植先被封为鄄城王。次年，其兄曹丕将曹植徙封"东阿王"，最后葬在东阿。在东阿，他的生活相对安稳，远离了宫廷斗争的漩涡，这为他的文学创作提供了相对稳定的环境。2020年8月，笔者随山东诗词学会在东阿举办诗词研学班，查阅了有关曹植的资料，并谒拜了曹植墓。对曹植在东阿的事迹有了更多的了解。

兴建鱼山梵呗寺。曹植在东阿时常登鱼山游览。相传，他在鱼山听到空中传来美妙的梵天之音，深受启发。于是，他依据这些梵音，结合儒家文化和当地民间音乐，进行改编创作，形成了规范的音乐体系，即鱼山梵呗。为了更好地传承和弘扬鱼山梵呗，曹植在鱼山主持兴建了鱼山梵呗寺。这座寺庙不仅是当时重要的佛教活动场所，也成为鱼山梵呗传承和发展的重要基地。鱼山梵呗寺的兴建，不仅体现了曹植对佛教文化的尊重和推崇，也展示了他在文化艺术领域的卓越才能和创新精神。鱼山梵呗作为中国佛教音乐的重要流派之一，至今仍在国内外广泛传播，深受人们的喜爱和推崇。而鱼山梵呗寺也成为东阿县重要的文化旅游景点之一，吸引了众多游客前来参观游览，感受鱼山梵呗的独特魅力和深厚文化底蕴。

关注民生获口碑。在东阿期间，曹植深入了解当地百姓的生活状况，对民生疾苦有了更深刻的认识。他看到百姓们在繁重的赋税和劳役下艰难求生，生活困苦不堪。这些所见所闻使曹植内心充满了同情和忧虑，他深知百姓们的苦难，也明白自己作为一方诸侯，有责任为百姓们做些事情。于是，曹植积极采取措施，努力改善百姓的生活。他一方面上书朝廷，如实反映东阿百姓的生活困境，请求朝廷减轻赋税和劳役，让百姓们能够休养生息。另一方面，曹植在东阿境内亲自组织百姓开展生产自救活动。他鼓励百姓开垦荒地，种植粮食作物和经济作物，以增加收入。同时，曹植还积极推广先进的农业生产技术和工具，提高农业生产效率，促进农业生产的发展。此外，曹植还关注东阿的水利建设，组织百姓兴修水利工程，改善灌溉条件，确保农业生产的丰收。在曹植的关心和支持下，东阿百姓的生活逐渐得到了改善。百姓们对曹植的感激之情溢于言表，他们纷纷称赞曹植是一位关心百姓疾苦、爱民如子的好王爷。曹植在东阿的这段经历，不仅使他更加深入地了解了社会现实和百姓的生活状况，也让他在实践中锻炼了自己的领导能力和组织能力。同时，这段经历也为曹植的文学创作提供了丰富的素材和深刻的思想内涵。他将自己对百姓的同情和对社会现实的思考融入文学作品，创作了许多具有深刻思想内涵和强烈社会责任感的文学作品，成为中国文学史上的经典之作。

　　创作灵感如泉涌。在东阿的生活为曹植提供了大量的创作灵感，这一时期他创作了众多文学作品，涵盖诗、赋、表等多种体裁。例如，他的《洛神赋》就创作于这一时期。这篇赋以浪漫主义的手法，通过对洛水女神宓妃的描写，表达了曹植对美好爱情的向往和追求，同时也寄托了他在政治上的失意和苦闷。《洛神赋》不仅在文学史上具有重要的地位，被誉为中国古代文学史上的经典之作，而且对后世文学创作产生了深远的影响。许多诗人、作家都从《洛神赋》中汲取了创作灵感，创作出了许多优秀的文学作品。除了《洛神赋》之外，曹植在东阿还创作了许多其他优秀的文学作品。例如，他的诗歌《赠白马王彪》也是创作于这一时期。这首诗以沉痛悲愤的心情，通过对曹植与白马王曹彪在回封地途中被迫分离的描写，表达了曹植对曹丕的怨恨和对自己命运的无奈，同时也反映了当时统治阶级内部的残酷斗争和兄弟之间的骨肉相残。

　　创作风格有转变。这一时期曹植的文学风格相较于前期发生了显著变化。前期，曹植生活在曹操的庇护下，过着富贵悠闲的生活，其作品多以描写宴饮游乐、宫廷生活以及抒发自己的理想抱负为主，风格华丽浪漫，充满了乐观向上的精神。例如，他的《公宴诗》就生动地描绘了在曹操的宴会上，文人墨客们饮酒赋诗、其乐融融的场景，诗中充满了对美好生活的赞美和对未来的憧憬。然而，随着曹操的去世以及曹丕的即位，曹植的生活发生了翻天覆地的变化。他不仅失去了曹操的庇护，而且还受到了曹丕的猜忌和打压，多次被贬爵徙封，生活困苦不堪。在这种情况下，曹植的文学风格也发生了显著的变化。他的作品不再以描写宴饮游乐、宫廷生活以及抒发自己的理想抱负为主，而是更多地关注社会现实和民生疾苦。通过对自己悲惨遭遇的描写，表达了对曹丕的怨恨和对自己命运的无奈，同时也反映了当时统治阶级内部的残酷斗争和社会的动荡不安。例如，他的《七哀诗》就通过对一个思妇在战乱中思念远方丈夫的描写，表达了对战争的痛恨和对百姓苦难的同情，同时也寄托了自己在政治上的失意和苦闷。此外，曹植在这一时期的作品风格也变得更加沉郁顿挫、悲愤激昂，充满了强烈的感染力和艺术魅力。

对后世影响深远。曹植在东阿创作的作品在中国文学史上占据着举足轻重的地位，对后世文学的发展产生了极为深远的影响。后来的许多诗人、作家都从他的作品中汲取了创作灵感，创作出了许多优秀的文学作品。例如，唐代诗人李白就深受曹植的影响，他的诗歌风格豪放飘逸，充满了浪漫主义色彩，与曹植的诗歌风格有许多相似之处。唐代诗人杜甫也对曹植的文学成就给予了高度评价，他的诗歌在艺术表现手法上也借鉴了曹植的一些经验和技巧，使他的诗歌更加严谨、精炼，具有更高的艺术价值。宋代诗人苏轼、辛弃疾，元代诗人马致远，明代诗人杨慎，清代诗人龚自珍等，他们的作品在思想内涵、艺术表现手法等方面都受到了曹植的影响，同时也展现了他们各自独特的艺术风格和创作魅力。曹植的文学成就不仅是中国文学史上的一座丰碑，也是世界文学宝库中的一颗璀璨明珠，值得我们学习敬仰。

在东阿参加山东诗词学会活动期间，笔者再一次研读了他的作品，对曹植的才分充满敬仰。为了表达这种敬仰之情，笔者写过两首五言律诗。《过东阿谒曹植墓》："斑驳朱门启，沧桑草木森。青碑文尚在，白马迹无寻。运仄高才弄，诗悲雅客吟。平生何造化，半日悟天音。"《游鱼山考梵呗祖庭》："梵声千古越，天籁为谁吟。如诉惊鸿落，长悲绣虎暗。耕诗勤舞剑，煮酒复听琴。佛祖非无意，鱼山启呗音。"

为了更进一步走近曹植，欣赏他的文学成就，这里举三篇他的代表作。这第一首，背后的故事尽人皆知，其中寓意的凄凉寒心只有曹植自知。

七步诗

煮豆持作羹，漉菽以为汁。

其在釜下燃，豆在釜中泣。

本是同根生，相煎何太急。

煮豆来做豆羹，过滤的豆子做成汁。豆秸在锅底下燃烧，豆子在锅里面哭泣。豆子和豆秸本来是同一条根上生长出来的，豆秸怎能这样急迫地煎熬豆子呢？

赠白马王彪·并序

黄初四年五月，白马王、任城王与余俱朝京师、会节气。到洛阳，任城王薨。至七月，与白马王还国。后有司以二王归藩，道路宜异宿止，意毒恨之。盖以大别在数日，是用自剖，与王辞焉，愤而成篇。

谒帝承明庐，逝将归旧疆。

清晨发皇邑，日夕过首阳。

伊洛广且深，欲济川无梁。

泛舟越洪涛，怨彼东路长。

顾瞻恋城阙，引领情内伤。

太谷何寥廓，山树郁苍苍。

霖雨泥我涂，流潦浩纵横。

中逵绝无轨，改辙登高岗。

修坂造云日，我马玄以黄。

玄黄犹能进，我思郁以纡。

郁纡将何念，亲爱在离居。

本图相与偕，中更不克俱。

鸱枭鸣衡轭，豺狼当路衢。

苍蝇间白黑，谗巧令亲疏。

欲还绝无蹊，揽辔止踟蹰。

踟蹰亦何留？相思无终极。

秋风发微凉，寒蝉鸣我侧。

原野何萧条，白日忽西匿。

归鸟赴乔林，翩翩厉羽翼。

孤兽走索群，衔草不遑食。

感物伤我怀，抚心长太息。

太息将何为，天命与我违。

奈何念同生，一往形不归。

孤魂翔故域，灵柩寄京师。

存者忽复过，亡殁身自衰。

人生处一世，去若朝露晞。

年在桑榆间，影响不能追。

自顾非金石，咄唶令心悲。

心悲动我神，弃置莫复陈。

丈夫志四海，万里犹比邻。

恩爱苟不亏，在远分日亲。

何必同衾帱，然后展殷勤。

忧思成疾疢，无乃儿女仁。

仓卒骨肉情，能不怀苦辛？

苦辛何虑思，天命信可疑。

虚无求列仙，松子久吾欺。

变故在斯须，百年谁能持？

离别永无会，执手将何时？

王其爱玉体，俱享黄发期。

收泪即长路，援笔从此辞。

黄初四年五月，白马王彪、任城王彰与我一起前往京城朝拜，迎奉节气。到达洛阳后，任城王不幸身死；到了七月，我与白马王返回封国。后来有司以二王返回封地之故，使我二人在归途上的住宿起居相分隔，令我心中时常忧愤！因为诀别只在数日之间，我便用诗文自剖心事，与白马王离别于此，悲愤之下，作成此篇。

在承明庐谒见我的皇兄，去时返回那旧日封国的疆土。清晨从帝都扬鞭启程，黄昏经过首阳山的日暮。伊水和洛水，多么广阔而幽深；想要渡过川流，却为没有桥梁所苦。乘舟越过翻涌的波涛，哀怨于东方漫长的旅途；回首瞻望洛阳的城楼，转头难禁我哀伤反复。

浩荡的空谷何等寥廓，山间的古木郁郁苍苍。暴雨让路途充满泥泞，污浊的石浆纵横流淌。中间的路途已绝不能再前进，改道而行，登临高峻的山冈。可是长长的斜坡直入云天，我的座马又身染玄黄之疾。

马染玄黄，可是仍能奋蹄；我怀哀思，却曲折而忧郁。忧郁而曲折的心志啊，究竟何所牵念？只为我挚爱的王孙即将分离。原本试图一同踏上归路，中途却变更而无法相聚。枭鸟停在马车的衡轭上；豺狼阻绝了当途的要津；苍蝇之流让黑白混淆；机巧的谗言，疏远了血肉之亲。想要归去却无路能行，手握缰绳，不由得踟蹰难进！

踟蹰之间，此地又有什么留恋？我对王孙的思念永远没有终极！秋风激发微薄的凉意，寒蝉在我的身侧哀鸣。广袤的原野啊，多么萧条；白色的日影倏忽间向西藏匿。归鸟飞入高大的林木，翩翩然地扇动着羽翼。孤单的野兽奔走着寻觅兽群，口衔着蒿草也无暇独食而尽。感于物象触伤了我的胸怀，以手抚心发出悠长的叹息。

长叹又能有什么用处？天命已与我的意志相违！何能想到，我那同胞的兄长，此番一去，形体竟永不返归！孤独的魂魄飞翔在昔日的故土，灵柩却寄存在帝都之内。尚存之人，须臾间也将过世而去，亡者已没，我的身体已自行衰微。短暂的一生居住在这世间，忽然好比清晨蒸干的露水。岁月抵达桑榆之年的迟暮，光影和声响都已无法追回。自我审思并非金石之体，顿挫嗟叹间令我满心忧悲。

心境的悲伤触动了我的形神，望弃置下忧愁不再复述哀情。大丈夫理应志在四海，纵使相隔万里也犹如比邻。假若兄弟的眷爱并无削减，分离远方，反会加深你我的情谊，又何必一定要同榻共眠，来传达你我的殷勤？忧思导致了疾病，这恐怕只是儿女情长罢了。只是仓猝间割舍的骨肉之情，怎能不让人心怀愁苦和酸辛！

愁苦与酸辛引起了怎样的思虑？如今我笃信了天命的可疑！向众仙寄托祈求终究虚妄，让神人赤松子久久地把我诓欺。人生的变故发生在短暂的须臾，有谁能持有百年的长寿；一旦离别永无相会之日，再执王孙的手，将要等到何期？但愿白马王啊，珍爱您尊贵的躯体，与我一同安度寿者的黄发之年；饮泪踏上漫漫的长路，从此收笔永诀，与君分离。

洛神赋

黄初三年，余朝京师，还济洛川。古人有言，斯水之神，名曰宓妃。感宋玉对楚王神女之事，遂作斯赋，其词曰：

余从京域，言归东藩，背伊阙，越轘辕，经通谷，陵景山。

日既西倾，车殆马烦。尔乃税驾乎蘅皋，秣驷乎芝田，容与乎阳林，流眄乎洛川。于是精移神骇，忽焉思散。俯则未察，仰以殊观。睹一丽人，于岩之畔。乃援御者而告之曰："尔有觌于彼者乎？彼何人斯，若此之艳也！"御者对曰："臣闻河洛之神，名曰宓妃。然则君王所见，无乃是乎？其状若何，臣愿闻之。"

余告之曰：其形也，翩若惊鸿，婉若游龙，荣曜秋菊，华茂春松。髣髴兮若轻云之蔽月，飘飖兮若流风之回雪。远而望之，皎若太阳升朝霞。迫而察之，灼若芙蕖出渌波。秾纤得衷，修短合度。肩若削成，腰如约素。延颈秀项，皓质呈露，芳泽无加，铅华弗御。云髻峨峨，修眉联娟，丹唇外朗，皓齿内鲜。明眸善睐，靥辅承权，瑰姿艳逸，仪静体闲。柔情绰态，媚于语言。奇服旷世，骨像应图。披罗衣之璀粲兮，珥瑶碧之华琚。戴金翠之首饰，缀明珠以耀躯。践远游之文履，曳雾绡之轻裾。微幽兰之芳蔼兮，步踟蹰于山隅。于是忽焉纵体，以遨以嬉。左倚采旄，右荫桂旗。攘皓腕于神浒兮，采湍濑之玄芝。

余情悦其淑美兮，心振荡而不怡。无良媒以接欢兮，托微波而通辞。愿诚素之先达兮，解玉佩以要之。嗟佳人之信修兮，羌习礼而明诗。抗琼珶以和予兮，指潜渊而为期。执眷眷之款实兮，惧斯灵之我欺。感交甫之弃言兮，怅犹豫而狐疑。收和颜而静志兮，申礼防以自持。

于是洛灵感焉，徙倚彷徨。神光离合，乍阴乍阳。竦轻躯以鹤立，若将飞而未翔。践椒涂之郁烈，步蘅薄而流芳。超长吟以永慕兮，声哀厉而弥长。尔乃众灵杂遝，命俦啸侣。或戏清流，或翔神渚，或采明珠，或拾翠羽。从南湘之二妃，携汉滨之游女。叹匏瓜之无匹兮，咏牵牛之独处。扬轻袿之猗靡兮，翳修袖以延伫。体迅飞兔，飘忽若神。凌波微步，罗袜生尘。动无常则，若危若安。进止难期，若往若还。转眄流精，光润玉颜。含辞未吐，气若幽兰。华容婀娜，令我忘餐。

于是屏翳收风，川后静波。冯夷鸣鼓，女娲清歌。腾文鱼以警乘，鸣玉鸾以偕逝。六龙俨其齐首，载云车之容裔。鲸鲵踊而夹毂，水禽翔而为卫。于是越北沚，过南冈，纡素领，回清阳，动朱唇以徐言，陈交接之大纲。恨人神之道殊兮，怨盛年之莫当。抗罗袂以掩涕兮，泪流襟之浪浪。悼良会之永绝兮，哀一逝而异乡。无微情以效爱兮，献江南之明珰。虽潜处于太阴，长寄心于君王。忽不悟其所舍，怅神宵而蔽光。

于是背下陵高，足往神留。遗情想像，顾望怀愁。冀灵体之复形，御轻舟而上溯。浮长川而忘返，思绵绵而增慕。夜耿耿而不寐，沾繁霜而至曙。命仆夫而就驾，吾将归乎东路。揽𬘩以抗策，怅盘桓而不能去。

译文：黄初三年，我来到京都朝觐，归渡洛水。古人曾说此水之神名叫宓妃。因有感于宋玉对楚王所说的神女之事，于是作了这篇赋。赋文如下：

我从京都洛阳出发，向东回归封地鄄城，背着伊阙，越过辕辕，途经通谷，登上景山。这时日已西下，车困马乏。于是就在长满杜蘅草的岸边卸了车，在生着芝草的地里喂马。自己则漫步于阳林，纵目眺望水波浩渺的洛川。于是不觉精神恍惚，思绪飘散。低头时还没有看见什么，一抬头，却发现了异常的景象，只见一个绝妙佳人，立于山岩之旁。我不禁拉着身边的车夫对他说："你看见那个人了吗？那是什么人，竟如此艳丽！"车夫回答说："臣听说河洛之神的名字叫宓妃，然而君王所看见的，莫非就是她！她的形状怎样，臣倒很想听听。"

我告诉他说：她的形影，翩然若惊飞的鸿雁，婉约若游动的蛟龙。容光焕发如秋日下的菊花，体态丰茂如春风中的青松。她时隐时现像轻云笼月，浮动飘忽似回风旋雪。远而望之，明洁如朝霞中升起的旭日；近而视之，鲜丽如绿波间绽开的新荷。她体态适中，高矮合度，肩窄如削，腰细如束，秀美的颈项露出白皙的皮肤。既不施脂，也不敷粉，发髻高耸如云，长眉弯曲细长，红唇鲜润，牙齿洁白，一双善于顾盼的闪亮的眼睛，两个面颊下甜甜的酒窝。她姿态优雅妖媚，举止温文娴静，情态柔美和顺，语辞得体可人。洛神服饰奇艳绝世，风骨体貌与图上画的一样。她身披明丽的罗衣，带着精美的佩玉。头戴金银翡翠首饰，缀以周身闪亮的明珠。她脚著饰有花纹的远游鞋，拖着薄雾般的裙裾，隐隐散发出幽兰的清香，在山边徘徊。忽然又飘然轻举，且行且戏，左面倚着彩旄，右面有桂旗庇荫，在河滩上伸出素手，采撷水流边的黑色芝草。

我钟情于她的淑美，不觉心旌摇曳而不安。因为没有合适的媒人去说情，只能借助微波来传递话语。但愿自己真诚的心意能先于别人陈达，我解下玉佩向她发出邀请。可叹佳人实在美好，既明礼义又善言辞，她举着琼玉向我作出回答，并指着深深的水流以为期待。我怀着眷眷之诚，又恐受这位神女的欺骗。因有感于郑交甫曾遇神女背弃诺言之事，心中不觉惆怅、犹豫和迟疑，于是敛容定神，以礼义自持。

这时洛神深受感动，低回徘徊，神光时离时合，忽明忽暗。她像鹤立般地耸起轻盈的躯体，如将飞而未翔；又踏着充满花椒浓香的小道，走过杜蘅草丛而使芳气流动。忽又怅然长吟以表示深沉的思慕，声音哀婉而悠长。于是众神纷至杂沓，呼朋引类，有的嬉戏于清澈的水流，有的飞翔于神异的小渚，有的在采集明珠，有的在俯拾翠鸟的羽毛。洛神身旁跟着娥皇、女英南湘二妃，她手挽汉水之神，为瓠瓜星的无偶而叹息，为牵牛星的独处而哀咏。时而扬起随风飘动的上衣，用长袖蔽光远眺，久久伫立；时而又身体轻捷如飞凫，飘忽游移无定。她在水波上行走，罗袜溅起的水沫如同尘埃。她动止没有规律，像危急又像安闲；进退难以预知，像离开又像回返。她双目流转光亮，容颜焕发泽润，话未出口，却已气香如兰。她的体貌婀娜多姿，令我看了茶饭不思。

在这时风神屏翳收敛了晚风，水神川后止息了波涛，冯夷击响了神鼓，女娲发出清泠的歌声。飞腾的文鱼警卫着洛神的车乘，众神随着叮当作响的玉鸾一齐离去。六龙齐头并进，驾着云车从容前行。鲸鲵腾跃在车驾两旁，水禽绕翔护卫。车乘走过北面的沙洲，越过南面的山冈，洛神转动白洁的脖颈，回过清秀的眉目，朱唇微启，缓缓地陈诉着往来交接的纲要。只怨恨人神有别，彼此虽然都处在盛年而无法如愿以偿。说着不禁举起罗袖掩面而泣，止不住泪水涟涟沾湿了衣襟，哀念欢乐的相会就此永绝，如今一别身处两地，不曾以细微的柔情来表达爱慕之心，只能赠以明珰作为永久的纪念。自己虽然深处太阴，却时时怀念着君王。洛神说毕忽然不知去处，我为众灵一时消失隐去光彩而深感惆怅。

于是我舍低登高，脚步虽移，心神却仍留在原地。余情缱绻，不时想象着相会的情景和洛神的容貌；回首顾盼，更是愁绪萦怀。满心希望洛神能再次出现，就不顾一切地驾着轻舟逆流而上。行舟于悠长的洛水以至忘了回归，思恋之情却绵绵不断，越来越强，以至整夜心绪难平无法入睡，身上沾满了浓霜直至天明。我不得已命仆夫备马就车，踏上向东回返的道路，但当手执马缰，举鞭欲策之时，却又怅然若失，徘徊依恋，无法离去。

作者虚构了自己与洛神相遇的故事，人神相恋的情节突破现实局限，创造出如梦似幻的艺术境界，如对洛神出行场景中众神的描绘，营造出神秘氛围。对洛神的体态、容貌、服饰、姿态等进行了细致入微的刻画，"翩若惊鸿，婉若游龙"等句，将洛神的美生动展现，给人如见其人之感。运用大量华美的词汇，如"瑰姿艳逸，仪静体闲"等，对仗工整，音韵和谐，使文章富有节奏感和韵律美，极具艺术感染力。从初见洛神时的惊艳，到试图通过微波通辞、解玉佩相邀，展现了作者对洛神的强烈爱慕与向往，情感真挚热烈。人神殊途的现实使这段感情无法圆满，洛神离去后作者"夜耿耿而不寐，沾繁霜而至曙"，抒发了求而不得的惆怅、无奈与悲伤之情。

对于这篇赋表现的主题，有两种说法。一种是爱情说，看作是一篇纯粹描写人神爱情的作品，借与洛神的相遇相恋，表达对美好爱情的渴望与追求。二是寄托说，可能是曹植以洛神自比或把洛神当作理想的象征，抒发自己在政治上怀才不遇、壮志难酬的苦闷和对理想的执着追求。笔者更倾向于第二种说法，这符合曹植所处的境地。

🌿 建安七子和他们的诗歌精神

　　建安七子是指东汉末年汉献帝建安年间的七位文学家，包括孔融、陈琳、王粲、徐干、阮瑀、应场、刘桢。他们在文学上成就和地位很高，诗歌内容上，多反映社会现实，如王粲《七哀诗》、陈琳《饮马长城窟行》，描绘了战乱流离之苦；也有表现个人情感的，像徐干《室思诗》，细腻地表达了男女相思之情。情感深沉浓烈，慷慨悲凉，既有对乱世的悲叹，也有壮志难酬的感慨，如孔融《临终诗》，尽显人生的悲哀与无奈。风格方面，刚健有力，风骨遒劲，以质朴的语言表达真挚的情感，展现出阳刚之美，形成了建安风骨的独特风格。普遍采用五言形式，使诗歌的表现力更强，为五言诗的发展奠定了更加坚实的基础。

　　建安七子诗歌的精神内涵。抒发壮志豪情，七子身处乱世，却心怀天下，渴望建功立业，如陈琳、刘桢等，其作品中充满积极进取的精神，体现出对理想的执着追求。体现悲悯情怀，他们目睹了百姓的苦难，对社会现实有着深刻的反思，作品中流露出对百姓的同情，如王粲的诗，深刻地揭示了社会矛盾。张扬个性精神，不再受传统儒学的束缚，敢于在诗中展现自我，抒发独特的情感和见解，呈现出鲜明的个性。下面分别介绍。

　　孔融，字文举，鲁国（今山东曲阜）人，是孔子的二十世孙，就是历史上那个让梨的孔融。他自幼聪慧，勤奋好学，诗文俱佳。建安十三年，孔融因触怒曹操，被曹操以"招合徒众""欲图不轨"等罪名杀害，时年五十六岁。他的诗歌以抒情为主，情感真挚，表达了对人生的感慨和对社会现实的关注。

孔融的诗歌代表作有《临终诗》《杂诗二首》等。

临终诗

言多令事败，器漏苦不密。

河溃蚁孔端，山坏由猿穴。

涓涓江汉流，天窗通冥室。

谗邪害公正，浮云翳白日。

靡辞无忠诚，花繁竟不实。

人有两三心，安能合为一。

三人成市虎，浸渍解胶漆。

生存多所虑，长寝万事毕。

这是孔融临终时所作的五言古诗。诗中总结了其政治教训，表明了政治态度，表达了护汉贬曹的微言深旨和斥谗指佞的激情愤心。

杂诗二首·其一

岩岩钟山首，赫赫炎天路。

高明曜云门，远景灼寒素。

昂昂累世士，结根在所固。

吕望老匹夫，苟为因世故。

管仲小囚臣，独能建功祚。

人生有何常？但患年岁暮。

幸托不肖躯，且当猛虎步。

安能一苦身，与世同举厝。

由不慎小节，庸夫笑我度。

吕望尚不希，夷齐何足慕。

　　这是诗人以景托怀的励志之作。前四句写景，以高峻寒冷的钟山与炎热至极的南方之路、地位显赫的权贵与门第低微的寒族对比，喻世道炎凉，实指曹操煊赫的威势。中间十二句写诗人自己坚定不移的节操、抱负和志向，借"吕望""管仲"事迹说明人只要有抱负和志向定能成就事业，表明自己不服老，立志要成就一番事业。最后四句写支撑自己的气节和风骨，体现了孔融诗文"以气为主"的特点，表达了诗人高傲疾世，一身正气的高洁品格。

　　陈琳，字孔璋，广陵射阳（今江苏宝应）人。东汉末年陈琳写下了著名的《为袁绍檄豫州文》，这篇檄文言辞犀利，气势磅礴，历数了曹操的种种罪行，将曹操骂得狗血淋头。据说曹操当时正患头风病，卧床不起，当他读到这篇檄文时，竟然惊出了一身冷汗，头风病也顿时好了。建安五年，袁绍在官渡之战中大败于曹操，陈琳也因此被俘。曹操因爱惜陈琳的才华，不仅没有杀他，反而任命他为司空军祭酒，让他掌管文书档案，并参与军事谋划。此后，陈琳一直跟随曹操南征北战，为曹操出谋划策，起草了大量的军国文书，深受曹操的信任和器重。建安二十二年，陈琳染病身亡，结束了他坎坷而又辉煌的一生。陈琳的文学成就主要体现在诗歌和散文方面。他的诗歌作品大多反映了社会动荡和人民的苦难，具有深刻的思想内涵和强烈的现实主义精神，其风格慷慨悲凉，意境雄浑，语言质朴刚健，具有很强的艺术感染力。

饮马长城窟行

饮马长城窟，水寒伤马骨。
往谓长城吏，慎莫稽留太原卒！
官作自有程，举筑谐汝声！
男儿宁当格斗死，何能怫郁筑长城。
长城何连连，连连三千里。
边城多健少，内舍多寡妇。
……

诗中通过太原卒与长城吏的对话以及对长城边地情况的描写，深刻地展现了繁重的劳役给百姓带来的痛苦和灾难，表达了诗人对遭受徭役之苦的人民的深切同情。全篇采用对话的形式展开，如太原卒与长城吏的对话，以及士卒与妻子的隔空对话等，使诗歌情节生动，人物形象鲜明，增强了诗歌的感染力和真实感，让读者仿佛置身于当时的场景之中。语言简洁明快、质朴无华，具有浓厚的汉代乐府民歌的色彩。如"饮马长城窟，水寒伤马骨""男儿宁当格斗死，何能怫郁筑长城"等诗句，以直白的语言表达了深刻的情感，通俗易懂又朗朗上口。

诗中五言、七言杂用，长短句交错，节奏明快而富有变化，使诗歌的韵律更加和谐自然，增强了诗歌的表现力和音乐性，读起来抑扬顿挫，富有韵味。

王粲，字仲宣，山阳郡高平县（今山东微山两城镇）人。他出身于名门望族，自幼聪慧过人，勤奋好学，记忆力超群，据说他能够过目不忘，对各种书籍和文献都有着浓厚的兴趣和深入的研究。在长安期间，王粲结识了当时的著名学者和文学家蔡邕。蔡邕对王粲的才华极为赏识，认为他是不可多得的文学天才，甚至到了"倒屣相迎"的地步。当时蔡邕在朝廷中担任要职，家中常常宾客盈门，车马喧嚣。有一天，蔡邕听说王粲前来拜访，竟然顾不上穿好鞋子，就急忙跑出去迎接王粲，其对王粲的重视和赏识可见一斑。此后，王粲与蔡邕结下了深厚的友谊，蔡邕不仅在文学上对王粲给予了悉心的指导和帮助，而且还在政治上为王粲提供了一些宝贵的建议和机会，对王粲的人生和事业发展产生了重要的影响。王粲在荆州期间，过着相对稳定的生活，但却始终感到怀才不遇，壮志难酬，内心充满了痛苦和无奈。他在这一时期创作了大量的文学作品，如《登楼赋》《七哀诗》等，这些作品以其深刻的思想内涵、真挚的情感表达、独特的艺术风格和精湛的创作技巧，展现了王粲在文学创作方面的卓越成就和深厚功底，同时也反映了他在荆州期间的生活经历、思想感情和人生追求，具有重要的历史价值和文学价值。曹操对王粲的才华早有耳闻，对他十分赏识和器重，任命他为丞相掾，赐爵关内侯。此后，王粲一直跟随曹操南征北战，为曹操出谋划策，起草了大量的军国文书，深受曹操的信任和器重。建安二十一年，王粲随曹操东征孙权。王粲的文学成就主要体现在诗歌和赋方面。他的诗歌作品大多反映了社会动荡和人民的苦难，具有深刻的思想内涵和强烈的现实主义精神。其诗歌风格慷慨悲凉，意境雄浑，语言质朴刚健，具有很强的艺术感染力。他被誉为"七子之冠冕"，在"建安七子"中具有最为重要的地位和影响力。

王粲的诗歌代表作有《七哀诗三首》，这里选其一首欣赏。

七哀诗三首·其一

西京乱无象，豺虎方遘患。
复弃中国去，委身适荆蛮。
亲戚对我悲，朋友相追攀。
出门无所见，白骨蔽平原。
路有饥妇人，抱子弃草间。
顾闻号泣声，挥涕独不还。
"未知身死处，何能两相完？"
驱马弃之去，不忍听此言。
南登霸陵岸，回首望长安。
悟彼下泉人，喟然伤心肝。

　　这首诗真实地描绘了汉末长安战乱后的悲惨景象，深刻地反映了战乱给人民带来的沉重灾难，表达了诗人对人民的同情以及对贤明君主和太平盛世的渴望。开篇"西京乱无象，豺虎方遘患"直接点明长安的混乱局面，为全诗奠定了悲剧的基调。"出门无所见，白骨蔽平原。路有饥妇人，抱子弃草间"等句，通过对白骨蔽野和饥妇弃子等典型场景的描写，以点带面，生动地展现了战乱的残酷。结尾处"南登霸陵岸，回首望长安。悟彼下泉人，喟然伤心肝"，诗人登上霸陵岸，回首长安，借古讽今，将对现实的不满和对贤君的渴望表现得淋漓尽致，使诗歌的主题得到了升华。

　　徐干，字伟长，北海郡剧县（今山东潍坊寿光市）人。徐干自幼勤奋好学，对儒家经典和诸子百家的学说都有着浓厚的兴趣和深入的研究。他的文学才华在少年时期就已经崭露头角，受到了当时文坛的广泛关注和赞誉。徐干性格恬淡，不慕名利，对仕途并不热衷。建安年间，徐干被曹操征召，任命为司空军谋祭酒掾属，后又转任五官中郎将文学。在曹操的幕府中，徐干与其他文人墨客如孔融、陈琳、王粲、刘桢等人交往密切，他们经常在一起饮酒赋诗，切磋文学技艺，共同推动了建安文学的繁荣和发展。然而，徐干并不适应官场的生活，他对官场中的勾心斗角、尔虞我诈感到厌倦和反感。再加上他身体一直不好，患有疾病，因此在曹操的幕府中任职不久后，他便借口身体不适，辞去了官职，回到家乡继续过着隐居的生活。徐干的文学成就主要体现在诗歌和散文方面。他的诗歌作品大多以描写爱情、友情和人生感慨为主题，具有深刻的思想内涵和真挚的情感表达。其诗歌风格清新自然，意境优美，语言简洁流畅，富有感染力和表现力。

徐干的诗歌代表作有《室思诗》《答刘桢》《情诗》等，以下是
《室思诗六首》中的其六以及《答刘桢》的原文和赏析：

室思诗六首·其六

人靡不有初，想君能终之。
别来历年岁，旧恩何可期。
重新而忘故，君子所尤讥。
寄身虽在远，岂忘君须臾。
既厚不为薄，想君时见思。

　　这首诗是思妇对丈夫的深情告白和殷切期盼，在表达思念
的同时，也展现了对爱情的忠贞和对丈夫的信任，以及对美好
未来的憧憬。"人靡不有初，想君能终之"，引用《诗经·大
雅·荡》中的诗句，反用其意，表达了思妇对丈夫的信任和期
盼，希望他能始终如一。"重新而忘故，君子所尤讥"，通过对
喜新厌旧行为的批判，侧面烘托出思妇对爱情的忠贞和对丈夫的
深情。最后四句"寄身虽在远，岂忘君须臾。既厚不为薄，想君
时见思"，先写自己对丈夫的念念不忘，再推测丈夫也会时常思
念自己，以己之情动彼之情，婉曲动人。

答刘桢

与子别无几，所经未一旬。

我思一何笃，其愁如三春。

虽路在咫尺，难涉如九关。

陶陶朱夏德，草木昌且繁。

此诗是徐干写给刘桢的答诗，表达了与刘桢分别后深深的思念和忧愁之情，同时也展现了两人之间深厚的友情。"与子别无几，所经未一旬。我思一何笃，其愁如三春"，开篇直抒胸臆，点明分别时间不久，但自己的思念却极为深切，忧愁如春天般浓郁，将对友人的思念之情表现得淋漓尽致。"虽路在咫尺，难涉如九关"，运用夸张的手法，形象地表达了虽与友人距离很近，但因种种原因却难以相见的无奈和痛苦。最后两句"陶陶朱夏德，草木昌且繁"，通过对夏日美好景色的描写，以乐景衬哀情，更加突出了自己内心的忧愁和对友人的思念。

阮瑀字元瑜，陈留尉氏（今河南开封市尉氏县）人。阮瑀年少时便展现出卓越的文学才华，曾师从著名学者蔡邕。在蔡邕的悉心指导下，阮瑀学业精进，对各种文学体裁都有深入的研究和出色的创作能力。他的诗歌作品风格多样，既有慷慨激昂、抒发壮志豪情的篇章，也有清新自然、描绘细腻情感的佳作。其诗歌语言质朴而富有表现力，意境深远。曹操听闻阮瑀的才华后，多次征召他入仕。起初，阮瑀并不愿意归附曹操，为了躲避曹操的征召，他甚至逃到了深山之中。然而，曹操并没有放弃对阮瑀的招揽，他派专人前往深山寻找阮瑀，并向他表达了对他的赏识和重用之意。最终，阮瑀被曹操的诚意所打动，决定出山归附曹操，被任命为司空军谋祭酒，主要负责掌管文书档案，并参与军事谋划等工作。在曹操的幕府中，阮瑀充分发挥了自己的文学才华和军事谋略能力，为曹操起草了大量的军国文书，如檄文、书信等。这些文书言辞犀利，气势磅礴，具有很强的说服力和感染力，对曹操的政治和军事活动起到了重要的推动作用。除了为曹操起草军国文书外，阮瑀还经常参与曹操幕府中的各种文学活动，与其他文人墨客如孔融、陈琳、王粲、徐干、刘桢等交往密切。

驾出北郭门行

驾出北郭门，马樊不肯驰。

下车步踟蹰，仰折枯杨枝。

顾闻丘林中，噭噭有悲啼。

借问啼者出，何为乃如斯？

亲母舍我殁，后母憎孤儿。

饥寒无衣食，举动鞭捶施。

骨消肌肉尽，体若枯树皮。

藏我空室中，父还不能知。

上冢察故处，存亡永别离。

亲母何可见，泪下声正嘶。

弃我于此间，穷厄岂有赀？

传告后代人，以此为明规。

本诗以一个孤儿的悲惨遭遇，深刻地反映了社会的黑暗和人情的冷暖，表达了对弱者的同情和对不公的批判。开篇"驾出北郭门，马樊不肯驰"，以马的停滞不前暗示即将出现的悲惨之事，渲染了一种沉重的氛围。通过对话的形式，如"借问啼者出，何为乃如斯？"自然地引出孤儿的哭诉，使诗歌情节更加生动。孤儿对自身遭遇的描述，如"饥寒无衣食，举动鞭捶施。骨消肌肉尽，体若枯树皮"，细致地刻画了孤儿的悲惨生活，让人感同身受。结尾"传告后代人，以此为明规"，则直接表达了诗人的创作意图，希望后人能以此为鉴，关注社会的弱势群体。

应场，字德琏，汝南南顿（今河南项城）人。应场出身世家，自幼受到良好的文化熏陶，展现了出众的文学才华。建安年间，应场被曹操征召，任丞相掾属，后转任五官中郎将。其诗歌风格清新自然，情感真挚。内容多反映社会现实与个人情感，如《侍五官中郎将建章台集诗》以大雁自比，抒发了诗人在乱世中的漂泊之感与怀才不遇的心情。

别诗二首·其一

朝云浮四海，日暮归故山。
行役怀旧土，悲思不能言。
悠悠涉千里，未知何时旋。

此诗通过描写游子行役在外，对故乡的思念以及对归期的迷茫，抒发了离别的哀愁和对家乡的眷恋之情。前两句"朝云浮四海，日暮归故山"，以浮云的朝出暮归，对比自己漂泊在外不能归乡，暗示了游子的孤独和对故乡的思念。"行役怀旧土，悲思不能言"，直接抒发了行役之苦和对故土的怀念，"不能言"则将悲思之情推向了极致。最后一句"悠悠涉千里，未知何时旋"，进一步强调了路途的遥远和归期的渺茫，给人以无尽的遐想和惆怅。

刘桢，字公干，东平宁阳（今山东泰安宁阳县）人。刘桢自幼聪明好学，才华横溢，少年时便在当地崭露头角，以文学才能闻名。建安年间，刘桢被曹操征召，任丞相掾属。其诗歌风格独特，如《赠从弟》中"亭亭山上松，瑟瑟谷中风"，以简洁而有力的语言描绘出松树在山谷中挺立的姿态，展现了大自然的壮美；也有对个人情感的真挚抒发，如《杂诗》中"职事相填委，文墨纷消散。驰翰未暇食，日昃不知晏。沉迷簿领书，回回目纷乱"，通过描述自己繁忙的公务生活，抒发了自己在工作中的疲惫与无奈之情。此外，刘桢的诗歌还常常表达对高尚品格的追求和对人生理想的执着信念，如《赠从弟》中"岂不罹凝寒？松柏有本性"，以松柏自比，表达了自己在面对艰难困苦时，要像松柏一样保持坚贞不屈的品格和坚定的信念。刘桢的诗歌在艺术表现手法上也非常出色，他善于运用比兴、象征、夸张等修辞手法，增强诗歌的艺术感染力和表现力；同时，注重诗歌的韵律和节奏，使诗歌读起来朗朗上口，具有音乐美。

赠从弟三首·其二

亭亭山上松，瑟瑟谷中风。

风声一何盛，松枝一何劲。

冰霜正惨凄，终岁常端正。

岂不罹凝寒？松柏有本性。

诗人以松柏为喻，赞颂了从弟坚贞不屈的品格和在恶劣环境中坚守本性的精神，同时也表达了自己对从弟的赞美和鼓励之情。开篇"亭亭山上松，瑟瑟谷中风"，描绘了一幅山上松树高耸直立，山谷中寒风瑟瑟的画面，为下文赞美松柏的品格做铺垫。"风声一何盛，松枝一何劲"，运用对比的手法，突出了松枝在狂风中的刚劲有力。"冰霜正惨凄，终岁常端正"，进一步描写了松柏在冰霜严寒中的傲然挺立，表现了其不畏艰难的精神。结尾"岂不罹凝寒？松柏有本性"，以设问的方式，点明了松柏之所以能在恶劣环境中保持端正，是因为其本性使然，升华了诗歌的主题。

建安七子活跃于汉魏交替之际，他们的创作和文学活动对当时及后世产生了深远影响。他们七人在诗歌、赋、散文等多种文学体裁上均有涉猎且成就颇高。诗歌方面，他们摆脱了汉乐府诗叙事为主的特点，注重个人情感的抒发。在题材上，建安七子将笔触延伸到社会生活的各个方面，除了反映战乱，还涉及思乡、爱情、友情、人生理想等诸多主题，极大地拓展了文学的表现范围。建安七子在诗歌的语言、形式、表现手法等方面也进行了大胆的创新和探索，为后世诗歌的发展奠定了坚实的基础。

🌿 竹林七贤：魏晋时期
中国文人群体独特的存在

竹林七贤指的是三国魏正始年间（240—249 年），嵇康、阮籍、山涛、向秀、刘伶、王戎及阮咸七人。他们常在当时的山阳县（今河南辉县西北一带）竹林之下，喝酒、纵歌，肆意酣畅，世谓"竹林七贤"。竹林七贤是中国文人群体一个独特的存在。他们生活的魏晋时期，社会动荡、政治黑暗，在这样的环境下展现出特立独行的风貌。

崇尚自然。他们深受老庄思想影响，向往自然、无为的生活境界。嵇康主张"越名教而任自然"，在行为和思想上都力求摆脱儒家礼教的束缚，回归自然本真。阮籍的诗歌也常常表达对自然的热爱和对自由生活的向往，如"薄帷鉴明月，清风吹我襟"（咏怀诗），营造出一种悠然自得与自然相融的意境。

佯装放诞。当时司马氏集团利用虚伪的礼教来维护统治，竹林七贤对此极为反感，以蔑视礼教、行为放诞的方式进行反抗。刘伶嗜酒如命，常常纵酒狂欢，以醉酒三年的夸张行为表达对世俗的不屑。他的《酒德颂》更是生动地展现了对传统礼教的蔑视和对自由精神的追求。阮咸不拘小节，与猪共饮，在为母亲守丧期间公然与姑母的婢女私通，这些行为在当时的礼教规范下是难以想象的，却充分体现了他对虚伪礼教的挑战。

才高气傲。竹林七贤在文学、音乐、书法等领域都有很高的造诣。在文学方面，阮籍的《咏怀诗八十二首》，以隐晦曲折的方式表达了对现实的不满、对人生的思考以及内心的痛苦和孤独，具有深刻的思想内涵和独特的艺术风格，对后世的诗歌创作产生了深远的影响。嵇康的诗歌风格清峻，如《幽愤诗》《赠秀才入军》等，不仅展现了他高超的文学才华，也表达了他的人生理想和对自由的追求。在音乐方面，嵇康精通音律，善于弹奏古琴，他的《广陵散》是中国音乐史上的经典之作，以其激昂的旋律和丰富的表现力而闻名于世。阮咸则以擅长弹奏琵琶而著称，他所改良的琵琶被后人称为"阮咸"，简称"阮"，成为中国传统乐器中的重要一员。

外露不拘。竹林七贤之间的情感真挚深厚，他们不拘泥于传统的礼仪规范，相处方式自然随意。山涛与嵇康、阮籍等人交往密切，尽管他们在政治立场和人生选择上有所不同，但彼此之间的友情并未因此受到影响。山涛在举荐嵇康为官时，虽然嵇康对此表示不满，并写下了《与山巨源绝交书》，但这并不意味着他们之间的友情就此破裂。事实上，嵇康在临终前将自己的儿子嵇绍托付给了山涛，这充分体现了他们之间深厚的信任和真挚的情感。

这种独特在他们的诗歌中也表现得淋漓尽致。以下分别介绍一下他们及其诗作。

先说嵇康。他字叔夜，谯国铚县（今安徽省濉溪县）人。他是三国时期著名的思想家、音乐家、文学家。嵇康自幼聪颖，博览群书，对老庄思想尤为推崇，追求自然、自由的生活境界。他为人刚正不阿，蔑视权贵，敢于直言，因此得罪了不少人。在政治上，嵇康倾向于曹魏政权，对司马氏集团的专权和篡位行为极为不满。嵇康的妻子是曹魏宗室女长乐亭主，这也使得他与曹魏政权的关系更为紧密。然而，随着司马氏集团势力的不断壮大，嵇康的处境变得愈发危险。最终，嵇康因遭钟会构陷，被司马昭处死，年仅四十岁。嵇康的死，不仅是他个人的悲剧，也是中国文化史上的一大损失。

嵇康的诗歌风格独特，兼具清峻与超脱的特点。他的诗歌语言简洁明快，意境深远，常常通过对自然景观的描绘和对人生哲理的思考，表达自己对自由、自然的向往和对世俗礼教的蔑视。嵇康的诗歌在情感表达上真挚强烈，毫不掩饰自己的喜怒哀乐，具有很强的感染力。同时，他的诗歌在艺术表现手法上也非常丰富多样，善于运用比兴、象征、夸张等修辞手法，增强诗歌的艺术效果和表现力。此外，嵇康的诗歌还具有很高的思想性和哲理性，他常常在诗歌中表达自己对人生、社会、自然等问题的深刻思考和独特见解，具有很强的启发性和教育意义。

赠秀才入军·其十四

息徒兰圃，秣马华山。
目送归鸿，手挥五弦。
俯仰自得，游心太玄。
嘉彼钓翁，得鱼忘筌。
郢人逝矣，谁与尽言？

这首诗描绘了一幅理想化的生活场景。开篇"息徒兰圃，秣马华山",描绘出在兰花盛开的园圃中让士卒休息,在华山上喂饱战马的画面,营造出一种宁静、祥和的氛围,同时也展现出诗人对这种远离尘嚣、自由自在生活的向往。"目送归鸿,手挥五弦"是千古名句,通过两个简单而又生动的动作,将诗人悠然自得的心境和高雅的情趣表现得淋漓尽致。诗人一边目送着归巢的大雁,一边用手轻轻弹奏着五弦琴,这种情景交融的描写,让读者仿佛身临其境,感受到了诗人内心的宁静与和谐。"俯仰自得,游心太玄",进一步表达了诗人在这种自由、自然的生活中所获得的满足感和愉悦感。诗人俯仰之间,皆能自得其乐,他的心灵在这种自由自在的生活中得到了极大的放松和愉悦,同时也能够更加深入地思考人生的哲理和宇宙的奥秘。"嘉彼钓翁,得鱼忘筌。郢人逝矣,谁与尽言?"这几句诗引用了两个典故,表达了诗人对知音难觅的感慨。"嘉彼钓翁,得鱼忘筌",引用了《庄子·外物》中的典故,意思是说钓鱼的人钓到鱼后就忘记了鱼篓,比喻事情成功以后就忘了本来依靠的东西。诗人在这里用这个典故,表达了自己对那种超越功利、追求自由和自然的生活境界的向往和赞赏。"郢人逝矣,谁与尽言?"引用了《庄子·徐无鬼》中的典故,意思是说楚国郢都有个人在粉刷墙壁时,不小心将一点白灰溅到了自己的鼻尖上,他让一个名叫石的工匠用斧子将鼻尖上的白灰砍去。石工匠挥动斧子,只听一阵风声,白灰被砍得干干净净,而郢人的鼻子却丝毫没有受伤。后来,郢人去世了,石工匠再也找不到像郢人那样配合默契的人了。诗人在这里用这个典故,表达了自己对知音难觅的感慨。在现实生活中,诗人很难找到像庄子和惠子那样能够相互理解、相互欣赏、相互切磋的知音,因此他感到非常孤独和寂寞。这首诗通过对自然景观的描绘和对人生哲理的思考，表达了诗人对自由、自然的向往和对世俗礼教的蔑视，同时也流露出诗人对知音难觅的感慨和对孤独寂寞的无奈。整首诗语言简洁明快，意境深远，情感真挚强烈，具有很强的感染力和艺术魅力，是嵇康诗歌中的经典之作。

幽愤诗

　　嗟余薄祜，少遭不造。哀茕靡识，越在襁褓。母兄鞠育，有慈无威。恃爱肆姐，不训不师。爰及冠带，凭宠自放。抗心希古，任其所尚。托好老庄，贱物贵身。志在守朴，养素全真。曰余不敏，好善暗人。子玉之败，屡增惟尘。大人含弘，藏垢怀耻。民之多僻，政不由己。惟此褊心，显明臧否。感悟思愆，怛若创痏。欲寡其过，谤议沸腾。性不伤物，频致怨憎。昔惭柳惠，今愧孙登。内负宿心，外恧良朋。仰慕严郑，乐道闲居。与世无营，神气晏如。咨予不淑，婴累多虞。匪降自天，实由顽疏。理弊患结，卒致囹圄。对答鄙讯，絷此幽阻。实耻讼免，时不我与。虽曰义直，神辱志沮。澡身沧浪，岂云能补。雍雍鸣雁，厉翼北游。顺时而动，得意忘忧。嗟我愤叹，曾莫能俦。事与愿违，遘兹淹留。穷达有命，亦又何求。古人有言，善莫近名。奉时恭默，咎悔不生。万石周慎，安亲保荣。世务纷纭，祇搅予情。安乐必诫，乃终利贞。煌煌灵芝，一年三秀。予独何为，有志不就。惩难思复，心焉内疚。庶勖将来，无馨无臭。采薇山阿，散发岩岫。永啸长吟，颐性养寿。

　　这是嵇康在狱中为抒发自己的悲愤心情而创作的一首诗。这首诗以自述的方式，回顾了诗人的一生经历，表达了他对自己无辜受冤的悲愤之情，同时也流露出对人生的深刻思考和对自由、自然的向往。诗的开篇以悲痛的心情回顾了自己的童年和少年时期。诗人感叹自己命运不佳，自幼丧父，孤苦伶仃，在母亲和兄长的抚养下长大。由于母亲和兄长对诗人过于溺爱，缺乏严格的教育和管束，导致诗人在少年时期养成了任性、放纵的性格。然而，诗人并没有因此而沉沦，相反，他在成长过程中逐渐形成了自己的人生观和价值观。诗人仰慕古代圣贤的高尚品德和行为，认为万物皆有其自身的规律和价值，人们应该顺应自然，尊重万物，不要过分追求物质利益和功名利禄。诗人的志向在于坚守质朴的本性，修养纯真的品德，保持内心的平静和自由。接下来，诗人表达了自己虽然心地善良，乐于助人，但却因为过于直率，不懂得委婉表达自己的意见，而得罪了不少人。诗人以子玉之败为例，说明自己因为过于刚直，不懂得审时度势，而导致自己陷入了困境。同时，诗人也对当时社会的黑暗和腐败表示了不满和愤慨。诗人认为，当时的社会风气败坏，人们道德沦丧，为了追求个人利益和功名利禄，不惜不择手段，相互倾轧。而那些身居高位的统治者们，却对这种社会现象视而不见、听而不闻，甚至还纵容和包庇那些腐败分子和不法之徒，使得社会的黑暗和腐败现象日益严重。诗人对这种社会现实感到非常痛心和无奈，他深知自己无力改变这种社会现状，但他又不愿意同流合污，随波逐流。因此，诗人在诗中表达了自己对这种社会现实的不满和愤慨，同时也流露出自己对人生的无奈和悲哀。在诗的后半部分，诗人在诗中表达了自己对自由、自然的向往和对人生的深刻思考。在这里表达了自己对严君平、郑子真等古代隐士的仰慕之情，他们远离尘世的喧嚣和纷扰，过着自由自在、悠闲自得的生活。诗人认为，这种生活才是真正符合自己内心追求的生活，它能够让人摆脱尘世的束缚和压力，保持内心的平静和自由。同时，诗人也对自己目前的处境感到非常无奈和悲哀。诗人认为，人生的道路充满了坎坷和挫折，人们往往会因为各种原因而陷入困境，诗人也认为，人生的价值不在于追求物质利益和功名利禄，而在于追求内心的平静和自由，以及对真、善、美的追求。人们应该顺应自然，尊重万物，不要过分追求物质利益和功名利禄，而应该注重内心的修养和精神的追求，努力使自己成为一个有道德、有修养、有追求的人。在诗的结尾，诗人在诗中表达了自己对未来的期望和对自由、自然的向往。诗人在诗中写道："采薇山阿，散发岩岫。永啸长吟，颐性养寿。"诗人在这里表达了自己希望能够像古代的隐士一样，远离尘世的喧嚣和纷扰，到山林中去采薇、散发，自由自在地生活。诗人认为，这种生活才是真正符合自己内心追求的生活，它能够让人摆脱尘世的束缚和压力，保持内心的平静和自由。同时，诗人也希望通过这种方式来颐养自己的性情，延长自己的寿命，使自己能够过上一种健康、快乐、自由的生活。整首诗语言质朴，情感真挚，意境深远，具有很强的感染力和艺术魅力。

再说阮籍。阮籍，字嗣宗，陈留尉氏（今河南省开封市尉氏县）人，是三国时期魏国著名诗人、文学家、思想家。阮籍出身于士族家庭，父亲阮瑀是"建安七子"之一，在诗歌上颇有造诣。阮籍的诗歌具有深刻的思想性和高超的艺术性。在思想内容方面，由于身处政治斗争残酷的时代，他的诗多抒发内心的痛苦、孤独和对现实的不满。他对司马氏政权的虚伪和残暴有着深刻的认识，但又无法直接表达自己的观点，因此只能通过诗歌这种隐晦的方式来传达自己的思想情感。同时，阮籍的诗歌也蕴含着对人生理想和价值的追求与探索。他在诗中常常思考人生的意义、生命的短暂以及如何在有限的人生中实现自己的理想和价值等问题。他的诗歌既表达了对现实的无奈和悲哀，也展现了对未来的希望和憧憬。在艺术风格方面，阮籍的诗歌具有独特的艺术魅力。他的诗风含蓄蕴藉、隐晦曲折，常常运用比兴、象征、典故等修辞手法，将自己的思想情感隐藏在诗歌的意象和语言之中，使读者需要通过深入的思考和解读才能理解诗歌的真正含义。这种含蓄蕴藉、隐晦曲折的艺术风格，既与阮籍所处的政治环境有关，也体现了他高超的艺术创作技巧。同时，阮籍的诗歌也具有雄浑壮阔、慷慨悲凉的艺术风格。他在诗中常常描绘宏大的自然景观和历史场景，表达自己对人生、社会和历史的深刻思考和感慨。他的诗歌语言雄浑有力、慷慨激昂，情感真挚强烈、深沉悲壮，具有很强的感染力和震撼力。这种雄浑壮阔、慷慨悲凉的艺术风格，使阮籍的诗歌在具有深刻思想性的同时，也具有很高的艺术性和审美价值。这里摘录阮籍《咏怀诗八十二首》中最著名的五首。

咏怀诗八十二首·其一

夜中不能寐，起坐弹鸣琴。
薄帷鉴明月，清风吹我襟。
孤鸿号外野，翔鸟鸣北林。
徘徊将何见？忧思独伤心。

　　这首诗描绘了诗人在深夜难以入眠，起身弹琴的情景。明月、清风、孤鸿、翔鸟等景象，营造出一种孤独、凄凉的氛围，衬托出诗人内心的忧愁和痛苦。诗人以含蓄的手法，抒发了对现实的不满和内心的愤懑，奠定了《咏怀诗》悲愤哀怨、隐晦曲折的风格基础。

咏怀诗八十二首·十七

独坐空堂上，谁可与欢者？
出门临永路，不见行车马。
登高望九州，悠悠分旷野。
孤鸟西北飞，离兽东南下。
日暮思亲友，晤言用自写。

　　这首诗刻画了诗人独坐空堂、无人相伴的孤独形象，以及登高远望时所见的四野空旷、孤鸟离兽等景象，表达了诗人内心的孤独、寂寞和对亲友的思念之情，同时也暗示了在当时的社会环境中，人与人之间的疏离和隔阂。

咏怀八十二首·三十三

嘉树下成蹊，东园桃与李。

秋风吹飞藿，零落从此始。

繁华有憔悴，堂上生荆杞。

驱马舍之去，去上西山趾。

一身不自保，何况恋妻子。

凝霜被野草，岁暮亦云已。

　　诗中以桃李在春天的繁茂和秋天的凋零为喻，感慨时光的流逝和世事的无常，进而表达了对生命的忧虑和对自身命运的担忧。诗人意识到在动荡的社会中，自身难保，更无暇顾及妻子儿女，流露出一种无奈和悲哀。

咏怀八十二首·六十一

少年学击剑，妙伎过曲城。

英风截云霓，超世发奇声。

挥剑临沙漠，饮马九野坰。

旗帜何翩翩，但闻金鼓鸣。

军旅令人悲，烈烈有哀情。

念我平常时，悔恨从此生。

诗人回忆了自己少年时期学习剑术、渴望建功立业的豪情壮志，但现实中，军旅生活却充满了悲哀和无奈，使诗人产生了悔恨之情。这首诗既表达了诗人对过去理想的怀念，又反映了他对现实的失望和对人生选择的反思。

咏怀八十二首·八十二

墓前荧荧者，木槿耀朱华。

荣好未终朝，连飚陨其葩。

岂若西山草，琅玕与丹禾。

垂影临增城，余光照九阿。

宁微少年子，日夕难咨嗟。

诗中以木槿花朝开暮落的短暂花期，比喻人生的无常和荣华的易逝，表达了对生命短暂和世事无常的感慨。诗人认为与其追求短暂的荣华富贵，不如像西山的仙草一样，保持高洁的品质和长久的生命力。

相对于嵇康和阮籍，竹林七贤中山涛、向秀、刘伶、阮咸、王戎的诗作留存较少。

山涛存世的诗作较为知名的有《答嵇康》，但原诗已佚失，仅存残句："浩浩洪流，带我邦畿。萋萋绿林，奋荣扬晖。鱼龙瀺灂，山鸟群飞。"

从这几句残诗来看，"浩浩洪流，带我邦畿"描绘出宏大的景象，浩浩荡荡的洪流环绕着国家的疆土，给人一种开阔、壮观之感。"萋萋绿林，奋荣扬晖"则刻画了生机勃勃的树林，草木繁茂，在阳光的照耀下闪耀着光辉，展现出大自然的活力与美好。"鱼龙瀺灂，山鸟群飞"进一步渲染了画面，水中的鱼龙嬉戏，山上的鸟儿成群飞翔，呈现出一幅充满动感与生机的自然画卷。这几句诗虽为残篇，但通过对自然景观的描绘，营造出一种雄浑、壮阔且富有生机的意境，体现了山涛对自然之美的欣赏和感悟，也在一定程度上反映出他超脱的心境和广阔的胸怀。

向秀的代表作《思旧赋》是一篇赋体文，全文如下：

思旧赋

余与嵇康、吕安居止接近，其人并有不羁之才。然嵇志远而疏，吕心旷而放，其后各以事见法。嵇博综技艺，于丝竹特妙。临当就命，顾视日影，索琴而弹之。余逝将西迈，经其旧庐。于时日薄虞渊，寒冰凄然。邻人有吹笛者，发音寥亮。追思曩昔游宴之好，感音而叹，故作赋云：

将命适于远京兮，遂旋反而北徂。

济黄河以泛舟兮，经山阳之旧居。

瞻旷野之萧条兮，息余驾乎城隅。

践二子之遗迹兮，历穷巷之空庐。

叹黍离之愍周兮，悲麦秀于殷墟。

惟古昔以怀今兮，心徘徊以踌躇。

栋宇存而弗毁兮，形神逝其焉如。

昔李斯之受罪兮，叹黄犬而长吟。

悼嵇生之永辞兮，顾日影而弹琴。

托运遇于领会兮，寄余命于寸阴。

听鸣笛之慷慨兮，妙声绝而复寻。

停驾言其将迈兮，遂援翰而写心。

这篇赋是向秀为怀念故友嵇康和吕安所作。序言写向秀路过旧庐时闻邻人笛音，忆起嵇康之死及其死前弹琴的模样。正文虚实相间，借景抒情，凄楚悲怆，涵咏不尽，用简短的笔墨，隐晦曲折地表达了自己哀伤激愤之情，尤其是"山阳邻笛"的典故，哀怨愤懑，情辞隽远，成为后世文学审美的意象之一。

刘伶的代表作是《酒德颂》：

酒德颂

有大人先生以天地为一朝，以万期为须臾，日月为扃牖，八荒为庭衢，行无辙迹，居无室庐，幕天席地，纵意所如。止则操卮执觚，动则挈榼提壶，唯酒是务，焉知其余？

有贵介公子，缙绅处士，闻吾风声，议其所以，乃奋袂攘襟，怒目切齿，陈说礼法，是非锋起。先生于是方捧罂承槽，衔杯漱醪，奋髯箕踞，枕麴藉糟，无思无虑，其乐陶陶，兀然而醉，豁尔而醒。静听不闻雷霆之声，熟视不睹泰山之形，不觉寒暑之切肌，利欲之感情。俯观万物扰扰，焉如江汉之载浮萍；二豪侍侧，焉如蜾蠃之与螟蛉。

文章虚构了"大人先生"和"贵介公子""缙绅处士"两类人物，通过对比，表达了对自由、超脱的追求和对世俗礼法的蔑视，展现了刘伶以饮酒为乐、放浪形骸的生活态度和精神境界，体现了魏晋时期文人的独特风貌。

阮咸的诗作传世较少，《律议》是其较著名的作品之一，但原文已佚失。从仅存的文献记载来看，阮咸在音乐方面有着卓越的成就和独特的见解，其《律议》可能与音乐理论和乐器改革等内容有关，体现了他对音乐的深入研究和创新精神。

王戎的诗歌作品流传下来的较少，且未发现其特别具有代表性的诗作。他在文学方面的成就相较于其他竹林七贤成员相对不那么突出，但在当时的政治和社交活动中有着重要的地位。王戎以其聪明睿智和善于品鉴人物而闻名，其主要精力可能更多地放在了官场和社交活动中，文学创作并非其主要成就所在。

竹林七贤是一个群体，应该从整体理解他们的诗歌精神。从他们的诗歌中能读出什么样的独特生命体验呢？笔者认为，一是能够读出他们对自由的执着追求。嵇康在《赠秀才入军》中写"目送归鸿，手挥五弦。俯仰自得，游心太玄"，描绘出超脱尘世、逍遥自在的画面，体现其对精神自由境界的向往。他们不拘礼法，在诗中展现出摆脱世俗束缚、追求自由灵魂的生命态度，不甘被官场规则和世俗观念禁锢。二是能体会到他们在乱世中的孤独与忧愤。阮籍的《咏怀八十二首》是其代表诗作，诗中多有"夜中不能寐，起坐弹鸣琴。薄帷鉴明月，清风吹我襟"这样的描述，流露出在魏晋动荡政治局势下，内心的孤独、苦闷与忧愤。身处司马氏与曹氏权力争斗的漩涡，他们无法直言心中想法，只能将孤独，对时局的担忧融入诗歌，借隐晦意象抒发内心的复杂情绪。三是能感悟到他们对自然的尊崇与融合。向秀《思旧赋》虽短小，但字里行间体现出对自然的感怀。他们寄情山水，在自然中寻求心灵慰藉，把自然视为精神寄托之所，远离政治纷扰，在山川草木间获得内心宁静，从自然中汲取力量，感受生命的本真。最后一点能看出他们对生命的珍惜与达观。刘伶《酒德颂》以夸张手法写自己饮酒的状态，借酒展现对生命的独特理解。他们或饮酒作乐，或放浪形骸，看似荒诞的行为背后，是对生命有限的清醒认知，以一种独特方式珍惜当下、享受生命，展现出对生命的达观态度。

🌿 陶渊明的桃花源，
成了多少人梦想的精神家园

我们都知道，"采菊东篱下，悠然见南山"这一千古名句出自陶渊明，他的生活方式令许多人向往。在这里，我们就说说这位当过县令的陶公陶渊明。他名潜，字渊明，又字元亮，是东晋末至南朝宋初期伟大的诗人、辞赋家，中国田园诗派创始人，被后世称为"靖节先生""五柳先生"。理解他的诗必先了解他独特的个人经历。

陶渊明出生在一个没落的官僚家庭，其曾祖父陶侃是东晋开国元勋，官至大司马，封长沙郡公。祖父陶茂曾任武昌太守，父亲陶逸也曾出仕，但在陶渊明年幼时就去世了。尽管家庭逐渐衰落，但陶渊明自幼受到良好的教育，他博览群书，尤其喜爱儒家经典，同时也对道家思想有着浓厚的兴趣。少年时期的陶渊明，心怀壮志，渴望在仕途上有所作为，为国家和社会做出贡献。

29 岁时，陶渊明为了生计，开始步入仕途，出任江州祭酒。然而，官场的黑暗和腐朽，以及繁琐的政务和复杂的人际关系，让陶渊明感到无比压抑和痛苦。他不愿与那些贪官污吏同流合污，也无法忍受官场的种种束缚和规矩。因此，在担任江州祭酒不久后，陶渊明便毅然辞去了官职，回到了家乡。此后，陶渊明又多次出仕，但每次都因无法适应官场生活而选择离开。例如，他曾在桓玄手下任职，但桓玄野心勃勃，妄图篡夺东晋政权，这让陶渊明深感失望和忧虑。于是，在桓玄篡位前夕，陶渊明便离开了桓玄的幕府。后来，陶渊明又应刘裕的征召，出任镇军参军。然而，刘裕同样有着强烈的政治野心，他在掌握了东晋的军政大权后，便开始谋划着取代东晋，建立自己的政权。陶渊明对刘裕的这种行为感到十分不满和厌恶，他深知自己无法在这样的官场中实现自己的理想和抱负。因此，在担任镇军参军一段时间后，陶渊明便再次辞去了官职，回到了家乡。

41 岁时，陶渊明最后一次出仕，担任彭泽县令。在任期间，他清正廉洁，关心百姓疾苦，努力为当地百姓做一些实事。然而，当时的东晋官场已经腐败到了极点，上级官员为了满足自己的私欲，不断地向下级官员索要贿赂和财物。陶渊明作为彭泽县令，自然也难以逃脱这种命运。有一次，郡里派遣督邮到彭泽县视察工作。这位督邮是一个贪婪成性、专横跋扈的人，他在到达彭泽县后，便立即要求陶渊明向他行贿送礼，否则就要在郡里的上司面前说陶渊明的坏话，让陶渊明丢官免职。陶渊明对这位督邮的行为感到无比的愤怒和厌恶，他深知自己如果向这位督邮行贿送礼，就等于违背了自己的良心和原则，也等于向那些贪官污吏低头认输。然而，如果自己不向这位督邮行贿送礼，就很可能会因为这位督邮的恶意中伤和陷害丢官免职，甚至还可能会给自己和家人带来一些不必要的麻烦和危险。在经过一番激烈的思想斗争后，陶渊明最终还是决定坚守自己的良心和原则，绝不向那些贪官污吏低头认输。于是，他毅然决然地取出官印，将其悬挂在大堂之上，并写下了一封辞职信，派人将其送到了郡里的上司手中。随后，陶渊明便带着自己的家人离开了彭泽县，回到了家乡。从此，陶渊明彻底告别了仕途，开始了他长达20多年的归隐田园生活。

在归隐田园的日子里，陶渊明亲自参加农业劳动，与当地的农民建立了深厚的友谊。他在自己的田园中种植了各种农作物和蔬菜，同时也饲养了一些家禽和家畜。尽管田园生活十分艰苦，但陶渊明却从中感受到了一种前所未有的自由和快乐。他不再受到官场的种种束缚和规矩的限制，也不再需要为了迎合上级官员的喜好和需求而费尽心思地去做一些自己并不愿意做的事情。相反，他可以自由地安排自己的时间和生活，做一些自己真正感兴趣和喜欢做的事情。例如，他可以在闲暇的时候，坐在自己的田园中，欣赏着周围美丽的自然风光，感受着大自然的神奇和美妙；他也可以在夜晚的时候，躺在自己的床上，听着窗外传来的阵阵虫鸣声，感受着夜晚的宁静和祥和；他还可以在自己的田园中，与当地的农民一起聊天、交流，分享着彼此的生活经验和人生感悟，感受着人与人之间的真挚情感和深厚友谊。此外，在归隐田园的日子里，陶渊明还创作了大量的文学作品，包括诗歌、散文、辞赋等。这些作品以其深刻的思想内涵、独特的艺术风格和精湛的创作技巧，展现了陶渊明在文学创作方面的卓越成就和深厚功底。例如，他的诗歌《归园田居》《饮酒》《桃花源诗》

等，以其清新自然、质朴纯真的语言风格，描绘了田园生活的美好和宁静，表达了他对田园生活的热爱和向往，以及对官场黑暗和腐朽的批判和揭露；他的散文《桃花源记》《五柳先生传》等，以其简洁明快、生动形象的语言风格，讲述了一个个充满奇幻色彩和浪漫情怀的故事，塑造了一个个性格鲜明、形象生动的人物形象，表达了他对美好生活的向往和追求，以及对人生价值和意义的思考和探索；他的辞赋《归去来兮辞》等，以其华丽典雅、优美动人的语言风格，抒发了他对归隐田园生活的喜悦和自豪之情，以及对过去官场生活的反思和忏悔之情，表达了他对自由、独立、美好生活的向往和追求，以及对人生价值和意义的深刻理解和认识。总之，陶渊明的文学作品以其深刻的思想内涵、独特的艺术风格和精湛的创作技巧，展现了他在文学创作方面的卓越成就和深厚功底，对后世文学的发展产生了深远的影响，被誉为中国文学史上的经典之作。

归园田居·其一

少无适俗韵，性本爱丘山。

误落尘网中，一去三十年。

羁鸟恋旧林，池鱼思故渊。

开荒南野际，守拙归园田。

方宅十余亩，草屋八九间。

榆柳荫后檐，桃李罗堂前。

暧暧远人村，依依墟里烟。

狗吠深巷中，鸡鸣桑树颠。

户庭无尘杂，虚室有余闲。

久在樊笼里，复得返自然。

　　开篇便点明诗人不迎合世俗的性格，热爱自然山水是其本性。"误落尘网中，一去三十年"，将官场比作尘网，表达自己误入官场的悔恨，"三十年"极言时间之长。"羁鸟恋旧林，池鱼思故渊"，以羁鸟、池鱼自比，生动形象地表现出诗人对自由的向往和对田园生活的眷恋。"开荒南野际，守拙归园田"，表明诗人要在南边的田野开荒种地，宁愿保持自己的愚拙，也要回归田园生活，体现了诗人对田园生活的坚定选择和对质朴生活的追求。接着，诗人用细腻的笔触描绘了田园生活的场景。"方宅十余亩，草屋八九间。榆柳荫后檐，桃李罗堂前"，简单的几句描写，便勾勒出一幅宁静、质朴的田园风光图，让人感受到田园生活的温馨与和谐。"暧暧远人村，依依墟里烟。狗吠深巷中，鸡鸣桑树颠"，这几句诗从视觉和听觉两个角度，进一步描绘了田园生活的宁静与祥和。远处的村庄在烟雾中若隐若现，给人一种朦胧的美感；墟里的炊烟袅袅升起，让人感受到生活的气息；深巷中传来狗的叫声，桑树顶上公鸡在打鸣，这些声音交织在一起，构成了一曲田园生活的交响乐，让人陶醉其中。最后，诗人以"户庭无尘杂，虚室有余闲。久在樊笼里，复得返自然"，表达了自己回归田园后的感受。家中没有了尘世的繁杂事务，自己的内心也变得更加平静和闲适，有了更多的闲暇时间来享受生活。诗人将过去在官场的生活比作被困在樊笼里，如今终于能够回归自然，重新获得自由，表达了诗人对田园生活的热爱和对自由的追求。这首诗成为中国古代田园诗的经典之作。

饮酒·其五

结庐在人境，而无车马喧。
问君何能尔？心远地自偏。
采菊东篱下，悠然见南山。
山气日夕佳，飞鸟相与还。
此中有真意，欲辨已忘言。

诗的前四句"结庐在人境，而无车马喧。问君何能尔？心远地自偏"，点明诗人虽居住在人世间，但却听不到车马的喧闹声。这是因为诗人的内心远离了尘世的喧嚣和纷扰，所以即使身处繁华的人间，也能感受到一种宁静和超脱。"心远地自偏"一句，深刻地表达了诗人对内心宁静的追求，以及对尘世喧嚣的超脱，体现了诗人高远的精神境界和独特的人生哲学。接着，诗人以细腻的笔触描绘了一幅优美的田园风光图。"采菊东篱下，悠然见南山"，这两句诗是千古名句，生动地描绘了诗人在东篱下采摘菊花，不经意间抬头看到南山的情景。"采菊"这一动作，不仅表现了诗人悠然自得的生活状态，也象征着诗人对高洁品质的追求。"悠然"一词，恰到好处地表现了诗人内心的宁静和闲适，以及对自然美景的陶醉和欣赏。"见南山"这一描写，将南山的美景自然地展现在读者面前，给人一种清新自然、超凡脱俗的感觉。"山气日夕佳，飞鸟相与还"，这两句诗进一步描绘了傍晚时分南山的美景。山中的雾气在夕阳的照耀下显得格外美丽，给人一种朦胧的美感；天空中飞翔的鸟儿相互结伴，一起归巢，给人一种温馨和谐的感觉。这两句诗通过对自然景观的描写，不仅表现了大自然的神奇和美妙，也表达了诗人对自然的热爱和对生命的敬畏之情。最后，诗人以"此中有真意，欲辨已忘言"，表达了自己对田园生活的深刻感悟。在这优美的田园风光中，诗人感受到了一种真实的、无法言喻的美好。这种美好不仅仅是自然景观的美丽，更是一种内心的宁静、和谐与满足。诗人想要辨别这种美好的真谛，但却发现自己已经无法用言语来表达了。这两句诗深刻地表达了诗人对田园生活的热爱和对自然的敬畏之情，以及对人生真谛的深刻感悟，体现了诗人高远的精神境界和独特的人生哲学。这首诗以其清新自然的语言、生动形象的描写和深刻独到的感悟，展现了陶渊明对田园生活的热爱和向往，以及对自然、人生的深刻思考和感悟，对后世文学的发展产生了深远的影响。

桃花源诗并记

记：晋太元中，武陵人捕鱼为业。缘溪行，忘路之远近。忽逢桃花林，夹岸数百步，中无杂树，芳草鲜美，落英缤纷。渔人甚异之，复前行，欲穷其林。林尽水源，便得一山，山有小口，仿佛若有光。便舍船，从口入。初极狭，才通人。复行数十步，豁然开朗。土地平旷，屋舍俨然，有良田美池桑竹之属。阡陌交通，鸡犬相闻。其中往来种作，男女衣着，悉如外人。黄发垂髫，并怡然自乐。见渔人，乃大惊，问所从来。具答之。便要还家，设酒杀鸡作食。村中闻有此人，咸来问讯。自云先世避秦时乱，率妻子邑人来此绝境，不复出焉，遂与外人间隔。问今是何

世，乃不知有汉，无论魏晋。此人一一为具言所闻，皆叹惋。余
人各复延至其家，皆出酒食。停数日，辞去。此中人语云："不
足为外人道也。"既出，得其船，便扶向路，处处志之。及郡
下，诣太守，说如此。太守即遣人随其往，寻向所志，遂迷，不
复得路。南阳刘子骥，高尚士也，闻之，欣然规往。未果，寻病
终。后遂无问津者。

嬴氏乱天纪，贤者避其世。

黄绮之商山，伊人亦云逝。

往迹浸复湮，来径遂芜废。

相命肆农耕，日入从所憩。

桑竹垂余荫，菽稷随时艺；

春蚕收长丝，秋熟靡王税。

荒路暧交通，鸡犬互鸣吠。

俎豆犹古法，衣裳无新制。

童孺纵行歌，班白欢游诣。

草荣识节和，木衰知风厉。

虽无纪历志，四时自成岁。

怡然有余乐，于何劳智慧？

奇踪隐五百，一朝敞神界。

淳薄既异源，旋复还幽蔽。

借问游方士，焉测尘嚣外。

愿言蹑清风，高举寻吾契。

《桃花源记》以武陵渔人进出桃花源的行踪为线索，按时间先后顺序，把发现桃源、小住桃源、离开桃源、再寻桃源的曲折离奇的情节贯串起来，描绘了一个没有阶级、没有剥削，自食其力、自给自足，和平恬静、人人自得其乐的社会，是当时的黑暗社会的鲜明对照，是作者及广大劳动人民所向往的一种理想社会，它体现了人们的追求与向往，也反映出人们对现实的不满与反抗。《桃花源诗》则是对《桃花源记》的进一步阐释和补充，以诗歌的形式描绘了桃花源中人们的生活方式、社会风貌以及他们的思想观念和价值取向。诗中描绘了桃花源中人们共同努力从事农业生产，日出而作、日入而息，过着简单而又充实的生活。他们种植桑树、竹子，收获豆类、谷物，饲养春蚕，收获长丝，秋天丰收时无需向官府缴纳赋税，生活自给自足，无忧无虑。桃花源中的道路虽然荒凉，但却相互连通，鸡犬之声相互听闻，人们之间的关系融洽和谐。他们的祭祀活动仍然遵循着古代的传统，穿着的衣裳也没有新的款式，保持着古朴的风格。桃花源中的孩子们纵情地欢歌笑语，老人们则愉快地游山玩水，享受着生活的乐趣。他们通过观察草木的荣枯来了解季节的变化，虽然没有记录时间的历法，但却能够根据自然的规律来安排自己的生活，度过一年又一年。桃花源中的人们怡然自得，享受着生活的乐趣，他们无需花费过多的心思去追求功名利禄，也无需为了应对复杂的社会关系而费尽心思，他们过着简单、质朴、自然的生活，追求内心的平静和满足。《桃花源记》和《桃花源诗》通过描绘一个虚构的理想社会，表达了作者对当时黑暗社会的不满和批判，以及对美好生活的向往和追求。同时，也反映了广大劳动人民在封建社会的压迫下，对自由、平等、幸福生活的渴望和追求。

第四章

诗韵大唐，盛世华章的
诗意绽放

🌿 初唐四杰：才华横溢的时代骄子

最早提及"四杰"的是《旧唐书·杨炯传》。唐高宗时期，杨炯与王勃、卢照邻、骆宾王以文词齐名，被称为王、杨、卢、骆，亦号为"四杰"。在初唐，他们四人处于诗风转变的关键节点，他们才高位卑，且都擅长七言歌行和五言律诗。他们的作品突破宫廷诗风局限，将题材拓展至江山塞漠、个人怀才不遇等。后世用"初唐四杰"称呼他们，肯定其革新精神和对唐诗发展的贡献。

唐朝初期，刚刚结束隋末战乱，政治、经济、文化各方面都在恢复与重建。王勃出身儒学世家，祖父王通是隋末大儒，号"文中子"。叔祖王绩为知名诗人，王勃六岁能文，受家庭浓厚学术氛围熏陶。杨炯出身普通，排行第七。自幼聪明博学，显庆四年，年仅 10 岁的杨炯应神童举，待制弘文馆。卢照邻出身望族范阳卢氏。但家族在隋末唐初的动荡中受到影响，家道中落。卢照邻自幼接受良好教育，对文学、医学等均有涉猎。骆宾王出身寒门，父亲为青州博昌县令，早丧，导致骆宾王生活困苦。但他自幼聪慧，七岁能诗，"神童"之名远扬。唐朝初期文化呈现出多元融合的态势。一方面，继承和发扬了传统文化，儒家思想依然占据主导地位，对文人的价值观和文学创作产生深刻影响。另一方面，唐朝对外交流频繁，吸收了周边民族和国家的文化精华，如西域文化、印度佛教文化等，丰富了文化内涵，为文学创作带来新的灵感和题材。这种多元融合的文化环境为四杰的文学创作提供了广阔的空间和丰富的素材。

王勃自幼聪慧，被赞为神童。他的一生短暂却充满才华，因《斗鸡檄》触怒唐高宗被逐。后探望父亲时渡海溺水，惊悸而死，年仅27岁。

送杜少府之任蜀州

城阙辅三秦，风烟望五津。
与君离别意，同是宦游人。
海内存知己，天涯若比邻。
无为在歧路，儿女共沾巾。

此诗开合顿挫，意境旷达。"海内存知己，天涯若比邻"一句，奇峰突起，高度概括了"友情深厚，江山难阻"的情景，既表达了离别的愁绪，又有对友情的坚定信念。王勃为初唐诗歌革新的先驱者，反对绮靡文风，以清新自然的诗风为唐诗发展开拓道路，对后世如李白、杜甫等诗人产生积极影响。

杨炯恃才傲物，他对一些虚伪的朝官极为不满。10 岁应神童举，待制弘文馆。27 岁才被授予校书郎官职，后因堂弟杨神让参与徐敬业起兵讨伐武则天一事受到牵连，被贬为梓州司法参军。

从军行

烽火照西京，心中自不平。
牙璋辞凤阙，铁骑绕龙城。
雪暗凋旗画，风多杂鼓声。
宁为百夫长，胜作一书生。

全诗笔力雄劲，基调慷慨激昂。诗人用"牙璋""凤阙""铁骑""龙城"等意象，描绘出了一幅壮阔的战争场面。"宁为百夫长，胜作一书生"直抒胸臆，表达了诗人投笔从戎、保家卫国的壮志豪情。杨炯以边塞征战诗著名，他突破了宫廷诗风的束缚，将诗歌题材拓展到了更为广阔的边塞生活，为唐诗的发展注入了新的活力，对后世边塞诗的创作产生了重要影响。

卢照邻出身望族，曾为王府典签，又出任益州新都（今四川成都附近）尉。但他命运坎坷，后染风疾，居长安附近太白山，因服丹药中毒，手足残废。最终不堪病痛折磨，自沉颍水而死。

长安古意（节选）

长安大道连狭斜，青牛白马七香车。

玉辇纵横过主第，金鞭络绎向侯家。

龙衔宝盖承朝日，凤吐流苏带晚霞。

百丈游丝争绕树，一群娇鸟共啼花。

诗中用铺陈的手法，描绘了长安的繁华景象。诗人通过对车马、宫殿、游丝、娇鸟等众多意象的细腻刻画，展现出了一幅色彩斑斓、喧嚣热闹的长安市井图。同时，诗中也蕴含着对贵族生活的批判和对自身命运的感慨。卢照邻的《长安古意》在七言歌行发展史上具有重要地位，它以宏大的结构、丰富的内容、多变的韵律和铺张扬厉的表现手法，打破了初唐时期宫廷诗的狭小格局，为七言歌行的发展开辟了新的道路，对骆宾王、张若虚等诗人的创作产生了深远影响。

骆宾王出身寒门，七岁能诗，号称"神童"。早年他投身仕途，却坎坷不顺，曾多次被贬。唐高宗仪凤四年，骆宾王升任侍御史，因多次上书议论天下大事，得罪了武则天，被诬陷入狱。出狱后，骆宾王在扬州任艺文令。武则天光宅元年，徐敬业在扬州起兵讨伐武则天，骆宾王为其撰写了著名的《讨武曌檄》。徐敬业兵败后，骆宾王下落不明，一说他被杀，一说他遁入了空门。他的代表作就是入选《唐诗三百首》中的《咏鹅》，成为经典的少儿启蒙诗歌。

咏 鹅

鹅，鹅，鹅，曲项向天歌。

白毛浮绿水，红掌拨清波。

这首诗，许多小朋友都会背诵。相传是骆宾王七岁时所作。全诗语言浅白，以清新欢快的笔调，抓住鹅的外形与习性特征，通过"曲项""白毛""红掌""绿水"等色彩鲜明的词语，勾勒出一幅生动活泼的白鹅戏水图，表达了诗人对鹅的喜爱之情。骆宾王的诗歌在艺术上取得了很高的成就，他善于运用丰富的想象、生动的比喻和夸张的手法来塑造形象、抒发情感，使诗歌具有强烈的感染力和艺术魅力。他的诗歌创作对初唐时期的诗风变革起到了积极的推动作用，为唐诗的繁荣发展奠定了坚实的基础。

韩孟诗派盛行中唐的思考，好诗一定高深奇崛吗？

韩孟学派活跃于中唐时期，这一时期唐朝社会经历巨大变革，诗歌创作也面临新挑战与机遇。在此背景下，韩孟学派应运而生，给诗坛带来新气象。韩孟学派以韩愈、孟郊为核心，此外还包括贾岛、卢仝、马异、刘叉等诗人。这些诗人大多有着相似的人生经历，或怀才不遇，或才高气傲，或生活贫困，他们通过诗歌相互唱和，形成了一个具有鲜明特色的文学流派。与追求通俗易懂、词浅意深的元白诗派形成鲜明对比。韩孟学派的诗歌有以下几个特点。

追求奇崛险峻。韩孟学派在诗歌创作中极力打破传统诗歌的审美规范，追求独特新奇的艺术效果。他们常常选取一些奇特罕见的意象入诗，如韩愈《陆浑山火和皇甫湜用其韵》中对山火的描写："天跳地踔颠乾坤，赫赫上照穷崖垠。截然高周烧四垣，神焦鬼烂无逃门。"用夸张怪诞的描写，展现出山火的凶猛壮观，给人以强烈的视觉冲击。

注重主观情感抒发。该学派主张"不平则鸣"，认为诗歌应该是诗人内心愤懑不平情感的抒发口。孟郊一生贫困潦倒，仕途坎坷，他的诗歌如《寒地百姓吟》："无火炙地眠，半夜皆立号。冷箭何处来，棘针风骚劳。"通过描写寒地百姓在寒冬中的悲惨生活，抒发了对百姓疾苦的深切同情以及对社会不公的愤慨。

强调以文为诗。在诗歌形式上，韩孟学派常常采用一些拗峭的句式和独特的韵律来增强诗歌的节奏感和表现力。例如韩愈的《南山诗》，全诗长达一百零二韵，句式长短错落，节奏跌宕起伏，读来气势磅礴。在表现手法上，他们大量运用比喻、夸张、象征、拟人等修辞手法，使诗歌的意象更加生动形象，情感表达更加深刻有力。如卢仝的《月蚀诗》，以月蚀为象征，通过对月蚀过程的详细描写，影射当时的社会现实，表达了对国家命运的担忧和对黑暗势力的批判。

韩孟诗派代表诗人与代表作品

　　韩愈，字退之，河南河阳（今河南省孟州市）人，自称"郡望昌黎"，世称"韩昌黎""昌黎先生"。他是唐代中期官员，也是杰出的文学家、思想家、哲学家、政治家。贞元八年，韩愈登进士第，两任节度推官，累官监察御史。后因论事而被贬阳山，历都官员外郎、史馆修撰、中书舍人等职。元和十二年，出任宰相裴度的行军司马，参与讨平"淮西之乱"。其后又因谏迎佛骨一事被贬至潮州。晚年官至吏部侍郎，人称"韩吏部"。长庆四年，韩愈病逝，年五十七，追赠礼部尚书，谥号"文"，故称"韩文公"。作为唐代古文运动的倡导者，韩愈与柳宗元并称"韩柳"，有"文章巨公"和"百代文宗"之名。后人将其与柳宗元、欧阳修、苏洵、苏轼、苏辙、王安石、曾巩合称为"唐宋八大家"。他的文学创作涵盖多种体裁，以散文和诗歌的成就最为显著。

山　石

<blockquote>

山石荦确行径微，黄昏到寺蝙蝠飞。

升堂坐阶新雨足，芭蕉叶大栀子肥。

僧言古壁佛画好，以火来照所见稀。

铺床拂席置羹饭，疏粝亦足饱我饥。

夜深静卧百虫绝，清月出岭光入扉。

天明独去无道路，出入高下穷烟霏。

山红涧碧纷烂漫，时见松枥皆十围。

</blockquote>

当流赤足踏涧石，水声激激风吹衣。

人生如此自可乐，岂必局束为人鞿？

嗟哉吾党二三子，安得至老不更归。

　　这首诗是韩愈诗歌中的经典之作。诗的开篇"山石荦确行径微，黄昏到寺蝙蝠飞"，以简洁生动的笔触描绘了诗人黄昏时分来到山寺时所见到的景象，"山石荦确"写出了山路的崎岖坎坷，"蝙蝠飞"则渲染出一种清幽神秘的氛围。接着，诗人按照时间顺序，依次描写了在寺中用餐、夜宿、晨起等情景，如"夜深静卧百虫绝，清月出岭光入扉"，通过描写夜深人静时百虫声绝，以及明月出岭后清光透入窗户的景象，营造出一种宁静清幽的氛围，表现了诗人在山寺中夜宿时的闲适心情。最后，诗人由眼前的自然景色联想到自己的人生境遇，发出了"人生如此自可乐，岂必局束为人鞿？"的感慨，表达了诗人对自由闲适生活的向往以及对束缚人性的官场生活的厌倦。整首诗以游记的形式，将叙事、写景、抒情完美地结合在一起，语言简洁明快，风格清新自然，展现了韩愈诗歌独特的艺术魅力。

左迁至蓝关示侄孙湘

一封朝奏九重天，夕贬潮州路八千。

欲为圣明除弊事，肯将衰朽惜残年！

云横秦岭家何在？雪拥蓝关马不前。

知汝远来应有意，好收吾骨瘴江边。

这首诗是韩愈在唐宪宗元和十四年因上书劝谏宪宗不要迎佛骨入宫而触怒宪宗，被贬为潮州刺史后，在前往潮州途中所作。诗的开篇"一封朝奏九重天，夕贬潮州路八千"，以极其鲜明的对比，叙述了自己因上书劝谏而获罪被贬的经过，"朝奏"与"夕贬"，"九重天"与"路八千"，这些强烈的对比，突出了诗人命运的急剧变化以及被贬之地的遥远荒僻，表达了诗人内心的愤懑不平之情。接着，诗人在颔联和颈联中，通过描写自己在被贬途中所见到的自然景色，进一步抒发了自己内心的愁苦与无奈之情。"欲为圣明除弊事，肯将衰朽惜残年"，这两句诗表达了诗人虽然遭受了残酷的打击，但仍然坚持自己的政治主张，愿意为国家和人民的利益而不惜牺牲自己的精神。颈联中，以"云横秦岭家何在？雪拥蓝关马不前"这两句，描绘了一幅极其壮阔而又充满了悲凉意味的画面。"云横秦岭"和"雪拥蓝关"，不仅形象地写出了诗人在被贬途中所遇到的艰难险阻，而且也象征着诗人在人生道路上所遭遇的重重困难和挫折。"家何在"和"马不前"，则进一步表达了诗人内心的迷茫、无助和对未来的担忧之情。整首诗将叙事、抒情、写景完美地结合在一起，语言简洁明快，风格沉郁顿挫，充分展现了韩愈诗歌高超的艺术水平和深刻的思想内涵。

孟郊（751—814 年），字东野，湖州武康（今浙江德清）人。他是唐代著名诗人，在文学史上影响深远。

孟郊一生坎坷，家境贫寒。早年他游历四方，结交名士，却一直未能在仕途上有所斩获。46 岁时，孟郊终于考中进士，然而他的仕途并未因此顺遂，仅担任过一些诸如溧阳县尉等小官职。由于生性耿直，他不愿迎合官场的虚伪与污浊，最终在贫病交加中去世。诗歌风格多倾诉个人的穷愁孤苦，情感真挚深沉。他擅长用白描手法，以简洁质朴的语言勾勒出鲜明生动的形象，营造出独特的意境。

游子吟

慈母手中线，游子身上衣。
临行密密缝，意恐迟迟归。
谁言寸草心，报得三春晖。

这是孟郊最为人所熟知的作品之一，是一首饱含深情的母爱颂歌。诗的开篇"慈母手中线，游子身上衣"，用简洁质朴的语言描绘了一幅母亲为即将远行的儿子缝制衣服的画面。"手中线"与"身上衣"紧密相连，将母亲对儿子的关爱与牵挂具象化，让读者深切感受到母爱的细腻与深沉。接着，"临行密密缝，意恐迟迟归"这两句诗，进一步刻画了母亲在为儿子缝制衣服时的动作和心理。"临行密密缝"，通过"密密缝"这一细节描写，生动地表现了母亲对儿子远行的担忧和不舍，她希望通过自己细密的针脚，为儿子缝制出一件结实耐用的衣服，让儿子在远行的日子里能够感受到家的温暖和母亲的关爱。"意恐迟迟归"，则直接点明了母亲的心理，她担心儿子在外漂泊的日子里会遇到各种困难和挫折，害怕儿子会因为种种原因而迟迟不能归来，这种对儿子的深深牵挂和担忧，让读者感受到了母爱的无私与伟大。最后，诗人以"谁言寸草心，报得三春晖"这两句诗作为全诗的结尾，将对母爱的歌颂推向了高潮。整首诗语言简洁质朴，情感真挚深沉，通过对母亲为儿子缝制衣服这一日常生活场景的细致描绘，生动地展现了母爱的伟大与无私，是一首流传千古的母爱颂歌。

登科后

昔日龌龊不足夸，今朝放荡思无涯。
春风得意马蹄疾，一日看尽长安花。

这首诗是孟郊在贞元十二年进士及第后所作。诗的开篇"昔日龌龊不足夸，今朝放荡思无涯"，以极其鲜明的对比，叙述了自己过去生活的不如意以及现在进士及第后的喜悦心情。"昔日龌龊"指的是诗人过去生活的贫困潦倒以及在社会上所遭受的种种屈辱和挫折，这些经历让诗人感到无比的压抑和痛苦，因此他说"不足夸"，意思是这些过去的经历已经不值得再去夸耀和提起了。"今朝放荡思无涯"，则生动地描绘了诗人现在进士及第后的喜悦心情和自由自在的思想状态。"今朝"指的是诗人进士及第的这一天，这一天对于诗人来说是一个具有重大历史意义的日子，它标志着诗人过去生活的结束和未来生活的开始，因此诗人感到无比的兴奋和喜悦。"放荡"在这里并不是指诗人行为不检点或放荡不羁，而是指诗人现在的心情非常放松和自由自在，他不再受到过去生活的种种束缚和限制，可以尽情地抒发自己的情感和思想。"思无涯"则进一步强调了诗人现在的思想状态非常开阔和自由，他可以尽情地想象和思考未来的生活，对未来充满了无限的希望和憧憬。"春风得意马蹄疾，一日看尽长安花"，这两句诗是全诗的精华所在，也是流传千古的名句。"春风得意马蹄疾"，以极其生动形象的语言描绘了诗人在春风中骑马游街时的喜悦心情和轻快的马蹄声。"春风得意"，一方面描绘了诗人在春风中骑马游街时所感受到的温暖和舒适，另一方面也表达了诗人现在进士及第后的喜悦心情和得意洋洋的神态。"马蹄疾"，则通过描写诗人骑马时轻快的马蹄声，进一步表现了诗人现在的喜悦心情和迫不及待地想要欣赏长安城中美景的心情。"一日看尽长安花"，则以夸张的手法描绘了诗人在一天之内看尽长安城中所有花朵的情景，表达了诗人当时对未来生活的美好憧憬和对一切美好事物的向往之情。同时，这两句诗也反映了当时社会上人们对进士及第的重视和推崇，以及进士及第后所享有的荣耀和地位。整首诗语言简洁明快，风格清新自然，对诗人进士及第后喜悦心情进行细致描绘，是一首流传千古的佳作。

贾岛（779—843 年），名岛，字浪仙，也作阆仙，自号"碣石山人"，唐代河北道涿州范阳县（今北京市房山区）人。幼时家贫，19 岁出家为僧，法名无本。后经韩愈劝说还俗，但屡试不第。唐穆宗长庆二年中进士，但随即被贬。唐文宗开成二年九月因诽谤被贬任长江县主簿，后转任普州司仓参军等。会昌三年转任司户，未及上任去世，葬于四川安岳安泉山。

贾岛是有名的苦吟诗人，他曾经有"两句三年得，一吟双泪流。知音如不赏，归卧故山秋"的诗句。他的诗多写荒凉枯寂之境，长于五律，重词句锤炼，与孟郊齐名，并称"郊寒岛瘦"。作为"韩孟诗派"的重要成员，他的苦吟风格对晚唐、五代诗风至南宋"永嘉四灵""江湖诗派"有很大影响。

寻隐者不遇

松下问童子，言师采药去。
只在此山中，云深不知处。

此诗采用寓问于答的手法，诗人只问了一句"师往何处去"，童子的三句回答便将寻访不遇的焦急心情，描摹得淋漓尽致。以白云比隐者的高洁，以苍松喻隐者的风骨，写寻访不遇，愈衬出对隐者的钦慕高仰，语言简洁，白描无华，情深意切。

题李凝幽居

闲居少邻并，草径入荒园。
鸟宿池边树，僧敲月下门。
过桥分野色，移石动云根。
暂去还来此，幽期不负言。

首联写李凝幽居周围环境的幽静。颔联"鸟宿池边树，僧敲月下门"以动写静，用"敲"字衬托出夜晚的宁静，同时也暗示了诗人对友人的尊重和礼貌，这两句诗也因"推敲"的典故而广为流传。颈联写诗人过桥所见的原野景色和云脚飘动的山石，进一步渲染了环境的清幽。尾联表达了诗人对再次来访的期待，体现了与友人之间的深厚情谊。

剑　客

十年磨一剑，霜刃未曾试。
今日把示君，谁有不平事？

全诗以剑客的口吻，抒发了自己渴望施展才华、干一番事业的壮志豪情。"十年磨一剑"体现了诗人对自己才华和能力的磨砺与积累，"霜刃未曾试"则暗示了自己尚未得到施展的机会。后两句"今日把示君，谁有不平事？"表现出诗人急于一试身手，欲为世间除不平的侠义精神和积极进取的心态。

忆江上吴处士

闽国扬帆去，蟾蜍亏复圆。
秋风生渭水，落叶满长安。
此地聚会夕，当时雷雨寒。
兰桡殊未返，消息海云端。

诗中"秋风生渭水，落叶满长安"两句，通过对秋风、渭水、落叶、长安等景象的描写，营造出一种凄凉、萧瑟的氛围，表达了诗人对友人的思念和牵挂之情，同时也流露出自己的孤独和寂寞。这两句诗对仗工整，意境深远，成为千古名句。

韩孟诗派的出现，为唐代诗歌的发展带来了新的气象和活力。他们的诗歌创作风格独特，追求奇崛险怪、新颖独特的艺术效果，打破了传统诗歌的审美规范和创作模式，为唐代诗歌的发展开辟了新的道路。他们的诗歌题材广泛，涉及社会生活的各个方面，如对社会现实的批判、对民生疾苦的关注、对个人情感的抒发、对自然景观的描绘等等，丰富了唐代诗歌的内容和表现形式。他们的诗歌创作主张鲜明，强调"不平则鸣"，认为诗歌应该是诗人内心愤懑不平情感的抒发口，这种创作主张对唐代诗歌的发展产生了深远的影响，激发了唐代诗人的创作热情和创新精神，推动了唐代诗歌的繁荣发展。贾岛、卢仝、马异、刘叉等都是韩孟诗派的重要成员，他们的诗歌创作风格和艺术追求都受到了韩愈和孟郊的深刻影响，他们的诗歌创作也为韩孟学派的发展做出了重要的贡献。韩孟学派的诗歌创作不仅在当时引起了广泛的关注和影响，而且对唐代其他诗人的诗歌创作产生了重要的影响。如，李贺、杜牧等诗人，他们虽然不属于韩孟学派的成员，但是他们的诗歌创作风格和艺术追求都受到了韩孟学派的一定影响，在一定程度上体现了韩孟学派的诗歌创作特色和艺术追求。

韩孟诗派的诗歌创作对后世诗歌的发展产生了深远的影响，成为中国文学史上一座重要的里程碑。他们的诗歌创作风格独特，艺术追求高雅，为后世诗歌的发展提供了重要的借鉴和启示。同时，我们也应该看到，韩孟诗派追求奇崛险怪的诗风，使他们写的诗不接地气，晦涩难懂，只是在文人圈里有影响。这也引发我们对诗的一些思考。诗，终归不只是个人雅好，不是越高深难懂就是好诗，首先要让人看懂，关键在于能否引发共鸣。如白居易的《赋得古原草送别》，语言浅白却饱含深情，"野火烧不尽，春风吹又生"以简单易懂的语句传递出生命的顽强与离别的惆怅，能让不同文化层次的人产生共鸣。诗歌艺术风格多样，除了高深奇崛，还有清新自然、婉约柔美等。王维的山水田园诗清新自然，如《山居秋暝》："空山新雨后，天气晚来秋。明月松间照，清泉石上流。"以自然之景营造出宁静优美的意境，展现了诗歌的多元之美。

🌿 元白诗派：诗"合为事而作"，"词浅意深、老妪能解"

元白诗派是中唐时期以元稹、白居易为核心的诗歌流派。这一时期，唐朝社会矛盾加剧，藩镇割据、宦官专权等问题突出。在此背景下，元白诗派的诗人们秉持现实主义精神，以诗歌为工具，反映社会现实，表达民生疾苦。核心成员有元稹、白居易、张籍、王建等。

元稹，字微之，别字威明，河南洛阳人。他自幼聪慧，才华出众，十五岁便明经及第。元稹的一生，在仕途上起起落落。他曾积极参与政治革新，试图改变当时社会的种种弊端，但因触犯了权贵的利益，屡遭排挤和贬谪。在诗歌创作方面，元稹的风格多样，题材广泛。他的乐府诗，继承了《诗经》和汉乐府的现实主义传统，关注社会现实，反映民生疾苦，具有深刻的思想内涵和强烈的社会责任感。他的爱情诗，情感真挚细腻，语言优美动人，以其独特的艺术魅力，成为中国古代爱情诗中的经典之作。

例如，他为悼念亡妻韦丛而作的《遣悲怀三首》，通过对日常生活细节的描写，生动地展现了夫妻之间的深厚感情，以及诗人对亡妻的深切思念和无尽悲痛，读来令人肝肠寸断。

白居易（772—846年），字乐天，自号香山居士、醉吟先生，祖籍太原阳邑，后迁居下邽，官居太子少傅，世称白傅、白文公，与李白、杜甫并称唐代三大诗人，与元稹并称"元白"，与刘禹锡并称"刘白"。唐代宗大历七年出生于河南新郑县的东郭宅，自幼聪慧过人，五六岁时开始学习作诗，九岁时能够通晓音韵。贞元十六年，白居易参加科举考试获第四名，赐进士及第。贞元十九年参加书判拔萃科考试与元稹等同登第，并授予正九品上的秘书省校书郎一职。元和元年，白居易应试才识兼茂、明于体用科并排名第四等，被授盩厔县尉，其间创作《长恨歌》。元和十三年转忠州刺史，后召回长安为主客郎中、知制诰。长庆元年加朝散大夫职，后又先后担任杭、苏二州刺史，在杭州时疏浚六井等，在苏州时因病去职。文宗即位后，拜秘书监并赐予金紫，之后被封为晋阳县男，不久称病东归洛阳，以太子宾客身份分司东都洛阳，后担任任河南尹、太子少傅等职，进封冯翊县开国侯。会昌六年（大中元年）病逝，享年七十五岁，赠尚书右仆射，葬于洛阳龙门香山。白居易的一生，与唐朝的政治、社会变迁紧密相连。他自幼勤奋好学，胸怀大志，以儒家的"修身、齐家、治国、平天下"为理想，希望通过自己的努力，为国家的繁荣富强和人民的幸福安康做出贡献。在仕途上，白居易早期积极参与政治，以直言敢谏著称。他曾多次上书，针对当时社会的种种问题，如藩镇割据、宦官专权、土地兼并、民生疾苦等，提出了自己的见解和建议，并积极推动政治改革。然而，他的这些努力，因触犯了权贵的利益，遭到了他们的排挤和打压。在经历了多次贬谪和仕途挫折后，白居易的思想逐渐发生了变化。他开始对现实感到失望和无奈，逐渐转向了佛道思想，寻求内心的平静和安慰。在诗歌创作方面，白居易主张"文章合为时而著，歌诗合为事而作"，强调诗歌的现实意义和社会作用。他的诗歌题材广泛，内容丰富，涵盖了社会生活的各个方面，如对社会现实的批判、对民生疾苦的关注、对个人情感的抒发、对自然景观的描绘等等。他的诗歌风格多样，语言通俗易懂，以其独特的艺术魅力，深受广大人民群众的喜爱。例如，他的长篇叙事诗《长恨歌》，以唐玄宗和杨贵妃的爱情故事为题材，通过对历史事件的生动描绘和对人物情感的细腻刻画，展现了唐朝由盛转衰的历史变迁，以及爱情在历史和现实面前的无奈和悲剧。整首诗情节跌宕起伏，人物形象鲜明生动，语言优美流畅，具有极高的艺术价值，成为中国古代诗歌中的经典之作。又如，他的另一首长篇叙事诗《琵琶行》，通过描写一位琵琶女的悲惨遭遇，以及诗人在听琵琶女弹奏时的感受和联想，表达了诗人对琵琶女的深切同情，以及对自己被贬谪后遭遇的感慨和无奈。整首诗叙事与抒情相结合，通过对琵琶女弹奏技艺的精彩描写，以及对诗人内心感受的细腻刻画，营造出了一种强烈的艺术感染力，使读者在欣赏诗歌的同时，也能深刻感受到诗人的情感世界和对社会现实的思考。

张籍，字文昌，和州乌江（今安徽和县乌江镇）人。张籍早年生活贫困，四处漂泊，对社会底层人民的生活状况有着深刻的了解和切身的感受。这些经历，为他的诗歌创作提供了丰富的素材和坚实的生活基础。在诗歌创作方面，张籍与元稹、白居易等人交往密切，相互切磋诗艺，共同推动了中唐时期诗歌创作的繁荣和发展。他的诗歌风格清新自然，质朴流畅，语言通俗易懂，具有浓郁的生活气息和地方特色。他的诗歌题材广泛，内容丰富，涵盖了社会生活的各个方面，如对社会现实的批判、对民生疾苦的关注、对个人情感的抒发、对自然景观的描绘等等。其中，他的乐府诗成就最为突出，继承了汉乐府"感于哀乐，缘事而发"的现实主义传统，关注社会现实，反映民生疾苦，具有深刻的思想内涵和强烈的社会责任感。例如，他的《野老歌》："老农家贫在山住，耕种山田三四亩。苗疏税多不得食，输入官仓化为土。岁暮锄犁傍空室，呼儿登山收橡实。西江贾客珠百斛，船中养犬长食肉。"通过描写一位老农在沉重的赋税压迫下，生活贫困潦倒，不得不以橡实充饥的悲惨遭遇，以及与西江贾客奢侈豪华的生活形成鲜明对比，深刻地揭示了当时社会贫富悬殊的尖锐矛盾，以及封建剥削制度的残酷和不合理，表达了诗人对劳动人民的深切同情和对社会现实的强烈不满。

王建，字仲初，颖川（今河南许昌）人。王建出身寒微，一生经历坎坷。他早年曾游历各地，与张籍相识并结为好友，两人相互切磋诗艺，在诗歌创作上有着相似的风格和追求。王建的诗歌题材广泛，内容丰富，涵盖了社会生活的各个方面，如对社会现实的批判、对民生疾苦的关注、对宫廷生活的描绘、对边塞风光的展现、对个人情感的抒发、对自然景观的描绘等等。其中，他的乐府诗和宫词成就最为突出。他的乐府诗继承了汉乐府的现实主义传统，关注社会现实，反映民生疾苦，具有深刻的思想内涵和强烈的社会责任感。同时，他的乐府诗在艺术表现上也有着独特的风格和创新，善于运用生动形象的语言、细腻入微的描写和巧妙独特的构思，来塑造鲜明的人物形象，表达深刻的思想感情，营造出强烈的艺术感染力。例如，他的《水夫谣》："苦哉生长当驿边，官家使我牵驿船。辛苦日多乐日少，水宿沙行如海鸟。逆风上水万斛重，前驿迢迢后森森。半夜缘堤雪和雨，受他驱遣还复去。夜寒衣湿披短蓑，臆穿足裂忍痛何！到明辛苦无处说，齐声腾踏牵船歌。一间茅屋何所值，父母之乡去不得。我愿此水作平田，长使水夫不怨天。"通过描写一位水夫在官家的驱使下，终年累月地为官府牵驿船，过着辛苦劳累、饥寒交迫的悲惨生活，深刻地揭示了当时社会底层劳动人民在封建官府的残酷剥削和压迫下，生活的艰难困苦和悲惨无奈，表达了诗人对劳动人民的深切同情和对封建剥削制度的强烈不满。他的宫词则以其独特的艺术视角和细腻入微的描写，生动地展现了唐代宫廷生活的方方面面，如宫廷的礼仪制度、宫廷的娱乐活动、宫廷的服饰饮食、宫廷的人际关系等等，为后人了解唐代宫廷生活提供了珍贵的历史资料。同时，他的宫词在艺术表现上也有着独特的风格和创新，善于运用生动形象的语言、细腻入微的描写和巧妙独特的构思，来塑造鲜明的人物形象，表达深刻的思想感情，营造出强烈的艺术感染力。例如，他的《宫词一百首》中的"蓬莱正殿压金鳌，红日初生碧海涛。闲著五门遥北望，柘黄新帕御床高"通过描写蓬莱正殿的雄伟壮观，以及红日初升时照耀在碧海波涛上的壮丽景象，展现了唐代宫廷的辉煌气势和宏伟壮丽。同时，通过"闲著五门遥北望，柘黄新帕御床高"这两句诗，细腻入微地描写了宫女在闲暇时，透过宫门向北眺望，看到御床上铺着的柘黄色新帕高高隆起的情景，生动地展现了唐代宫廷生活的奢华和神秘，以及宫女们在宫廷生活中的寂寞和无聊。

　　"文章合为时而著，歌诗合为事而作。"这一主张是元白诗派诗歌理论的核心内容，它强调了诗歌与社会现实的紧密联系，以及诗歌的社会功能和现实意义。在元白诗派看来，诗歌不仅仅是一种文学艺术形式，更是一种反映社会现实、表达人民心声、干预社会生活的有力工具。因此，他们主张诗歌创作要紧密结合时代的需求和社会的现实，关注人民群众的生活状况和思想感情，反映社会的矛盾和问题，表达对社会现实的批判和对美好生活的向往。例如，白居易的《卖炭翁》："卖炭翁，伐薪烧炭南山中。满面尘灰烟火色，两鬓苍苍十指黑。卖炭得钱何所营？身上衣裳口中食。可怜身上衣正单，心忧炭贱愿天寒。夜来城外一尺雪，晓驾炭车辗冰辙。牛困人饥日已高，市南门外泥中歇。翩翩两骑来是谁？黄衣使者白衫儿。手把文书口称敕，回车叱牛牵向北。一车炭，千余斤，宫使驱将惜不得。半匹红纱一丈绫，系向牛头充炭直。"这首诗通过描写一位卖炭翁在南山中伐薪烧炭，然后冒着严寒将炭运到集市上出售，却被宫使以极低的价格强行收购的悲惨遭遇，深刻地揭示了当时社会中存在的宫市制度的弊端和不合理性，以及封建统治阶级对劳动人民的残酷剥削和压迫，表达了诗人对劳动人民的深切同情和对社会现实的强烈不满。这首诗正是元白学派"文章合为时而著，歌诗合为事而作"创作主张的具体体现。

　　诗歌风格：关心底层、讽喻警人。如李绅《悯农二首》："锄禾日当午，汗滴禾下土。谁知盘中餐，粒粒皆辛苦。""春种一粒粟，秋收万颗子。四海无闲田，农夫犹饿死。"这两首诗语言简洁明快，以通俗易懂的语言，生动地描绘了农民劳作的艰辛和粮食的来之不易，同时也深刻地揭露了社会的不平等和农民的悲惨命运，具有深刻的思想内涵和教育意义。张籍《野老歌》："老农家贫在山住，耕种山田三四亩。苗疏税多不得食，输入官仓化为土。岁暮锄犁傍空室，呼儿登山收橡实。西江贾客珠百斛，船中养犬长食肉。"全诗通过鲜明的对比，深刻地揭露了当时社会的贫富差距和农民的悲惨命运，表达了对农民的同情和对社会不公的批判。语言简洁，通俗易懂，具有很强的现实针对性。白居易《琵琶行》："浔阳江头夜送客，枫叶荻花秋瑟瑟……同是天涯沦落人，相逢何必曾相识。"诗中通过对琵琶女高超弹奏技艺和她不幸身世的描述，抒发了诗人对自己被贬谪的悲愤和对琵琶女的同情，同时也表达了对社会现实的不满。其中对琵琶声的描写如"大弦嘈嘈如急雨，小弦切切如私语。嘈嘈切切错杂弹，大珠小珠落玉盘"等，生动形象，仿佛将读者带入了那个秋夜的浔阳江头，亲耳听到了琵琶女的弹奏。元白诗派认为，诗歌应该具有讽喻作用，通过诗歌来讽刺和批判社会现实中的不合理现象和弊端，以达到警醒世人、改良社会的目的。在元白诗派看来，诗歌的讽喻作用是其社会功能的重要体现，也是诗歌创作的重要目的之一。因此，他们主张诗歌创作要敢于直面社会现实中的问题和矛盾，用犀利的笔触和深刻的思想来揭示社会的黑暗面和不合理性，表达对社会现实的批判和对美好生活的向往。例如，元稹的《织妇词》："织妇何太忙，蚕经三卧行欲老。蚕神女圣早成丝，今年丝税抽征早。早征非是官人恶，去岁官家事戎索。征人战苦束刀疮，主将勋高换罗幕。缫丝织帛犹努力，变缉撩机苦难织。东家头白双女儿，为解挑纹嫁不得。檐前袅袅游丝上，上有蜘蛛巧来往。羡他虫豸解缘天，能向虚空织罗网。"这首诗通过描写织妇在养蚕、缫丝、织帛等过程中的辛勤劳作和艰难困苦，以及她们在面对丝税抽征早等问题时的无奈和痛苦，深刻地揭示了当时社会中存在的赋税制度的弊端和不合理性，以及封建统治阶级对劳动人民的残酷剥削和压迫，表达了诗人对劳动人民的深切同情和对社会现实的强烈不满。同时，这首诗还通过描写东家头白双女儿为解挑纹嫁不得的悲惨遭遇，揭示了当时社会中存在的封建礼教对妇女的束缚和压迫，表达了诗人对封建礼教的批判和对妇女命运的关注。这首诗正是元白学派强调诗歌讽喻作用的具体体现。

诗歌语言：老妪能解、通俗易懂。正因为这样，白居易的诗在老百姓中流传甚广，这与韩孟学派形成鲜明对照。元白学派认为，诗歌的语言应该通俗易懂，简洁明了，以便于广大人民群众理解和接受。在元白学派看来，诗歌的社会功能和现实意义决定了它必须面向广大人民群众，为人民群众所喜爱和接受。因此，他们主张诗歌创作要采用通俗易懂的语言，避免使用生僻晦涩的词汇和复杂难懂的句式，使诗歌的语言更加贴近人民群众的生活和语言习惯，从而增强诗歌的感染力和影响力。例如，白居易的许多诗歌都具有语言通俗易懂的特点。以他的《赋得古原草送别》为例："离离原上草，一岁一枯荣。野火烧不尽，春风吹又生。远芳侵古道，晴翠接荒城。又送王孙去，萋萋满别情。"这首诗的语言简洁明了，通俗易懂，没有使用任何生僻晦涩的词汇和复杂难懂的句式。诗人通过对古原上野草的描写，展现了野草顽强的生命力和不屈不挠的精神，同时也表达了诗人对友人的送别之情和对离别的感慨。这首诗以其通俗易懂的语言、深刻的思想内涵和强烈的艺术感染力，成为中国古代诗歌中的经典之作，深受广大人民群众的喜爱和赞赏。

🌿 诗仙李白：以月、酒、琴、剑诗歌
意象编织的浪漫主义

李白，这位站在唐诗巅峰的伟大诗人，以其豪放飘逸、意境奇妙的诗作，成为中国诗歌史上一座不朽的丰碑。他的浪漫主义情怀，犹如璀璨星辰，照亮了华夏诗坛的漫漫长空。在他的诗歌中，月、酒、琴、剑等意象频繁出现，它们不仅是简单的物象，更是李白浪漫主义精神的生动载体，承载着他的情感、理想与追求，引领我们走进李白那充满奇幻色彩的诗意世界。

月：寄情天地的浪漫精灵

月亮，在李白的诗歌中占据着极为重要的位置，宛如一个灵动的浪漫精灵，陪伴着他的一生。从年少时的意气风发，到中年的壮志难酬，再到晚年的漂泊落魄，月始终是他心灵的慰藉与情感的寄托。

李白出生于西域碎叶城，自幼便对浩瀚星空充满了好奇与向往。在他的家乡，夜晚的天空格外清澈，明月高悬，洒下银白的光辉，为大地披上一层梦幻的薄纱。这样的自然环境，无疑在他幼小的心灵中种下了对月喜爱的种子。"小时不识月，呼作白玉盘。又疑瑶台镜，飞在青云端。仙人垂两足，桂树何团团。白兔捣药成，问言与谁餐？蟾蜍蚀圆影，大明夜已残。羿昔落九乌，天人清且安。阴精此沦惑，去去不足观。忧来其如何？凄怆摧心肝。"这首《古朗月行》以儿童般天真烂漫的视角，描绘了李白对月亮最初的认知与想象。在他眼中，月亮是白玉盘，是瑶台镜，是仙人、桂树、白兔、蟾蜍等神话元素的栖息之所。这种充满童趣的想象，展现了李白诗歌浪漫主义的纯真底色，让我们看到他对世界的好奇与热爱，以及对美好事物的无限憧憬。

随着年龄的增长，李白离开家乡，踏上了漫长的游历之路。在漂泊的岁月里，月成为他思念故乡、亲人与友人的情感纽带。"床前明月光，疑是地上霜。举头望明月，低头思故乡。"这首《静夜思》用简洁质朴的语言，描绘出一幅夜深人静、游子望月思乡的画面。月光如水，洒在异乡的床前，李白恍惚间以为是地上的寒霜。当他抬头仰望那一轮皎洁的明月时，思乡之情如潮水般涌上心头，令他情不自禁地低下头，陷入深深的思念之中。在这里，月不再是遥不可及的天体，而是成为李白与故乡之间的情感桥梁，寄托着他对家乡的深深眷恋与无尽牵挂。

除了思乡之情，月还承载着李白对友人的深情厚谊。"我寄愁心与明月，随君直到夜郎西。"在《闻王昌龄左迁龙标遥有此寄》中，李白听闻好友王昌龄被贬至偏远的夜郎西，心中充满了担忧与牵挂。他无法亲自陪伴在友人身边，于是将自己的愁心托付给明月，希望明月能够带着他的思念与关怀，跟随友人一同前往夜郎西。这种将情感赋予月亮，借助月亮传递思念的方式，充分体现了李白浪漫主义的独特思维，展现了他对友情的珍视与执着。

在李白的诗歌中，月还是他追求自由、超越现实的精神象征。"人生得意须尽欢，莫使金樽空对月。天生我材必有用，千金散尽还复来。"在《将进酒》中，李白面对人生的起伏与挫折，没有沉沦沮丧，而是以一种豁达乐观的态度，在月下尽情畅饮，抒发自己的豪情壮志。他认为人生在世，应当抓住每一个快乐的瞬间，不要让酒杯空对着明月。同时，他坚信自己的才华必定能够得到施展，即使千金散尽，也终会再次归来。在这里，月成为李白自由奔放、蔑视权贵、追求人生价值的精神寄托，体现了他浪漫主义的人生态度与对自由的不懈追求。

酒：放浪不羁的浪漫催化剂

酒，与李白的诗歌紧密相连，是他放浪形骸、挥洒豪情的浪漫催化剂。在李白的世界里，酒不仅是一种饮品，更是一种情感的宣泄方式，一种与天地对话、与自我和解的媒介。

李白一生好酒，他的诗歌中处处弥漫着酒的香气。"花间一壶酒，独酌无相亲。举杯邀明月，对影成三人。月既不解饮，影徒随我身。暂伴月将影，行乐须及春。我歌月徘徊，我舞影零乱。醒时同交欢，醉后各分散。永结无情游，相期邈云汉。"这首《月下独酌四首·其一》描绘了李白在花丛中独自饮酒的情景。他身处繁花似锦的美景之中，却无人相伴，于是举杯邀请明月和自己的影子一同饮酒作乐。在微醺的状态下，他与月、影相互唱和、共舞，忘却了尘世的孤独与烦恼。在这里，酒成为了李白打破孤独、与自然融为一体的桥梁，展现了他浪漫主义的独特情怀与对自由生活的向往。

酒，也是李白抒发壮志豪情的重要载体。"长风破浪会有时，直挂云帆济沧海。"在《行路难·其一》中，李白面对人生道路上的重重困难与挫折，并没有灰心丧气，而是在饮酒之后，豪情万丈地表达了自己对未来的坚定信念。他相信自己总有一天能够乘风破浪，扬起高帆渡过茫茫大海，实现自己的理想与抱负。这种在困境中依然保持乐观积极的态度，借助酒的力量抒发壮志豪情的方式，充分体现了李白浪漫主义的英雄气概与对理想的执着追求。

然而，酒在李白的诗歌中，也并非总是充满了豪情与欢乐。有时，它也承载着李白内心深处的痛苦与无奈。"抽刀断水水更流，举杯消愁愁更愁。人生在世不称意，明朝散发弄扁舟。"在《宣州谢朓楼饯别校书叔云》中，李白与友人在谢朓楼饯别，本应是一场欢乐的聚会，但他却因心中的烦恼与忧愁无法排解，借酒消愁。然而，酒入愁肠，化作的却是更深的痛苦与无奈。他深知人生在世，不如意之事十有八九，面对现实的种种挫折与困境，他感到无比的痛苦与迷茫。此时，酒成为他宣泄内心痛苦的出口，展现了他浪漫主义背后的沉重与无奈。

李白的饮酒，不仅仅是个人情感的抒发，更是一种对社会现实的反抗与批判。在那个等级森严、权贵当道的时代，李白以酒为武器，蔑视权贵，追求自由平等。他曾在诗中写道："钟鼓馔玉不足贵，但愿长醉不复醒。古来圣贤皆寂寞，惟有饮者留其名。"他认为那些权贵们所追求的奢华生活并不值得珍惜，他宁愿长醉不醒，也不愿与世俗同流合污。在他看来，自古以来的圣贤都被世人遗忘，只有那些爱饮酒的人才能留下千古美名。这种对权贵的蔑视与对自由的追求，使李白的饮酒行为具有了深刻的社会意义，成为他浪漫主义精神的重要体现。

琴：知音难觅的浪漫寄托

琴，作为中国古代文人雅士的象征之一，在李白的诗歌中也占据着一席之地。它不仅是一种乐器，更是李白表达情感、寻觅知音的浪漫寄托。

李白自幼受到传统文化的熏陶，对琴艺有着浓厚的兴趣。他在诗歌中多次描绘了自己弹琴的情景，以及琴音所传达出的情感与意境。"蜀僧抱绿绮，西下峨眉峰。为我一挥手，如听万壑松。客心洗流水，余响入霜钟。不觉碧山暮，秋云暗几重。"这首《听蜀僧浚弹琴》生动地描绘了李白听蜀僧浚弹琴的美妙感受。蜀僧怀抱名贵的绿绮琴，从峨眉峰西下而来，为李白弹奏了一曲。那悠扬的琴音，仿佛是万壑松涛在耳边回响，令李白的心灵得到了极大的震撼与洗礼。他沉浸在琴音之中，忘却了时间的流逝，直到暮色降临，秋云笼罩，才恍然惊觉。在这里，琴音成为李白与蜀僧之间心灵沟通的桥梁，展现了他对高雅艺术的热爱与对知音的渴望。

琴，在李白的诗歌中，还常常与友情、爱情等情感主题联系在一起。"琴奏龙门之绿桐，玉壶美酒清若空。催弦拂柱与君饮，看朱成碧颜始红。胡姬貌如花，当垆笑春风。"在《前有一樽酒行二首·其一》中，李白描绘了自己与友人在琴音的陪伴下，饮酒作乐的欢乐场景。他们一边欣赏着美妙的琴音，一边畅饮着美酒，尽情享受着人生的快乐。在这里，琴音不仅增添了聚会的欢乐氛围，更成为李白与友人之间深厚友情的见证。

然而，在现实生活中，李白却常常感叹知音难觅。他的才华与抱负，他的浪漫情怀与理想追求，往往不被世人所理解。"欲取鸣琴弹，恨无知音赏。"在《夏日南亭怀辛大》中，李白表达了自己想要弹奏鸣琴，却因没有知音欣赏而感到遗憾的心情。这种知音难觅的孤独感，使琴在李白的诗歌中，更增添了一份深沉的情感内涵，成为他浪漫主义精神世界中一抹淡淡的忧伤。

剑：侠骨柔情的浪漫象征

剑，作为一种武器，在李白的诗歌中却被赋予了独特的浪漫色彩。它不仅是李白豪迈气概的象征，更是他侠骨柔情、追求自由与正义的浪漫体现。

李白自幼喜好剑术，他曾在诗中写道："十五好剑术，遍干诸侯。三十成文章，历抵卿相。"可见，剑术在他的人生中占据着重要的位置。在他的诗歌中，剑常常与他的英雄气概、报国之志联系在一起。"愿将腰下剑，直为斩楼兰。"在《塞下曲六首·其一》中，李白表达了自己渴望奔赴战场，手持宝剑，斩杀敌人，为国家建功立业的壮志豪情。这种充满英雄主义色彩的诗句，展现了李白的侠骨丹心与对国家的忠诚热爱。

剑，也是李白追求自由、蔑视权贵的象征。在那个封建等级制度森严的时代，李白以剑为武器，冲破了世俗的束缚，追求着自己的自由与理想。"安能摧眉折腰事权贵，使我不得开心颜！"他不愿为了功名利禄而向权贵低头，宁愿手持宝剑，浪迹天涯，过着自由自在的生活。这种对自由的执着追求，使剑成为李白浪漫主义精神的重要标志，体现了他独立不羁的人格魅力。

除了豪迈与自由，剑在李白的诗歌中，还蕴含着一份柔情与侠义。"三杯吐然诺，五岳倒为轻。眼花耳热后，意气素霓生。救赵挥金槌，邯郸先震惊。千秋二壮士，烜赫大梁城。纵死侠骨香，不惭世上英。"在《侠客行》中，李白描绘了一位重情重义、一诺千金的侠客形象。这位侠客在饮酒之后，豪情万丈，许下的诺言比五岳还要沉重。他为了拯救赵国，不惜挥金槌击杀敌人，令邯郸城为之震惊。李白通过对侠客的赞美，表达了自己对侠义精神的敬仰与追求，展现了他侠骨柔情的一面。

在李白的诗歌中，剑与月、酒、琴等意象相互交织，共同构成了他丰富多彩的浪漫主义世界。剑的豪迈与阳刚与月的温柔与婉约、酒的豪放与洒脱、琴的高雅与清幽相互映衬，使李白的诗歌既有雄浑壮阔的气势，又有细腻婉约的情感，既有对理想的执着追求，又有对生活的热爱与眷恋。

月、酒、琴、剑这四个诗歌意象，犹如四颗璀璨的明珠，在李白的诗歌中闪耀着独特的光芒。它们从不同的角度，展现了李白浪漫主义的精神世界，让我们看到了一个豪情万丈、自由奔放、追求理想、珍视情感的诗仙形象。通过对这些意象的深入解读，我们仿佛穿越时空，与李白一同漫步在他的诗意世界里，感受着他的喜怒哀乐，领略着他那无与伦比的浪漫主义情怀。李白的诗歌，不仅是中国文学宝库中的瑰宝，更是人类精神世界的宝贵财富，它将永远激励着我们追求自由、热爱生活、勇于探索，在人生的道路上绽放出属于自己的光彩。

🌿 诗圣杜甫：
诗歌中的现实主义与家国情怀

杜甫被后世尊称为"诗圣"，其诗作则被誉为"诗史"。他生活在唐朝由盛转衰的动荡时期，一生颠沛流离，历经磨难。然而，正是这些丰富而坎坷的人生经历，成为他诗歌创作的无尽源泉。杜甫以如椽巨笔，将社会的动荡、人民的疾苦、国家的兴衰以及个人的悲欢离合，一一融入诗歌之中，展现出深刻的现实主义精神和炽热的家国情怀，而"月是故乡明"所代表的家乡情结，更是贯穿他的一生，成为其诗歌情感的重要根基。

困居长安：理想与现实的碰撞

杜甫出生于河南巩县一个世代"奉儒守官"的家庭，巩县的山川草木、风土人情，构成了他童年与少年时期的美好记忆，也在他心底种下了眷恋故乡的种子。自幼接受儒家思想熏陶的杜甫，怀有"致君尧舜上，再使风俗淳"的远大抱负。青年时期的他意气风发，漫游吴越、齐赵等地，彼时的他，虽离家在外，但故乡始终是他心中的温暖港湾。"会当凌绝顶，一览众山小"（《望岳》），在这豪情满怀的诗句中，不难感受到他对未来的憧憬，而这份憧憬里，也有着故乡给予他的底气与力量。

唐玄宗天宝五年，杜甫来到长安，一心希望通过科举考试步入仕途，实现自己的政治理想。但现实却给了他沉重的打击，他在科举中屡遭失败，困居长安长达十年之久。这十年间，杜甫不仅生活穷困潦倒，还亲眼目睹了唐朝统治阶层的腐败、社会的贫富悬殊以及人民生活的艰难。在孤独与困苦中，家乡的一切愈发频繁地出现在他的思念里。

长安的夜晚，明月高悬，杜甫常常独自仰望夜空，思绪飘回故乡。他或许会想起故乡的亲人和儿时的伙伴，想起家乡那熟悉的街巷和田野。在这远离家乡的地方，他深刻体会到了漂泊的孤独与无奈。"露从今夜白，月是故乡明"（《月夜忆舍弟》），这句诗作于安史之乱时期，此时困居长安的杜甫，心中的思乡之情已如暗流涌动。在他眼中，长安的月光再皎洁，也比不上故乡那带着亲切与温暖的月色。这份对故乡的偏爱，不仅仅是对出生地的眷恋，更是对往昔纯真岁月和宁静生活的向往。故乡，是他在这繁华却冰冷的长安城中，唯一能慰藉心灵的精神寄托。

困居长安的十年，是杜甫人生的低谷，也是他诗歌创作的重要转型期。这一时期的经历，让他深入了解了社会底层人民的生活，也使他的诗歌充满了对现实的批判和对人民的同情。而家乡情结，如一条无形的线，贯穿在他的诗歌创作中，为他的现实主义诗作增添了一抹温情与眷恋。

安史之乱：颠沛流离中的悲歌

唐玄宗天宝十四年，安史之乱爆发，这场持续八年之久的战乱，给唐朝社会带来了毁灭性的灾难，也彻底改变了杜甫的命运。战争使得生灵涂炭，百姓流离失所，国家陷入了一片混乱之中。杜甫也被迫离开长安，开始了漫长的颠沛流离的生活。

在这动荡不安的岁月里，杜甫与家人时常分散，音信难通。故乡，在他心中变得更加遥不可及，但那份思念却愈发浓烈。他的诗歌，不仅记录了战争的残酷和人民的苦难，也饱含着对故乡和亲人的深切牵挂。

《春望》写于唐肃宗至德二年，当时长安已被叛军占领。"国破山河在，城春草木深。感时花溅泪，恨别鸟惊心。烽火连三月，家书抵万金。白头搔更短，浑欲不胜簪。"在这首诗中，杜甫目睹了都城的破败，内心满是忧国忧民的悲痛。而在这国难当头的时刻，他对故乡和亲人的思念也达到了顶点。烽火连天，阻断了他与故乡的联系，一封家书变得无比珍贵。此时的他，或许会想起故乡的春天，那曾经充满生机与活力的景象，与眼前的荒芜形成了鲜明的对比。故乡的山水、田野、房屋，都在他的脑海中不断浮现，成为他在困境中坚持下去的精神支柱。

安史之乱期间，杜甫曾被困长安，而他的妻子儿女则远在鄜州。他在《月夜》中写道："今夜鄜州月，闺中只独看。遥怜小儿女，未解忆长安。香雾云鬟湿，清辉玉臂寒。何时倚虚幌，双照泪痕干。"在这首诗里，杜甫通过想象妻子在鄜州独自望月思念自己的情景，表达了自己对家人的深切思念。而鄜州，这个承载着他家人的地方，也成为故乡的一种象征。他渴望与家人团聚，渴望回到那充满温暖的故乡。月，在这首诗中，成为他与故乡、与家人情感相连的纽带，虽身处异地，但望着同一轮明月，那份思念仿佛能跨越千山万水。

在安史之乱的动荡岁月里，杜甫始终心系国家和人民。他的诗歌不仅反映了战争的残酷和人民的苦难，更表达了他对国家复兴的坚定信念和对和平生活的向往。而家乡情结，在这一时期与他的家国情怀相互交织，使他的诗歌情感更加深沉、复杂。他深知，只有国家安定，他才能回到那朝思暮想的故乡，与亲人团聚。

漂泊西南：忧国忧民的情怀延续

安史之乱虽然最终被平定，但唐朝的国力已大不如前，社会依旧动荡不安。杜甫在战乱结束后，并没有迎来平静的生活，而是继续漂泊西南，先后流寓成都、梓州、夔州等地。在这一时期，他的生活依然困苦，但他对国家和人民的关怀却丝毫未减，诗歌创作也达到了一个新的高峰。而他对故乡的思念，也随着漂泊的岁月愈发浓烈。

杜甫在成都时，曾在友人的帮助下，在浣花溪畔营建了一座草堂，过上了一段相对安定的生活。然而，这种平静的生活并没有持续太久，由于生活的贫困和社会的动荡，他不得不再次踏上漂泊的旅程。在成都的日子里，每当夜晚来临，明月高悬，他总会想起故乡。"锦江春色来天地，玉垒浮云变古今。北极朝廷终不改，西山寇盗莫相侵。可怜后主还祠庙，日暮聊为《梁甫吟》。"（《登楼》）在这首诗中，他借景抒情，表达了对国家命运的担忧。而在这忧国忧民的情感背后，是他对故乡的深深眷恋。他渴望回到故乡，看到故乡的安宁与繁荣，就像他渴望国家能够恢复往日的昌盛一样。

在夔州期间，杜甫创作了被誉为"七律之冠"的《登高》："风急天高猿啸哀，渚清沙白鸟飞回。无边落木萧萧下，不尽长江滚滚来。万里悲秋常作客，百年多病独登台。艰难苦恨繁霜鬓，潦倒新停浊酒杯。"登上高处，秋风凛冽，猿啼凄厉，飞鸟在急风中盘旋，落叶萧萧而下，长江滚滚东流，壮阔而又萧索的秋景扑面而来。此时的杜甫，漂泊万里，长久客居他乡，身体多病，却独自登上高台。故乡在万里之外，而自己疾病缠身、穷困潦倒，两鬓已生白发，生活的艰难与内心的愁苦让他心力交瘁。在这高台上，他的思乡之情与对人生的悲叹、对国家命运的忧虑紧紧缠绕在一起。他想起故乡的山川，想起曾经在故乡度过的岁月，可如今却只能在异乡的高台上，对着这无尽的秋景，感慨万千。

夔州的日子里，他还写下了"丛菊两开他日泪，孤舟一系故园心"（《秋兴八首·其一》）。菊花再次开放，而他却依然漂泊在外，不禁流下了思乡的泪水。孤舟系在岸边，就像他的心始终系着故园。故乡，在他心中，是永远无法割舍的牵挂。在夔州的高台上，他极目远眺，望着那一轮明月，心中默念着故乡的名字，那片遥远的土地，承载着他的童年、他的回忆，以及他对美好生活的向往。

漂泊西南的岁月里，杜甫的诗歌更加关注社会现实和人民的生活。他在诗歌中不仅表达了自己对国家和人民的深切关怀，还对社会的种种弊端进行了深刻的批判。而家乡情结，始终是他诗歌情感的重要组成部分。他在漂泊中不断寻找着心灵的归宿，而故乡，就是他心中那永远的港湾。

杜甫诗歌的艺术特色与影响

杜甫的诗歌之所以具有如此强大的感染力和生命力，除了其深刻的思想内涵外，还得益于其独特的艺术特色。而他诗歌中所蕴含的家乡情结，也为其艺术特色增添了独特的魅力。

反映生活。他将自己的亲身经历、所见所闻以及内心的感受融入诗歌之中，使诗歌具有强烈的真实感和感染力。而家乡情结，作为他内心深处最真挚的情感之一，在他的现实主义诗作中起到了情感支撑的作用。例如在《石壕吏》中，他通过描写一个夜晚差役到石壕村捉人的故事，真实地反映了安史之乱时期兵役制度的残酷和人民生活的悲惨。在这个故事背后，我们能感受到他对故乡人民的担忧和同情，因为故乡的人民也是这受苦受难的百姓中的一员。他的家乡情结，使他对人民的苦难有着更深切的体会，也让他的诗歌更具情感深度。

凝练含蓄。他善于运用简洁而准确的语言，表达丰富而深刻的思想感情。在表达家乡情结时，他往往用寥寥数语，就能勾勒出故乡的画面，唤起读者的共鸣。如"月是故乡明"，仅仅五个字，却将他对故乡的思念、对故乡的偏爱以及对故乡的深情厚谊表达得淋漓尽致。这种简洁而富有表现力的语言，使他的诗歌在表达家乡情结时更加深入人心。

沉郁顿挫。沉郁，主要指诗歌的情感深沉、厚重，表达了诗人对国家命运、人民苦难的深切关怀和忧虑；顿挫，则主要指诗歌的语言节奏和韵律变化，通过抑扬顿挫的声调，使诗歌更具感染力。家乡情结与他的家国情怀相互交融，共同构成了他诗歌沉郁顿挫的风格。在他的诗歌中，我们能感受到他对故乡的思念如潮水般汹涌，却又被他深沉的家国情怀所压抑，这种情感的起伏变化，使他的诗歌具有了独特的艺术魅力。

杜甫的诗歌对后世产生了深远的影响。他的现实主义创作手法和忧国忧民的家国情怀，成为后世诗人学习的典范。而他诗歌中所蕴含的家乡情结，也让后世诗人在表达思乡之情时找到了共鸣。许多诗人在杜甫的影响下，关注社会现实，反映人民的疾苦，同时也将对家乡的思念融入诗歌创作中。例如唐代的白居易、元稹等人发起的新乐府运动，就深受杜甫诗歌的影响，他们主张"文章合为时而著，歌诗合为事而作"，强调诗歌的现实意义和社会作用。在他们的诗歌中，我们也能看到对家乡和亲人的思念之情。宋代的苏轼、黄庭坚等诗人也对杜甫推崇备至，苏轼曾评价杜甫的诗歌"古今诗人众矣，而杜子美为首，岂非以其流落饥寒，终身不用，而一饭未尝忘君也欤？"黄庭坚则学习杜甫的诗歌艺术，开创了江西诗派，对后世诗歌的发展产生了重要的影响。在这些诗人的作品中，我们都能看到杜甫诗歌中家乡情结的影子，它已经成为中国古代诗歌情感表达的重要组成部分。

杜甫的诗歌，不仅具有深刻的思想内涵和独特的艺术魅力，更成为中华民族文化宝库中的瑰宝，激励着后人不断追求真理、关注社会、关爱他人，同时也让我们在他的诗歌中，感受到了那份对故乡深深的眷恋和对家国的责任担当。在今天，当我们再次吟诵杜甫的诗歌时，依然能够感受到他那炽热的家国情怀和对故乡的无尽思念，从中汲取无尽的精神力量。

🌿 "行到水穷处，坐看云起时"，唐诗中的新山水田园派

在唐诗的绚丽画卷中，新山水田园派以其独特的风姿，描绘出自然山水的清幽、田园生活的闲适，为后世展现了一个充满诗意与宁静的世界。这一流派的兴起，与当时的时代背景息息相关，众多代表性诗人以笔为墨，在山水田园间寻找心灵的慰藉，抒发对人生的感悟，留下了一首首脍炙人口的佳作。

时代的滋养：新山水田园派兴起的背景

唐朝，这个中国历史上辉煌灿烂的时代，政治、经济、文化全面繁荣。在经历了初唐的蓬勃发展与盛唐的国力鼎盛之后，社会环境相对稳定，经济的繁荣为文化的发展提供了坚实的物质基础。文人士子们在这样的环境下，有更多的时间和精力去关注自然、思考人生。

科举制度的完善，为众多文人提供了入仕的机会，他们怀揣着"修身齐家治国平天下"的理想，积极投身于政治舞台。然而，官场的复杂与仕途的坎坷，让许多人在政治理想受挫后，将目光投向了山水田园。他们渴望在自然的怀抱中寻求心灵的宁静，远离尘世的喧嚣与纷扰。同时，唐朝统治者对道教和佛教的推崇，使得佛道思想在社会上广泛传播，文人们深受其影响，追

求内心的淡泊与超脱,这也为新山水田园派诗歌的创作提供了思想土壤。

交通的发展与旅行的盛行,让诗人们有机会游历大江南北,领略各地的自然风光。他们将旅途中的所见所闻、所思所感融入诗歌创作,使得山水田园诗的题材更加丰富多样,内容更加生动鲜活。在这样的时代背景下,新山水田园派诗歌应运而生,成为唐诗中一道独特的风景线。

王维:诗中有画、画中有诗的山水大家

王维,无疑是新山水田园派的领军人物,他的诗歌以清新淡远、自然脱俗的风格著称,被誉为"诗中有画,画中有诗"。王维早年也曾积极入世,渴望在政治上有所作为。然而,官场的黑暗与政治的斗争让他逐渐心灰意冷,开始向往山水田园的宁静生活。他在终南山购置了辋川别业,过上了半官半隐的生活,在这里,他创作了大量的山水田园诗,将自己对自然的热爱、对人生的感悟融入其中。

"空山新雨后,天气晚来秋。明月松间照,清泉石上流。竹喧归浣女,莲动下渔舟。随意春芳歇,王孙自可留。"(《山居秋暝》)这首诗宛如一幅清新淡雅的山水画,描绘了秋天傍晚雨后山林的景色。空山新雨,空气清新,明月高悬,洒下银白的光辉,透过松林的缝隙,映照在地上。清澈的泉水在石头上潺潺流淌,发出悦耳的声响。竹林中传来阵阵欢声笑语,那是洗衣归来的少女们;荷叶轻轻晃动,那是顺流而下的渔舟。诗人通过对自然景色和人物活动的细腻描写,营造出一种宁静、和谐的氛围,表达了自己对这种田园生活的向往与热爱。在这首诗中,王维巧

妙地运用了动静结合的手法，明月、松林、清泉、石头是静态的画面，而浣女的喧闹、渔舟的移动则为画面增添了动态之美，使整首诗充满了生机与活力。

王维的另一首代表作《鸟鸣涧》同样展现了他高超的艺术技巧："人闲桂花落，夜静春山空。月出惊山鸟，时鸣春涧中。"在这首诗中，诗人以细腻的笔触描绘了春夜山间的静谧。人在清闲之时，能够察觉到桂花轻轻飘落的细微动静。在这寂静的夜晚，整个春山仿佛空无一物。月亮升起，月光洒在山林间，竟然惊动了栖息的山鸟，它们不时地在山涧中鸣叫几声。这种以动衬静的手法，将春山夜晚的宁静表现得淋漓尽致。在这空灵的意境中，我们能感受到王维内心的宁静与淡泊，他仿佛与自然融为一体，达到了一种超凡脱俗的境界。

王维的山水田园诗不仅描绘了自然景色的美丽，还蕴含着深刻的哲理。他深受佛教思想的影响，在诗歌中常常表达对人生的思考和对生命的感悟。"行到水穷处，坐看云起时。"（《终南别业》）这两句诗充满了禅意，诗人在漫步山间时，走到了溪水的尽头，似乎已经无路可走，但他并没有感到沮丧或失落，而是悠然地坐下来，观看云雾的升起。这一过程寓意着人生的境遇变幻无常，当我们遇到困境时，不妨换一种心态，以豁达、超脱的心境去面对，也许会发现新的风景和希望。王维的诗歌，以其独特的艺术风格和深刻的思想内涵，为新山水田园派诗歌树立了典范，对后世诗人产生了深远的影响。

孟浩然：寄情山水、恬淡自然的田园诗人

孟浩然是与王维齐名的新山水田园派诗人，他一生未仕，大

部分时间都在故乡襄阳的山水间度过。他的诗歌多描写山水田园风光和隐居生活，风格恬淡自然，充满了生活气息。

孟浩然的代表作《过故人庄》描绘了一幅淳朴的田园生活画面："故人具鸡黍，邀我至田家。绿树村边合，青山郭外斜。开轩面场圃，把酒话桑麻。待到重阳日，还来就菊花。"诗人应邀到朋友的田家做客，朋友准备了丰盛的饭菜，热情地招待他。村庄周围绿树环绕，远处的青山在城外连绵起伏。打开窗户，面对着打谷场和菜园，他们一边饮酒，一边谈论着农事。这种简单而温馨的田园生活，充满了浓浓的人情味。诗中没有华丽的辞藻，却用质朴的语言描绘出了田园生活的美好，让人感受到了诗人与朋友之间真挚的情谊，以及对这种宁静生活的喜爱。

"春眠不觉晓，处处闻啼鸟。夜来风雨声，花落知多少。"（《春晓》）这首诗以简洁明快的语言，描绘了春天早晨的景象。诗人在春日的睡梦中不知不觉地醒来，听到处处都是鸟儿的啼鸣声。回想起昨夜的风雨声，不禁让人担心那些盛开的花朵被打落了多少。整首诗充满了生活的情趣，通过对日常生活中一个小场景的描写，展现了诗人对自然的敏锐观察力和对生活的热爱。诗中的"不觉""处处""夜来""多少"等词语，看似平淡无奇，却生动地表现出了春天早晨的生机勃勃和诗人内心的感受。

孟浩然的山水诗也别具一格，如《宿建德江》："移舟泊烟渚，日暮客愁新。野旷天低树，江清月近人。"诗人在旅途中停泊在江中的小洲边，暮色降临，孤独和思乡之情涌上心头。原野空旷，远处的天空显得比近处的树木还要低；江水清澈，倒映在水中的月亮似乎与人更加亲近。在这首诗中，诗人通过对自然景色的描写，烘托出自己内心的孤独和忧愁。"天低树""月近人"这两个独特的意象，将诗人的情感与自然景色巧妙地融合在一起，情景交融，意境深远。

孟浩然的诗歌，以其真实、质朴的情感和清新自然的风格，展现了山水田园生活的美好与宁静，为新山水田园派诗歌注入了独特的魅力。他的诗作不仅在当时广为流传，也对后世的诗歌创作产生了重要的影响，成为中国古代诗歌宝库中的珍品。

韦应物：冲淡平和、含蓄简远的中唐山水诗人

韦应物生活在中唐时期，此时的唐朝已经经历了安史之乱的重创，社会动荡不安，政治腐败。然而，韦应物的山水田园诗却依然保持着一种冲淡平和、含蓄简远的风格，在那个动荡的时代里，为人们带来了一丝宁静与慰藉。

韦应物的《滁州西涧》是一首脍炙人口的佳作："独怜幽草涧边生，上有黄鹂深树鸣。春潮带雨晚来急，野渡无人舟自横。"诗人独自喜爱生长在涧边的幽草，它们在偏僻的地方默默生长，不与百花争艳，展现出一种宁静、淡泊的品质。树上的黄鹂在枝叶深处欢快地鸣叫，为这幽静的画面增添了几分生机。傍晚时分，春潮上涨，又加上细雨绵绵，水流变得湍急起来。荒野渡口，不见行人，只有一只小船横在那里。整首诗通过对自然景色的描写，营造出一种清幽、闲适的氛围。"舟自横"这一意象，更是传达出一种自在、超脱的心境，让人感受到诗人在这纷繁世界中对宁静与自由的追求。

在《寄全椒山中道士》中，韦应物写道："今朝郡斋冷，忽念山中客。涧底束荆薪，归来煮白石。欲持一瓢酒，远慰风雨夕。落叶满空山，何处寻行迹。"这首诗表达了诗人对山中道士

的思念之情。在寒冷的日子里，诗人在郡斋中忽然想起了隐居在山中的道士。他想象着道士在涧底砍柴，归来后煮白石为食的清苦生活。于是，他想要带着一瓢酒，在风雨交加的夜晚去慰藉道士。然而，当他想要前往时，却发现落叶铺满了空山，不知道道士的行踪在哪里。诗中没有直接描写道士的形象和生活场景，而是通过诗人的想象和情感表达，让读者感受到了道士的清逸和诗人与他之间深厚的情谊。整首诗意境空灵，情感真挚，体现了韦应物诗歌含蓄简远的艺术特色。

韦应物的山水田园诗，在继承前人的基础上，又融入了自己独特的人生体验和情感表达。他的诗歌语言简洁而富有韵味，意境深远而含蓄，在中唐的诗坛上独树一帜。他以山水田园为寄托，表达了自己对宁静生活的向往和对人生的思考，为新山水田园派诗歌在中唐时期的发展做出了重要贡献。

常建：清幽空灵，意境深远的山林隐者

常建的人生轨迹与山水紧密相连，他仕途坎坷，后隐居于鄂渚的西山，沉醉于山水之间，其诗作也因此充满了山林的清幽之气。他善于捕捉自然中那些微妙而动人的瞬间，将其转化为诗歌中清幽空灵的意境。

《题破山寺后禅院》堪称常建的经典之作："清晨入古寺，初日照高林。曲径通幽处，禅房花木深。山光悦鸟性，潭影空人心。万籁此都寂，但余钟磬音。"清晨，诗人步入古老的寺庙，初升的太阳照耀着高耸的树林。一条曲折的小路通向幽静的深处，禅房周围花木繁茂。山间的景色使鸟儿怡然自乐，深潭的倒影让人心中的杂念消除。此时此刻，万物都寂静无声，只留下钟

磬的声音在空气中回荡。常建通过对破山寺后禅院环境的细致描绘，营造出一种静谧、空灵的氛围，传达出对佛教禅理的体悟以及对宁静超脱生活的向往。"曲径通幽处，禅房花木深"一句，以简洁而生动的笔触，勾勒出一幅深邃幽静的画面，成为描绘清幽意境的千古名句，启发着后人对自然与心灵宁静的探寻。

储光羲：质朴醇厚，田园生活的忠实记录者

储光羲长期隐居终南山和嵩山，对田园生活有着深入的体验和真挚的情感。他的诗歌风格质朴醇厚，充满了浓郁的生活气息，真实地反映了田园生活的方方面面，从农事劳作到乡村风俗，从田园风光到农民的喜怒哀乐，都在他的笔下得到了生动呈现。

在《田家即事》中，他写道："蒲叶日已长，杏花日已滋。老农要看此，贵不违天时。迎晨起饭牛，双驾耕东菑。蚯蚓土中出，田乌随我飞。群合乱啄噪，嗷嗷如道饥。我心多恻隐，顾此两伤悲。拨食与田乌，日暮空筐归。亲戚更相诮，我心终不移。"诗中描绘了春日里老农抓紧农时耕种的场景，以及诗人对田乌的恻隐之心。他用质朴无华的语言，将田园生活的质朴与艰辛、人与自然的和谐相处展现得淋漓尽致。储光羲的田园诗，没有刻意的雕琢与渲染，却以其真实的情感和对生活的细致观察，打动着读者的心灵，让人们真切地感受到田园生活的本真与美好，为新山水田园派诗歌增添了一抹醇厚的生活底色。

新山水田园派的传承与影响

新山水田园派诗人以其独特的创作风格和深刻的思想内涵，在唐诗的发展历程中留下了浓墨重彩的一笔。他们的诗歌不仅在

当时受到了人们的喜爱和推崇，而且对后世的诗歌创作产生了深远的影响。

后世的许多诗人都从新山水田园派诗歌中汲取营养，继承和发扬了其清新自然、意境深远的艺术风格。宋代的苏轼、杨万里等诗人，在创作中借鉴了王维、孟浩然等人的手法，以自然山水为题材，描绘出一幅幅生动的田园画卷，表达了对自然的热爱和对生活的感悟。在元、明、清时期，山水田园诗依然是诗歌创作的重要题材之一，诗人们在继承传统的基础上，不断创新，为山水田园诗注入了新的活力。

新山水田园派诗歌所传达的对自然的敬畏、对宁静生活的向往以及对人生的思考，也成为中国传统文化的重要组成部分。它让人们在喧嚣的尘世中，能够找到一片心灵的净土，去感受自然的美好，领悟人生的真谛。这些诗歌中的优美意境和深刻哲理，不仅丰富了人们的精神世界，也对中国的绘画、音乐等艺术形式产生了一定的影响。

"行到水穷处，坐看云起时。"新山水田园派诗人在山水田园间，找到了心灵的归宿，他们用诗歌描绘出自然的美丽与人生的智慧，为我们留下了宝贵的文化遗产。在今天，当我们再次吟诵这些经典之作时，依然能够感受到他们对自然的热爱、对生活的热情以及对人生的深刻思考，这些诗歌将永远闪耀着光芒，照亮我们的心灵世界。

🌿 唐代边塞诗：报国之志的尽情抒发

唐代边塞诗以其鲜明的时代特色、丰富的情感内涵和独特的艺术魅力，成为中国古代诗歌史上的一座丰碑。唐代边塞诗，不仅是对边疆壮丽风光与残酷战争的生动描绘，更是诗人们向往和平的深切愿望与炽热报国之志的尽情抒发。

时代风云：边塞诗兴起的历史背景

唐朝，这一中国历史上最为辉煌的朝代之一，国力强盛，疆域辽阔，政治、经济、文化全面繁荣。然而，其边疆地区却并不安宁，与周边的突厥、吐蕃、回纥等少数民族政权时常发生冲突。这种特殊的历史背景，为唐代边塞诗的兴起提供了肥沃的土壤。

唐朝统治者积极开拓疆土，加强边防建设，众多文人墨客投身军旅，奔赴边疆。边塞的生活经历，使他们对边疆的风土人情、战争场面以及戍边将士的生活有了深刻的了解和切身的感受。这些丰富的生活体验，成为他们诗歌创作的源泉。同时，唐朝的科举制度和社会风气也鼓励文人从军报国，"宁为百夫长，胜作一书生"（杨炯《从军行》），这种尚武精神和爱国情怀在文人中广泛传播，激发了他们创作边塞诗的热情。

此外，唐朝文化的多元性和开放性，使得边塞诗在内容和形式上都受到了西域文化、少数民族文化的影响，从而呈现出独特的风貌。佛教、道教等宗教思想也在一定程度上影响了边塞诗的创作，使诗人们在描绘战争与边塞生活的同时，也融入了对生命、和平的思考。

雄浑画卷：边塞风光与战争场景的描绘

唐代边塞诗犹如一幅幅雄浑壮阔的画卷，展现了边疆地区独特的自然风光和激烈残酷的战争场景。诗人们以其细腻的笔触和豪迈的情怀，将大漠孤烟、长河落日、雪山草原、狂风飞沙等塞外风光生动地呈现在读者眼前。

"大漠孤烟直，长河落日圆"（王维《使至塞上》），短短十个字，便勾勒出了塞外大漠的苍茫辽阔。沙漠中孤烟直上，黄河尽头落日浑圆，画面简洁而又富有张力，给人以强烈的视觉冲击。"北风卷地白草折，胡天八月即飞雪。忽如一夜春风来，千树万树梨花开"（岑参《白雪歌送武判官归京》），诗人以奇特的想象，将北方边塞八月的飞雪比作春天盛开的梨花，既描绘出了雪景的美丽，又表现出了边塞气候的变幻无常。

除了自然风光，边塞诗中对战争场景的描写也十分精彩。"黄沙百战穿金甲，不破楼兰终不还"（王昌龄《从军行七首·其四》），这句诗展现了将士们在黄沙漫天的战场上历经无数次战斗，铠甲都被磨穿，但仍然坚定信念，不打败敌人誓不还乡。"战士军前半死生，美人帐下犹歌舞"（高适《燕歌行》），则通过鲜明的对比，揭示了战争的残酷和军中的腐败现象，一边是战士们在前线浴血奋战，生死未卜；另一边却是将领们在营帐中欣赏美人歌舞，寻欢作乐。

这些对边塞风光和战争场景的描绘，不仅让后人领略到了唐代边疆的独特风貌，更让我们感受到了战争的残酷与和平的来之不易，也为诗人们抒发向往和平的愿望和报国之志奠定了坚实的基础。

热血丹心：炽热的报国之志与英雄气概

在唐代边塞诗中，我们能深切感受到诗人们炽热的报国之志和豪迈的英雄气概。他们怀着对国家的忠诚和对民族的责任感，渴望投身疆场，建功立业，为国家的安宁和繁荣贡献自己的力量。

"男儿何不带吴钩，收取关山五十州。请君暂上凌烟阁，若个书生万户侯？"（李贺《南园十三首·其五》）诗人以反问的语气，表达了自己渴望弃笔从戎，收复失地的强烈愿望。在他看来，男子汉就应该手持武器，奔赴战场，为国家建立功勋，而不是在书斋中做一个默默无闻的书生。"葡萄美酒夜光杯，欲饮琵琶马上催。醉卧沙场君莫笑，古来征战几人回？"（王翰《凉州词二首·其一》）这首诗描绘了出征前将士们开怀畅饮的场景，尽管知道战争的残酷，随时可能马革裹尸，但他们依然豪情万丈，毫不畏惧。这种视死如归的精神，正是报国之志的生动体现。

还有许多诗人在诗中表达了对边疆将领的赞美和对他们功绩的敬仰。"但使龙城飞将在，不教胡马度阴山"（王昌龄《出塞二首·其一》），诗人希望能有像李广那样英勇善战的将领守卫边疆，不让敌人的铁骑越过阴山。这种对英雄的呼唤，反映了诗人们对国家安宁的深切关注和对报国英雄的渴望。

唐代边塞诗中的报国之志，不仅仅是个人的追求，更是一种时代精神的体现。在那个充满激情与活力的时代，诗人们将个人的命运与国家的命运紧密相连，用诗歌表达了他们为国家献身的决心和勇气。

渴望安宁：对和平生活的向往与期盼

战争给人民带来了巨大的痛苦和灾难，唐代边塞诗人们在描绘战争的同时，也表达了对和平生活的向往与期盼。他们深知和平的珍贵，渴望边疆能够安宁，人民能够安居乐业。

"年年战骨埋荒外，空见蒲桃入汉家"（李颀《古从军行》），这句诗深刻地揭示了战争的残酷和无意义。无数将士的尸骨埋在荒外，换来的只是西域的葡萄传入中原，这是对战争的严厉批判和对和平的深切呼唤。"不知何处吹芦管，一夜征人尽望乡"（李益《夜上受降城闻笛》），在寂静的夜晚，悠扬的芦笛声勾起了征人们对家乡的思念，他们渴望回到家乡，与亲人团聚，过上和平宁静的生活。

诗人们还通过对边疆少数民族生活的描写，表达了对民族和睦、和平共处的向往。"蕃人旧日不耕犁，相学如今种禾黍"（王建《凉州行》），描绘了少数民族向汉人学习农耕技术，开始种植庄稼的情景，展现了民族之间的交流与融合，体现了诗人对和平共处的美好愿景。

在唐代边塞诗中，对和平的向往贯穿始终。诗人们用诗歌表达了他们对战争的厌恶和对和平的追求，这种向往和平的情感，不仅是对当时社会现实的反映，更是对人类永恒价值的追求。

多元融合：边塞诗的艺术特色与文化内涵

唐代边塞诗在艺术上具有独特的特色，融合了多种艺术手法和文化元素。在语言上，边塞诗简洁明快、生动形象，富有表现力。诗人常常运用夸张、比喻、拟人等修辞手法，增强诗歌的感染力。如"燕山雪花大如席，片片吹落轩辕台"（李白《北风行》），将雪花夸张地比作席子，形象地描绘出了北方大雪纷飞的景象。

在韵律上，边塞诗节奏明快、韵律和谐，读起来朗朗上口。许多边塞诗采用了乐府诗的形式，如《凉州词》《从军行》等，这些乐府诗的曲调原本就具有激昂慷慨的特点，与边塞诗的内容相得益彰，更能表达诗人们的情感。

在文化内涵上，唐代边塞诗融合了中原文化与边疆少数民族文化。诗中既有对中原传统文化的传承和弘扬，如对儒家的爱国思想、道家的自然观念的体现；又有对少数民族文化的吸收和融合，如对西域音乐、舞蹈、服饰等的描写。这种多元文化的融合，使唐代边塞诗具有了独特的魅力。

此外，唐代边塞诗还蕴含着深刻的哲学思考和人生感悟。诗人们在面对战争与死亡、离别与思乡时，对生命的意义、人生的价值进行了深入的思考。"人生自古谁无死，留取丹心照汗青"（文天祥《过零丁洋》，虽为宋诗句，但与唐代边塞诗的精神一脉相承），这种对生命的敬畏和对人生价值的追求，使唐代边塞诗具有了更高的思想境界。

永恒回响：边塞诗的历史影响与当代价值

唐代边塞诗作为中国古代诗歌的重要组成部分，对后世产生了深远的影响。它不仅为后世的诗歌创作提供了丰富的素材和灵感，也为我们了解唐代的历史、文化、军事等方面提供了珍贵的资料。

在诗歌创作方面，唐代边塞诗的题材和风格被后世许多诗人所借鉴和模仿。宋代的苏轼、辛弃疾等豪放派词人，在他们的作品中就常常出现边塞的意象和爱国的情怀；元、明、清时期的边塞诗也在一定程度上继承了唐代边塞诗的传统，继续描绘边疆的风光和战争的场景，抒发诗人的情感。

在文化传承方面，唐代边塞诗所蕴含的爱国精神、英雄气概和向往和平的情感，成为中华民族优秀传统文化的重要组成部分。它激励着后世的人们为了国家的繁荣富强、民族的团结进步而努力奋斗，成为中华民族精神的重要源泉之一。

在当代社会，唐代边塞诗依然具有重要的价值。它让我们铭记历史、珍惜和平，深刻认识到和平的来之不易。同时，诗中所体现的爱国精神和英雄气概，也能够激发我们的民族自豪感和责任感，鼓舞我们在新时代为实现中华民族伟大复兴的中国梦而努力拼搏。

唐代边塞诗是中国古代诗歌史上的瑰宝，它以其雄浑壮阔的意境、炽热深沉的情感、独特多元的艺术特色，展现了唐代的时代风貌和精神气质。诗人们在边塞诗中尽情抒发了向往和平的愿望和报国之志，这些诗歌穿越时空，至今仍在我们心中回响，激励着我们不断前行。

🌿 晚唐咏史诗：对历史兴衰的反思

晚唐咏史诗宛如一组独特而深沉的音符，奏响了对历史时空的反思与咏叹。晚唐时期，国势衰微，社会动荡不安，政治腐败丛生，藩镇割据、宦官专权、朋党之争等问题严重威胁着唐王朝的统治。在这样的时代背景下，诗人们将目光投向历史，以史为鉴，借古讽今，用诗歌表达对现实的忧虑、对国家命运的关切以及对人生的深刻思考。他们的作品，不仅是对历史事件和人物的回顾与评价，更是对晚唐社会现实的映射与批判，蕴含着丰富的思想内涵和独特的艺术魅力。

时代悲歌：晚唐咏史诗兴起的背景

唐朝，曾经以其强大的国力、开放的文化和繁荣的经济屹立于世界的东方，展现出无与伦比的盛世辉煌。然而，安史之乱成为唐朝由盛转衰的转折点，此后，唐朝陷入了内忧外患的困境。到晚唐时期，曾经的辉煌早已远去，取而代之的是山河破碎、民生凋敝的衰败景象。

政治上，中央政权日益衰落，藩镇拥兵自重，不听从朝廷的号令，形成了地方割据的局面。宦官势力也在这一时期极度膨胀，他们操纵朝政，干预皇帝的废立，使得政治更加黑暗和腐败。此外，朝廷内部的朋党之争也愈演愈烈，官员们为了争权夺利，相互倾轧，严重削弱了朝廷的统治力量。

经济上，由于战乱频繁、土地兼并严重以及苛捐杂税的繁重，农民生活困苦不堪，社会矛盾日益尖锐。大规模的农民起义此起彼伏，进一步动摇了唐朝的统治根基。

在这样的时代背景下，文人们目睹了国家的衰落和社会的动荡，内心充满了忧虑和悲愤。他们渴望通过诗歌来表达自己对现实的不满和对国家命运的担忧，而历史则成为他们最好的切入点。通过对历史的反思和咏叹，诗人们试图寻找唐朝衰落的原因，为挽救国家的命运提供借鉴和启示。同时，晚唐时期的文化氛围也为咏史诗的发展提供了土壤。唐代诗歌的高度繁荣，使得诗人们在创作上不断追求创新和突破，咏史诗这种独特的诗歌形式正好满足了他们的创作需求。

借古讽今：对现实政治的深刻批判

晚唐咏史诗的一个重要主题是借古讽今，诗人们通过对历史事件和人物的描写，影射和批判晚唐的现实政治。他们以敏锐的洞察力和犀利的笔触，揭示了政治的腐败、统治者的昏庸以及社会的种种弊端。

杜牧的《过华清宫绝句三首·其一》："长安回望绣成堆，山顶千门次第开。一骑红尘妃子笑，无人知是荔枝来。"这首诗通过描写唐玄宗为了博杨贵妃一笑，不惜耗费大量人力、物力从南方运送荔枝的故事，讽刺了晚唐统治者的荒淫无度和奢侈浪费。诗中没有直接对晚唐的现实进行批判，但通过对历史事件的生动描绘，读者不难联想到晚唐时期那些只顾享乐、不顾百姓死活的统治者，从而达到了借古讽今的目的。

李商隐的《贾生》："宣室求贤访逐臣，贾生才调更无伦。可怜夜半虚前席，不问苍生问鬼神。"这首诗以汉文帝召见贾谊的历史典故为题材，表面上是在感叹贾谊的才华得不到真正的施展，实际上是在讽刺晚唐统治者不重视人才，不关心民生疾苦，只热衷于求仙问道、迷信鬼神。诗中的"不问苍生问鬼神"一句，一针见血地指出了晚唐政治的弊端，具有深刻的现实意义。

此外，许多晚唐咏史诗还对藩镇割据、宦官专权等问题进行了批判。如胡曾的《咏史诗·长安》："关东新破项王归，赤帜悠扬日月旗。从此汉家无敌国，争教彭越受诛夷。"这首诗借西汉初期刘邦诛杀功臣彭越的历史事件，影射晚唐时期藩镇割据的局面，表达了对藩镇势力的担忧和对国家统一的渴望。

兴衰之叹：对历史变迁的深沉感慨

晚唐咏史诗中，诗人们常常对历史的兴衰变迁发出深沉的感慨。他们看到了朝代的更替、国家的兴衰，感受到了历史的无常和人生的短暂。在这些诗歌中，我们可以体会到诗人们对历史的敬畏和对人生的思考。

许浑的《咸阳城东楼》："一上高城万里愁，蒹葭杨柳似汀洲。溪云初起日沉阁，山雨欲来风满楼。鸟下绿芜秦苑夕，蝉鸣黄叶汉宫秋。行人莫问当年事，故国东来渭水流。"诗人登上咸阳城楼，极目远眺，看到眼前的蒹葭杨柳，仿佛置身于江南的汀洲。然而，随着溪云的升起、夕阳的西沉，山雨即将来临，满楼的风声让人感受到了一种压抑和不安。诗的后四句，诗人由眼前的景色联想到了秦汉时期的宫殿，如今秦苑汉宫早已荒废，只剩下鸟飞蝉鸣、绿芜黄叶。最后，诗人感慨道，行人不要再问当年的往事了，只有渭水依旧向东流去。整首诗通过对咸阳城古今变化的描写，抒发了诗人对历史兴衰的感慨和对人生的迷茫。

韦庄的《台城》："江雨霏霏江草齐，六朝如梦鸟空啼。无情最是台城柳，依旧烟笼十里堤。"台城是六朝帝王起居临政的地方，曾经繁华一时。然而，如今在江雨的笼罩下，江草茂盛，鸟儿空自啼鸣，六朝的繁华早已如梦般消逝。诗中的台城柳，不管人间的兴衰变迁，依旧如烟般笼罩着十里长堤，它的"无情"更衬托出了历史的沧桑和人生的无奈。诗人通过对台城的描写，表达了对六朝兴衰的感叹，也蕴含着对晚唐命运的忧虑。

这些对历史兴衰的感慨，不仅仅是对过去的追忆，更是对现实的警示。诗人们从历史的变迁中看到了晚唐的衰落，他们希望通过诗歌唤起人们的觉醒，拯救国家于危难之中。

人物评说：对历史人物的重新审视

在晚唐咏史诗中，诗人们还对历史人物进行了重新审视和评价。他们不再局限于传统的观点，而是从自己的角度出发，对历史人物的功过是非进行了深入的思考，提出了许多新颖的见解。

杜牧的《赤壁》："折戟沉沙铁未销，自将磨洗认前朝。东风不与周郎便，铜雀春深锁二乔。"这首诗以赤壁之战为背景，通过对一把折断的戟的描写，引发了诗人对历史的遐想。诗中，杜牧提出了一个大胆的假设：如果东风不给周瑜方便，那么赤壁之战的结果可能会截然不同，大乔和小乔就会被曹操锁进铜雀台。这种对历史的假设和对历史人物的重新评价，打破了传统的观念，展现了杜牧独特的思维方式和深刻的历史洞察力。

李商隐的《北齐二首》："一笑相倾国便亡，何劳荆棘始堪伤。小怜玉体横陈夜，已报周师入晋阳。巧笑知堪敌万机，倾城最在著戎衣。晋阳已陷休回顾，更请君王猎一围。"这两首诗以南北朝时期北齐后主高纬和冯小怜的故事为题材，讽刺了北齐后主的荒淫无道和昏庸无能。诗中，李商隐通过对冯小怜的描写，揭示了北齐灭亡的原因。他认为，北齐后主沉迷于女色，不理朝政，最终导致了国家的灭亡。这种对历史人物的批判，不仅仅是对个人的指责，更是对晚唐统治者的警示。

这些对历史人物的重新审视和评价，反映了晚唐诗人对历史的独特理解和对现实的关注。他们通过对历史人物的剖析，表达了自己对政治、人生的看法，具有深刻的思想内涵。

艺术魅力：独特的表现手法与风格

晚唐咏史诗在艺术上具有独特的魅力，诗人们运用了丰富多样的表现手法，形成了各自独特的风格。

在表现手法上，晚唐咏史诗常常运用典故、对比、象征等手法来增强诗歌的表现力。如前文提到的杜牧的《赤壁》和李商隐的《贾生》，都运用了典故来表达自己的观点。而许浑的《咸阳城东楼》中"山雨欲来风满楼"一句，则运用了象征的手法，象征着晚唐社会即将面临的巨大危机。

在风格上，晚唐咏史诗呈现出多样化的特点。杜牧的咏史诗风格俊爽，语言明快，意境深远，如《赤壁》《过华清宫绝句三首》等，都体现了他豪迈洒脱的个性和深刻的历史洞察力。李商隐的咏史诗则风格隐晦曲折，情感深沉，语言优美，如《贾生》《北齐二首》等，常常通过含蓄的表达来抒发自己的情感，给人以回味无穷的感觉。许浑的咏史诗风格雄浑悲壮，意境开阔，如

《咸阳城东楼》，通过对历史兴衰的描写，表达了他对人生的感慨和对国家命运的忧虑。

此外，晚唐咏史诗在语言上也具有很高的艺术价值。诗人们用词精准，语句凝练，往往用简洁的语言表达深刻的思想和丰富的情感。如韦庄的《台城》中"无情最是台城柳，依旧烟笼十里堤"，短短十四个字，就将台城柳的"无情"和历史的沧桑表现得淋漓尽致。

历史是一面镜子：晚唐咏史诗的影响与价值

晚唐咏史诗作为中国古代诗歌的重要组成部分，对后世产生了深远的影响。它不仅为后世的诗歌创作提供了丰富的素材和灵感，也为我们了解晚唐的历史、文化和社会提供了珍贵的资料。

在诗歌创作方面，晚唐咏史诗的题材和表现手法被后世许多诗人所借鉴和模仿。宋代的苏轼、王安石、李清照等诗人，都曾创作过咏史诗，他们在继承晚唐咏史诗传统的基础上，又有所创新和发展。如苏轼的《念奴娇·赤壁怀古》，通过对赤壁之战的描写，表达了自己对历史的感慨和对人生的思考，与杜牧的《赤壁》有着异曲同工之妙。王安石的《明妃曲二首》，则对王昭君的故事进行了重新解读，提出了自己独特的见解。

在历史研究方面，晚唐咏史诗为我们了解晚唐的社会现实和人们的思想观念提供了重要的参考。诗人们在诗歌中对晚唐政治、经济、文化等方面的描写和反映，为我们还原了一个真实的晚唐社会。同时，他们对历史事件和人物的评价，也反映了当时人们的历史观和价值观，有助于我们深入了解晚唐时期的文化内涵。

在文化传承方面，晚唐咏史诗所蕴含的对历史的敬畏、对国家命运的关切以及对人生的思考，成为中华民族优秀传统文化的重要组成部分。它激励着后世的人们以史为鉴，珍惜当下，为国家的繁荣富强和民族的伟大复兴而努力奋斗。

晚唐咏史诗是晚唐社会的一面镜子，它映照出了那个时代的兴衰荣辱、悲欢离合。诗人们以其深刻的思想、独特的艺术手法，对历史时空进行了反思与咏叹，为我们留下了一笔宝贵的精神财富。这些诗歌穿越时空，至今仍在我们心中回响，让我们感受到了历史的厚重和文化的魅力。

🌿 只因一句"晴空一鹤排云上，便引诗情到碧霄"，便爱上刘禹锡

在唐代诗坛，刘禹锡以其坚韧不拔的人生态度、豁达乐观的精神风貌和独具一格的诗词创作，熠熠生辉。他的一生，历经风雨，却始终如同一棵苍松，傲然挺立，在困境中坚守自我，在挫折中绽放光芒。"晴空一鹤排云上，便引诗情到碧霄"，这句诗恰如其分地展现了刘禹锡的豪迈与洒脱，也正是他人生的真实写照。

刘禹锡出生于一个书香门第，自幼便接受了良好的教育，展现出卓越的文学天赋。他勤奋好学，对经史子集广泛涉猎，为日后的文学创作奠定了坚实的基础。青年时期的刘禹锡，意气风

发，怀揣着对国家的热爱和对理想的追求，积极投身于政治改革的浪潮之中。他与柳宗元等人一起，参与了王叔文领导的永贞革新，试图通过改革来挽救日益衰落的唐王朝。他们推行了一系列的改革措施，如打击宦官势力、削弱藩镇割据、减轻百姓负担等，这些举措得到了广大民众的支持和拥护。

然而，改革触动了保守势力的利益，遭到了他们的强烈反对和残酷打压。永贞革新仅仅持续了一百多天便宣告失败，刘禹锡也因此被贬为朗州司马。这一突如其来的打击，犹如晴天霹雳，让刘禹锡陷入了人生的低谷。从繁华的京城长安被贬到偏远的朗州，生活环境的巨大反差，政治上的失意，都给刘禹锡带来了沉重的心理负担。但他并没有被挫折打倒，而是以顽强的意志和乐观的心态，勇敢地面对生活的挑战。

在朗州的岁月里，刘禹锡深入了解了当地的风土人情，与百姓们建立了深厚的感情。他看到了百姓们生活的艰辛，也感受到了他们对美好生活的向往。这些经历成为他诗歌创作的丰富源泉，他开始用诗歌来反映社会现实，表达对百姓的同情和对国家命运的担忧。同时，他也在诗歌中抒发自己内心的情感，排解心中的苦闷。"巴山楚水凄凉地，二十三年弃置身。怀旧空吟闻笛赋，到乡翻似烂柯人。沉舟侧畔千帆过，病树前头万木春。今日听君歌一曲，暂凭杯酒长精神。"这首《酬乐天扬州初逢席上见赠》便是他在被贬多年后，与白居易相遇时所作。诗中，他回顾了自己被贬的经历，感慨岁月的沧桑和人事的变迁，但同时也表达了自己对未来的信心和积极向上的人生态度。"沉舟侧畔千帆过，病树前头万木春"，这两句诗以其深刻的哲理和乐观的精神，成为千古名句，激励着无数后人在困境中勇往直前。

在朗州期间，刘禹锡还受到了当地民间文化的影响，他开始学习和借鉴民歌的形式和风格，创作了一系列具有浓郁地方特色的诗歌。这些诗歌语言质朴、情感真挚，充满了生活气息，深受百姓们的喜爱。如他的《竹枝词二首·其一》："杨柳青青江水平，闻郎江上唱歌声。东边日出西边雨，道是无晴却有晴。"这首诗以细腻的笔触描绘了一位少女在江边听到情郎歌声时的微妙心理，将自然景象与人物情感巧妙地融合在一起，富有情趣和韵味。这种独特的创作风格，不仅为他的诗歌增添了新的魅力，也为唐代诗歌的发展做出了重要贡献。

后来，刘禹锡虽然多次被召回京城，但又因直言敢谏，触怒权贵，再度被贬。他先后被贬到连州、夔州、和州等地，历经磨难。然而，无论生活多么艰难，他始终保持着乐观豁达的心态，用诗歌来表达自己对生活的热爱和对理想的执着追求。在夔州，他写下了《秋词二首·其一》："自古逢秋悲寂寥，我言秋日胜春朝。晴空一鹤排云上，便引诗情到碧霄。"在这首诗中，他一反传统文人对秋天的悲叹，以独特的视角和豪迈的情怀，赞美了秋天的壮美和生机勃勃。他笔下的秋，不再是凄凉、悲伤的象征，而是充满了活力和希望。那排云而上的白鹤，正是他自己的精神象征，展现了他冲破困境、追求自由和理想的决心和勇气。

可以看出，刘禹锡是个愈挫愈勇的大丈夫。可以从下面小故事中看出刘禹锡的个性。他参与"永贞革新"，失败后被贬十年。后被召回京城，与好友游玄都观时写了《元和十年自朗州至京戏赠看花诸君子》，诗中"玄都观里桃千树，尽是刘郎去后栽"被认为是讥讽新提拔的权贵，于是他再度遭贬。过了十几年，他又被召回京城，再次来到玄都观，写下《再游玄都观》：

"百亩庭中半是苔，桃花净尽菜花开。种桃道士归何处，前度刘郎今又来。"再次得罪权贵，不久又被外放。

元和十年，柳宗元由礼部员外郎贬为永州司马期满进京又外任为柳州刺史，同时刘禹锡被贬为播州刺史。柳宗元认为播州荒远，刘禹锡又是孝子，家有老母亲，没有母子同去播州的道理，于是向朝廷请求，愿用自己任所的柳州与刘禹锡对换，就是再加一重罪也死而无怨。恰好有人把刘禹锡的事上报给皇上，刘禹锡被改任连州刺史。刘禹锡被贬到安徽和州任通判时，按规定应住三间三厢的大房子，但知县故意刁难，让他三次搬家，住房一次比一次小，最后仅为斗室。刘禹锡于是写下了名闻天下的《陋室铭》，并特意把诗镌刻在门口的石头上。刘禹锡回到京城后，李绅（写《悯农》的诗人）时任司空，曾设宴款待他。宴会上有歌姬舞女相伴，刘禹锡赋诗一首《赠李司空妓》："鬈鬖梳头宫样妆，春风一曲杜韦娘。司空见惯浑闲事，断尽江南刺史肠。"由此无意中创造了"司空见惯"这个成语。不禁使人感叹，谁叫他这么有才呢！他的一生数次被贬，也是有才惹的祸。

刘禹锡的诗歌题材广泛，内容丰富，除了反映社会现实和抒发个人情感外，还涉及咏史、写景、赠别等多个方面。他的咏史诗，如《乌衣巷》："朱雀桥边野草花，乌衣巷口夕阳斜。旧时王谢堂前燕，飞入寻常百姓家。"通过对历史遗迹的描写，抒发了对世事变迁、朝代兴衰的感慨，蕴含着深刻的历史哲理。他的写景诗，如《望洞庭》："湖光秋月两相和，潭面无风镜未磨。遥望洞庭山水翠，白银盘里一青螺。"以清新自然的语言，描绘出了洞庭湖的宁静与美丽，让人仿佛身临其境。

刘禹锡不仅是一位杰出的诗人，还是一位思想家和哲学家。

他的哲学著作《天论》三篇，系统地阐述了他的唯物主义思想和无神论观点。他认为，天是自然的天，是物质的天，它有自己的运行规律，与人的意志无关。他反对天命论和鬼神迷信，强调人的主观能动性和对自然的认识与改造。这种思想在当时具有重要的进步意义，对后世的哲学发展也产生了深远的影响。

🌿 红豆相思：唐诗中爱情的样子

唐诗中关于爱情的篇章，更是动人心弦，让人沉醉。唐诗中的爱情，或热烈奔放，或含蓄婉约，或缠绵悱恻，或坚贞不渝，宛如一幅幅绚丽多彩的画卷，展现出爱情的千姿百态。

一见钟情，似春日繁花初绽

"身无彩凤双飞翼，心有灵犀一点通。"李商隐在《无题》中，描绘了一场心动的邂逅。也许是在一场热闹的宴会上，或是在熙熙攘攘的街头，偶然的目光交汇，刹那间，仿佛有电流穿过心间，即使没有彩凤那样的翅膀可以相伴相随，可彼此的心灵却能在瞬间相通。这种一见钟情的爱情，如同春日里初绽的繁花，娇艳而热烈，带着青春的懵懂与纯真。崔郊的"侯门一入深如海，从此萧郎是路人"（《赠去婢》），则是一见钟情后的无奈悲歌。他与姑母家的婢女互生情愫，却因身份悬殊，婢女被卖入侯门，从此天各一方。那初次相遇时的美好，在现实的残酷面前，化作了无尽的思念与哀愁，让人不禁为这份夭折的爱情扼腕叹息。

相濡以沫，如潺潺溪流相伴

"得成比目何辞死，愿作鸳鸯不羡仙。"卢照邻在《长安古意》里，道出了对相濡以沫爱情的向往。比目鱼和鸳鸯，都是成双成对的象征，诗人愿与爱人相伴一生，即使放弃成仙的机会也在所不惜。这种爱情，是生活中的相互陪伴，是困境中的彼此扶持。杜甫在漂泊的岁月里，与妻子杨氏相互依偎。"老妻画纸为棋局，稚子敲针作钓钩。"（《江村》）简单的生活场景，却充满了温馨与甜蜜。在艰难困苦中，他们夫妻二人相濡以沫，共同面对生活的风雨，这份平淡而真挚的爱情，如同潺潺溪流，虽不汹涌澎湃，却能长久地滋润心田。

相思成灾，若深秋落叶飘零

"红豆生南国，春来发几枝。愿君多采撷，此物最相思。"王维的这首《相思》，以红豆为寄托，将相思之情表达得含蓄而深沉。红豆，这颗小小的种子，承载着无尽的思念，当爱人远在他乡，思念便如春日里疯长的藤蔓，缠绕心间。"梳洗罢，独倚望江楼。过尽千帆皆不是，斜晖脉脉水悠悠。肠断白蘋洲。"温庭筠笔下的女子，每日精心梳洗，独自登上望江楼，盼望着爱人的归来。然而，千帆过尽，始终不见爱人的身影，只有那夕阳的余晖默默洒在悠悠江水上。这份望眼欲穿的相思，如深秋飘零的落叶，带着无尽的凄凉与落寞。

生死相依，似磐石坚定不移

"曾经沧海难为水，除却巫山不是云。"元稹在《离思五首·其四》中，以沧海之水和巫山之云为喻，表达了对亡妻韦丛的深情。在他心中，曾经经历过那样刻骨铭心的爱情，此后世间的一切都黯然失色。这种生死相依的爱情，超越了生死的界限，即使爱人已逝，那份深情依旧在心中永恒。"诚知此恨人人有，贫贱夫妻百事哀。"（《遣悲怀三首》）同样是元稹，在回忆与妻子共度的贫贱岁月时，感慨万千。他们一起经历了生活的艰辛，这份患难与共的感情，让他在妻子离去后，倍感悲痛。每一件生活琐事，都能勾起他对妻子的思念，这种生死相依的爱情，是灵魂深处的羁绊，坚如磐石，不可动摇。

唐诗爱情，映照千年情感世界

唐诗中的爱情，是古人情感的真实写照，也是我们现代人情感的映照。它让我们看到，无论时代如何变迁，爱情始终是人类永恒的主题。在这个快节奏的现代社会，人们的爱情观或许发生了变化，但那份对真爱的渴望，对美好情感的追求，却从未改变。

当我们在生活中遇到那个让自己心动的人，不妨想想李商隐的"心有灵犀一点通"，珍惜那瞬间的心动；当我们与爱人携手走过平凡的日子，应明白杜甫笔下相濡以沫的珍贵；当我们与爱人的短暂分别，思念如潮水般涌来，王维的红豆便能寄托我们的情思；当我们面对爱情中的挫折与困难，元稹的生死相依则能给予我们坚守的力量。

唐诗中的爱情，如同一首首动人的乐章，奏响了人类情感的旋律。它让我们在品味古人爱情的同时，也能审视自己的情感世界，感受爱情的美好与力量。让我们在唐诗的滋养下，用心去爱，用爱去生活，让爱情在岁月的长河中绽放出更加绚烂的光彩。

🌿 张若虚的《春江花月夜》能"孤篇压全唐"吗？

"孤篇压全唐"这一说法是清末学者王闿运提出来的，他对张若虚的《春江花月夜》给予了极高的评价，认为此诗可"孤篇横绝，竟为大家"。后来，闻一多先生在《宫体诗的自赎》中也高度赞誉《春江花月夜》，称其为"诗中的诗，顶峰上的顶峰"，进一步提升了这首诗的影响力和知名度，使得"孤篇压全唐"的说法被广泛传播和认可。那么，这究竟是怎样的一首诗，又有着怎样的魅力能引发如此高的评价呢？

先来说说这首诗的作者张若虚。张若虚约生于 660 年，卒于720 年左右，是扬州人，曾担任兖州兵曹。他与贺知章、张旭、包融并称"吴中四士"，是初、盛唐之交的一位诗人。在当时，张若虚以文词俊秀名扬京都，但关于他的生平史料却极为匮乏，我们仅能从《旧唐书·贺知章传》等极少数文献中略知一二。他留存于世的诗作仅有《春江花月夜》和《代答闺梦还》两首，然而仅凭一首《春江花月夜》，他便在诗歌史上留下了浓墨重彩的一笔。

《春江花月夜》的创作背景，要从它的题目说起。这是乐府吴声歌曲名，相传为南朝陈后主所作，后来隋炀帝也曾做过此曲，但原词已不传。张若虚的这首诗是拟题作诗，与原先的曲调已不同。具体创作背景虽不可考，但在初唐时期，诗歌正处于从六朝余韵向盛唐气象转变的阶段，张若虚的这首诗可谓是在这个过渡时期绽放出的一朵奇葩。

春江花月夜

春江潮水连海平，海上明月共潮生。
滟滟随波千万里，何处春江无月明！
江流宛转绕芳甸，月照花林皆似霰。
空里流霜不觉飞，汀上白沙看不见。
江天一色无纤尘，皎皎空中孤月轮。
江畔何人初见月？江月何年初照人？
人生代代无穷已，江月年年望相似。
不知江月待何人，但见长江送流水。
白云一片去悠悠，青枫浦上不胜愁。
谁家今夜扁舟子？何处相思明月楼？
可怜楼上月徘徊，应照离人妆镜台。
玉户帘中卷不去，捣衣砧上拂还来。
此时相望不相闻，愿逐月华流照君。
鸿雁长飞光不度，鱼龙潜跃水成文。
昨夜闲潭梦落花，可怜春半不还家。
江水流春去欲尽，江潭落月复西斜。
斜月沉沉藏海雾，碣石潇湘无限路。
不知乘月几人归，落月摇情满江树。

回到"张若虚《春江花月夜》能孤篇压全唐吗？"这个问题，从诸多方面来看，此诗确实有着非凡的价值和独特的魅力。

从意境营造上，诗中以春、江、花、月、夜为背景，以月为核心意象，为读者勾勒出了一幅如梦如幻的画卷。开篇"春江潮水连海平，海上明月共潮生"，便将江潮与明月的雄浑壮观之景展现眼前，让人仿佛置身于那浩瀚无垠的春江之畔，目睹着潮水与明月一同涌现的奇观。随着诗句的推进，江水绕着芳甸流淌，月光洒在花林上如霰般晶莹，江天澄澈，明月孤悬，营造出一种空灵、静谧而又宏大的意境，让人沉浸其中，心驰神往。

在哲理思考方面，诗人由明月引发了对宇宙和人生的叩问："江畔何人初见月？江月何年初照人？"这种对时间和空间的追问，对生命起源和宇宙奥秘的探索，展现出了一种深沉的哲学思考。"人生代代无穷已，江月年年望相似"，个体的生命在历史长河中是短暂的，但人类的传承却是无穷无尽的，与永恒的江月形成了鲜明的对比，传达出一种对生命的敬畏和对宇宙永恒的感慨，具有极高的思想深度。

从情感表达上，诗中交织着游子与思妇的相思之情。"谁家今夜扁舟子？何处相思明月楼？"在这美好的春江花月夜，游子漂泊在外，思妇独守空闺，他们在月光下相互思念，却又无法相见。"玉户帘中卷不去，捣衣砧上拂还来"，月光仿佛也懂得人的情思，挥之不去，将这种相思之情渲染得淋漓尽致，引发了人们对离情别绪的共鸣。

从艺术手法上，全诗运用了比喻、拟人、对比、设问等多种修辞手法，使诗歌生动形象，富有感染力。如"月照花林皆似霰"，将月光下的花林比作晶莹的雪霰，形象地描绘出了花林在月光下的美丽。诗歌的语言清新自然，流畅婉转，富有音乐美，句式长短错落有致，押韵和谐，读起来朗朗上口，宛如一首优美的乐章。

从对后世的影响来看，《春江花月夜》有着不可估量的意义。它是中国古代诗歌史上第一首以月为中心媒介，同时写男女双方两地相思，探索宇宙和人生哲理于同一首诗的作品，对后代诗歌创作有重要的启蒙作用。崔颢、张九龄、李白、苏轼等大诗人的诗作都有受其影响的痕迹。

当然，说《春江花月夜》"孤篇压全唐"，这或许是一种夸张的说法。唐诗的天空群星璀璨，李白的豪放飘逸、杜甫的沉郁顿挫、王维的清新淡雅等，都各具特色，代表了唐诗的不同风格和高度。但不可否认的是，《春江花月夜》以其独特的艺术魅力、深刻的哲理思考和深远的影响，在唐诗中占据着极其重要的地位，是中国诗歌宝库中的一颗明珠，它如同一座高峰，让后人仰望和赞叹。

第五章

从宋代诗词的巅峰上，
领略那个时代的风华与情感

　　宋代诗词的繁荣，有多方面的原因。经济上，商业兴盛、城市繁荣，市民文化需求高涨，为诗词发展提供沃土。政治上，重文轻武，文人地位高，仕途环境宽松，激发创作热情。教育文化层面，书院林立，印刷术进步，知识传播迅速，培养大批诗词创作者。而且，宋代哲学思想活跃，儒释道融合，丰富了诗词内涵。再加上前代文学积累，诗与词的创作范式与美学追求不断完善，让宋代诗词在传承中创新，走向中国诗歌的巅峰。

🌿 宋诗延续唐诗余韵，又创出了新的天地

　　宋诗如一颗璀璨明珠，承接唐诗的辉煌，却又另辟蹊径，在诗歌的境界、题材、艺术手法等诸多方面，取得了令人瞩目的成就。据记载，宋代有 7868 位诗人。《全宋词》共收录宋代词人 1330 余位，词作约两万首。《全宋诗》收录诗作约 27 万首，加上其他学者发现的佚作，宋诗总数至少有 28 万首。宋诗比宋词超过十倍之多。

　　突破传统藩篱，开拓全新境界。宋诗在诗歌境界上的开拓，是其重要成就之一。唐诗以情韵取胜，情感表达往往直白而热烈，意象营造多追求雄浑壮阔、优美空灵之境。而宋诗则在唐诗的基础上，深入挖掘生活的细微之处，将平凡的日常生活纳入诗歌的表现范畴，从而开拓出一种独特的"理趣"境界。苏轼的《题西林壁》："横看成岭侧成峰，远近高低各不同。不识庐山真面目，只缘身在此山中。"这首诗看似是对庐山景色的描写，实则蕴含着深刻的哲理。诗人通过对庐山不同视角的观察，得出了"当局者迷，旁观者清"的人生感悟。这种将哲理融入诗歌的创作方式，使诗歌不再仅仅局限于情感的抒发，而是上升到对人生、宇宙的思考层面，为诗歌境界的拓展开辟了新的道路。王安石的《登飞来峰》："飞来山上千寻塔，闻说鸡鸣见日升。不畏浮云遮望眼，自缘身在最高层。"同样是借景抒情，表达了诗人

187

高瞻远瞩、不畏困难的精神境界。诗中的哲理与情感相互交融，既具有艺术感染力，又给人以思想上的启迪。这种"理趣"境界的开拓，使宋诗在唐诗之外，找到了属于自己的独特定位，展现出诗歌的另一种魅力。

广泛涉猎题材，展现生活万象。宋诗在题材上的广泛拓展，也是其成就的显著体现。与唐诗相比，宋诗的题材更加贴近生活，涵盖了社会生活的各个方面。除了传统的山水田园、边塞征战、思乡怀人等题材外，宋诗还将目光投向了日常生活中的琐事、哲理思考、文化艺术等领域，使诗歌成为反映社会生活的一面镜子。在日常生活题材方面，宋诗表现得尤为出色。诗人常常将身边的小事、日常的起居饮食、人际交往等写入诗中，展现出生活的真实面貌。如杨万里的《插秧歌》："田夫抛秧田妇接，小儿拔秧大儿插。笠是兜鍪蓑是甲，雨从头上湿到胛。唤渠朝餐歇半霎，低头折腰只不答。秧根未牢莳未匝，照管鹅儿与雏鸭。"这首诗生动地描绘了农民插秧的繁忙场景，充满了浓郁的生活气息。诗人通过对劳动场景的细致描写，展现了农民的辛勤劳作和质朴的生活态度，使读者仿佛身临其境，感受到了生活的烟火气。

宋诗还对哲理思考题材进行了深入挖掘。许多诗人在诗歌中表达了对人生、宇宙、自然等问题的思考，使诗歌具有了深刻的思想内涵。如朱熹的《观书有感二首·其一》："半亩方塘一鉴开，天光云影共徘徊。问渠那得清如许？为有源头活水来。"这首诗以"半亩方塘"为喻，形象地表达了只有不断学习新知识，才能保持思想的活跃和进步的哲理。诗人将抽象的哲理通过具体的形象表现出来，使诗歌既具有趣味性，又富有启发性。

此外，宋诗在文化艺术题材方面也有不少佳作。诗人常常以诗歌的形式对琴棋书画音乐等艺术形式进行赞美和评论，展现出宋代文化艺术的繁荣。如苏轼的《琴诗》："若言琴上有琴声，放在匣中何不鸣。若言声在指头上，何不与君指上听。"对古琴艺术给予了高度评价。《惠崇春江晚景二首·其一》："竹外桃花三两枝，春江水暖鸭先知。蒌蒿满地芦芽短，正是河豚欲上时。"这首诗是苏轼为惠崇的画作《春江晚景》所题，诗人通过对画面的生动描绘，不仅展现了画作的艺术魅力，还表达了自己对春天的喜爱和对生活的热爱之情。

创新艺术手法，彰显独特风格。宋诗在艺术手法上的创新，为其独特风格的形成奠定了基础。宋诗在继承唐诗艺术传统的基础上，大胆创新，发展出了一系列独特的艺术手法，使诗歌在表现形式和艺术效果上都有了新的突破。

宋诗注重诗歌的结构和布局，追求诗歌的逻辑性和层次感。诗人常常在诗歌中运用起承转合的结构方式，使诗歌的内容更加条理清晰，情感表达更加曲折有致。如欧阳修的《戏答元珍》："春风疑不到天涯，二月山城未见花。残雪压枝犹有橘，冻雷惊笋欲抽芽。夜闻归雁生乡思，病入新年感物华。曾是洛阳花下客，野芳虽晚不须嗟。"这首诗以"春风疑不到天涯"起句，表达了诗人被贬山城的寂寞和失落之情；接着通过对山城早春景色的描写，承上启下，引出诗人的思乡之情和对时光流逝的感慨；最后以"野芳虽晚不须嗟"作结，表达了诗人豁达乐观的人生态度。整首诗结构严谨，层次分明，情感跌宕起伏，具有很强的艺术感染力。

宋诗在语言运用上也独具特色。与唐诗的华丽典雅相比，宋诗更加注重语言的平淡自然、简洁明快。诗人常常运用口语化的词汇和通俗易懂的语句，使诗歌更加贴近生活，易于读者理解和接受。如梅尧臣的《田家语》："谁道田家乐？春税秋未足！里胥扣我门，日夕苦煎促。盛夏流潦多，白水高于屋。水既害我菽，蝗又食我粟。前月诏书来，生齿复版录。三丁籍一壮，恶使操弓韣。州符今又严，老吏持鞭朴。搜索稚与艾，唯存跛无目。田间敢怨嗟，父子各悲哭。南亩焉可事？买箭卖牛犊。愁气变久雨，铛缶空无粥。盲跛不能耕，死亡在迟速！我闻诚所惭，徒尔叨君禄。却咏《归去来》，刈薪向深谷。"这首诗语言质朴无华，如实地反映了田家的悲惨生活，表达了诗人对劳动人民的深切同情。诗中运用了大量的口语化词汇和直白的语句，使诗歌具有很强的现实感和感染力。

宋诗还善于运用典故和化用前人诗句，以丰富诗歌的内涵和表现力。诗人常常在诗歌中巧妙地运用典故，使诗歌在有限的篇幅内蕴含更多的历史文化信息，增强诗歌的艺术感染力。王安石的《贾生》："一时谋议略施行，谁道君王薄贾生？爵位自高言尽废，古来何啻万公卿。"这首诗化用了李商隐《贾生》中的典故，通过对贾谊的评价，表达了自己对人才的重视和对统治者的批判。诗人在化用典故的同时，又融入了自己的思考和见解，使诗歌具有了新的内涵和意义。

流派纷呈，大家辈出。宋诗在发展过程中，形成了众多的流派和风格，涌现出了一大批杰出的诗人，这也是其成就的重要体现。这些流派和诗人各具特色，相互影响，共同推动了宋诗的繁荣发展。

北宋初期，诗坛上主要流行着"白体"、"晚唐体"和"西昆体"。"白体"诗人以学习白居易的诗歌风格为主，诗歌语言通俗易懂，多反映社会现实和民生疾苦。代表诗人有李昉、徐铉等。"晚唐体"诗人则崇尚贾岛、姚合的诗歌风格，注重诗歌的意境营造和字句锤炼，多描写山林隐逸生活。代表诗人有林逋、魏野等。"西昆体"诗人以杨亿、刘筠、钱惟演等为代表，他们师法李商隐，诗歌词藻华丽，用典精巧，多描写宫廷生活和唱和应酬。

北宋中期，随着欧阳修、梅尧臣等诗人的崛起，诗坛风气为之一变。欧阳修倡导诗文革新运动，反对西昆体的浮艳诗风，主张诗歌要反映现实生活，注重诗歌的内容和思想性。他的诗歌风格平易自然，流畅婉转，对宋诗的发展产生了深远影响。梅尧臣则以其质朴平淡的诗歌风格，为宋诗的发展开辟了新的道路。他的诗歌多描写社会底层人民的生活，情感真挚，语言简洁，具有很强的现实感。

苏轼和王安石是北宋诗坛的两颗巨星，他们的诗歌创作代表了宋诗的最高成就。苏轼的诗歌题材广泛，风格多样。苏轼一生创作的词取得极高的成就，总共写了 345 首词，而他的诗却高达3462 首。大家熟悉的有以下几首。

题西林壁

横看成岭侧成峰，远近高低各不同。
不识庐山真面目，只缘身在此山中。

前两句实写庐山景色，从不同角度看庐山呈现出不同形态。

后两句则由景生情，借庐山的形象，表达人们由于身处事物之中，往往难以看清事物全貌和本质的哲理，富有理趣。

饮湖上初晴后雨

水光潋滟晴方好，山色空蒙雨亦奇。

欲把西湖比西子，淡妆浓抹总相宜。

前两句分别描绘了西湖晴天和雨天的不同美景，晴天湖水波光粼粼，雨天山峦云雾缭绕。后两句以西施作比，巧妙地概括了西湖无论何时都美的特点，将西湖的自然美与西施的神韵相融合，成为描写西湖的千古名句。

惠崇春江晚景二首·其一

竹外桃花三两枝，春江水暖鸭先知。

蒌蒿满地芦芽短，正是河豚欲上时。

这是一首题画诗。前两句中，"竹外桃花"点明春天，"水暖鸭先知"通过鸭子在水中嬉戏，生动地表现出春天江水回暖的情景，富有生活气息。后两句写岸边的蒌蒿和芦芽，以及想象中河豚逆流而上的景象，展现出春天的生机与活力，表达了作者对春天的喜爱和赞美之情。

苏轼的诗充满了浪漫主义色彩，想象力丰富，意境开阔，善于运用比喻、夸张等修辞手法，使诗歌具有很强的艺术感染力。

王安石的诗歌则以其深刻的思想内涵和独特的艺术风格著

称。他的诗歌多关注社会现实和政治问题，表达了自己的政治理想和改革主张。他的诗歌语言精炼，意境深远，善于运用典故和化用前人诗句，使诗歌具有很高的艺术价值。

北宋后期，黄庭坚开创了江西诗派，成为宋诗发展史上的一个重要流派。江西诗派以黄庭坚为宗，强调"夺胎换骨""点铁成金"的创作方法，注重诗歌的技巧和形式，追求诗歌的新奇和独特。其代表诗人有陈师道、陈与义等。江西诗派在宋代诗坛影响深远，对后世诗歌的发展也产生了重要影响。

南宋时期，宋诗在继承北宋诗歌传统的基础上，又有了新的发展。杨万里的"诚斋体"诗歌以其活泼自然、幽默风趣的风格，独树一帜。他善于观察生活中的自然景物和日常生活琐事，用生动形象的语言将其描绘出来，使诗歌充满了生活情趣。范成大的田园诗则以其清新自然、朴实真挚的风格，展现了江南田园生活的美好画卷。他的诗歌不仅描写了田园风光和农民的生活，还表达了对劳动人民的同情和对社会现实的关注。

陆游是南宋最杰出的爱国诗人，他的诗歌充满了强烈的爱国情怀和民族精神。他一生渴望收复失地，统一祖国，其诗歌多表达了他对国家命运的忧虑和对收复中原的坚定信念。他的诗歌风格雄浑豪放，情感真挚，语言流畅，具有很高的艺术价值。他的代表作《示儿》："死去元知万事空，但悲不见九州同。王师北定中原日，家祭无忘告乃翁。"这首诗以其深沉的爱国情感，打动了无数读者的心，成为千古传颂的佳作。

宋诗的成就不仅体现在其自身的发展和繁荣上，更对后世文学的发展产生了深远影响。宋诗在诗歌境界、题材、艺术手法等方面的创新和突破，为后世文学的发展提供了宝贵的经验和启示。

在诗歌创作方面，后世许多诗人都从宋诗中汲取营养，学习其创新精神和艺术手法。如明代的公安派、竟陵派，他们反对前后七子的复古主张，提倡"独抒性灵，不拘格套"，其诗歌创作深受宋诗的影响。清代的宋诗派，更是以学习宋诗为宗旨，推崇宋诗的平淡自然、简洁明快的风格，对宋诗的研究和传承做出了重要贡献。

宋诗对后世词、曲、小说等文学体裁的发展也产生了一定的影响。宋诗中的"理趣"境界和对日常生活题材的关注，为后世词、曲的创作提供了新的思路和表现手法。同时，宋诗中的一些故事情节和人物形象，也被后世小说所借鉴和吸收，丰富了小说的内容和表现形式。

宋诗的成就还体现在其对中国文化的传承和发展上。宋诗中蕴含着丰富的思想文化内涵，如儒家的仁爱思想、道家的自然观念、佛家的空灵境界等，这些思想文化元素通过诗歌的形式得以传承和传播，对中国文化的发展产生了深远影响。

🌿 宋代诗人把"诗之余"玩出了花样，造就了新的诗歌形式——宋词

为什么有宋词是"诗之余"的说法？原意是指词在创作形式和艺术功能上，是诗的一种延伸和补充。它意味着词在某些方

面继承了诗的传统，同时又有自身独特的发展和特点。一方面，词最初是为配合音乐演唱而创作的歌词，在形式上与诗有相似之处，如都有韵律、节奏等要求，但又比传统诗歌更加灵活自由，句式长短不一，更适合表达细腻复杂的情感，仿佛是在诗的基础上衍生出来的一种新的文学形式。另一方面，在古代文学观念中，诗被视为正统文学形式，地位较高，而词在发展初期常被认为是诗的附属品或支流，故而被称为"诗之余"。在人们的印象里，以宋词见长的宋代，写词的人应该比写诗的人多。其实，宋代写诗的人远比填词的人多，即使最有名的词家如苏轼，他留存的词只有 300 多首，而他写的诗足有 3000 首之多。

　　作为一种新的文学形式，词，何以在宋代产生呢？词源于隋唐时期的燕乐，而燕乐的兴起与当时的社会文化交流密切相关。从文学自身发展来看，先秦的《诗经》《楚辞》，汉魏六朝的乐府诗等，在韵律、节奏、抒情方式等方面为词的产生提供了丰富的文学传统和创作经验。同时受音乐发展的影响。隋唐时期，西域音乐大量传入中原，与中原地区的民间音乐相互融合，形成了燕乐。燕乐旋律丰富、节奏多变，为了配合这种新的音乐形式，人们需要创作与之相适应的歌词，于是一种句式长短错落、更具灵活性的文学体裁——词便应运而生。当然也与当时的社会环境因素有关。宋代社会相对稳定，经济繁荣，城市兴起，市民阶层不断壮大。城市中的娱乐场所如勾栏瓦肆等大量出现，需要大量的文艺作品来满足市民的文化娱乐需求。词这种能够配乐演唱、形式灵活、内容丰富多样的文学形式，正好适应了这种社会需求，成为当时流行的文学样式。

　　还有一个原因，就是文人创作的推动。宋代文人阶层地位较高，文化氛围浓厚，许多文人热衷于词的创作。他们不仅将词作为娱乐消遣的工具，还将其作为表达个人情感、思想和抱负的重要载体。如柳永大量创作慢词，拓展了词的表现形式和内容；苏轼以诗为词，打破了词的传统题材限制，提高了词的文学地位等。文人的积极参与和创新，使宋词在艺术水平和思想内涵上不断提升，逐渐走向成熟和繁荣。

那么，今天的我们，如何欣赏宋词呢？

了解宋词的词牌韵律之美

宋词的韵律之美，犹如一首悠扬的乐章，让人陶醉其中。它的韵律，不仅仅是简单的押韵，更是一种对节奏、平仄、句式的精妙安排，使得每一首词都具有独特的音乐性。

词牌，是宋词韵律的重要载体。每一个词牌都有其特定的格律要求，从字数、句数，到平仄、押韵，都有着严格的规定。例如《沁园春》，双调一百十四字，前段十三句四平韵，后段十二句五平韵。这种严谨的格律要求，使得词人在创作时，必须精心构思，巧妙安排每一个字的平仄和押韵，从而形成一种和谐的韵律美。辛弃疾的《沁园春·带湖新居将成》："三径初成，鹤怨猿惊，稼轩未来。甚云山自许，平生意气；衣冠人笑，抵死尘埃。意倦须还，身闲贵早，岂为莼羹鲈脍哉。秋江上，看惊弦雁避，骇浪船回。东冈更葺茅斋。好都把轩窗临水开。要小舟行钓，先应种柳；疏篱护竹，莫碍观梅。秋菊堪餐，春兰可佩，留待先生手自栽。沉吟久，怕君恩未许，此意徘徊。"在这首词中，辛弃疾严格按照《沁园春》的格律进行创作，平仄相间，押韵和谐，读起来朗朗上口，仿佛一首优美的歌曲，让人感受到一种强烈的韵律节奏感。

词牌是宋词的重要标识，它不仅规定了词的格律形式，也与词所适合表现的题材有一定关联。词牌含义。词牌最初多源于特定的乐曲或历史故事等。如《清平乐》，原为唐教坊曲名，"清平乐"本为汉乐府清乐、平乐等乐调名，后用作词牌，可能与当时的宫廷音乐及相关文化活动有关。

每个词牌都有适合表现的题材。爱情相思类：常见词牌有《蝶恋花》《雨霖铃》等。《蝶恋花》句式错落有致，韵律和谐，适合表达细腻的情感。如柳永的"衣带渐宽终不悔，为伊消得人憔悴"，将对爱人的思念与执着展现得淋漓尽致。《雨霖铃》本就蕴含着离别伤感的情绪，柳永的"今宵酒醒何处？杨柳岸，晓风残月"，以景衬情，把情人惜别时的凄楚、惆怅表现得极为动人。

山水田园类：如《西江月》《清平乐》等。《西江月》节奏明快，韵律灵动，辛弃疾的"明月别枝惊鹊，清风半夜鸣蝉。稻花香里说丰年，听取蛙声一片"，用清新自然的语言描绘出乡村夏夜的优美景色与丰收的喜悦。《清平乐·村居》则以其轻快的节奏，展现了乡村家庭的温馨生活，如辛弃疾的"茅檐低小，溪上青青草。醉里吴音相媚好，白发谁家翁媪"，充满了田园生活的情趣。

边塞战争类：典型的有《渔家傲》。范仲淹的"塞下秋来风景异，衡阳雁去无留意。四面边声连角起，千嶂里，长烟落日孤城闭"，用沉郁雄健之笔力，描绘了边塞的壮阔景色与守边战士的艰苦生活，展现出战争的残酷和戍边的艰辛，充满了豪迈与悲壮之情。

伤春悲秋类：《浣溪沙》《一剪梅》较为常见。《浣溪沙》的韵律舒缓，适合抒发淡淡的哀愁。晏殊的"无可奈何花落去，似曾相识燕归来"，借落花、归燕等意象，表达了对时光流逝、美好事物消逝的感慨。李清照的《一剪梅·红藕香残玉簟秋》中"此情无计可消除，才下眉头，却上心头"，借秋景抒发了自己对丈夫的思念以及独居的寂寞与忧愁。

壮志豪情类：《满江红》《破阵子》等是此类代表。《满江红》音调激越，节奏强烈，岳飞的"怒发冲冠，凭栏处、潇潇雨歇。抬望眼，仰天长啸，壮怀激烈"，充满了爱国主义精神和英雄气概，展现了词人抗击金兵、收复失地的壮志豪情。辛弃疾的《破阵子·为陈同甫赋壮词以寄之》中"马作的卢飞快，弓如霹雳弦惊"，通过对军旅生活和战斗场面的描写，抒发了词人渴望杀敌报国的雄心壮志以及壮志未酬的悲愤。

宋词的押韵方式也多种多样，有平声韵、仄声韵，还有平仄转换韵等。不同的押韵方式，给人带来不同的听觉感受。平声韵的词，往往给人一种舒缓、平和的感觉；仄声韵的词，则更能表现出激昂、悲壮的情感。例如李清照的《如梦令·常记溪亭日暮》："常记溪亭日暮，沉醉不知归路。兴尽晚回舟，误入藕花深处。争渡，争渡，惊起一滩鸥鹭。"这首词押仄声韵，"暮""路""处""渡""鹭"等字的押韵，使得整首词节奏明快，富有动感，生动地描绘出了词人年轻时欢快的游玩场景。而她的另一首《一剪梅·红藕香残玉簟秋》："红藕香残玉簟秋，轻解罗裳，独上兰舟。云中谁寄锦书来？雁字回时，月满西楼。花自飘零水自流，一种相思，两处闲愁。此情无计可消除，才下眉头，却上心头。"则押平声韵，

"秋""舟""楼""流""愁""头"等字的押韵，使整首词显得温柔婉约，细腻地表达了词人对丈夫的思念之情。

除了押韵，宋词中的平仄运用也非常讲究。平仄的交替和搭配，形成了一种抑扬顿挫的音乐效果。例如苏轼的《水调歌头·明月几时有》，巧妙地运用了平仄的变化，如"明月几时有"，"仄仄仄平仄"，平仄相间，读起来富有节奏感。"转朱阁，低绮户，照无眠"，"仄平仄，平仄仄，仄平平"，平仄的交替使用，使得词句的节奏更加明快，增强了词的音乐性。

欣赏宋词的意象意境之美

宋词的意境之美，是其魅力的重要体现。它通过对自然景物、生活场景、人物情感等元素的描绘和融合，营造出一种独特的艺术氛围，让读者仿佛身临其境，感受到词人所表达的情感和思想。

宋词中的意境，往往是自然之景与词人之情的完美融合。词人通过对自然景物的细腻描绘，寄托自己的情感和思绪，使自然景物具有了人的情感和生命。例如柳永的《雨霖铃·寒蝉凄切》，通过对寒蝉、长亭、骤雨、烟波、暮霭、杨柳、晓风、残月等自然景物的描写，营造出一种凄凉、冷落的离别氛围。这些景物不仅仅是客观的存在，更是词人内心痛苦和不舍的象征，它们相互交融，构成了一种独特的意境，让读者深刻地感受到了词人离别的痛苦和无奈。

宋词的意境还常常蕴含着深刻的人生哲理和情感体验。词人通过对生活的观察和感悟，将自己的人生思考和情感体验融入词的意境，使读者在欣赏词的同时，也能得到心灵的启迪和情感的共鸣。例如苏轼的《定风波·莫听穿林打叶声》："莫听穿林打叶声，何妨吟啸且徐行。竹杖芒鞋轻胜马，谁怕？一蓑烟雨任平生。料峭春风吹酒醒，微冷，山头斜照却相迎。回首向来萧瑟处，归去，也无风雨也无晴。"这首词通过描写词人在雨中漫步的情景，表达了他豁达乐观的人生态度。"一蓑烟雨任平生"，展现了词人对人生苦难的坦然面对和超脱；"也无风雨也无晴"，则蕴含着一种对人生的深刻理解和感悟，让读者感受到了一种超越世俗的境界。

宋词的意境还具有多样性和丰富性。不同的词人，由于其生活经历、性格特点、审美观念等的不同，所营造出的意境也各具特色。有的意境雄浑壮阔，如辛弃疾的《破阵子·为陈同甫赋壮词以寄之》："醉里挑灯看剑，梦回吹角连营。八百里分麾下炙，五十弦翻塞外声，沙场秋点兵。马作的卢飞快，弓如霹雳弦惊。了却君王天下事，赢得生前身后名。可怜白发生！"通过对战场场景的描写，展现出一种豪迈的英雄气概和壮志未酬的悲愤；有的意境清新自然，如杨万里的《昭君怨·咏荷上雨》："午梦扁舟花底，香满西湖烟水。急雨打篷声，梦初惊。却是池荷跳雨，散了真珠还聚。聚作水银窝，泻清波。"通过对池荷上雨的描写，营造出一种清新、活泼的意境，让人感受到大自然的生机与美好；有的意境婉约凄美，如晏几道的《临江仙·梦后楼台高锁》："梦后楼台高锁，酒醒帘幕低垂。去年春恨却来时。落花人独立，微雨燕双飞。记得小苹初见，两重心字罗衣。琵琶弦上说相思。当时明月在，曾照彩云归。"通过对回忆和景物的描写，表达了一种深深的思念和惆怅之情，意境凄美动人。

感悟宋词的情感细腻之美

宋词是词人情感的寄托和表达，它蕴含着丰富多样的情感，如爱情、友情、亲情、思乡之情、爱国之情等，这些情感真挚而深沉，让人感动不已。

宋词中的爱情词，以其细腻的情感和优美的语言，展现了爱情的美好与曲折。柳永的《凤栖梧·伫倚危楼风细细》："伫倚危楼风细细，望极春愁，黯黯生天际。草色烟光残照里，无言谁会凭阑意。拟把疏狂图一醉，对酒当歌，强乐还无味。衣带渐宽终不悔，为伊消得人憔悴。"这首词表达了词人对爱情的执着追求和深深的思念。"衣带渐宽终不悔，为伊消得人憔悴"，这句词以其真挚的情感和深刻的内涵，成为表达爱情的千古名句。李清照的《一剪梅·红藕香残玉簟秋》，则以细腻的笔触，描绘了她与丈夫赵明诚分别后的相思之情。"一种相思，两处闲愁。此情无计可消除，才下眉头，却上心头"，将夫妻之间的深情厚谊和离别后的思念之苦表现得淋漓尽致。

友情也是宋词中常见的主题之一。词人通过对友情的描写，表达了对朋友的真挚情感和深厚情谊。苏轼的《临江仙·送钱穆父》："一别都门三改火，天涯踏尽红尘。依然一笑作春温。无波真古井，有节是秋筠。惆怅孤帆连夜发，送行淡月微云。尊前不用翠眉颦。人生如逆旅，我亦是行人。"这首词表达了苏轼对朋友钱穆父的送别之情和对友情的珍视。词中既有对朋友远行的担忧和牵挂，又有对友情的坚定信念，"人生如逆旅，我亦是行人"，这句词更是表达了一种豁达的人生态度，让读者感受到了友情的温暖和力量。

宋词中的思乡之情，往往通过对故乡景物、生活场景的回忆和描写，表达了词人对故乡的深深眷恋和思念。范仲淹的《苏幕遮·怀旧》："碧云天，黄叶地，秋色连波，波上寒烟翠。山映斜阳天接水，芳草无情，更在斜阳外。黯乡魂，追旅思，夜夜除非，好梦留人睡。明月楼高休独倚，酒入愁肠，化作相思泪。"这首词通过对秋天景色的描写，营造出一种凄凉、冷落的氛围，表达了词人对故乡的思念之情。"酒入愁肠，化作相思泪"，这句词将词人的思乡之情推向了高潮，让人感受到了他内心的痛苦和无奈。

爱国之情是宋词中最为激昂和深沉的情感之一。在国家面临危机和困境时，许多词人挺身而出，用他们的词表达了对国家的热爱和对敌人的痛恨，展现了强烈的民族精神和爱国情怀。辛弃疾的《破阵子·为陈同甫赋壮词以寄之》，通过对战场生活的描写，表达了他渴望收复失地、统一国家的壮志豪情。"了却君王天下事，赢得生前身后名。可怜白发生！"这句词既展现了他的雄心壮志，又表达了他壮志未酬的悲愤之情，让人感受到了他对国家的深深热爱和对民族命运的忧虑。岳飞的《满江红·写怀》："怒发冲冠，凭栏处、潇潇雨歇。抬望眼，仰天长啸，壮怀激烈。三十功名尘与土，八千里路云和月。莫等闲，白了少年头，空悲切！靖康耻，犹未雪。臣子恨，何时灭！驾长车，踏破贺兰山缺。壮志饥餐胡虏肉，笑谈渴饮匈奴血。待从头、收拾旧山河，朝天阙。"这首词以其激昂的情感和豪迈的气势，表达了岳飞对国家的忠诚和对敌人的痛恨，展现了他强烈的爱国精神和民族气节，成为千古传颂的爱国名篇。

发现宋词的文化内涵之美

宋词不仅仅是一种文学形式，更是宋代文化的重要载体。它反映了宋代社会的政治、经济、文化、生活等各个方面，蕴含着丰富的文化内涵。

宋词与宋代的社会生活密切相关。它描绘了宋代城市的繁华、商业的繁荣、市民的生活情趣等。柳永的《望海潮·东南形胜》："东南形胜，三吴都会，钱塘自古繁华。烟柳画桥，风帘翠幕，参差十万人家。云树绕堤沙，怒涛卷霜雪，天堑无涯。市列珠玑，户盈罗绮，竞豪奢。重湖叠巘清嘉，有三秋桂子，十里荷花。羌管弄晴，菱歌泛夜，嬉嬉钓叟莲娃。千骑拥高牙，乘醉听箫鼓，吟赏烟霞。异日图将好景，归去凤池夸。"这首词生动地描绘了杭州的繁华景象，从城市的地理位置、自然风光，到商业的繁荣、市民的生活，都进行了细致的描写，让我们仿佛看到了宋代城市的热闹与繁华。

宋词还反映了宋代的文化艺术成就。它与宋代的绘画、书法、音乐等艺术形式相互交融，相互影响。苏轼不仅是一位杰出的词人，还是一位著名的书画家。他的词中常常蕴含着对绘画、书法的欣赏和感悟。例如他的《水调歌头·黄州快哉亭赠张偓佺》："落日绣帘卷，亭下水连空。知君为我新作，窗户湿青红。长记平山堂上，欹枕江南烟雨，杳杳没孤鸿。认得醉翁语，山色有无中。一千顷，都镜净，倒碧峰。忽然浪起，掀舞一叶白头翁。堪笑兰台公子，未解庄生天籁，刚道有雌雄。一点浩然气，千里快哉风。"这首词中，"长记平山堂上，欹枕江南烟雨，杳杳没孤鸿。认得醉翁语，山色有无中"，化用了欧阳修的诗句，同时也描绘出了一幅优美的江南山水画卷，体现了词与诗、画的融合。

宋词还体现了宋代文人的审美观念和人生态度。宋代文人注重内心的修养和精神的追求，他们在词中表达了对自然、人生、艺术的独特见解和感悟。苏轼的词中常常体现出一种豁达乐观的人生态度，他在面对挫折和困境时，能够保持一种超脱的心境，以一种积极向上的心态去面对生活。例如他的《定风波·莫听穿林打叶声》，通过对雨中漫步的描写，表达了他"一蓑烟雨任平生"的豁达胸怀。这种审美观念和人生态度，对后世文人产生了深远的影响。

欣赏宋词，让我们走进宋词的世界，用心去感受它的魅力，领略它的博大精深。在欣赏宋词的过程中，我们不仅能够得到美的享受，还能够汲取到丰富的文化营养，提升自己的文学素养和审美水平。让宋词这颗璀璨的星辰，在我们的心中闪耀。

辛弃疾的豪放和李清照的婉约，构成了大宋词韵的基本底色

宋代词坛的辛弃疾与李清照，这两位来自山东的杰出词人，宛如双峰并峙，成为豪放与婉约词风的卓越代表，共同铸就了大宋词韵的深厚底色，也让山东这片土地因他们的辉煌成就而倍感骄傲。

辛弃疾：金戈铁马入梦来

辛弃疾，字幼安，号稼轩居士，出生于山东历城。彼时北宋已亡，家乡沦陷在金人之手。少年辛弃疾便在祖父辛赞的影响下，心怀复国之念。据说，辛弃疾年轻时，曾与党怀英一同求学，两人才华出众，并称"辛党"。一次，他们去占卜仕途前程，党怀英得到的是"坎"卦，预示留在北方会有发展；而辛弃疾得到的是"离"卦，暗示他应投身南方，成就一番大业。结果党怀英留在金国为官，辛弃疾则毅然南下，开启了他波澜壮阔却又壮志难酬的一生，这也成为后人津津乐道的故事。

辛弃疾的词，满溢着炽热的爱国情怀和冲天的壮志豪情，这与他的亲身经历息息相关。绍兴三十一年，金主完颜亮大举南侵，北方百姓纷纷起义反抗。年仅二十二岁的辛弃疾，也组织了两千多人的队伍，加入了耿京领导的抗金义军。在义军中，辛弃疾担任掌书记，为抗金大业出谋划策。他曾奉命南下与南宋朝廷联络，在完成任务返回途中，却听闻耿京被叛徒张安国杀害，义军溃散。辛弃疾悲愤交加，率领五十多名骑兵，直闯几万人的敌营，生擒张安国，一路狂奔，将其押解至临安斩首示众。这一壮举轰动南宋，"壮声英概，懦士为之兴起，圣天子一见三叹息"。

这段传奇经历，也被辛弃疾写进了词里。在《破阵子·为陈同甫赋壮词以寄之》中，"醉里挑灯看剑，梦回吹角连营。八百里分麾下炙，五十弦翻塞外声，沙场秋点兵。马作的卢飞快，弓如霹雳弦惊。了却君王天下事，赢得生前身后名。可怜白发生！"他回想起那段金戈铁马的岁月，醉意中挑亮灯火端详宝剑，梦中又回到了号角声声的军营。将士们分享着牛肉，军乐奏响出征的旋律，战场上骏马飞驰，弓弦响动如雷鸣。可现实却是，他一心想为君王完成收复失地的大业，赢得生前死后的美名，却无奈白发已生，理想仍未实现，读来令人扼腕叹息。

他的《鹧鸪天·有客慨然谈功名因追念少年时事戏作》同样饱含这种复杂情感："壮岁旌旗拥万夫，锦襜突骑渡江初。燕兵夜娖银胡觮，汉箭朝飞金仆姑。追往事，叹今吾，春风不染白髭须。却将万字平戎策，换得东家种树书。"上阕回忆年轻时带领义军南归的英勇场景，下阕则将往昔的意气风发与如今的无奈失落相对照，平戎策无人问津，只能换得种树之书，报国无门的愤懑溢于言表。

辛弃疾的豪放词风，从他对军事意象的巧妙运用中可见一斑。他亲身经历战争，对军事生活有着深刻的体验，所以在词中常常借助这些意象营造雄浑壮阔的意境。在《南乡子·登京口北固亭有怀》里，"何处望神州？满眼风光北固楼。千古兴亡多少事？悠悠。不尽长江滚滚流。年少万兜鍪，坐断东南战未休。天下英雄谁敌手？曹刘。生子当如孙仲谋。"他以"万兜鍪"指代千军万马，描绘出孙权年少时统领大军、坚守东南、战斗不息的英雄形象。辛弃疾对孙权的赞赏，实则是对南宋朝廷偏安一隅的不满，他渴望能有像孙权一样有作为的君主，带领南宋北伐中原。

在《水龙吟·登建康赏心亭》中，"楚天千里清秋，水随天去秋无际。遥岑远目，献愁供恨，玉簪螺髻。落日楼头，断鸿声里，江南游子。把吴钩看了，栏杆拍遍，无人会，登临意。休说鲈鱼堪脍，尽西风，季鹰归未？求田问舍，怕应羞见，刘郎才气。可惜流年，忧愁风雨，树犹如此！倩何人唤取，红巾翠袖，搵英雄泪？""吴钩"这一军事意象，本是杀敌的利刃，辛弃疾"把吴钩看了"，却无用武之地，只能"栏杆拍遍"，将英雄无用武之地的悲愤展现得淋漓尽致。

辛弃疾的豪放词并非一味的豪迈粗犷，也有细腻婉约的一面。他在表达爱国情怀的同时，也善于描绘自然景色和生活场景。在《清平乐·村居》中，"茅檐低小，溪上青青草。醉里吴音相媚好，白发谁家翁媪？大儿锄豆溪东，中儿正织鸡笼。最喜小儿亡赖，溪头卧剥莲蓬。"这首词描绘了一幅宁静祥和的农村生活画面。辛弃疾闲居带湖时，时常漫步乡间，看到这样温馨的场景，便用清新自然的笔触记录下来。在这里，他以婉约的风格展现乡村生活的美好，与他那些豪放的爱国词形成鲜明对比，却又和谐统一，体现出他词风的多元性。

他的《丑奴儿·书博山道中壁》也是这种多元风格的体现："少年不识愁滋味，爱上层楼。爱上层楼，为赋新词强说愁。而今识尽愁滋味，欲说还休。欲说还休，却道'天凉好个秋'！"少年时为写词故作愁态，如今历经沧桑，真正的愁苦却难以言说，只能以一句"天凉好个秋"轻轻带过，看似平淡，实则蕴含着无尽的深沉感慨，在质朴的语言中展现出别样的韵味。

辛弃疾与友人陈亮之间的交往也传为佳话。陈亮也是一位力主抗金的爱国志士，两人志同道合。一次，陈亮前来拜访辛弃疾，两人在瓢泉共商恢复大计，纵谈天下事。他们一同游览鹅湖，饮酒赋诗，畅谈数日。辛弃疾后来写下《贺新郎·同父见和再用韵答之》，词中既有"男儿到死心如铁。看试手，补天裂"的豪情壮志，又有对友人的深厚情谊，展现出刚柔并济的风格。

李清照：才情绝世的婉约词宗

李清照，号易安居士，出生于山东章丘的一个书香门第。她自幼聪慧，饱读诗书，在文学上展现出极高的天赋。据说，李清照小时候，父亲李格非的藏书丰富，她整日沉浸在书海之中，诗词歌赋无所不通。有一次，她的父亲与几位文人雅士在家中聚会，谈论诗词。李清照在一旁听着，忍不住发表自己的见解，她的观点独特，言辞精妙，让在场的文人都大为惊叹，从此，她的才名便在当地传开了。

李清照的童年和少女时期是在济南度过的，这座充满诗意的城市为她的成长提供了丰富的滋养。济南的湖光山色、人文气息，都深深烙印在她的心中。她常常与伙伴们在济南的大明湖畔游玩，大明湖的荷花、游船，岸边的垂柳、亭台，都成为她诗词创作的灵感源泉。《如梦令·常记溪亭日暮》正是这段快乐时光的生动写照："常记溪亭日暮，沉醉不知归路。兴尽晚回舟，误入藕花深处。争渡，争渡，惊起一滩鸥鹭。"少女李清照在溪亭游玩至日暮，饮酒赏景，沉醉间忘了回家的路，慌乱中划船却惊起一滩鸥鹭，词中满是天真烂漫的少女情怀，活泼俏皮的形象跃然纸上。

她的《怨王孙·湖上风来波浩渺》也是此时佳作："湖上风来波浩渺，秋已暮、红稀香少。水光山色与人亲，说不尽、无穷好。莲子已成荷叶老，青露洗、萍花汀草。眠沙鸥鹭不回头，似也恨、人归早。"描绘济南秋天湖景，将自然与人的亲近之感细腻呈现，充满灵动活泼的青春气息。

李清照与赵明诚婚后曾在青州居住多年。他们在青州的居所名为"归来堂",取自陶渊明的《归去来兮辞》,这里充满了温馨与宁静。夫妻二人志趣相投,都痴迷于金石书画的收集与研究。他们节衣缩食,四处搜罗珍贵的文物古籍,每得一件,便一同把玩、鉴赏,共同撰写题跋。这段时光,是李清照人生中最幸福的阶段,她的词作也多了几分甜蜜与温馨。如《减字木兰花·卖花担上》:"卖花担上。买得一枝春欲放。泪染轻匀。犹带彤霞晓露痕。怕郎猜道。奴面不如花面好。云鬓斜簪。徒要教郎比并看。"从卖花担上买来娇艳的鲜花,担心丈夫觉得花比自己美,便将花斜插在云鬓,要与花比美,尽显小女儿的娇态和对丈夫的深情。

《一剪梅·红藕香残玉簟秋》同样写于这一时期:"红藕香残玉簟秋,轻解罗裳,独上兰舟。云中谁寄锦书来?雁字回时,月满西楼。花自飘零水自流,一种相思,两处闲愁。此情无计可消除,才下眉头,却上心头。"词中虽有因丈夫远行而生的淡淡相思,但更多是夫妻间甜蜜情感的延伸,将少妇的情思刻画得丝丝入扣。

在青州期间,李清照还协助赵明诚完成了《金石录》的编撰工作。他们对收集来的金石文物进行分类整理、考证研究,付出了大量心血。这段学术研究经历,不仅加深了夫妻之间的感情,也让李清照的学识得到了进一步提升,为她日后的创作奠定了坚实的基础。

靖康之变,北宋灭亡,李清照与赵明诚被迫南下,开始了颠沛流离的生活。他们一路辗转,从青州到建康(今南京),再到越州(今绍兴)等地。在逃亡途中,他们辛苦收集的金石文物大多散失,这对李清照来说是沉重的打击。而赵明诚在建康任职期间，面对叛乱临阵脱逃，这也让李清照对丈夫的行为感到失望和痛心，夫妻之间的感情也出现了裂痕。

后来，赵明诚在途中染病去世，这给李清照带来了致命的打击。从此，她孤苦伶仃，在南方的岁月里，她的词作充满了家国之痛和人生的沧桑之感。在《声声慢·寻寻觅觅》中，"寻寻觅觅，冷冷清清，凄凄惨惨戚戚。乍暖还寒时候，最难将息。三杯两盏淡酒，怎敌他、晚来风急！雁过也，正伤心，却是旧时相识。满地黄花堆积，憔悴损，如今有谁堪摘？守着窗儿，独自怎生得黑！梧桐更兼细雨，到黄昏、点点滴滴。这次第，怎一个愁字了得！"开篇七个叠字，将她内心的孤独、凄凉、悲伤之情抒发得淋漓尽致。在这乍暖还寒的时节，她难以入眠，借酒浇愁却无法驱散心中的寒意。看到大雁飞过，她想起曾经与丈夫一起度过的美好时光，如今却物是人非，不禁伤心欲绝。满地堆积的黄花，就像她憔悴的容颜，无人怜惜。"梧桐更兼细雨，到黄昏、点点滴滴"，营造出一种更加凄凉的氛围，将她的愁苦之情推向了极致。

《永遇乐·落日熔金》也是她南渡后的代表作："落日熔金，暮云合璧，人在何处。染柳烟浓，吹梅笛怨，春意知几许。元宵佳节，融和天气，次第岂无风雨。来相召、香车宝马，谢他酒朋诗侣。中州盛日，闺门多暇，记得偏重三五。铺翠冠儿，捻金雪柳，簇带争济楚。如今憔悴，风鬟霜鬓，怕见夜间出去。不如向、帘儿底下，听人笑语。"通过今昔元宵佳节的对比，将昔日北宋的繁华与如今南宋偏安的凄凉、自己的憔悴落寞相对照，深刻地表达了家国之痛和身世之悲。

李清照晚年寓居临安（今杭州），虽生活清苦，但仍坚持创作。她将自己一生的经历和感悟融入词中，为婉约词的发展做出了重要贡献。她的词作不仅在当时广为流传，对后世词坛也产生了深远的影响。

辛弃疾与李清照，一位是金戈铁马、豪情满怀的爱国词人，一位是才情绝世、婉约细腻的词坛才女。他们的人生经历截然不同，词作风格也大相径庭，却都有卓越的才华和独特的艺术魅力，让世代山东人因他们而倍感自豪。命运的颠簸让他们墓卧南方，魂飞万里欲归来，此山此水此地。

🌿 人间幸有苏东坡：
苏轼词里的豪放、豁达与烟火气

苏轼，这位被后人亲昵称作"苏东坡"的文学巨擘，以其词作中蕴含的豪放气魄、豁达心境与浓郁烟火气，照亮了千年的文化天空。他的一生，是跌宕起伏的传奇，从初出茅庐的意气风发，到宦海沉浮的坎坷波折，再到晚年的淡然超脱，每一段经历都化作了笔下的锦绣华章，成为后人品味不尽的精神宝藏。

苏轼出生于四川眉山一个书香门第，自幼聪慧，饱读诗书。眉山的灵秀山水滋养了他的才情，也赋予了他对生活的热爱和对世界的好奇。嘉祐元年，苏轼与弟弟苏辙在父亲苏洵的带领下，奔赴京城汴京参加科举考试。苏轼凭借一篇《刑赏忠厚之至论》惊艳全场，主考官欧阳修对他的才华赞赏有加，认为他"他日文

章必独步天下"。自此，苏轼踏上了仕途，也开启了他波澜壮阔
的文学之旅。

　　初入京城的苏轼，年轻气盛，心怀壮志。他渴望在政治舞
台上施展抱负，为国家的繁荣贡献自己的力量。此时的他，词作
中已初露豪放锋芒。在《沁园春·孤馆灯青》中，他写道："当
时共客长安，似二陆初来俱少年。有笔头千字，胸中万卷；致君
尧舜，此事何难。用舍由时，行藏在我，袖手何妨闲处看。身长
健，但优游卒岁，且斗尊前。"词中，苏轼回忆起与弟弟初到京
城时的情景，他们如同当年的陆机、陆云兄弟一般，风华正茂，
意气风发。"有笔头千字，胸中万卷"，展现出他对自己才华的
自信；"致君尧舜，此事何难"，则直白地表达了他渴望辅佐君
王、成就一番伟业的雄心壮志。他的《念奴娇·赤壁怀古》，是
何等的气势。"大江东去，浪淘尽，千古风流人物。故垒西边，
人道是，三国周郎赤壁。乱石穿空，惊涛拍岸，卷起千堆雪。
江山如画，一时多少豪杰。遥想公瑾当年，小乔初嫁了，雄姿
英发。羽扇纶巾，谈笑间，樯橹灰飞烟灭。故国神游，多情应
笑我，早生华发。人生如梦，一尊还酹江月。"开篇气势磅礴，
以长江水的奔腾不息引出千古英雄人物。上阕描绘赤壁的壮丽景
色，为英雄出场铺垫。下阕缅怀周瑜，借周瑜的年少得志与自己
的壮志未酬形成对比，抒发了作者怀才不遇、功业未就的忧愤。
结尾"人生如梦，一尊还酹江月"体现了作者的旷达胸怀，将自
己的情感融入对自然和历史的感悟，他的豪放气质已在字里行间
悄然流露。

　　在民间，关于苏轼年轻时的故事也不少。据说，苏轼在眉山
求学时，曾在自家门前贴了一副对联："识遍天下字，读尽人间

书。"这副对联充分展示了他年少时的轻狂与自信。然而，有一天，一位老者拿着一本书前来请教，苏轼却发现书中有许多字他都不认识，顿时感到十分羞愧。于是，他将对联改为："发愤识遍天下字，立志读尽人间书。"从此更加勤奋刻苦地学习。这个故事不仅体现了苏轼的谦逊好学，也从侧面反映出他对知识的渴望和追求，这种精神也贯穿于他后来的文学创作和人生历程中。

苏轼的仕途并非一帆风顺。随着王安石变法的推行，朝廷内部党争激烈。苏轼因对变法中的一些激进措施持有异议，多次上书进谏，结果得罪了变法派，被贬出京城。此后，他辗转多地任职，先后出任杭州通判、密州知州、徐州知州、湖州知州等职。每到一处，苏轼都积极为百姓办实事，深受百姓爱戴。

在密州任职期间，苏轼创作了那首著名的《江城子·密州出猎》："老夫聊发少年狂，左牵黄，右擎苍，锦帽貂裘，千骑卷平冈。为报倾城随太守，亲射虎，看孙郎。酒酣胸胆尚开张。鬓微霜，又何妨！持节云中，何日遣冯唐？会挽雕弓如满月，西北望，射天狼。"此时的苏轼，已过不惑之年，但他的豪情壮志丝毫未减。词中描绘了他出城打猎的壮观场面，"左牵黄，右擎苍，锦帽貂裘，千骑卷平冈"，尽显其豪迈之气。他以孙权自比，表达了自己的英武和自信；又用"持节云中，何日遣冯唐"的典故，抒发了自己渴望得到朝廷重用、报效国家的急切心情。整首词气势磅礴，充满了阳刚之美，是苏轼豪放词的代表作之一。

苏轼在徐州任职时，曾遭遇黄河决口，洪水围城。苏轼挺身而出，带领百姓抗洪抢险。他住在城墙上的临时草棚里，日夜指挥，与百姓同甘共苦，最终成功抵御了洪水。这段经历不仅展现了苏轼的担当和责任感，也让他更加深刻地体会到百姓的疾苦。在他的词作中，也时常流露出对百姓的关怀和同情。如在《浣溪沙·簌簌衣巾落枣花》中，他写道："簌簌衣巾落枣花，村南村北响缲车，牛衣古柳卖黄瓜。酒困路长惟欲睡，日高人渴漫思茶。敲门试问野人家。"这首词描绘了一幅乡村生活的质朴画面，通过对农村生活场景的细腻描写，展现了苏轼对百姓生活的关注和热爱。

在苏轼的情感生活中，他与发妻王弗和弟弟的感情深厚。王弗知书达理，与苏轼夫妻恩爱，相互扶持。然而，王弗却不幸早逝，这给苏轼带来了沉重的打击。多年后，苏轼在密州任上，写下了那首感人至深的《江城子·乙卯正月二十日夜记梦》："十年生死两茫茫，不思量，自难忘。千里孤坟，无处话凄凉。纵使相逢应不识，尘满面，鬓如霜。夜来幽梦忽还乡，小轩窗，正梳妆。相顾无言，惟有泪千行。料得年年肠断处，明月夜，短松冈。"这首词以梦境为依托，将苏轼对亡妻的思念之情表达得淋漓尽致。十年生死相隔，那份刻骨铭心的爱却从未消逝。词中既有对往昔夫妻生活的深情回忆，又有对现实中阴阳两隔的无奈与悲痛，读来令人肝肠寸断。他写给弟弟的《水调歌头·明月几时有》，是何等的浪漫与深情。"丙辰中秋，欢饮达旦，大醉，作此篇，兼怀子由。明月几时有？把酒问青天。不知天上宫阙，今夕是何年。我欲乘风归去，又恐琼楼玉宇，高处不胜寒。起舞弄清影，何似在人间。转朱阁，低绮户，照无眠。不应有恨，何事长向别时圆？人有悲欢离合，月有阴晴圆缺，此事古难全。但愿人长久，千里共婵娟。"将青天当作朋友，把酒相问，又展开想象，欲乘风归往月宫，与明月对话，营造出一种奇幻、空灵的意境，极富浪漫色彩。认识到人生的悲欢离合就像月的阴晴圆缺一样是自然常理，难以周全，最后以"但愿人长久，千里共婵娟"表达对亲人的美好祝愿，体现出一种豁达乐观的胸怀。词中围绕明月展开对宇宙人生的思考，从对明月起源、天上宫阙时间的追问，到由月的圆缺联想到人的悲欢离合，体现了词人对生命、对自然、对宇宙的深入思考，蕴含着对人生哲理的探索。

元丰二年，苏轼因"乌台诗案"被贬黄州。这是他人生的重大转折点，从京城的政治中心瞬间跌入人生的谷底。在狱中，苏轼经历了生死考验，精神上也遭受了巨大的折磨。然而，正是这场磨难，让苏轼的心境发生了深刻的变化，他的豁达精神也在这一时期得到了充分的体现。

被贬黄州后，苏轼的生活陷入了困境。他初到黄州时，生活窘迫，一家老小的生计都成了问题。于是，他在黄州城东的东坡上开辟了一块荒地，亲自耕种，自号"东坡居士"。在东坡的日子里，苏轼与百姓为邻，深入体验生活的艰辛与美好。他的词作也因此更加贴近生活，充满了对人生的深刻感悟。

《定风波·莫听穿林打叶声》便是苏轼在黄州时期的代表作之一："莫听穿林打叶声，何妨吟啸且徐行。竹杖芒鞋轻胜马，谁怕？一蓑烟雨任平生。料峭春风吹酒醒，微冷，山头斜照却相迎。回首向来萧瑟处，归去，也无风雨也无晴。"这首词写于苏轼被贬黄州后的第三个春天。词的开篇，"莫听穿林打叶声，何妨吟啸且徐行"，展现出苏轼在面对风雨时的从容与淡定。他拄着竹杖，穿着草鞋，在雨中悠然前行，仿佛世间的风雨都无法影响他的心境。"竹杖芒鞋轻胜马，谁怕？一蓑烟雨任平生"，这句词更是将他的豁达精神体现得淋漓尽致。在苏轼看来，人生的挫折和磨难就如同这一场风雨，只要保持内心的平静和坚定，就能坦然面对。"回首向来萧瑟处，归去，也无风雨也无晴"，当他回首走过的路时，发现无论是风雨还是天晴，都已成为过去，人生的真谛在于内心的超脱。

在黄州，苏轼还与好友佛印和尚之间发生了许多有趣的故事。有一次，苏轼与佛印一起乘船游览，苏轼看到河边有一只狗在啃骨头，便灵机一动，对佛印说："狗啃河上（和尚）骨。"佛印听后，微微一笑，将手中题有苏轼诗句的扇子扔进河里，说道："水流东坡诗（尸）。"两人相视大笑。这些充满智慧和趣味的故事，不仅展现了苏轼的幽默风趣，也反映出他在困境中依然保持着乐观豁达的心态。

元丰八年，苏轼被召回京城，但他的仕途依然坎坷。不久后，他又被贬惠州，后又被贬儋州（今海南）。惠州和儋州在当时都是偏远的蛮荒之地，生活条件极其艰苦。然而，苏轼并没有被恶劣的环境所打倒，他以乐观豁达的心态面对生活，在当地留下了许多佳话。

在惠州，苏轼与当地百姓结下了深厚的情谊。他看到当地百姓缺医少药，便积极传播医学知识；他还帮助当地官员解决水利问题，改善百姓的生活条件。在他的词作中，也充满了对惠州生活的热爱和对百姓的关怀。如《惠州一绝／食荔枝》："罗浮山下四时春，卢橘杨梅次第新。日啖荔枝三百颗，不辞长作岭南人。"这首诗生动地描绘了惠州四季如春的气候和丰富的水果资源，苏轼对荔枝的喜爱之情溢于言表，同时也表达了他对惠州这片土地的眷恋。他以一种积极的心态融入当地生活，将贬谪之地视为自己的第二故乡，展现出他对生活的热爱和对人生的豁达态度。

　　苏轼在儋州期间，虽然生活条件艰苦，但他依然保持着对生活的热情。他积极适应当地的生活，与当地百姓友好相处。他看到当地文化落后，便开办学校，传播中原文化，培养了许多人才。海南历史上第一个进士符确，便是苏轼的学生。在儋州，苏轼创作了许多反映当地生活和自然风光的诗词。他的《六月二十日夜渡海》："参横斗转欲三更，苦雨终风也解晴。云散月明谁点缀？天容海色本澄清。空余鲁叟乘桴意，粗识轩辕奏乐声。九死南荒吾不恨，兹游奇绝冠平生。"这首诗表达了苏轼在经历了人生的种种磨难后，依然保持着乐观豁达的心态。他将人生的苦难视为一场奇特的游历，认为这是生命中最宝贵的财富。"九死南荒吾不恨，兹游奇绝冠平生"，这句诗展现了苏轼对生命的热爱和对人生的深刻理解，他以一种超越常人的豁达态度，将人生的苦难化作了生命的赞歌。

　　在民间，还有一个关于苏轼和朝云的故事。朝云是苏轼的侍妾，她聪明伶俐，善解人意，与苏轼感情深厚。苏轼被贬惠州时，朝云不离不弃，始终陪伴在他身边。有一次，苏轼问朝云："我这一肚子都是什么？"朝云回答说："学士一肚子不合时宜。"苏轼听后，哈哈大笑。这个故事不仅体现了朝云对苏轼的了解和理解，也反映出苏轼在面对人生挫折时的无奈与自嘲。朝云的陪伴，也给苏轼在艰难的贬谪生活中带来了一丝温暖和慰藉。

　　苏轼的一生，是充满传奇色彩的一生，是追求自由、追求真理的一生。苏东坡的词蕴含着丰富的精神滋养和人生智慧。一是面对困境的豁达超脱。仕途不顺、屡遭贬谪，苏轼却能在词中展现出令人钦佩的豁达。他的这种超脱困境、笑对风雨的态度，让我们在面对生活挫折时，也能保持内心的平静与坚定，不被困难打倒，以乐观心态积极应对。二是追求理想的豪情壮志。初入仕途时，苏轼满怀抱负，其词中尽显渴望建功立业的豪情。激励我们在人生起步阶段，要怀揣梦想，勇敢追求自己的目标，对自身才华充满信心，积极进取。三是热爱生活的细腻情怀，苏轼对生活的热爱体现在方方面面。被贬惠州时一句"日啖荔枝三百颗"，尽显对生活细微事物的喜爱。让我们懂得珍惜生活中的点滴美好，无论处于何种境地，都能发现生活的乐趣，保持对生活的热情。他与爱妻的深情，也提醒我们要珍视身边的人，用心对待亲情、爱情和友情，让真挚的情感成为生活的温暖力量。

🌿 对那些惊艳千年的词人和作品，你肯定有似曾相识的感觉

在宋代词坛，除了苏轼、辛弃疾、李清照，要属秦观、柳永、周邦彦、姜夔、陆游、晏几道等词人有名气了，他们以其独特的艺术风格和细腻的情感表达，为我们留下了无数经典之作。他们的词作，或婉约缠绵，或豪放激昂，或清新自然，每一首都蕴含着深厚的文化内涵和动人的故事。让我们走进他们的世界，品味他们的代表词作，领略宋词的独特魅力。然而在这里，我们先要介绍的不是上面这几位，而是作了《卜算子·我住长江头》的李子仪。以前许多人知道这首词，但不知道他是山东人。2024

年的夏天，山东诗词学会赵润田会长在庆云诗词研学班上专门以"山东庆云诗人李子仪"为题讲了一课，让我们更多地了解了这位诗人的精神世界。

李子仪：《卜算子·我住长江头》作者和他的诗词

李之仪（1048—1127年），字端叔，自号姑溪居士、姑溪老农，汉族，山东省德州市庆云县人，是北宋时期的词人。

早年师从范仲淹之子范纯仁。熙宁三年，初授万全县令，后来又到鄜延军任职。哲宗元祐初为枢密院编修官，通判原州。元祐末从苏轼于定州幕府，朝夕倡酬。李之仪对苏轼十分崇拜，二人志同道合，有着深厚的友情。苏轼赞赏李之仪的诗词文章，将其与唐代诗人孟浩然相提并论。苏轼因与王安石意见不合受到排挤，颠沛流离，李之仪为其遭遇不平，在朝中为其活动，还寄书表达思念。元丰八年，苏轼被召入京，李之仪在枢密院任编修，二人常切磋诗词。苏轼出守定州时，奏请李之仪为签判一同赴任。李子仪与苏门六君子黄庭坚、秦观、晁补之、张耒、李廌、陈师道关系密切，是同门师兄弟关系。李之仪曾与秦观等苏门文人有过交往，秦观还曾作《送李端叔从辟中山》一诗送李之仪。他们在文学创作等方面相互交流、相互影响，共同活跃于北宋的文坛。

北宋崇宁二年，55岁的李之仪因得罪宰相蔡京，被贬到太平州（今安徽当涂）。祸不单行，他先是女儿及儿子相继去世，接着与他相濡以沫40年的夫人胡淑修也离世，一连串的打击使李之仪跌到了人生谷底。当时太平州的知州黄庭坚邀请李之仪宴饮，结识了一位琴女杨姝。杨姝曾在十三岁时为黄庭坚弹奏琴曲

《履霜操》，为黄庭坚遭遇鸣不平。这次李之仪与杨姝偶遇，杨姝又弹起这首《履霜操》，正触动李之仪心中的痛处，大为感慨，把杨姝视为知音。此后两人时相往还，李之仪接连写下几首听她弹琴的诗词。有一年秋天，李之仪携杨姝来到长江边上，面对知冷知热的红颜知己，面对滚滚东逝奔流不息的江水，心中涌起万般柔情，写下了《卜算子·我住长江头》："我住长江头，君住长江尾。日日思君不见君，共饮长江水。此水几时休，此恨何时已。只愿君心似我心，定不负相思意。"后来两人结为连理，杨姝为李之仪生下一儿一女。然而，郭祥正怂恿无赖状告李之仪听任杨姝的儿子冒认李家之后而乞补，此案使李之仪被除名勒停，杨姝也被杖刑。三年后，年近七旬的李之仪遇赦。杨姝有情有义，一直陪伴李之仪，料理了他的后事，并将他与妻子胡淑修合葬。

为了更多了解这位诗人的才情和情感世界，再举三首诗词，一并赏析。

次韵东坡还自岭南

凭陵岁月固难堪，食蘗多来味却甘。
时雨才闻遍中外，卧龙相继起东南。
天边鹤驾瞻仙袂，云里诗笺带海岚。
重见门生应不识，雪髯霜鬓两毶毶。

首联"凭陵岁月固难堪，食蘗多来味却甘"，"凭陵"写出苏轼在政治斗争中所受的凌逼和精神压力，岁月艰难令人痛苦。以"食蘖"喻苏轼贬谪生活之苦，说苦味多了反而觉甘，是反话正说，既表现苏轼在逆境中的安之若素，也体现作者对其遭遇的心酸与同情。颔联"时雨才闻遍中外，卧龙相继起东南"，"时雨"指宋徽宗大赦元祐党人的恩泽，"卧龙"指遭贬的元祐党人。此联写出朝廷大赦，元祐党人相继被起用的情景，"才闻""相继"对仗，突出旧党起复之迅速，交代了苏轼得以还自岭南的背景。颈联"天边鹤驾瞻仙袂，云里诗笺带海岚"，作者想象苏轼归来时如鹤驾清风、仙袂飘飘，诗笺还带着海边雾气，既赞美苏轼贬谪中仍保持旷达胸襟和旺盛创作力，又将其历尽磨难却清旷飘逸的形象升华为谪仙人，体现作者对苏轼的怀念与崇敬。尾联"重见门生应不识，雪髯霜鬓两鬏鬏"，从想象回到现实，"应"字表揣想，作者想到师生重逢或许都已认不出对方，因两人已白发苍苍，真切写出历经苦难后的深沉感慨，对苏轼在贬谪中耗尽余生的不幸，流露无限同情。全诗将作者听闻苏轼从岭南归还时悲喜交集的心情和重瞻苏轼风神的渴望，融化在浪漫想象和苦涩感叹中，深情赞美了苏轼身处逆境而能保持达观的开朗胸怀。

谢池春·残寒销尽

　　残寒销尽，疏雨过、清明后。花径敛余红，风沼萦新皱。乳燕穿庭户，飞絮沾襟袖。正佳时，仍晚昼。著人滋味，真个浓如酒。　　频移带眼，空只恁、厌厌瘦。不见又思量，见了还依旧。为问频相见，何似长相守？天不老，人未偶。且将此恨，分付庭前柳。

上片写景，点明时间是清明后，描绘了花径落红、风拂池沼、乳燕穿飞、飞絮沾袖等春日景象，"正佳时，仍晚昼"点出时间推移，以酒喻春景之迷人滋味，为下片抒情蓄势。下片抒情，"频移带眼，空只恁、厌厌瘦"写出因相思而消瘦。"不见又思量，见了还依旧"细腻地写出相见与不见的矛盾心理。"天不老，人未偶"化用李贺诗句，悲叹人不能相守。结尾"且将此恨，分付庭前柳"，将恨交托给柳，含蓄而隽永，留下想象空间。

咏苍髯

> 青丝白发一瞬间，年华老去向谁言。
> 春风若有怜花意，可否许我再少年。

这首诗以时光流转为主题，"青丝白发一瞬间"感慨时光飞逝，青春易逝，在极短的时间里青丝就变成了白发。"年华老去向谁言"则流露出对年华老去的无奈与孤独，不知该向谁诉说。后两句"春风若有怜花意，可否许我再少年"，以春风怜花为喻，委婉地表达希望能重返少年的愿望，借景抒情，将对时光的留恋和对青春的怀念融入对春风的期许，语言简洁，情感真挚，引发人们对时光与人生的思考。

秦观：婉约细腻的深情绝唱

秦观，字少游，一字太虚，号淮海居士，高邮（今江苏高邮）人。他是北宋婉约派词人的代表人物，其词风格清新自然，情感细腻真挚，被誉为"古之伤心人"。秦观的一生，仕途坎坷，屡遭贬谪，但他始终有一颗火热的心，坚持着对生活的热爱和对爱情的向往。

鹊桥仙·纤云弄巧

纤云弄巧，飞星传恨，银汉迢迢暗度。金风玉露一相逢，便胜却人间无数。　　柔情似水，佳期如梦，忍顾鹊桥归路。两情若是久长时，又岂在朝朝暮暮。

这首词是秦观的代表作之一，以牛郎织女的爱情故事为题材，表达了对坚贞爱情的赞美。上阕开篇"纤云弄巧，飞星传恨，银汉迢迢暗度"，描绘了一幅七夕之夜的美丽画面：纤薄的云彩变幻出各种巧妙的图案，流星传递着牛郎织女的离愁别恨，他们在遥远的银河两岸悄悄相会。"金风玉露一相逢，便胜却人间无数"，词人认为，牛郎织女在秋风白露的七夕相会，这种短暂而珍贵的相聚，远远胜过了人间那些平凡的朝夕相处，歌颂了爱情的美好与珍贵。下阕"柔情似水，佳期如梦，忍顾鹊桥归路"，将牛郎织女相会时的柔情和分别时的痛苦刻画得入木三分，他们的柔情像水一样绵长，相聚的时光如梦一般短暂，分别时又怎忍心回头看那鹊桥归路。最后"两情若是久长时，又岂在朝朝暮暮"，词人以一句富含哲理的话语升华了主题，表达了对爱情的坚定信念：只要两人的感情真挚长久，又何必在乎是否朝夕相伴。

据说，秦观在创作这首词时，正处于人生的低谷期，他被贬到偏远的地方，与爱人分离。但他在词中并没有表现出过多的悲伤和哀怨，而是以一种豁达的心态看待爱情和人生的挫折，这种对爱情的执着和对生活的热爱，使这首词具有了永恒的魅力。

踏莎行·郴州旅舍

雾失楼台，月迷津渡，桃源望断无寻处。可堪孤馆闭春寒，杜鹃声里斜阳暮。　　驿寄梅花，鱼传尺素，砌成此恨无重数。郴江幸自绕郴山，为谁流下潇湘去？

此词是秦观被贬郴州时所作，抒发了他被贬后的愁苦和思乡之情。上阕"雾失楼台，月迷津渡，桃源望断无寻处"，描绘了一幅迷茫、凄清的画面：雾气弥漫，楼台消失不见；月色朦胧，渡口也难以寻觅；词人渴望寻找像桃花源那样的理想之地，却无处可寻，暗示了他在现实生活中的迷茫和失落。"可堪孤馆闭春寒，杜鹃声里斜阳暮"，词人独自被困在孤寂的旅馆中，忍受着春寒的侵袭，耳边传来杜鹃凄凉的叫声，眼前是夕阳西下的暮色，进一步烘托出他内心的愁苦和孤独。下阕"驿寄梅花，鱼传尺素，砌成此恨无重数"，写词人收到远方朋友的来信和礼物，本应感到欣慰，但这些却反而增添了他的愁绪，因为他被贬异乡，无法与朋友相聚，这种思念和离恨层层堆积，无法消除。最后"郴江幸自绕郴山，为谁流下潇湘去"，词人看到郴江绕着郴山流淌，却最终流向潇湘，不禁发出疑问，郴江为何要离开郴山，流向远方？这一问，看似问郴江，实则是词人对自己命运的无奈和感慨，表达了他对故乡的深深眷恋和对命运的不甘。

浣溪沙·漠漠轻寒上小楼

漠漠轻寒上小楼，晓阴无赖似穷秋。淡烟流水画屏幽。

自在飞花轻似梦，无边丝雨细如愁。宝帘闲挂小银钩。

这首词描绘了一个女子在春日里的孤独和愁绪。上阕"漠漠轻寒上小楼，晓阴无赖似穷秋。淡烟流水画屏幽"，写女子在一个春日的早晨，独自登上小楼，感受到了微微的寒意，清晨的阴霾让人感觉仿佛置身于深秋时节，室内画屏上的淡烟流水，更增添了一份清幽的氛围，烘托出女子内心的寂寞和无聊。下阕"自在飞花轻似梦，无边丝雨细如愁。宝帘闲挂小银钩"，是千古名句，将飞花比作梦，丝雨比作愁，生动地描绘出女子内心的细腻情感。飞花自由自在地飘落，如同梦境一般轻柔；无边的细雨如愁绪般细密，无法排解。最后"宝帘闲挂小银钩"，以一个闲挂的宝帘的细节，进一步表现出女子的百无聊赖和孤独寂寞。

秦观的词作，以其清新自然的语言、细腻真挚的情感和独特的艺术风格，成为婉约词的经典之作。他的词不仅描绘了爱情的美好与悲伤，也抒发了人生的感慨和对命运的思考，让我们在品味中感受到了他内心深处的情感世界。

柳永：市井词人的真情告白

柳永，原名三变，字景庄，后改名柳永，字耆卿，因排行第七，又称柳七，福建崇安人。柳永是北宋著名词人，他的词多描写城市生活的繁华、歌妓的生活和情感，以及羁旅行役之苦，具有浓厚的市井气息。柳永一生仕途不顺，但他却在词的创作上取得了卓越的成就，他是北宋第一个专力写词的词人，对词的发展产生了深远的影响。

雨霖铃·寒蝉凄切

寒蝉凄切，对长亭晚，骤雨初歇。都门帐饮无绪，留恋处，兰舟催发。执手相看泪眼，竟无语凝噎。念去去，千里烟波，暮霭沉沉楚天阔。　　多情自古伤离别，更那堪，冷落清秋节！今宵酒醒何处？杨柳岸，晓风残月。此去经年，应是良辰好景虚设。便纵有千种风情，更与何人说？

这首词是柳永的代表作之一，描写了他与恋人离别时的情景和别后的思念之情。上阕"寒蝉凄切，对长亭晚，骤雨初歇"，开篇便营造出一种凄凉、冷落的氛围：寒蝉在凄切地鸣叫，傍晚时分，在长亭外，一场骤雨刚刚停歇。"都门帐饮无绪，留恋处，兰舟催发"，写恋人在京城门外设帐为词人饯行，却毫无情绪，正在留恋不舍之时，船家却催促出发。"执手相看泪眼，竟无语凝噎"，这是离别时的经典画面，两人紧握着手，泪眼相对，却哽咽着说不出话来，将恋人之间的难舍之情刻画得淋漓尽致。"念去去，千里烟波，暮霭沉沉楚天阔"，词人想象着离别后自己将踏上遥远的旅途，前路茫茫，只有浩渺的烟波和沉沉的暮霭，更增添了离别的哀愁。下阕"多情自古伤离别，更那堪，冷落清秋节"，以议论的方式强调了自古以来离别都是令人伤感的，更何况是在这冷落的清秋时节。"今宵酒醒何处？杨柳岸，晓风残月"，这是千古名句，词人想象着自己在离别后的夜晚，酒醒后将身处何方，也许是在杨柳岸边，面对着清晨的微风和残缺的月亮，这幅画面充满了凄凉和孤独之感，将离别的痛苦和思念之情推向了高潮。"此去经年，应是良辰好景虚设。便纵有千种风情，更与何人说"，词人进一步想象着离别后的日子，即使有美好的时光和景色，也因为恋人的不在而变得毫无意义，即使有千种情感，也无人可以倾诉，表达了他对恋人深深的思念和无尽的眷恋。

据说，柳永在创作这首词时，正准备离开京城，前往外地任职。他与恋人在长亭分别，心中充满了不舍和痛苦。在离别后的旅途中，他写下了这首词，以表达自己对恋人的思念之情。这首词以其细腻的情感、生动的描写和优美的语言，成为离别词中的经典之作，至今仍被人们广为传颂。

望海潮·东南形胜

东南形胜，三吴都会，钱塘自古繁华。烟柳画桥，风帘翠幕，参差十万人家。云树绕堤沙，怒涛卷霜雪，天堑无涯。市列珠玑，户盈罗绮，竞豪奢。　　重湖叠𪩘清嘉，有三秋桂子，十里荷花。羌管弄晴，菱歌泛夜，嬉嬉钓叟莲娃。千骑拥高牙，乘醉听箫鼓，吟赏烟霞。异日图将好景，归去凤池夸。

这首词描绘了杭州的繁华景象和自然风光，是柳永的另一首代表作。上阕"东南形胜，三吴都会，钱塘自古繁华"，开篇便点明了杭州的地理位置和历史地位，它是东南地区的重要城市，自古以来就十分繁华。"烟柳画桥，风帘翠幕，参差十万人家"，描绘了杭州城的美丽景色和众多的人口，如烟的柳树、彩绘的桥梁、挡风的帘子、翠绿的帷幕，错落有致的房屋中住着十万人家，展现出杭州城的繁华和热闹。"云树绕堤沙，怒涛卷霜雪，天堑无涯"，描写了钱塘江的壮丽景色，高耸入云的树木环绕着江堤，汹涌的波涛卷起如霜雪般的浪花，钱塘江作为天然的屏障，无边无际。"市列珠玑，户盈罗绮，竞豪奢"，则描写了杭州城的商业繁荣，市场上陈列着各种珍贵的珠宝，家家户户都充满了绫罗绸缎，人们竞相奢华，展现出杭州城的富裕和繁华。下阕"重湖叠巘清嘉，有三秋桂子，十里荷花"，描绘了西湖的美景，西湖分为里湖和外湖，山峦重叠，景色清秀美好，秋天有飘香的桂子，夏天有十里的荷花，令人陶醉。"羌管弄晴，菱歌泛夜，嬉嬉钓叟莲娃"，写西湖上的人们在晴天吹奏着羌笛，在夜晚唱着菱歌，钓鱼的老翁和采莲的少女都充满了欢乐，展现出杭州城的悠闲和惬意。"千骑拥高牙，乘醉听箫鼓，吟赏烟霞"，描绘了杭州官员的气派和生活的悠闲，众多的骑兵簇拥着高高的牙旗，官员们乘着酒兴听着箫鼓的演奏，欣赏着美丽的烟霞，享受着美好的生活。最后"异日图将好景，归去凤池夸"，表达了词人对杭州的赞美之情，他希望有一天能将杭州的美景画下来，回到朝廷后向人们夸耀。

相传，这首词传到金国后，金主完颜亮读了"三秋桂子，十里荷花"一句，对杭州的美景十分向往，遂起投鞭渡江、攻占杭州之心。虽然这只是一个传说，但也从侧面反映出这首词的艺术感染力和影响力。

八声甘州·对潇潇暮雨洒江天

对潇潇暮雨洒江天，一番洗清秋。渐霜风凄紧，关河冷落，残照当楼。是处红衰翠减，苒苒物华休。惟有长江水，无语东流。　　不忍登高临远，望故乡渺邈，归思难收。叹年来踪迹，何事苦淹留？想佳人妆楼颙望，误几回、天际识归舟。争知我，倚阑干处，正恁凝愁！

这首词是柳永的羁旅行役词的代表作，抒发了他漂泊异乡的思乡之情和对人生的感慨。上阕"对潇潇暮雨洒江天，一番洗清秋"，开篇描绘了一幅秋雨洒江天的壮阔画面，一场暮雨过后，秋天的景色更加清新。"渐霜风凄紧，关河冷落，残照当楼"，写秋风逐渐变得寒冷、紧迫，山河冷落，夕阳的余晖映照在楼上，营造出一种凄凉、冷落的氛围。"是处红衰翠减，苒苒物华休。惟有长江水，无语东流"，描写了秋天万物凋零的景象，到处都是红花凋零、绿叶减少，美好的景物逐渐消逝，只有长江水默默地向东流去，表达了词人对时光流逝和人生短暂的感慨。下阕"不忍登高临远，望故乡渺邈，归思难收"，写词人不忍心登高远望，因为看到故乡的遥远，思乡之情便难以抑制。"叹年来踪迹，何事苦淹留？"词人感叹自己多年来漂泊在外，不知为何苦苦停留，表达了他对自己人生境遇的无奈和困惑。"想佳人妆楼颙望，误几回、天际识归舟"，词人想象着家中的佳人在妆楼上盼望自己归来，多次误把天边的归舟当作是自己的船只，从对方的角度来写自己的思念之情，更增添了一份深情。最后"争知我，倚阑干处，正恁凝愁！"，词人反问，佳人又怎知道自己此时正倚着栏杆，满心忧愁呢？进一步强调了他的思念之苦和孤独之感。

柳永的词作，以其独特的市井气息、真挚的情感和高超的艺术技巧，成为北宋词坛的一颗璀璨明珠。他的词不仅描绘了城市生活的繁华和人们的情感世界，也反映了社会的现实和人们的生活状态，具有很高的文学价值和历史价值。

周邦彦：格律词派的典雅风范

周邦彦，字美成，号清真居士，钱塘（今浙江杭州）人。他是北宋末年的著名词人，精通音律，能自度曲，是格律词派的代表人物。周邦彦的词，格律严谨，语言典雅，意境清新，具有很高的艺术价值。他的词题材广泛，包括爱情、羁旅、咏物等，对后世词的发展产生了深远的影响。

苏幕遮·燎沉香

燎沉香，消溽暑。鸟雀呼晴，侵晓窥檐语。叶上初阳干宿雨，水面清圆，一一风荷举。　　故乡遥，何日去？家住吴门，久作长安旅。五月渔郎相忆否？小楫轻舟，梦入芙蓉浦。

这首词是周邦彦的代表作之一，描绘了夏日雨后的景色和词人的思乡之情。上阕"燎沉香，消溽暑。鸟雀呼晴，侵晓窥檐语"，开篇写词人点燃沉香，以消除夏日的湿热，鸟雀在清晨欢呼着天晴，在屋檐下窥视、啼叫，营造出一种清新、活泼的

氛围。"叶上初阳干宿雨，水面清圆，一一风荷举"，是千古
名句，描绘了雨后荷叶的美景：荷叶上残留的雨滴在初升的太
阳下渐渐晒干，水面上的荷叶清润圆正，在微风中一一挺立起
来，将荷叶的清新、灵动之美展现得淋漓尽致。下阕"故乡遥，
何日去？家住吴门，久作长安旅"，写词人思念故乡，却不知何
时才能回去，他的家乡在吴门，却长期客居在长安，表达了他的
思乡之情和羁旅之愁。"五月渔郎相忆否？小楫轻舟，梦入芙蓉
浦"，词人想象着故乡的渔郎是否还记得自己，在梦中，他划着
小船，进入了那片美丽的芙蓉浦，进一步表达了他对故乡的思念
和对往昔生活的怀念。

　　据说，周邦彦在创作这首词时，正客居长安，他看到长安的
夏日景色，不禁想起了故乡的荷花和儿时的伙伴，于是写下了这
首词。这首词以其清新自然的语言、细腻的描写和真挚的情感，
成为描写夏日景色和思乡之情的经典之作。

兰陵王·柳

　　柳阴直，烟里丝丝弄碧。隋堤上、曾见几番，拂水飘绵送行
色。登临望故国，谁识京华倦客？长亭路，年去岁来，应折柔条
过千尺。　　　闲寻旧踪迹，又酒趁哀弦，灯照离席。梨花榆火
催寒食。愁一箭风快，半篙波暖，回头迢递便数驿，望人在天
北。　　　凄恻，恨堆积！渐别浦萦回，津堠岑寂，斜阳冉冉春
无极。念月榭携手，露桥闻笛。沉思前事，似梦里，泪暗滴。

　　这首词是周邦彦的另一首代表作，以柳为线索，抒发了词人

的离别之情和身世之感。全词共分三阕，第一阕"柳阴直，烟里丝丝弄碧。隋堤上、曾见几番，拂水飘绵送行色。登临望故国，谁识京华倦客？长亭路，年去岁来，应折柔条过千尺"，写柳与离别。柳阴笔直，柳丝在烟雾中轻轻摇曳，隋堤上，词人曾多次看到柳枝拂水、柳絮飘飞，送别远行的人。他登上高处，眺望故乡，却无人理解他这个在京城厌倦了漂泊的游子。"长亭路，年去岁来，应折柔条过千尺。"这里既写尽了离别的频繁，也暗示词人自身漂泊不定的生涯，借柳的意象，将离情与身世之感融为一体。

第二阕"闲寻旧踪迹，又酒趁哀弦，灯照离席。梨花榆火催寒食。愁一箭风快，半篙波暖，回头迢递便数驿，望人在天北"，场景切换到一次具体的离别。在哀伤的弦乐声中饮酒践行，灯火映照下的离席充满了哀愁。"梨花榆火催寒食"点明时令，也为离别增添了几分凄清之感。而后描述行舟之快，瞬间便已数驿之遥，回望送别人已远在天北，那种离别的不舍与无奈被刻画得入木三分。

第三阕"凄恻，恨堆积！渐别浦萦回，津堠岑寂，斜阳冉冉春无极。念月榭携手，露桥闻笛。沉思前事，似梦里，泪暗滴"，将离恨之情进一步深化。随着行舟，别浦萦绕，渡口的守望台寂静无声，只有斜阳缓缓西下，春色无边却更衬出内心的孤寂。词人回忆起往昔与爱人在月榭携手漫步、在露桥聆听笛声的美好时光，如今看来，这些都如梦境一般遥远，不禁暗自落泪。全词围绕柳展开，将离别场景、情感与回忆交织，格律严谨，辞藻华美，不愧是周邦彦的经典之作。

少年游·并刀如水

并刀如水，吴盐胜雪，纤手破新橙。锦幄初温，兽烟不断，相对坐调笙。　　低声问：向谁行宿？城上已三更。马滑霜浓，不如休去，直是少人行。

这首词描绘了一段旖旎的爱情场景。开篇"并刀如水，吴盐胜雪，纤手破新橙"，用细腻的笔触刻画了女子用锋利的并州剪刀切橙子，桌上的吴盐洁白胜雪，她那纤细的手指在忙碌，短短几句便勾勒出生活的精致与美好。"锦幄初温，兽烟不断，相对坐调笙"，描绘出温暖的室内环境，锦绣帷帐中暖意融融，兽形香炉中香烟袅袅，两人相对而坐调试着笙，温馨而浪漫。下阕"低声问：向谁行宿？城上已三更。马滑霜浓，不如休去，直是少人行"，女子轻声询问情郎今晚要去哪里投宿，已然三更天，外面霜重路滑，行人稀少，不如就留下吧。这几句对话将女子的温柔、关切与羞涩展现得淋漓尽致，充满了生活气息与情趣。据说，这首词背后还有一段故事，相传是周邦彦与名妓李师师交往时所作，词中生动地记录了他们相处时的一个片段，也正因如此，更增添了几分浪漫色彩。

姜夔：清空骚雅的词中逸韵

姜夔，字尧章，号白石道人，饶州鄱阳（今江西鄱阳）人。他一生未仕，四处漂泊，其词多写个人身世飘零和相思离别之情，也有部分作品反映了社会现实。姜夔精通音律，能自度曲，其词风格清空骚雅，意境高远，语言精美，在宋代词坛独树一帜。

扬州慢·淮左名都

淮左名都，竹西佳处，解鞍少驻初程。过春风十里，尽荠麦青青。自胡马窥江去后，废池乔木，犹厌言兵。渐黄昏，清角吹寒，都在空城。　　杜郎俊赏，算而今重到须惊。纵豆蔻词工，青楼梦好，难赋深情。二十四桥仍在，波心荡，冷月无声。念桥边红药，年年知为谁生？

此词是姜夔的代表作之一，作于金兵南侵后，扬州城一片荒芜之际。上阕"淮左名都，竹西佳处，解鞍少驻初程。过春风十里，尽荠麦青青"，开篇点明扬州曾是著名的都会和美景胜地，可如今昔日繁华的"春风十里"扬州路，如今长满了荠菜和野麦。"自胡马窥江去后，废池乔木，犹厌言兵"，金兵南侵后，连废弃的池塘和古老的树木都厌恶说起战争，运用拟人手法深刻地表现出战争给扬州带来的灾难之深。"渐黄昏，清角吹寒，都在空城"，黄昏时分，凄清的号角声在空城中回荡，更添悲凉之感。下阕"杜郎俊赏，算而今重到须惊。纵豆蔻词工，青楼梦好，难赋深情"，以杜牧曾对扬州的赞美来对比如今的破败，就算杜牧重来，也定会震惊。即便他才华横溢，也难以描绘出如今扬州的满目疮痍。"二十四桥仍在，波心荡，冷月无声。念桥边红药，年年知为谁生？"二十四桥依旧，但桥下只有冰冷的月光在水波中荡漾，桥边的红芍药花，每年依旧开放，却不知是为谁而生。整首词通过今昔对比，表达了对战争的谴责和对昔日繁华不再的哀伤，情感深沉，意境清空。

暗香·旧时月色

　　旧时月色，算几番照我，梅边吹笛？唤起玉人，不管清寒与攀摘。何逊而今渐老，都忘却春风词笔。但怪得竹外疏花，香冷入瑶席。　　江国，正寂寂。叹寄与路遥，夜雪初积。翠尊易泣，红萼无言耿相忆。长记曾携手处，千树压、西湖寒碧。又片片、吹尽也，几时见得？

　　这首词为咏梅之作，也是姜夔的自度曲。上阕开篇"旧时月色，算几番照我，梅边吹笛？唤起玉人，不管清寒与攀摘"，回忆往昔在月色下，于梅边吹笛，与佳人一同在寒夜中折梅的美好情景。"何逊而今渐老，都忘却春风词笔。但怪得竹外疏花，香冷入瑶席"，如今自己渐渐老去，才情不再，只能惊奇于竹外稀疏梅花的冷香飘入宴席。下阕"江国，正寂寂。叹寄与路遥，夜雪初积。翠尊易泣，红萼无言耿相忆"，写如今身处江南水乡，一片寂静，想折梅寄给远方的人，却因路途遥远、夜雪堆积而不能。对着酒杯容易落泪，红梅默默无言，自己却深深相忆。"长记曾携手处，千树压、西湖寒碧。又片片、吹尽也，几时见得？"回忆曾经与佳人在西湖赏梅，千树梅花压在寒碧的湖水上，如今梅花一片片飘落，不知何时才能再次见到这样的美景，也不知何时能与佳人重逢。整首词借咏梅抒发了对往昔爱情的怀念和身世飘零之感，词风清婉，意境深远。

疏影·苔枝缀玉

苔枝缀玉，有翠禽小小，枝上同宿。客里相逢，篱角黄昏，无言自倚修竹。昭君不惯胡沙远，但暗忆、江南江北。想佩环、月夜归来，化作此花幽独。　　犹记深宫旧事，那人正睡里，飞近蛾绿。莫似春风，不管盈盈，早与安排金屋。还教一片随波去，又却怨、玉龙哀曲。等恁时、重觅幽香，已入小窗横幅。

这首词同样是咏梅佳作，与《暗香》为姊妹篇。上阕"苔枝缀玉，有翠禽小小，枝上同宿。客里相逢，篱角黄昏，无言自倚修竹"，描绘出梅花的姿态，苔枝上点缀着如玉的梅花，还有小鸟在枝头栖息。在异乡的黄昏，于篱角与梅花相逢，梅花如同佳人般无言倚靠着修长的竹子。"昭君不惯胡沙远，但暗忆、江南江北。想佩环、月夜归来，化作此花幽独"，以王昭君的典故，想象昭君思念故土，月夜归来化作这幽独的梅花。下阕"犹记深宫旧事，那人正睡里，飞近蛾绿。莫似春风，不管盈盈，早与安排金屋"，用寿阳公主梅花妆的典故，又希望人们珍惜梅花，莫让春风轻易吹落。"还教一片随波去，又却怨、玉龙哀曲。等恁时、重觅幽香，已入小窗横幅"，写梅花一片片随波而去，人们只能吹奏哀伤的《梅花落》曲调，等到那时再寻觅梅花的幽香，只能在小窗的画幅中了。全词多处用典，将梅花的神韵、身世之感与历史典故相融合，辞藻精美，意境空灵，展现了姜夔独特的艺术风格。

陆游：爱国情怀与儿女情长的交织

陆游，字务观，号放翁，越州山阴（今浙江绍兴）人。他是南宋著名的爱国诗人、词人，一生力主抗金，渴望收复失地，其诗词充满了强烈的爱国情怀。同时，他的词作也不乏对爱情、生活的细腻描写，情感真挚动人。

钗头凤·红酥手

红酥手，黄縢酒，满城春色宫墙柳。东风恶，欢情薄。一怀愁绪，几年离索。错、错、错。　　春如旧，人空瘦，泪痕红浥鲛绡透。桃花落，闲池阁。山盟虽在，锦书难托。莫、莫、莫！

这首词背后是一段令人唏嘘的爱情悲剧。陆游与表妹唐婉本是恩爱夫妻，却因陆母的反对而被迫分离。"红酥手，黄縢酒，满城春色宫墙柳"，回忆往昔与唐婉共游沈园，唐婉温柔递酒的美好场景，满城春色与宫墙柳更衬出当时的甜蜜。"东风恶，欢情薄。一怀愁绪，几年离索。错、错、错"，一个"恶"字道尽了陆母拆散他们的无情，欢情短暂，多年的分离让他满怀愁绪，只能连叹"错"字，饱含着悔恨与无奈。下阕"春如旧，人空瘦，泪痕红浥鲛绡透。桃花落，闲池阁。山盟虽在，锦书难托。莫、莫、莫！"再次来到沈园，春色依旧，可唐婉却因相思而消瘦，泪水湿透了手帕。桃花飘落，池阁也变得冷清，曾经的山盟海誓还在，却无法再互通书信，只能无奈地连说"莫"字。整首词情感真挚，将爱情的无奈与痛苦展现得淋漓尽致，读来令人心碎。多年后唐婉看到此词，和了一首《钗头凤·世情薄》，不久后便郁郁而终，这段爱情悲剧也成为文学史上的千古遗憾。

诉衷情·当年万里觅封侯

当年万里觅封侯，匹马戍梁州。关河梦断何处？尘暗旧貂裘。胡未灭，鬓先秋，泪空流。此生谁料，心在天山，身老沧洲。

这首词是陆游爱国情怀的典型体现。上阕"当年万里觅封侯，匹马戍梁州"，回忆自己当年奔赴万里之外的边疆，单枪匹马去寻求建功立业，渴望在梁州战场杀敌报国，豪情满怀。"关河梦断何处？尘暗旧貂裘"，然而如今梦中的关塞河防不知在何处，当年出征时穿的貂皮裘也已积满灰尘，黯淡无光，暗示理想破灭，岁月流逝。下阕"胡未灭，鬓先秋，泪空流。此生谁料，心在天山，身老沧洲"，金兵尚未消灭，自己的鬓发却已如秋霜，只能空自流泪。一生未曾料到，心始终系在抗金前线天山，人却逐渐老去，表达了他壮志未酬的悲愤与无奈，将爱国之情与身世之感紧密相连，读来令人动容。

卜算子·咏梅

驿外断桥边，寂寞开无主。已是黄昏独自愁，更著风和雨。无意苦争春，一任群芳妒。零落成泥碾作尘，只有香如故。

此词以梅自喻，托物言志。上阕"驿外断桥边，寂寞开无主。已是黄昏独自愁，更著风和雨"，描绘出梅花生长在驿站外断桥边，无人欣赏，在黄昏中独自忧愁，还要遭受风雨的侵袭，写出了梅花处境的艰难与寂寞。下阕"无意苦争春，一任群芳妒。零落成泥碾作尘，只有香如故"，梅花并不想费尽心思去争艳斗宠，对百花的妒忌与排斥毫不在乎，即便凋零飘落，被碾作尘土，也依然保持着清香。这正是陆游自身品格的写照，他不与世俗同流合污，即使在困境中，遭受排挤，也始终坚守自己的爱国理想与高尚情操，词风虽婉约，却蕴含着坚韧的力量。

晏几道：情痴词中的旧梦重温

晏几道，字叔原，号小山，抚州临川（今属江西）人，是北宋婉约派词人，晏殊第七子。他出身富贵，却一生仕途坎坷，晚年家境中落。晏几道的词多写爱情、身世之感，词风哀怨感伤，语言工丽，情感真挚，在北宋词坛独树一帜。

临江仙·梦后楼台高锁

梦后楼台高锁，酒醒帘幕低垂。去年春恨却来时。落花人独立，微雨燕双飞。　　记得小苹初见，两重心字罗衣。琵琶弦上说相思。当时明月在，曾照彩云归。

这首词是晏几道的代表作之一，表达了对昔日恋人小苹的深切怀念。上阕"梦后楼台高锁，酒醒帘幕低垂。去年春恨却来时"，写梦后酒醒，只见楼台高锁，帘幕低垂，去年的春恨又涌上心头，营造出一种孤寂、落寞的氛围。"落花人独立，微雨燕

双飞"，这是千古名句，描绘出一幅凄美画面：人在落花纷扬中
独自伫立，燕子在微风细雨中双双飞翔，以乐景衬哀情，将词人
的孤独与寂寞展现得淋漓尽致。下阕"记得小苹初见，两重心字
罗衣。琵琶弦上说相思"，回忆起与小苹初次相见时的情景，她
穿着绣有两重心字的罗衣，通过琵琶弦倾诉着相思之情。"当时
明月在，曾照彩云归"，如今明月依旧，可小苹却如彩云般消
逝不见，只留下无尽的思念。整首词情感细腻，意境优美，将
回忆与现实交织，把一段美好的爱情和失去后的怅惘表现得含
蓄而深沉。

鹧鸪天·彩袖殷勤捧玉钟

彩袖殷勤捧玉钟，当年拼却醉颜红。舞低杨柳楼心月，歌尽
桃花扇底风。　　从别后，忆相逢，几回魂梦与君同。今宵剩把
银釭照，犹恐相逢是梦中。

这首词描写了与恋人久别重逢的情景。上阕"彩袖殷勤捧
玉钟，当年拼却醉颜红。舞低杨柳楼心月，歌尽桃花扇底风"，
回忆当年与恋人相聚时的欢乐场景，女子殷勤劝酒，自己开怀畅
饮，两人在欢歌曼舞中，直到月亮西沉，歌扇挥舞到风尽，尽情
享受着相聚的美好时光，尽显昔日的浪漫与深情。下阕"从别
后，忆相逢，几回魂梦与君同。今宵剩把银釭照，犹恐相逢是梦
中"，写分别后的思念，多次在梦中与恋人相聚。而如今真的重
逢，却不敢相信，拿着银灯反复照看，生怕这只是一场梦。将久
别重逢时的惊喜、怀疑与珍惜之情刻画得入木三分，情感真挚动

人，充满了生活的真实感。

清平乐·留人不住

留人不住，醉解兰舟去。一棹碧涛春水路，过尽晓莺啼处。
渡头杨柳青青，枝枝叶叶离情。此后锦书休寄，画楼云雨无凭。

这首词写的是女子送别情人时的复杂情感。上阕"留人不住，醉解兰舟去。一棹碧涛春水路，过尽晓莺啼处"，女子苦苦挽留却留不住情人，他酒醉后解开兰舟离去，小船在碧波荡漾的春水中远去，消失在黄莺啼叫的地方，写出了女子的无奈与失落。下阕"渡头杨柳青青，枝枝叶叶离情。此后锦书休寄，画楼云雨无凭"，渡头的杨柳似乎也饱含离情，而女子最后却决绝表示此后不要再寄书信，因为过去的欢情已如梦幻般不可靠。词中既有对离别的不舍，又有被抛弃后的清醒与决绝，短短几句，将女子的情感变化展现得细腻而真实，体现了晏几道词善于刻画人物内心世界的特点。

秦观、柳永、周邦彦、姜夔、陆游、晏几道这六位宋代词人，以各自独特的风格与情感，为我们呈现了宋代词坛的丰富风貌。无论是对爱情的吟唱、对家国的忧思，还是对生活的感悟，都成为中国诗歌宝库中熠熠生辉的瑰宝，值得我们反复品味、珍藏。

第六章

复古与创新，
元明清诗歌的可贵探索

🌿 从元诗足可以窥探元代文人的精神世界

  元代社会的复杂性，使得当时的诗人在创作中融入了丰富的情感与深刻的思考。从发展脉络看，元代初期，诗坛受宋金诗歌影响。北方诗人如元好问，传承金代诗歌传统，作品多反映社会动荡、民生疾苦，风格沉郁悲凉，为元代诗歌奠定基础；南方则延续宋诗风格，或尚理趣，或重格律。中期，诗歌走向繁荣，诗坛倡导"宗唐得古"，追求唐诗的雄浑雅正，虞集、杨载、范梈、揭傒斯并称"元诗四大家"，他们的作品格律精严、意境浑融，如虞集的诗歌典雅平和，在对历史与自然的描写中蕴含深远情思。后期，社会矛盾加剧，诗歌题材更加多元，不仅有对现实的批判，也有对个人情感的抒发。像王冕的诗，多反映民间疾苦，批判社会黑暗，风格质朴刚健。在艺术特色上，元代诗歌语言或质朴自然，贴近生活；或典雅华丽，注重用典。形式上，既有传统的五言、七言诗，也有受少数民族文化影响而风格独特的作品。而且，元代诗歌在民族融合的大背景下，呈现出多元文化交融的特点，少数民族诗人用汉文创作，为诗坛注入新元素，带来不同的视角与风格，共同构成了元代诗歌丰富多样的风貌。元好问、萨都剌、倪瓒、王冕、杨维桢这几位诗人，以其独特的经历、鲜明的创作风格和深刻的精神内涵，在元代诗坛留下了浓墨重彩的印记。他们的诗词不仅是文学艺术的瑰宝，更是时代精神的写照，反映了元代文人在社会动荡、民族融合背景下的精神追求与人生态度。

元好问：悲怆中坚守的诗史巨擘

元好问，字裕之，号遗山，世称遗山先生，是金元之际著名的文学家、史学家。他于 1190 年出生在太原秀容（今山西省忻州市），出身于世代书香的封建士大夫家庭，自小过继给叔父元格。8 岁便能作诗的他，被赞为"神童"，然而科举之路却颇为坎坷，从 16 岁起多次参加科举均未中第，直到兴定五年才进士及第，却又因被诬为"元氏党人"而辞官回登封。哀宗正大元年，他在赵秉文等人的贡举下，中宏词科，正式踏上仕途，担任权国史院编修等职。在任南阳县令期间，他扩建县衙、加强治安、奏请减免赋税，展现出卓越的政治才能。天兴二年，蒙古军围困汴京，他被困城中，被迫为蒙古军撰写歌功颂德的碑文。金朝灭亡后，他的人生陷入巨大的悲痛与自责之中，此后主要从事文人交游和搜求史料的活动，致力于保存金朝的历史与文化，成为《金史》的功臣之一。

他的诗学主张以诚为本，追求真实，推崇自然，提倡高雅的风格。其丧乱诗深刻地反映了国破家亡、人民流离失所的现实，具有以诗存史的价值。如《岐阳三首·其二》："百二关河草不横，十年戎马暗秦京。岐阳西望无来信，陇水东流闻哭声。野蔓有情萦战骨，残阳何意照空城。从谁细向苍苍问，争遣蚩尤作五兵？"诗中，"野蔓有情萦战骨，残阳何意照空城"描绘出战后的荒凉凄惨景象，野蔓缠绕着战死士兵的尸骨，残阳无力地照着空寂的城池，营造出一种极度悲凉的氛围。通过对战乱场景的描写，抒发了诗人对战争的痛恨、对百姓苦难的同情以及对国家命运的忧虑。整首诗情感深沉，充满了对时代悲剧的反思，展现出元好问在历史巨变面前的无奈与悲痛，以及他对苍生的悲悯情怀。在那个动荡不安的时代，他以笔为史，用诗歌记录下了民族的苦难与伤痛，坚守着文人的良知与担当。

萨都剌：多元视角下的时代观察者

萨都剌，字天锡，号直斋，是元代杰出的回族汉文创作诗人、画家、书法家，因生于山西雁门，被后人称为"雁门才子"。他出生于 1272 年，早年家境清贫，泰定四年才登进士第。此后，他在官场辗转任职，担任过镇江路录事司达鲁花赤、翰林应奉文字、江南行御史台掾史等多个职位，宦游南北，足迹遍布大江南北。他的一生大部分时间在江南度过，在领略各地风光的同时，也目睹了社会的种种不公与黑暗。

萨都剌的诗歌作品内容丰富、风格多样，呈现出四大主题倾向：讽刺内部斗争，期盼天下太平；注重历史警示，顺应发展规律；感慨落魄身世，抒发怀才不遇；推崇道家隐逸，赞扬忠义气节。他的诗既有描写自然景物、山水风光的佳作，也有反映民生疾苦、批判社会现实的力作。如《早发黄河即事》中"炊烟绕茅屋，秋稻上陇丘。尝新未及试，官租急征求。两河水平堤，夜有盗贼忧。"前半部分描绘了农民辛勤劳作，稻谷刚成熟还未品尝，就被官府急着征收租税的场景，展现了农民生活的困苦；"斗鸡五坊市，酣歌最高楼"则描写了贵族公子在闹市斗鸡取乐、在高楼酣歌畅饮的奢华生活，与农民的艰辛形成鲜明对比，深刻地揭示了元代社会的阶级矛盾。他以敏锐的观察力和犀利的笔触，对社会的黑暗现象进行了批判，表达了对劳动人民的深切同情，展现出一位文人的社会责任感。同时，他的山水诗也别具一格，将北方民族的粗犷豪迈与汉民族的绮丽妩媚完美融合，如"积雨千峰霁，溪流两岸平。"（《玉山道中》）"石头城上望天低，吴楚眼空无物"（《念奴娇·登石头城次东坡韵》），既有壮阔的气势，又有细腻的情感，体现了他独特的审美情趣和艺术风格。

倪瓒：超脱尘世的隐逸高士

倪瓒，初名珽，字元镇，号云林子等，是元末明初著名画家、诗人。他出生于无锡梅里祇陀村的一个富豪家庭，家境殷实，自幼受到良好的教育，饱读诗书，擅长诗文书画。然而，随着家族的逐渐衰落，他对官场的黑暗和社会的动荡深感失望，于是选择了隐居的生活方式。他散尽家财，浪迹太湖一带，以诗画自娱，过着自由自在的生活。

倪瓒的诗歌风格清幽淡雅，充满了对自然山水的热爱和对隐逸生活的向往。他的诗中常常流露出一种超脱尘世的境界，如《对酒》："题诗石壁上，把酒长松间。远水白云度，晴天孤鹤还。虚亭映苔竹，聊此息尘颜。何异陶徵士，归耕柴桑间。"诗中描绘了诗人在石壁上题诗、在长松下饮酒的场景，远处的水、飘浮的白云、晴天里归来的孤鹤，构成了一幅宁静悠远的画面。"虚亭映苔竹，聊此息尘颜"，诗人在这样的环境中，得以平息尘世的烦恼，享受内心的宁静。他将自己比作陶渊明，表达了对归隐生活的满足和对自由的追求。倪瓒在那个动荡的时代，选择了远离喧嚣和纷争，以一种高洁的姿态坚守着自己的精神家园，他的诗歌是他内心世界的真实写照，展现了他淡泊名利、超凡脱俗的精神气质。

王冕：孤高自守的梅花使者

王冕，字元章，一字元肃，号煮石山农、竹斋生等，是元朝画家、诗人、篆刻家。他于1287年出生在浙江诸暨县（今浙江省诸暨市）的一个贫寒家庭，自幼好学，常白天放牛，晚上借寺院长明灯读书，后被大儒韩性收为弟子，学习儒学。王冕熟习四书五经，于延祐二年参加进士考试，却试而不中，遂放弃科举入仕之路，以教书、卖画为生。为了开阔视野，他外出游历南北方各地，在游历中结交了不少文人志士、僧侣、道士，不仅提高了绘画鉴赏水平和艺术感识，还深刻体会到元朝社会的腐朽没落。晚年的他隐居会稽九里山，筑起"梅花屋"，以清贫的生活了却余生。

王冕工于画梅，兼善画竹，其诗歌也多与梅花相关，借梅花抒发自己的志向和情怀。如《墨梅》："吾家洗砚池头树，朵朵花开淡墨痕。不要人夸好颜色，只留清气满乾坤。"诗的前两句描写了自家洗砚池边的梅花，花朵盛开，带着淡淡的墨痕，展现出梅花的淡雅之美。后两句则是全诗的主旨，诗人借梅花表明自己的人生态度，他不追求外表的艳丽和他人的夸赞，只希望能像梅花一样，将高洁的品格和美好的德行留在天地之间。这首诗托物言志，以梅花自喻，体现了王冕孤高自守、不与世俗同流合污的精神品质。在元朝黑暗的社会环境下，他坚守着自己的道德底线，以梅花的精神激励自己，保持着独立的人格和高尚的情操。

杨维桢：革新求变的诗坛怪杰

杨维桢，字廉夫，号铁崖、东维子等，是元末明初著名诗人、文学家、书画家。他出生于1296年，自幼聪慧好学，其父为他在铁崖山上筑楼，楼中藏书万卷，他在此读书五年，学业大进。泰定四年，杨维桢考中进士，此后在官场任职，但因性格耿直，多次遭受排挤和打击，最终辞官归隐。他在诗坛上以"铁崖体"独树一帜，倡导诗歌革新，反对模拟古人，主张诗歌要表达个人的真情实感和独特个性。

杨维桢的诗歌风格多样，既有豪放洒脱之作，也有清新婉约之篇。他的《题苏武牧羊图》："未入麒麟阁，时时望帝乡。寄书元有雁，食雪不离羊。旄尽风霜节，心悬日月光。李陵何以别，涕泪满河梁。"这首诗是对苏武牧羊故事的题咏，通过对苏武坚守气节、不忘帝乡的描写，表达了对苏武高尚品格的赞美和敬仰之情。"旄尽风霜节，心悬日月光"，生动地刻画了苏武在艰苦环境中坚守气节的形象，他的气节如同日月般闪耀，令人钦佩。杨维桢借古喻今，以苏武的故事激励自己和他人，在动荡的时代中保持坚定的信念和高尚的品德。同时，他的诗歌在形式和内容上都敢于创新，突破了传统诗歌的束缚，为元代诗坛注入了新的活力，展现出他勇于革新、追求自由的精神风貌。

元好问、萨都剌、倪瓒、王冕、杨维桢这几位元代诗人，他们的人生经历各不相同，但都在各自的诗词创作中展现出了独特的精神气质。元好问在国破家亡的悲痛中坚守着文人的良知与担当，用诗歌记录历史；萨都剌以多元的视角观察社会，批判黑暗，同情百姓；倪瓒超脱尘世，追求内心的宁静与自由；王冕孤高自守，以梅花的品格自勉；杨维桢勇于革新，追求诗歌的个性与自由。他们的诗词不仅是文学艺术的结晶，更是元代社会的一面镜子，反映了那个时代文人的精神追求和人生态度，为后世留下了宝贵的精神财富。

🌿 元代散曲：在中国诗歌史上独树一帜

元代散曲包括小令独树一帜，以其独特的艺术魅力和深厚的文化内涵，绽放出别样光彩。它是元代社会生活的生动写照，凝聚着创作者们对人生、社会、自然的深刻感悟。让我们走进元代散曲小令的世界，领略那些著名诗人及其经典作品的独特韵味。

马致远：秋思之祖，道尽羁旅愁思

马致远，号东篱，在元代散曲创作领域占据着举足轻重的地位，被誉为"曲状元"。他的作品风格多样，既有豪放洒脱的大气，又有清逸苍凉的婉约，而最广为人知的，当属那首被誉为

"秋思之祖"的《天净沙·秋思》：

　　枯藤老树昏鸦，小桥流水人家，古道西风瘦马。夕阳西下，断肠人在天涯。

　　短短二十八个字，却构建出一幅动人心弦的深秋晚景图。开篇"枯藤老树昏鸦"，三个名词叠加，瞬间勾勒出衰败、萧瑟的景象，为全曲奠定了悲凉基调。"小桥流水人家"，看似温馨的画面，却与漂泊天涯的游子形成鲜明对比，更添孤寂之感。"古道西风瘦马"，描绘出在古老道路上，瘦骨嶙峋的马儿驮着疲惫旅人，在瑟瑟秋风中艰难前行的画面，尽显旅途的艰辛与困苦。"夕阳西下"，点明时间，那如血残阳，不仅渲染了氛围，更暗示着时光流逝，游子归期无望。而"断肠人在天涯"则直抒胸臆，将漂泊异乡的游子内心深处的思乡之痛、孤寂之苦推向高潮。整首小令，不着一个"秋"字，却处处是秋意；未提一个"思"字，却句句含情思，以极简之笔，绘就极深意境，读来令人黯然神伤。

张养浩：心系苍生，忧叹兴亡之思

　　张养浩，字希孟，号云庄，山东济南人。他的散曲作品多关注民生疾苦，饱含对社会现实的深刻思考。《山坡羊·潼关怀古》便是其代表作之一：

　　峰峦如聚，波涛如怒，山河表里潼关路。望西都，意踟蹰。伤心秦汉经行处，宫阙万间都做了土。兴，百姓苦；亡，百姓苦。

开篇"峰峦如聚，波涛如怒"，运用拟人手法，将山峦的雄伟险峻、黄河的汹涌澎湃刻画得淋漓尽致，凸显出潼关地势的险要。"山河表里潼关路"，点明潼关的地理位置，它是连接长安与洛阳的咽喉要道，自古以来便是兵家必争之地。"望西都，意踌蹰"，诗人眺望长安，心潮起伏，思绪万千。"伤心秦汉经行处，宫阙万间都做了土"，诗人回顾历史，感慨秦汉时期的辉煌宫殿如今都已化为尘土，往昔繁华不再，只剩下断壁残垣。而"兴，百姓苦；亡，百姓苦"则是整首小令的精华所在，它一针见血地揭示了封建社会的本质：无论朝代兴衰更替，受苦受难的始终是底层百姓。这一振聋发聩的呐喊，饱含着诗人对百姓的深切同情，也体现出他对历史的深刻反思，具有深刻的思想内涵和强烈的批判精神。

关汉卿：不羁才情，无惧反叛世俗

关汉卿，号已斋叟，作为元曲四大家之首，其散曲作品风格多样，既有对爱情的细腻描绘，也有对社会不公的辛辣讽刺，更有展现自我个性的豪放之作。《南吕·一枝花·不伏老》便是他个性的鲜明写照：

【一枝花】攀出墙朵朵花，折临路枝枝柳。花攀红蕊嫩，柳折翠条柔，浪子风流。凭着我折柳攀花手，直煞得花残柳败休。半生来折柳攀花，一世里眠花卧柳。

【梁州】我是个普天下郎君领袖，盖世界浪子班头。愿朱颜不改常依旧，花中消遣，酒内忘忧。分茶攧竹，打马藏阄；通五音六律滑熟，甚闲愁到我心头？伴的是银筝女银台前理银筝笑倚银屏，伴的是玉天仙携玉手并玉肩同登玉楼，伴的是金钗客歌金缕捧金樽满泛金瓯。你道我老也，暂休。占排场风月功名首，更玲珑又别透。我是个锦阵花营都帅头，曾玩府游州。

【尾】我是个蒸不烂、煮不熟、捶不匾、炒不爆、响珰珰一粒铜豌豆，恁子弟每谁教你钻入他锄不断、斫不下、解不开、顿不脱、慢腾腾千层锦套头？我玩的是梁园月，饮的是东京酒，赏的是洛阳花，攀的是章台柳。我也会围棋、会蹴鞠、会打围、会插科、会歌舞、会吹弹、会咽作、会吟诗、会双陆。你便是落了我牙、歪了我嘴、瘸了我腿、折了我手，天赐与我这几般儿歹症候，尚兀自不肯休！则除是阎王亲自唤，神鬼自来勾，三魂归地府，七魄丧冥幽，天哪，那其间才不向烟花路儿上走！

这首套曲以一种玩世不恭的态度，展现了关汉卿的不羁才情和对世俗的反抗精神。他以"铜豌豆"自喻，表达自己坚定的意志和不屈的性格，无论遭受何种磨难，都不会改变自己的生活方式和追求。曲中对自己风流生活的描述，看似放纵不羁，实则是对传统礼教的挑战和对自由生活的向往。关汉卿通过生动的语言、夸张的手法，塑造了一个个性鲜明、敢于冲破束缚的自我形象，读来令人热血沸腾，感受到他内心深处的豪情壮志和对生活的热爱。

白朴：清丽婉约，书写自然与情

白朴，字仁甫，号兰谷，他的散曲作品风格清丽婉约，意境深远，善于描绘自然景色和抒发情感。《天净沙·秋》便是其写景的佳作：

> 孤村落日残霞，轻烟老树寒鸦，一点飞鸿影下。青山绿水，白草红叶黄花。

此曲开篇"孤村落日残霞，轻烟老树寒鸦"，描绘出一幅宁静而略带凄凉的画面：孤零零的村落，沐浴在落日的余晖中，天边残留着一抹晚霞；淡淡的炊烟，缭绕在古老的树木周围，树上栖息着几只寒鸦。这几句通过对景物的细致描写，营造出一种孤寂、萧瑟的氛围。"一点飞鸿影下"，则为这静态的画面增添了一丝动态美，一只大雁从天边飞过，打破了原有的宁静。最后"青山绿水，白草红叶黄花"，笔锋一转，描绘出一幅色彩斑斓的秋景图：远处是青山绿水，近处是白草、红叶、黄花，色彩对比鲜明，给人以强烈的视觉冲击。整首小令先抑后扬，前半部分营造出凄凉的氛围，后半部分展现出秋景的绚丽多彩，让人在感受秋的萧瑟的同时，也能领略到秋的生机与美丽，体现了白朴高超的写景技巧和独特的审美情趣。

元代散曲小令以其独特的艺术风格和深刻的思想内涵，成为中国文学史上的瑰宝。马致远、张养浩、关汉卿、白朴等著名诗人，用他们的生花妙笔，创作出了无数脍炙人口的佳作。这些作品或描绘自然美景，或抒发人生感慨，或反映社会现实，或展现个人情怀，从不同角度展现了元代的社会风貌和人们的精神世界。它们不仅在当时广受欢迎，而且对后世文学的发展产生了深远影响，让我们在千年之后，依然能透过这些文字，感受到元代散曲小令的独特魅力。

🌿 明前后七子，在复古旗帜下
欲再辉煌的执着追求

　　明代前七子和后七子是明代文学史上两个重要的文学流派，在当时及后世都产生了较大影响。先介绍一下前七子的产生背景。

　　明朝中期，政治腐败，社会矛盾尖锐，文坛上"台阁体"文风盛行，内容空洞、风格萎靡。为改变这种状况，前七子发起文学复古运动。倡导"文必秦汉，诗必盛唐"，反对当时流行的"台阁体"和"理气诗"，认为文学应学习秦汉散文和盛唐诗歌的风格与技巧，以恢复文学的艺术价值和社会功能。主要以李梦阳、何景明为核心，成员还有徐祯卿、边贡、康海、王九思和王廷相。李梦阳的诗风雄浑豪放，如《石将军战场歌》充满激情与气势；何景明的诗清新秀丽，《岁晏行》反映民生疾苦；徐祯卿的诗论《谈艺录》见解独到，诗歌《在武昌作》意境深远；边贡的诗清新自然；康海、王九思在戏曲和散曲方面成就颇高，诗歌也具特色；王廷相的诗关注社会现实。他们的诗歌主张分别是：李梦阳主张"刻意古范"，诗重气魄，追求雄奇、豪放风格，作品多有对现实黑暗的揭露。何景明主张对古人作品"领会神情""不仿形迹"，诗重才情，偏向清新风格。徐祯卿诗论有精辟独到之处，诗歌风格有明显变化，早期作品多写个人情感，后风格转向沉郁。边贡擅长写一些抒情小诗，在当时诗坛有一定地位。康海主张诗风率直，作品常展现出豁达豪迈的气质。王九思与康海类似，诗歌多率直之作，反映其个人的生活情趣和思想情感。王廷相主张短诗清新、明快，应多反映社会现实和民生问题。

李梦阳：雄浑大气的时代强音

李梦阳作为"前七子"的领袖，其诗作风格雄浑豪放，充满了强烈的时代感和批判精神。他的《秋望》："黄河水绕汉宫墙，河上秋风雁几行。客子过壕追野马，将军夜箭射天狼。黄尘古渡迷飞挽，白月横空冷战场。闻道朔方多勇略，只今谁是郭汾阳。"开篇便以黄河绕墙、秋风雁行的壮阔景象，勾勒出一幅雄浑的边塞秋景图。颔联中，客子追野马、将军射天狼的描写，生动地展现了边疆生活的紧张与豪迈，透露出对英雄气概的崇尚。颈联进一步渲染战场的氛围，黄尘迷渡、白月冷战场，尽显战争的残酷与沧桑。尾联以"闻道朔方多勇略，只今谁是郭汾阳"的喟叹，借古讽今，表达了对当时边防空虚、缺乏良将的忧虑，字里行间充满了对国家命运的深切关怀。这种雄浑大气的风格，在李梦阳的诗作中屡见不鲜，他以强烈的情感和豪迈的笔触，打破了明初以来诗坛的萎靡之风，为诗歌注入了新的活力。

何景明：清新俊逸的别样风采

何景明的诗歌风格与李梦阳有所不同，他更倾向于清新俊逸、含蓄委婉。他的《雨夜》："院静闻疏雨，林高纳远风。秋声连蟋蟀，寒色上梧桐。短榻孤灯里，清笳万井中。天涯未归客，此夜忆江东。"诗的开篇描绘了一幅静谧的雨夜庭院图，院静闻雨，林高纳风，营造出一种清幽的氛围。接着，诗人通过对秋声、蟋蟀、寒色、梧桐等意象的描写，细腻地传达出秋夜的清冷与孤寂之感。短榻孤灯、清笳万井，进一步烘托出诗人在异乡的孤独与思乡之情。整首诗情景交融，意象清新，语言简洁而富有韵味，展现了何景明诗歌独特的艺术魅力。他在复古的同时，注重对诗歌意境的营造和情感的细腻表达，为"前七子"的诗歌创作增添了一抹别样的色彩。

徐祯卿：婉约细腻的心灵之歌

徐祯卿以其婉约细腻的诗作而闻名，他的诗歌多抒发个人情感，语言优美，意境深远。他的《在武昌作》："洞庭叶未下，潇湘秋欲生。高斋今夜雨，独卧武昌城。重以桑梓念，凄其江汉情。不知天外雁，何事乐长征？"诗的开篇，"洞庭叶未下，潇湘秋欲生"，以细腻的笔触描绘出秋天将至时的微妙气息，为全诗奠定了一种淡淡的哀愁基调。高斋夜雨、独卧武昌城，将诗人的孤独与寂寞展现得淋漓尽致。"重以桑梓念，凄其江汉情"，直接抒发了诗人对故乡的思念之情，以及身处异乡的凄凉之感。最后，诗人以"不知天外雁，何事乐长征"的疑问作结，借大雁的自由飞翔，反衬自己的羁旅之愁，使情感更加深沉。徐祯卿的诗歌，以其婉约细腻的情感表达和优美的语言，在"前七子"中独树一帜，展现了他对诗歌艺术的独特追求。

前七子之后，文坛出现一些末流弊病，如模拟太甚等。后七子继起，继续推动文学复古运动，以纠正时弊，进一步提升文学的艺术品质。基本延续前七子"文必秦汉，诗必盛唐"的主张，更强调格调、法度，注重诗歌的形式美和艺术技巧，追求高华典雅的审美风格。以李攀龙、王世贞为领袖，包括谢榛、宗臣、梁有誉、徐中行、吴国伦。李攀龙的《古乐府》等刻意模拟古人，但也有佳作，如《杪秋登太华山绝顶》；王世贞才学广博，诗歌、散文都有成就，晚年创作有所变化，更趋自然；谢榛诗论《四溟诗话》贡献大，诗歌如《渡黄河》气势磅礴；宗臣的《报刘一丈书》是散文名篇，诗歌也有特色；梁有誉的诗婉丽多讽；徐中行诗风雄浑；吴国伦的诗整密沉雄。

李攀龙：典雅高古的雄浑之章

李攀龙是"后七子"的核心人物，他的诗歌以典雅高古、雄浑壮丽著称。他的《塞上曲送元美》："白羽如霜出塞寒，胡烽不断接长安。城头一片西山月，多少征人马上看。"诗的开篇，"白羽如霜出塞寒"，描绘了战士们手持白羽箭，冒着严寒出征塞外的情景，渲染出一种肃杀的气氛。"胡烽不断接长安"，则点明了边塞战事的紧张局势，以及边疆与京城的紧密联系。后两句"城头一片西山月，多少征人马上看"，诗人将镜头转向城头的明月，征人们在马上仰望明月，明月成为他们思乡之情的寄托。整首诗意境开阔，情感深沉，语言简洁而有力，展现了李攀龙诗歌雄浑壮丽的风格。他对古典诗歌的韵律和节奏把握精准，在复古的基础上，将诗歌的形式美发挥到了极致。

王世贞：博综宏丽的才情展现

王世贞的诗歌风格多样，博综宏丽，既有雄浑豪迈之作，也有清新婉约之篇。他的《登太白楼》："昔闻李供奉，长啸独登楼。此地一垂顾，高名百代留。白云海色曙，明月天门秋。欲觅重来者，潺湲济水流。"这首诗是王世贞登太白楼时所作，表达了他对李白的敬仰之情。诗的开篇，直接点明李白曾在此登楼吟诗长啸，留下了千古高名。颔联和颈联通过对白云、海色、明月、天门等壮丽景色的描写，营造出一种雄浑壮阔的意境，衬托出李白的豪迈气概。最后，诗人以"欲觅重来者，潺湲济水流"作结，感慨时光流逝，像李白这样的天才诗人难以再遇，济水潺潺流淌，仿佛在诉说着历史的沧桑。王世贞的诗歌，不仅展现了他深厚的文学功底和广阔的视野，还体现了他对历史和人生的深刻思考。他的《戚将军赠宝剑歌》："曾向沧流剸怒鲸，酒阑分手赠书生。芙蓉涩尽鱼鳞老，总为人间事转平。"诗中回顾宝剑曾在沧海中斩杀怒鲸的英勇过往，如今将军在酒酣之际将其赠送给自己这个书生。随着时光流逝，宝剑的锋芒不再，暗示世间之事逐渐趋于平和。短短几句，既有对往昔英雄壮举的追忆，又蕴含着对世事变迁的感慨，体现出王世贞诗歌丰富的内涵与独特的视角。

谢榛：自然真情的诗坛逸才

谢榛（1495—1575 年），字茂秦，号四溟山人、脱屣山人，山东临清人。十六岁时作乐府商调，流传颇广。是"后七子"中极为独特的一位。他虽出身布衣，却凭借卓越的诗才在明代诗坛崭露头角，一生游历四方，广交天下名士，以其豁达的性格和深厚的文学造诣赢得众人敬重。嘉靖间，挟诗卷游京师，与李攀龙、王世贞等结诗社。后因与李攀龙、王世贞等人意见不合，被排挤，但其诗名仍著。他一生未仕，以布衣之身游历四方，与地方官吏、宗室藩王、僧侣等多有交往。其诗歌题材丰富。因长期转徙于公卿、藩王之间，生活漂泊，其诗常发抒飘游中的凄苦情怀，如《夜坐感怀寄徐文山》。他游历秦、晋、燕、赵等地，塞外风光也常入诗，像《塞上曲四首》《胡笳曲》等，生动描绘了塞外景色与人们的风貌情怀。谢榛擅长近体，五律更为突出。如《暮秋同冯直卿、秦廷献、李士美迎黄花山》，句烹字炼，展现出其艺术功力。一些七绝也节制精严、神采焕发，如《怨歌行》。他的诗风格多样，歌行体诗有李白的豪放、杜甫的深沉，格律诗有杜甫的严谨，还透着孟浩然的旷达、王维的淡雅，边塞诗中有王昌龄、岑参、高适的苍凉雄浑，格调清朗，意境旷远。谢榛一生创作颇丰，现存诗 3000 余首。其诗作题材广泛，涵盖了赠别、思乡、感怀、咏史等诸多方面。他的赠别诗情感真挚，不流于俗套，总能以独特的视角和细腻的笔触写出与友人分别时的不舍与牵挂；思乡诗则饱含着对故乡的眷恋，通过对故乡景物、人情的回忆，抒发游子的羁旅愁思；感怀诗中既有对人生境遇的感慨，也有对社会现实的思考，展现出他作为一介文人对时代的关注；咏史诗则借对历史人物和事件的品评，表达自己的见解和感慨，以古鉴今，发人深省。

他的《四溟诗话》，记录了自己的诗歌创作心得和对前代诗歌的品评，为后世研究诗歌理论提供了宝贵的资料。他的理论主张是取法盛唐与广纳百家。主张取法盛唐，认为诗至盛唐发展到顶点，但也指出盛唐诸人并非尽善，宋诗亦有佳句，未可全废。认为初盛唐十四家"咸可为法"，风格各异，应"熟读之以夺神气，歌咏之以求声调，玩味之以哀精华"。重视天机与超悟。较重视诗歌创作中的"天机"和"超悟"，强调情真，反对摹拟太甚，认为"今之学子美者，处富有而言穷愁，遇承平而言干戈……殊非性情之真也"，还强调"人不敢道，我则道之；人不肯为，我则为之"的独创性。注重警句与格调。认为作诗先得警句，以为发兴之端，全章之主。以格调为主，同时也重视感兴，在一定程度上开启了性灵、神韵之渐。

他对诗歌意象的运用有着独特的见解，常常通过巧妙的意象组合来营造独特的意境。如《送谢武选少安犒师固原因还蜀会兄葬》："天书早下促星轺，二月关河冻欲消。白首应怜班定远，黄金先赐霍嫖姚。秦云晓渡三川水，蜀道春通万里桥。一对邮筒肠欲断，鹡鸰原上草萧萧。"诗中"秦云""蜀道""万里桥""鹡鸰原"等意象的运用，不仅点明了友人的行程路线，还蕴含着深厚的情感。"秦云晓渡"和"蜀道春通"展现出路途的遥远与艰辛，而"鹡鸰原上草萧萧"则借鹡鸰鸟象征兄弟之情，以原上萧萧的荒草烘托出友人因兄长葬礼而产生的悲痛之情，情景交融，韵味悠长。

谢榛在"后七子"中，以其独特的诗歌风格和创作理念，与其他成员相互辉映又别具一格。他的诗歌创作实践和理论探索，不仅丰富了"后七子"的文学成就，也为明代诗歌的发展做出了重要贡献，成为中国古代诗歌史上不可忽视的重要人物。

宗臣：豪迈激昂的慷慨之音

宗臣的诗歌多展现出豪迈激昂的风格，充满了慷慨之气。他的《报刘一丈书》虽是书信佳作，但其中体现出的刚正不阿与对世态炎凉的批判精神，也贯穿于他的诗作之中。在《塞上曲》里："将军分虎竹，战士卧龙沙。杀气千群合，寒声一夜加。楼船诸路集，剑槊满天涯。直捣黄龙府，燕然勒翠华。"开篇便气势不凡，将军受命出征，战士们驻守沙场，一股肃杀之气扑面而来。"杀气千群合，寒声一夜加"，进一步渲染了战场的紧张与残酷，让人仿佛置身于金戈铁马的战争场景之中。"楼船诸路集，剑槊满天涯"描绘出军队的强大阵容，各路兵马汇聚，兵器林立。最后表达了直捣黄龙、勒石燕然的壮志豪情，展现出宗臣诗歌中渴望建功立业、报效国家的豪迈情怀。

梁有誉：清逸悠远的岭南风情

梁有誉身为"南园后五子"之一，又位列"后七子"，其诗作带有独特的岭南地域特色，风格清逸悠远。他的《南归昼渡海》："春江潮水连海平，海上春潮带雨生。忽漫扬帆天际去，回看琼岛雾中行。"诗中描绘了春江潮水与大海相连的壮阔景象，春潮带着雨水涌起，充满了动态美。诗人扬帆起航，驶向天际，回头望去，琼岛在云雾中若隐若现，营造出一种空灵、悠远的意境。这首诗既有对海上风光的生动描绘，又蕴含着诗人归乡途中的复杂情感，展现出梁有誉诗歌清新自然、富有岭南风情的一面。

徐中行：雄浑古朴的山水情怀

徐中行的诗歌风格雄浑古朴，尤其擅长描绘山水风光。他的《暮发滁阳》："荒城一骑出，落日万峰西。涧道千盘尽，关门半掩迷。停骖问风俗，倚剑看霜霓。忽忆江南路，梅花满大堤。"诗的开篇，"荒城一骑出，落日万峰西"，以宏大的视野勾勒出一幅雄浑的画面，诗人单人匹马从荒城出发，落日余晖洒在万峰之西。接着通过"涧道千盘尽，关门半掩迷"的描写，展现出旅途的艰辛与环境的幽深。"停骖问风俗，倚剑看霜霓"，体现出诗人对沿途风土人情的关注以及豪迈的气概。最后"忽忆江南路，梅花满大堤"，由眼前的旅途景色联想到江南的梅花，情感在雄浑与婉约之间转换，使诗歌的内涵更加丰富，展现出徐中行诗歌雄浑古朴又不失细腻的风格特点。

吴国伦：雄浑悲壮的边塞之思

吴国伦的诗歌常常流露出雄浑悲壮的情感，尤其是在描写边塞生活的诗作中。他的《送万子应聘之京》："怜君万里赴燕台，匹马西风一剑来。若过李陵碑畔路，为言人尚忆轮台。"开篇点明友人万里赴京，在西风中单人匹马持剑而来，展现出友人的豪迈气概。"若过李陵碑畔路，为言人尚忆轮台"，借李陵碑和轮台这两个富有边塞意味的意象，表达了对边塞战事的关注以及对戍边将士的思念。诗中既有对友人远行的牵挂，又蕴含着对边塞局势的忧虑，情感雄浑悲壮，体现出吴国伦诗歌独特的风格魅力。

"前七子"和"后七子"都高举复古的大旗，主张"文必秦汉，诗必盛唐"，他们力图通过对古典诗歌的学习和模仿，来挽救当时诗坛的颓势。在他们看来，秦汉和盛唐的文学作品具有雄浑大气、自然流畅的特点，是文学创作的典范。然而，他们的复古并非简单的抄袭和模仿，而是在继承传统的基础上，融入了自己的时代精神和个人情感，进行了一定程度的创新。

前后七子均倡导"文必秦汉，诗必盛唐"，使秦汉文风和盛唐诗风得以传承和弘扬，扭转了明初以来台阁体等萎靡文风，重新唤起文人对古典诗歌的关注与学习，让诗歌创作回归到重视艺术审美和情感表达的轨道上。前七子中的李梦阳强调诗文法式，后七子中的王世贞更是将格调说细化，对诗歌的篇法、句法、字法等都有具体要求，这使得诗歌在形式上更加严谨规范，提高了诗歌的艺术表现力和审美价值。前七子的作品关注时政与民间生活，后七子中王世贞的乐府及古体诗也常寓变化，他们的创作使诗歌题材从台阁体的狭窄范围中走出，得以拓宽和丰富。

前后七子以复古为手段，实则是对当时文学现状的革新，他们反对千篇一律的文风，强调文学的独立性和情感的真实表达，这种精神推动了明代文学的发展，为后世文学革新提供了借鉴。他们对秦汉盛唐文学的推崇，促进了优秀传统文化的传承，使古代文学的精华在明代得以延续和发展，增强了文化的认同感和凝聚力。前后七子的部分作品反映了社会现实和民生疾苦，批判了政治腐败等问题，展现了文人的社会责任感，让诗歌具有了干预社会、反映现实的功能。不过，前后七子也存在一定局限性，如过度模拟古人，创作上有蹈袭之嫌，一定程度上限制了文学的创新发展。

杨慎没有想到，他的一首《临江仙》因一部电视剧的热播而家喻户晓

为什么明朝诗人的一首《临江仙》，能够作为电视剧《三

国演义》的主题曲呢？笔者认为首先是主题契合。《三国演义》展现了三国时期英雄辈出、战乱纷争的历史画卷，而词中"滚滚长江东逝水，浪花淘尽英雄"以磅礴气势展现历史洪流与英雄沉浮，"是非成败转头空"也体现了对历史的超脱和对名利的看淡，与书中英雄命运相呼应。电视剧想要呈现宏大历史感和英雄群像，此词能很好地奠定这种基调，引发观众对历史和英雄的思考。二是情感氛围契合。词营造出苍凉悲壮、淡泊宁静的氛围，与《三国演义》的历史沧桑感和人物悲剧命运契合，如关羽败走麦城等情节，与"青山依旧在，几度夕阳红"以自然景观衬托人类渺小和历史无情的意境相呼应。电视剧在展现战争、人物命运起伏时，需要这样一首能传递深沉情感的主题曲来增强感染力，让观众更好地沉浸在剧情中。三是思想内涵契合。《三国演义》有"尊刘反曹"倾向，强调忠义、仁德等价值观，《临江仙》体现了对高尚品质的追求和对世俗名利的不屑，"白发渔樵江渚上……都付笑谈中"表达了对自由淡泊生活的向往，与书中英雄的精神追求契合。电视剧在传达这些思想时，主题曲能起到强化作用，使观众更深刻地理解作品的思想内涵。四是看重词的艺术价值。这首词的语言简洁而富有表现力，用"滚滚""淘尽"等词生动描绘出历史的动态感，"青山""夕阳""渔樵""浊酒"等意象，构建出富有诗意和画面感的意境。旋律创作空间大，其节奏感和韵律感适合谱曲，谷建芬为其谱曲后，旋律雄浑壮阔又带着沧桑感，与词完美结合，成为经典。同时得益于毛宗岗父子的推动，明清之际毛宗岗父子点评《三国演义》时，将《临江仙》放进篇首，使词与小说形成了"无缝连接"的绝佳艺术效果，让人们在阅读小说时，对词有了深刻印象，也为电视剧将其选为主题曲奠定了一定基础。

　　杨慎是何人？对这样一位才华横溢之人，引起对他家世的兴趣。杨慎（1488—1559年），四川新都人，出生于官宦世家。杨慎的爷爷杨春，高中进士，官至按察佥事和行人司司长，相当于今天省上的副厅级官员和外交部礼宾司司长。父亲杨廷和，字介夫，号石斋，十二岁中举人，十九岁成进士，入仕后历经多个重要职位，是三朝元老，在明武宗、明世宗等朝都担任重要官职，最终官至内阁首辅，在朝廷中权势颇重。在这样的家庭背景下，杨慎得到了良好的教育，他七岁学唐诗与书法，十一岁作近体诗，十二岁模仿《古战场文》，受叔父称赞，后又作类似《过秦论》文章，受祖父称许。弘治十四年随父回京，沿途作诗，后因《黄叶诗》获大学士李东阳赏识，被收为弟子。正德二年乡试第一，正德六年考中状元，授翰林院修撰。曾上疏劝谏武宗勿醉心玩乐，未被采纳，称病辞官。世宗即位后，复任翰林修撰兼经筵讲官，参与修纂《武宗实录》。嘉靖三年，杨慎反对世宗封生父为"皇考"，率群臣跪哭宫门，触怒世宗，被廷杖两次后发配云南永昌卫充军。流放期间关心民生，曾率家僮破叛军。其父去世时获准回乡葬父，此后在云南、四川等地辗转，世宗一朝多次大赦都无他，七十岁迁四川后又被押回永昌。1559年，杨慎在昆明戍所逝世，享年七十二岁，归葬家乡新都。明穆宗隆庆初年追赠光禄寺少卿，明熹宗天启中追谥"文宪"。

　　了解杨慎的经历，对理解他的两首怀古词非常有帮助。

临江仙·滚滚长江东逝水

滚滚长江东逝水，浪花淘尽英雄。是非成败转头空。青山依旧在，几度夕阳红。　　白发渔樵江渚上，惯看秋月春风。一壶浊酒喜相逢。古今多少事，都付笑谈中。

词的上阕以长江水东流、浪花淘尽英雄起笔，给人以历史沧桑之感，英雄人物在历史长河中如江水般流逝，是非成败都化为乌有，只有青山和夕阳依旧。下阕聚焦白发渔樵，他们在江渚之上，看惯了岁月变迁，以一壶浊酒相逢，将古今之事当作笑谈，展现出一种超脱和旷达。全词意境雄浑，既表达了对历史兴亡的感慨，又有对人生的思考，在豪迈中透着深沉的韵味。

西江月·道德三皇五帝

道德三皇五帝，功名夏后商周。英雄五霸闹春秋，顷刻兴亡过手。　　青史几行名姓，北邙无数荒丘。前人田地后人收，说甚龙争虎斗。

上阕从三皇五帝说到春秋五霸的纷争，感慨历史的兴亡转瞬即逝。下阕则指出青史留名的人寥寥无几，而北邙山上却有无数荒丘，前人的一切都被后人接手，所谓的龙争虎斗也不过如此。此词以简洁的语言概括了漫长的历史进程，表达对历史功名的看淡和对人生的豁达态度，充满了历史的厚重感和对世事的洞察。

清初文坛领袖王渔洋的"神韵说"和他的诗歌成就

王渔洋是山东人。笔者经常有机会到淄博、到桓台，了解了许多王渔洋诗歌方面的造诣。他的诗学"神韵说"有着广泛的影响。笔者特别对王渔洋的"绝句十二法"印象颇深，收集备查。

第一法：前二句或赋陈，或起兴，或议论，第三句以否定词转接。例如《高邮雨泊》："寒雨秦邮夜泊船，南湖新涨水连天。风流不见秦淮海，寂寞人间五百年。"

第二法：一二句说一事，第三句要用转折连词承接，第四句要顺着第三句扣主题。如《虎山擅胜阁眺光福以雨阻不得往》："虎山桥畔尽层松，掩映寒流古寺红。却上重楼看邓尉，太湖西去雨蒙蒙。"

第三法：第一句用眼前景物，点明时间。第二句点明地点、人物实施行为和空间环境。第三句故作假设或设问之辞，第四句作答。如《落凤坡吊庞士元》："沔上风流万古存，鱼梁洲畔向江村。何如但作鸿冥好，采药相携去鹿门。"

第四法：前二句说现在之事，第三句追忆过去，多用"年来""忆""记"等词。如《杨枝紫云曲之一》："名园一树绿杨枝，眠起东风踠地垂。忆向灞陵三月见，飞花如雪飏轻丝。"

第五法：以前二句说往事，第三句则用"而今""此日"

等词点明今事，以见今昔之感。如《花朝道中有感寄陈其年》："渔阳三月无芳草，客思离情不奈何。此日淮南好天气，青骢尾蘸鸭头波。"

第六法：前二句直赋眼前景，第三句以"好似""分明""好到""好在"等词加以作者的评论。如《清溪》："蛮云漏日影凄凄，夹岸萧条红树低。好在峨眉半轮月，伴人今夜宿清溪。"

第七法：一二句就题直起，亦直赋眼前景、心中情，第三句以叙写人事转接，而结句则必由实返虚。如《江上》："吴头楚尾路如何，烟雨秋深暗白波。晚趁寒潮渡江去，满林黄叶雁声多。"

第八法：第四句为主，用否定词作结，然第三句亦不可轻忽，多用时间状语或转折连词、因果连词与之有一呼应。如《秦淮杂诗十四首之十四》："十里清淮水蔚蓝，板桥斜日柳毿毿。栖鸦流水空萧瑟，不见题诗纪阿男。"

第九法：第四句作诘问，第三句或呼应，或不呼应。如《樊圻画》："芦荻无花秋水长，澹云微雨似潇湘。雁声摇落孤舟远，何处青山是岳阳。"

第十法：前三句皆写今事，而第四句则归结到诗人身上，追忆往昔，但不具体说出，自有无限风流蕴藉。如《夜雨题寒山寺寄西樵礼吉二首之一》："日暮东塘正落潮，孤篷泊处雨潇潇。疏钟夜火寒山寺，记过吴枫第几桥。"

第十一法：前三句皆是烘托，结句归结点明自身。如《大风渡江三首之一》："凿翠流丹杳霭间，银涛雪浪急潺湲。布帆十尺如飞鸟，卧看金陵两岸山。"

第十二法：诗中必要有对偶，或一二句对，或三四句对，但不需要四句全部对仗。如《新滩二首之一》："上滩嘈嘈如震霆，下滩东来如建瓴。瞥过前山才一瞬，鹧鸪啼处到空舲。"

王渔洋（1634—1711年），原名王士禛，字子真，一字贻上，号阮亭，又号渔洋山人，世称王渔洋。他出生于山东新城（今山东桓台）的一个官宦世家，自幼便受到了良好的文化熏陶。王家书香门第的氛围，使得王渔洋在文学方面展现出了极高的天赋和浓厚的兴趣。他自幼聪慧，勤奋好学，对经史子集广泛涉猎，为日后的文学创作和学术研究奠定了坚实的基础。在科举道路上，王渔洋颇为顺遂。他于顺治十二年考中进士，此后在仕途上稳步晋升，历任扬州推官、礼部主事、户部郎中、翰林院侍讲、翰林院侍读学士、国子监祭酒、都察院左都御史、刑部尚书等职。在为官期间，他不仅政绩斐然，还积极参与文化活动，与当时的文人雅士广泛交游，以其渊博的学识和高雅的气质，赢得了众多文人的敬重和推崇。

王渔洋在清初处于文坛领袖的地位，他主盟清初诗坛长达五十年之久。在这期间，他凭借自己的才华和影响力，吸引了众多诗人围绕在他的周围，形成了神韵派这一重要的诗歌流派。他的诗歌创作风格独特，诗学主张新颖，对当时及后世的诗歌发展产生了深远的影响。他的诗作在当时就备受赞誉，被广泛传播和模仿，许多诗人都以能得到他的指点和认可为荣。他主张的诗歌"神韵说"对清代诗歌有着深远影响。

"神韵"一词并非王渔洋首创，其渊源可以追溯到古代的文艺理论。在魏晋时期，就已经出现了对"神韵"的初步探讨，当时的文艺批评家们开始注重作品中所蕴含的精神气质和韵味。随着时间的推移，"神韵"的概念不断发展和丰富。在唐代，诗歌创作中开始强调"韵外之致""味外之旨"，这与神韵说有着密切的联系。宋代的严羽在《沧浪诗话》中提出了"兴趣说"，主张诗歌要"羚羊挂角，无迹可求"，强调诗歌的意境和韵味，对王渔洋的神韵说产生了直接的影响。

王渔洋的神韵说内涵。一是清远冲淡的诗风。王渔洋推崇一种清远冲淡的诗歌风格，他认为这种风格能够体现出诗歌的神韵之美。他对陶渊明、王维、孟浩然、韦应物等诗人的作品极为赞赏，认为他们的诗歌"独得其象外之旨、意外之神，不雕饰而工"，具有一种超凡脱俗的气质。在这些诗人的作品中，常常描绘自然山水的宁静与清幽，表达诗人内心的淡泊与宁静，通过简洁而含蓄的语言，营造出一种悠远的意境，让读者在品味中感受到无尽的韵味。

二是含蓄蕴藉的诗境。神韵说强调诗歌要追求含蓄蕴藉的诗境，避免直白和浅露。王渔洋认为，诗歌应该"不著一字，尽得风流"，通过简洁而富有表现力的语言，传达出丰富的情感和深刻的思想。诗歌不应该直接说出作者的意图，而应该留给读者足够的想象空间，让读者在阅读中自己去体会和领悟其中的韵味。例如，他在评价诗歌时，常常赞赏那些能够通过景物描写来暗示情感的作品，认为这样的诗歌具有更高的艺术价值。

三是自然入妙的诗意。王渔洋主张诗歌创作要源于"兴会神到"，即诗人在对具体景物观照时引发的审美感受。他认为，诗歌应该是诗人自然情感的流露，不受时空的限制，兴之所至，意之所随。诗人在创作时，应该捕捉瞬间的灵感和感受，将真情与实境自然地融合在一起，使诗歌具有一种自然天成的美感。这种自然入妙的诗意，要求诗人在创作时不要刻意雕琢，而是要让诗歌自然而然地流淌出来。

四是诗歌选材的广泛。无论是自然山水、历史典故，还是日常生活中的琐事，都可以成为诗歌的素材。他认为，诗歌的价值不在于题材的大小，而在于诗人能否从平凡的题材中挖掘出深刻的内涵和独特的韵味。他的诗歌作品题材广泛，既有对自然山水的赞美，也有对历史兴亡的感慨，还有对日常生活的感悟，展现了他丰富的生活阅历和敏锐的观察力。

当时，他的《秋柳四章》在文坛引发轰动。《秋柳四章》是王渔洋神韵说的开端，主张"不着一字，尽得风流"，追求得意忘言、兴会神到和清淡闲远的风神韵致，为其神韵诗理论的形成和发展奠定了基础。在清初诗坛，这组诗以其含蓄朦胧、意境深远的特点，一改当时一些诗歌过于直白、浅露的风格，引领诗风走向清新淡雅、韵味悠长，对矫正时弊起到了重要作用。诗作问世后，"和者不减数百家"，大江南北众多文人纷纷唱和，甚至包括大家闺秀，成为当时诗坛的一大盛事，促进了不同地域、不同身份文人之间的诗歌交流与互动。众多文人围绕《秋柳四章》进行创作和交流，在一定程度上提升了当时社会的文化氛围，激发了人们对诗歌创作的热情，使诗歌创作成为一种广泛的文化活动。此诗让当时尚未出仕的王渔洋声名远扬，为他后来成为诗坛领袖奠定了基础。此后，王渔洋在扬州和京城期间，凭借其诗歌创作和理论主张，巩固了在诗坛的领袖地位。王渔洋主盟诗坛数十年，与朱彝尊并称"南朱北王"，其诗词创作和诗学理论在清代达到顶峰，影响清前期诗坛达百年之久，使神韵说成为当时诗坛的重要理论和创作流派。

秋柳四章

其　一

秋来何处最销魂，残照西风白下门。

他日差池春燕影，只今憔悴晚烟痕。

愁生陌上黄骢曲，梦远江南乌夜村。

莫听临风三弄笛，玉关哀怨总难论。

其　二

娟娟凉露欲为霜，万缕千条拂玉塘。

浦里青荷中妇镜，江干黄竹女儿箱。

空怜板渚隋堤水，不见琅琊大道王。

若过洛阳风景地，含情重问永丰坊。

其　三

东风作絮糁春衣，太息萧条景物非。

扶荔宫中花事尽，灵和殿里昔人稀。

相逢南雁皆愁侣，好语西乌莫夜飞。

往日风流问枚叔，梁园回首素心违。

其　四

桃根桃叶镇相怜，眺尽平芜欲化烟。

秋色向人犹旖旎，春闺曾与致缠绵。

新愁帝子悲今日，旧事公孙忆往年。

记否青门珠络鼓，松枝相映夕阳边。

这一组诗以秋柳为核心意象，营造出一种凄美、朦胧、哀怨的意境。诗人通过对秋柳在不同场景下的描绘，展现了秋天的萧瑟与柳树的凋零，如"残照西风""憔悴晚烟痕"等词句，给人以衰败、落寞之感，引发读者对时光流逝、生命无常的感慨。

真州绝句·其四

江干多是钓人居，柳陌菱塘一带疏。

好是日斜风定后，半江红树卖鲈鱼。

这首诗描绘了一幅真州江边的渔村晚景图。前两句"江干多是钓人居，柳陌菱塘一带疏"，诗人以简洁的笔触勾勒出江边的景象，江边多是钓鱼人的居所，柳树成荫的小路和菱角池塘错落有致，给人一种宁静、闲适的感觉。"疏"字用得极为精妙，既写出了柳陌菱塘的稀疏之态，又营造出一种悠远的意境。后两句"好是日斜风定后，半江红树卖鲈鱼"，则将画面推向了高潮。在夕阳西下、风平浪静的时候，半江被晚霞染成红色，岸边的树上挂着余晖，此时传来卖鲈鱼的声音。这两句诗动静结合，"日斜风定"是静态的描写，而"卖鲈鱼"则是动态的呈现，使整个画面充满了生机与活力。同时，"半江红树"的色彩描写也极为生动，给人以强烈的视觉冲击。整首诗通过对真州江边渔村生活的描绘，展现了一种宁静、和谐的生活场景，体现了王渔洋诗歌清远冲淡的风格特点，让人在品味中感受到一种闲适的生活情趣。

秦淮杂诗·其一

年来肠断秣陵舟，梦绕秦淮水上楼。
十日风丝雨片里，浓春烟景似残秋。

　　这首诗是王渔洋游秦淮时所作，抒发了他内心的愁绪。首
联"年来肠断秣陵舟，梦绕秦淮水上楼"，直接表达了诗人对秦
淮的思念之情。"肠断"一词，极言诗人的思念之深，"梦绕"
则进一步强调了他对秦淮的魂牵梦绕。次联"十日风丝雨片里，
浓春烟景似残秋"，诗人描绘了自己在秦淮的所见所感。在十日
的风丝雨片中，原本应该是浓春的烟景，在诗人眼中却似残秋一
般。这里运用了对比的手法，将浓春与残秋进行对比，突出了诗
人内心的哀伤和忧愁。"风丝雨片"的描写，不仅营造出一种凄
清的氛围，也暗示了诗人内心的纷乱。整首诗以景衬情，情景交
融，通过对秦淮景色的描写，含蓄地表达了诗人内心的愁绪，体
现了王渔洋诗歌含蓄蕴藉的特点。

再过露筋祠

翠羽明珰尚俨然，湖云祠树碧于烟。
行人系缆月初堕，门外野风开白莲。

　　这首诗是王渔洋再次经过露筋祠时所作，表达了他对祠中
神女的敬仰和对自然美的赞美。前两句"翠羽明珰尚俨然，湖云

祠树碧于烟",描写了祠中神女的塑像和周围的景色。"翠羽明珰"形容神女的服饰华丽,"尚俨然"则表现出神女塑像的庄重和肃穆。"湖云祠树碧于烟",将湖云、祠树的碧绿之色描绘得如梦如幻,给人一种空灵的感觉。后两句"行人系缆月初堕,门外野风开白莲",诗人将视角转向自己,描写了自己系缆停船时的所见所闻。"月初堕"营造出一种朦胧的氛围,"门外野风开白莲"则以白莲的素雅高洁,展现了一种自然之美。白莲在野风中盛开,象征着一种纯净和超脱,与前面的空灵之景相呼应,使整首诗的意境更加深远。这首诗通过对露筋祠的描写,将历史传说与自然景色相结合,营造出一种空灵、清幽的意境,体现了王渔洋诗歌追求自然入妙的特点。

高邮雨泊

寒雨秦邮夜泊船,南湖新涨水连天。
风流不见秦淮海,寂寞人间五百年。

这首诗是王渔洋在高邮雨泊时所作,表达了他对宋代词人秦观(秦淮海)的怀念和对文坛现状的感慨。前两句"寒雨秦邮夜泊船,南湖新涨水连天",描绘了诗人在寒雨之夜泊船于秦邮的情景。"寒雨"营造出一种凄清的氛围,"南湖新涨水连天"则展现了湖水的浩渺,给人一种开阔而又孤寂的感觉。后两句"风流不见秦淮海,寂寞人间五百年",诗人由眼前的景色联想到了秦观,感慨秦观的风流才情已不复见,人间已经寂寞了五百年。这里的"风流"指的是秦观的文学才华和独特的气质,"寂寞"

则表达了诗人对文坛现状的不满和对秦观的怀念之情。整首诗通过对雨夜泊船的描写和对秦观的追思，将个人的情感与历史的感慨融为一体，体现了王渔洋诗歌的深厚内涵和独特韵味。

王渔洋的神韵派诗歌在清初的诗坛产生了广泛而深远的影响。他的诗学主张和创作风格得到了众多诗人的认同和模仿，一时间，神韵派成为诗坛的主流。许多诗人纷纷以清远冲淡、含蓄蕴藉的风格为追求，诗歌创作呈现出一种清新、高雅的风貌。神韵派的兴起，打破了当时诗坛的沉闷局面，为诗歌创作注入了新的活力。同时，王渔洋还通过与文人雅士的交往和对后进诗人的提携，培养了一批优秀的诗人，推动了诗歌创作的繁荣和发展。

神韵派诗歌对后世的诗歌发展也产生了重要的影响。它的诗学主张和创作方法为后世诗人提供了有益的借鉴，许多诗人在创作中都受到了神韵说的启发，注重诗歌的意境营造和韵味表达。在清代后期和近现代的诗歌创作中，仍然可以看到神韵派诗歌的影子。同时，神韵派诗歌也对中国古代诗歌理论的发展做出了贡献，丰富了诗歌理论的内涵，为后世研究诗歌提供了重要的参考。

然而，神韵派诗歌也存在一定的局限性。由于过于追求清远冲淡、含蓄蕴藉的风格，一些诗歌作品在内容上显得比较单薄，缺乏深刻的思想内涵和强烈的现实关怀。在创作方法上，强调自然入妙，有时可能会忽视诗歌的技巧和锤炼，导致一些作品在艺术上不够精湛。此外，神韵说的审美标准相对较为狭窄，可能会限制诗人的创作个性和创新精神。随着时代的发展和社会的变迁，神韵派诗歌逐渐无法满足人们对诗歌的多样化需求，其影响力也逐渐减弱。

🌿 袁枚的《随园诗话》和他的诗学"性灵说"

　　笔者对袁枚的关注，是因为他的一首小诗。《遣兴》："但肯寻诗便有诗，灵犀一点是吾师。夕阳芳草寻常物，解用多为绝妙词。"这首诗洒脱。

　　袁枚，字子才，号简斋，晚年自号仓山居士、随园主人、随园老人，钱塘（今浙江杭州）人，祖籍浙江慈溪。他出生于1716年，卒于1798年，是清朝乾嘉时期极具代表性的诗人、散文家、文学评论家和美食家。袁枚自幼聪慧，展现出了极高的文学天赋。乾隆四年，他考中进士，授翰林院庶吉士，此后开启了自己的仕途生涯。在为官期间，他清正廉洁，不畏权贵，颇有政绩，先后担任过溧水、江宁等县的知县。然而，官场的生活并没有让袁枚感到满足，他逐渐发现自己的个性与官场的规则格格不入。他是一个"好味、好色、好葺屋、好游、好友、好花竹泉石、好珪璋彝尊、好名人字画、又好书"的人，官场的种种束缚让他难以施展自己的才华和追求自由的生活。于是，在四十岁时，袁枚毅然辞官归隐，在江宁小仓山下购置了一座隋氏废园，加以修葺后改名为"随园"，并在此度过了近五十年的闲适生活，专心从事诗文著述，著有《随园诗话》。这是清代影响最大的一部诗话，其体制为分条排列，每条或述一评，或记一事，或采一诗（或数诗），采用随笔式的写法。这部著作所论及的内容极其广泛，几乎涵盖了与诗相关的方方面面。从诗人的先天资质，到后天的品德修养、读书学习及社会实践；从写景、言情，到咏物、咏史；从立意构思，到谋篇炼句；从辞采、韵律，到比兴、寄托、自然、空灵、曲折等各种表现手法和艺术风格，以及诗的修改、诗的鉴赏、诗的编选，乃至诗话的撰写，无所不包。袁枚在书中不仅阐述了自己的诗学观点，还对历代诗人作品、流派演变及清代诗坛的状况进行了广泛的评述，为后人研究古代诗歌提供了丰富的资料和宝贵的见解。

袁枚为清代诗坛继王渔洋后的领袖人物，与赵翼、蒋士铨并称"乾隆三大家"。性灵派的核心创作理念是"独抒性灵，不拘格套"。他们认为诗歌应该是诗人真情实感的自然流露，强调诗人的个性和创造力，反对盲目模仿古人，主张诗歌要写出自己的独特感受和真实体验。袁枚在《随园诗话》中说："作诗，不可以无我，无我，则剿袭敷衍之弊大。"强调了诗人在创作中的主体地位和个性表达。

性灵派的诗词以抒发真情实感为首要目标，无论是对亲情、友情、爱情的歌颂，还是对人生的感悟、对自然的热爱，都能让人感受到诗人内心深处的真实情感。例如，袁枚的《祭妹文》以质朴的语言回忆了与妹妹的点点滴滴，情真意切，感人至深，虽不是严格意义上的诗词，但体现了性灵派重真情的特点。

性灵派反对雕琢堆砌，主张诗歌语言要清新自然，通俗易懂。他们善于运用日常生活中的语言来表达深刻的情感和思想，使诗歌具有浓郁的生活气息。如袁枚的《所见》："牧童骑黄牛，歌声振林樾。意欲捕鸣蝉，忽然闭口立。"用简洁明了的语言描绘了一个生动有趣的场景，充满了童趣。

性灵派鼓励诗人展现自己的个性，不拘泥于传统的诗歌规范和审美标准。每个诗人都有自己独特的风格和创作视角，他们通过诗歌表达自己的独特见解和个性特点。如赵翼的诗歌常常以新颖的观点和独特的思维方式取胜，他在《论诗五首·其二》中写道体现了他敢于突破传统观念，追求创新的个性。

下面可以通过袁枚的诗作，进一步了解他的诗学主张。

夜立阶下

半明半昧星，三点两点雨。
梧桐知秋来，叶叶自相语。

这首五言绝句语言质朴自然，看似平平而起，不着痕迹，却在情感跌宕中包含着丰富的含义。开篇"半明半昧星，三点两点雨"，诗人用简洁的语言勾勒出一幅静谧的夜景，天上闪烁着半明半暗的星光，空中飘落着稀疏的小雨，营造出一种宁静而又略带神秘的氛围。在诗人的眼中，大自然是那样静谧安详，博大而美好，这种脱离世俗、干净纯洁的世界正是他内心世界的写照。此时的袁枚经历了多年的个人奋斗，几经宦海浮沉，人生态度已经发生了根本的转变，他不再追求金榜题名、仕途升迁，而是渴望远离尘世的烦嚣，顺应自己的情感和愿望，自由自在地生活在诗歌创作的快乐里。

"梧桐知秋来，叶叶自相语"是诗歌由静到动的华丽转身。习习的凉风送来了秋的气息，敏感的梧桐仿佛感受到了秋天的到来，它们相互间在亲切地诉说衷肠，到了深夜还舍不得休息。诗人巧妙地运用拟人的写法，淋漓尽致地展现了自己被迫隐退远离朝廷的惆怅，以及对政治舞台的留恋之情。梧桐在古典诗词中，几乎是寂寞、忧愁形象的代表，秋天本来就是一个容易使人感到萧条悲凉的季节，再加上秋雨梧桐就更易激起人的愁绪。然而，袁枚用"叶叶自相语"使诗歌的调子突然变得高昂，打破了孤独，给幽静的秋夜带来了几丝生机和活力。这首诗把他内心世界的矛盾艺术地包蕴其中，表明他是经过深刻的思考后，才从留恋仕途生活的黯然神伤、寂寞难耐里勇敢走出，更加坚定自己"激流勇退"的决心。所以这首诗既是写景的典范，也是表情达意的诗歌名篇，充分体现了袁枚诗歌追求真率自然、清新灵巧的艺术风格。

春 风

春风如贵客，一到便繁华。

来扫千山雪，归留万国花。

这首诗描绘了冬春交替的场景，以春风比喻为贵客，形象地展现了春风的到来给世界带来的巨大变化。春风就像尊贵的客人一样，所到之地立刻变得繁华起来，它吹来时融化了千山的积雪，吹过后留下了万紫千红的鲜花。整首诗语言简洁明快，意境优美，充满了生机与活力。从这首诗中可以清晰地看到袁枚"性灵说"的创作理念，即通过诗歌表达诗人的个性，抒发个人情感。袁枚以独特的视角和丰富的想象力，赋予了春风以人的特质，使春风成为一个充满活力和魅力的形象。他通过对春风的赞美，表达了自己对大自然的热爱和对美好生活的向往，同时也展现了他积极乐观的人生态度。这首诗自然清新，平易流畅，没有雕章琢句和堆砌典故，完全是诗人真情实感的自然流露，符合他所倡导的性灵说的审美标准。

自　嘲

小眠斋里苦吟身，才过中年老亦新。

偶恋云山忘故土，竟同猿鸟结芳邻。

有官不仕偏寻乐，无子为名又买春。

自笑匡时好才调，被天强派作诗人。

这首诗在袁枚的作品中不算最上品，但其可贵之处在于一个"真"字。诗人毫不掩饰地坦露自己真实的心迹，让世人看到一个"真我"，这在中国古代诗歌中是不多见的。诗的开头，诗人在"小眠斋里"对自己一生进行审视和反思，此时他已步入垂暮之年，但他没有为失去年华而悔恨，而是幽默地说自己"才过中年"，即使可称之为"老"，也是"新老"，展现出诙谐、乐观的人生态度。

回顾自己的一生，"偶恋云山忘故土，竟同猿鸟结芳邻"，袁枚原本是走"读书做官"的传统道路，但七八年的官场生涯让他深深感到"官苦原同受戒僧"，自己的个性与官场格格不入。于是，他用三百两银子买下南京小仓山北巅的一座私人花园，加以修葺后命名为"随园"，并退居园中，过上了"同猿鸟结芳邻"的生活。"有官不仕偏寻乐"就是指他退居随园这件事，他修葺随园处处突出一个"随"字，顺应自然景物本身的特性，这也表示他的人生态度，顺应自己的感情和欲望，不违反自己的本性去生活。他甚至自号"随园"以铭记这一点。

"无子为名又买春"一句，袁枚坦白暴露自己的思想，他公开宣称"六经尽糟粕"，却对"不孝有三，无后为大"这句话奉若神灵，打起"传宗接代"的旗号，聘娶了一个又一个如花似玉的美人。他还把自己的真实动机公之于世，表现出一种不拘礼法的独立不羁的精神。最后，"自笑匡时好才调，被天强派作诗人"，袁枚曾自负有匡时济世之才，现在却感到好笑，他认为自己天生的个性既不适宜做官，也不喜空谈道学，更不愿埋头饾饤考据，只适宜做个诗人，从这个意义上说，他这位诗人是"被天强派"的。这首诗直抒胸襟，充分体现了袁枚诗歌主张中强调个人感情和欲望的特点，将诗歌创作与个性自由的要求联系起来，具有进步意义。

🌿 长寿诗人沈德潜的"格调说"自成一派

在清代，沈德潜可是一个了不起的人物，他的一生充满传奇色彩，他的诗学"格调说"自成一派，形成了自己的诗歌理论体系，乾隆写了几万首诗，和这个人有直接关系。笔者前面提到的《古诗源》就是他收集整理出版，对诗歌传承，是一个有巨大贡献的有功之臣。先说说他的简历吧。

　　沈德潜（1673—1769 年），字碻士，号归愚，是长洲（今江苏苏州）人。他的一生可谓是跌宕起伏，充满了坎坷与荣耀。早年的沈德潜家境贫寒，从二十三岁起便继承父业，以授徒教馆为生，过着清苦的生活。然而，生活的困苦并没有磨灭他对知识的渴望和对文学的热爱。早年师从清初文论家叶燮学诗，曾自谓深得叶燮诗学大义，自负之情溢于言表。他热衷于功名，渴望通过科举考试步入仕途，实现自己的人生价值。然而，命运似乎对他格外残酷，从二十二岁参加乡试起，他总共参加了十七次科举考试，却屡试落第。在这漫长的四十多年里，他经历了无数次的失败和挫折，但始终没有放弃。康熙三十三年，他被录为长洲县庠生，之后的日子里，他依旧在科举的道路上苦苦挣扎。四十岁时所作的《寓中遇母难日》中，"真觉光阴如过客，可堪四十竟无闻，中宵孤馆听残雨，远道佳人合暮云"，字里行间流露出他内心的凄清和不甘寂寞的心情。

　　直到乾隆四年，也就是 1739 年，六十七岁高龄的沈德潜终于考中进士，从此他的人生发生了翻天覆地的变化。乾隆帝赏识他的才华，称他为"江南老名士"。他历任侍读、内阁学士、上书房行走等职，乾隆十四年升任礼部侍郎，乾隆二十二年官至礼部尚书。在仕途上，他备受乾隆帝的荣宠，乾隆帝不仅与他频繁唱和，还为他的《归愚诗文钞》写序言，并赐"御制诗"几十首。乾隆帝曾对大臣们说："我和沈德潜的友谊，是从诗开始的，也以诗终。"可见乾隆帝对他的欣赏和器重。

　　沈德潜七十七岁辞官归里后，居住在木渎山塘街，开始著书立说，并担任苏州紫阳书院主讲，以诗文启迪后生，颇得赞誉。他还获得特许，在苏州建生祠。乾隆三十四年，沈德潜去世，终年九十七岁。

沈德潜"格调说"的诗歌主张有以下几个方面。一是温柔敦厚的诗教宗旨。他认为诗歌的作用在于"理性情，善伦物，感鬼神，设教邦国，应对诸侯"，这就要求作诗的态度应该"怨而不怒""中正和平"。他强调诗歌要符合封建伦理道德规范，将"忠孝"和"温柔敦厚"作为衡量诗歌格调的最终依据。

二是注重诗歌的法律格调。他认为诗歌的"法律格调"，涵盖了体制、音律、章法、句法、字法等多个方面。他强调作诗者必须"学古"和"论法"，并依据"去淫滥，以归雅正"的原则，制定了许多具体的规则。他认为唐代是中国古代诗歌的鼎盛时期，唐诗的音韵和格律最为完美，因此应该以唐音为准则来确定诗歌的格调。在创作过程中，诗人要严格遵循这些规范，注重诗歌的形式美和音乐美，使诗歌具有和谐的韵律和优美的节奏。例如，在体制上，要根据诗歌的主题和情感选择合适的体裁；在音律上，要注意平仄的协调和押韵的规范；在章法上，要讲究起承转合，使诗歌结构严谨、层次分明。

三是强调蕴蓄、理趣与化工境界。他重视诗歌的"蕴蓄"之美，认为诗歌应该具有深刻的内涵和丰富的意蕴，避免过于直白和浅露。诗人在创作时要注重思考和表达，通过含蓄的手法传达出深层的情感和思想。同时，他还强调诗歌的"理趣"，要求诗人在创作中注重思辨和审美的乐趣，使作品既有思想深度又能引起读者的兴趣和共鸣。此外，沈德潜以自然入神的化工境界为诗歌艺术的审美理想，认为诗歌应该达到一种浑然天成、不露痕迹的艺术境界，如同大自然的造化一般。

四是不赞成死守诗法，主张通变。他虽然强调诗歌要遵循一定的规则和法度，但他并不主张死守诗法。他认为诗歌创作应该在继承传统的基础上有所创新和变化，主张通变。他鼓励诗人在掌握基本规则的前提下，根据自己的创作需要和情感表达进行灵活运用，发挥个人的创造力和想象力。这种观点在一定程度上避免了诗歌创作陷入僵化和刻板的境地，为诗人提供了一定的创作空间。

请看其诗。

夏日述感

旱魃骄无状，炎威势转加。

可怜田舍子，愁绝夕阳斜。

草色连村死，溪声咽井沙。

应教霖雨足，四野遍桑麻。

这首诗深刻地反映了当时的社会现实，展现了沈德潜对民生疾苦的关注。开篇以"旱魃骄无状，炎威势转加"生动地描绘了旱灾的严重程度，"旱魃"这一神话中的旱灾象征，形象地表现出干旱天气的肆虐和无情，"炎威势转加"则进一步强调了炎热天气的加剧，使旱情愈发严重。接着，"可怜田舍子，愁绝夕阳斜"将视角转向遭受旱灾的农民，"可怜"一词直接表达了诗人对农民的同情，"愁绝"则生动地刻画了农民在旱灾面前的绝望和愁苦。"草色连村死，溪声咽井沙"通过对自然景象的描写，进一步渲染了旱灾的惨烈。最后，"应教霖雨足，四野遍桑麻"表达了诗人对农民生活的美好祝愿，希望上天能够降下充足的雨水，让田野重新长满茂盛的桑麻。这首诗虽然在表现手法上遵循了"温柔敦厚"的原则，没有激烈的批判和控诉，但字里行间却蕴含着深深的同情和忧虑，体现了诗歌的社会价值。

赤　壁

一自雄风去，江流日夜哀。
谁将折戟去，重问大苏来。
汉上横秋笛，人间付浊杯。
英雄销歇尽，陈迹使人猜。

这是沈德潜凭吊赤壁古战场时所作的一首诗。首联"一自雄风去，江流日夜哀"，以雄浑的笔触描绘了赤壁之战后英雄已逝、雄风不再的景象，滚滚江流仿佛在日夜诉说着历史的悲哀。颔联"谁将折戟去，重问大苏来"，借用杜牧"折戟沉沙铁未销，自将磨洗认前朝"和苏轼《赤壁赋》的典故，表达了诗人对历史的追问和思考。颈联"汉上横秋笛，人间付浊杯"，描绘了一幅萧瑟的画面，汉江之上，秋风中传来悠扬的笛声，人们在尘世中举杯消愁，营造出一种苍凉、落寞的氛围。尾联"英雄销歇尽，陈迹使人猜"，直接点明主题，感慨英雄们都已消逝，只留下这些历史陈迹让后人猜测和遐想。整首诗在格调上雄浑大气，语言简洁凝练，通过对赤壁古战场的描写和对历史的反思，表达了诗人对历史兴亡的感慨和对人生的思考，体现了沈德潜诗歌注重蕴蓄和理趣的特点。

浙西词派和常州词派

清代是中国古典诗词发展的重要时期，在这一时期，各种诗词流派百花齐放，呈现出多元且繁荣的景象。在江浙一带出现了词的繁荣，先后涌现出了两个有代表性的词派。

浙西词派：醇雅清空的词韵追求

浙西词派兴起于明末清初，当时的词坛充斥着绮靡柔曼的词风，内容多为男女艳情，形式上也较为单一。浙西词派的出现，旨在纠正这种词风，倡导一种新的审美标准。其创始人朱彝尊，与同乡词人互相唱和，以南宋姜夔、张炎为宗，强调词的格律和音韵，追求词的醇雅清空之美。在发展过程中，浙西词派得到了众多词人的响应和支持，其影响逐渐扩大。从康熙年间到乾隆年间，浙西词派成为词坛的主流，涌现出了一大批优秀的词人，如李良年、李符、沈皞日等，他们的创作丰富了浙西词派的内涵，使其在词坛上占据了重要地位。

浙西词派非常注重词的格律，在创作中严格遵循词牌的格律要求，对字声、押韵、对仗等都有细致的规范。他们认为，只有严守格律，才能保证词的音乐美和形式美。例如，朱彝尊在《解佩令·自题词集》中，就严格按照词牌的格律进行创作，平仄相间，押韵和谐，读起来朗朗上口。

主张词风醇雅清空。"醇雅"即词的语言要纯正、高雅，内容要含蓄、蕴藉，避免低俗和直白。"清空"则强调词的意境要空灵、超脱，不粘滞于具体事物，给人以空灵之感。如张炎的《高阳台·西湖春感》中"接叶巢莺，平波卷絮，断桥斜日归船"，通过细腻的描写营造出一种空灵、清幽的意境，体现了浙西词派追求的清空之美。另一个特点是用典丰富。浙西词派的词人在创作中善于运用典故，通过典故来丰富词的内涵，增加词的文化底蕴。他们对古代文化典籍有着深入的研究，能够巧妙地将典故融入词中，使词具有更深层次的意义。例如，朱彝尊的《卖花声·雨花台》："衰柳白门湾，潮打城还。小长干接大长干。歌板酒旗零落尽，剩有渔竿。秋草六朝寒，花雨空坛。更无人处一凭栏。燕子斜阳来又去，如此江山。"词中多处运用典故，如"白门""六朝"等，借古讽今，表达了对历史兴衰和世事变迁的感慨。再看朱彝尊的另外一首词。

桂殿秋·思往事

思往事，渡江干，青蛾低映越山看。
共眠一舸听秋雨，小簟轻衾各自寒。

这首词语言简洁而意境深远。开篇"思往事，渡江干"，点明了回忆的主题和地点，勾起了作者对往昔的怀念。"青蛾低映越山看"，描绘了一位美丽的女子低眉垂目，与越山相映成趣的画面，充满了诗意和美感。"共眠一舸听秋雨，小簟轻衾各自寒"，则通过细腻的描写，展现了两人同船共眠，却因种种原因而心怀孤寂、各自寒冷的情景。这里的"秋雨"不仅是自然环境的描写，更烘托出一种凄凉、寂寞的氛围。整首词没有直接表达情感，却通过对场景和细节的刻画，将那种欲说还休的思念和无奈之情表现得淋漓尽致，体现了浙西词派醇雅清空的特点。

常州词派：比兴寄托的词学传承

常州词派诞生于清代嘉庆年间，当时浙西词派逐渐走向衰落，其末流作品内容空洞，形式僵化，缺乏真情实感。在这种背景下，常州词派应运而生，旨在纠正浙西词派的弊端，重振词坛。其创始人张惠言，与弟张琦及同里恽敬、李兆洛等人相互唱和，形成了常州词派的雏形。

在发展过程中，常州词派不断壮大，其理论和创作得到了众多词人的认同和传承。周济进一步发展了常州词派的理论，提出了"词史"说和"寄托出入"说，使常州词派的理论更加完善。此后，常州词派在晚清词坛占据了重要地位，涌现出了如王鹏运、朱祖谋、况周颐等一批杰出的词人。

诗词特点是注重比兴寄托。常州词派强调词要通过比兴手法来寄托作者的政治感慨、身世之感等。他们认为词不仅仅是一种娱乐消遣的文学形式，更应该具有深刻的思想内涵和社会意义。张惠言在《词选序》中说："词者，盖出于唐之诗人，采乐府之音以制新律，因系其词，故曰词。传曰：'意内而言外谓之词。'其缘情造端，兴于微言，以相感动，极命风谣里巷男女哀乐，以道贤人君子幽约怨悱不能自言之情，低徊要眇以喻其致。"强调了词的比兴寄托作用。

强调词的社会功能。常州词派主张词要反映社会现实，对社会起到教化和批判的作用。他们的作品常常关注国家命运、民生疾苦，通过词来表达对社会问题的关注和思考。例如，王鹏运在甲午战争期间，创作了一系列反映时事的词作，表达了对国家命运的担忧和对侵略者的愤慨。

同时其词风深婉含蓄。由于注重比兴寄托，常州词派的词风往往深婉含蓄，不直接表达情感和观点，而是通过委婉的手法和意象来传达。读者需要通过对词中的意象、典故等进行深入解读，才能体会到作者的真正意图。如张惠言的《木兰花慢·杨花》，表面上是在描写杨花，实际上是通过杨花的飘零无依来寄托自己的身世之感和对人生的感慨。

张惠言的《水调歌头·春日赋示杨生子掞》其一：

东风无一事，妆出万重花。闲来阅遍花影，惟有月钩斜。我有江南铁笛，要倚一枝香雪，吹彻玉城霞。清影渺难即，飞絮满天涯。　飘然去，吾与汝，泛云槎。东皇一笑相语：芳意在谁家？难道春花开落，更是春风来去，便了却韶华？花外春来路，芳草不曾遮。

这首词开篇描绘了东风吹开万重花的春日美景，接着通过"江南铁笛""吹彻玉城霞"等意象，营造出一种空灵、高远的意境。下阕"东皇一笑相语：芳意在谁家？难道春花开落，更是春风来去，便了却韶华？"通过与东皇的对话，表达了对人生意义和价值的思考，以及对美好时光的珍惜。整首词运用比兴手法，表面上是在写春日赏花，实际上寄托了作者对人生理想的追求和对美好事物的向往，体现了常州词派注重比兴寄托、词风深婉含蓄的特点。

🌿 由乾隆作的《飞雪》诗，
　想到给历史上皇帝作的诗排个序

乾隆是历史上最愿意写诗、也是作诗最多的一位皇帝，据说他一生作了四万多首。但是要论诗的质量实在不敢恭维。某年冬天，乾隆带领沈德潜及随从到杭州西湖游玩，望着大雪纷飞的美景，乾隆吟道"一片一片又一片，三片四片五六片，七片八片九十片"后卡壳了，沈德潜见状硬着头皮续上"飞入芦花都不见"，让整首诗意境提升。也有人说最后一句是纪晓岚或刘墉改写的。回望一下历史，中国历朝历代皇帝里面，谁作诗做得最好呢？在这里试着排出前十名。

第一名：汉高祖刘邦《大风歌》

刘邦，字季，沛丰邑中阳里人（今江苏省徐州市丰县），汉朝开国皇帝，中国历史上杰出的政治家、战略家和军事指挥家。出身农家，早年任沛县泗水亭长，后响应陈胜吴广起义，在楚汉之争中击败项羽，建立汉朝。

> 大风起兮云飞扬，
> 威加海内兮归故乡，
> 安得猛士兮守四方！

全诗仅三句，却气势磅礴。第一句"大风起兮云飞扬"，以风云变幻暗喻秦末群雄逐鹿的乱世局面。第二句"威加海内兮归故乡"，尽显刘邦统一天下后的威风凛凛与荣归故里的豪迈气概。第三句"安得猛士兮守四方"，笔锋一转，表达了他对国家未来的忧虑，担忧能否找到猛士来守护江山，体现了居安思危的思想。

第二名：唐太宗李世民《赐萧瑀》

李世民，唐朝第二位皇帝，早年就展现出卓越的军事才能，即位后，开创了贞观之治，使唐朝走向繁荣昌盛，被后世誉为"千古一帝"。

> 疾风知劲草，板荡识诚臣。
> 勇夫安识义，智者必怀仁。

前两句"疾风知劲草，板荡识诚臣"，以疾风、板荡等恶劣环境来比喻国家动荡的局势，在这样的情况下，才能真正识别出像劲草一样坚韧、忠诚的臣子。后两句"勇夫安识义，智者必怀仁"，进一步指出勇敢的人未必懂得忠义，而真正的智者必定心怀仁爱。整首诗短小精悍，寓意深刻，既表达了对萧瑀的赞美和肯定，也体现了李世民对人才的重视和对忠义、仁爱品质的推崇。

第三名：武则天《腊日宣诏幸上苑》

武则天，中国历史上唯一的正统女皇帝。她十四岁入宫，历经唐太宗、唐高宗两朝，后称帝，改国号为周，在政治上有着卓越的才能和强硬的手段，推行了一系列改革措施，对唐朝的发展产生了深远的影响。

> 明朝游上苑，火速报春知。
> 花须连夜发，莫待晓风吹。

前两句"明朝游上苑，火速报春知"，以命令的口吻，向春天传递消息，显示出武则天的霸气和威严。后两句"花须连夜发，莫待晓风吹"，则更加直接地表达了她对自然的掌控欲，仿佛连花朵都要听从她的命令，连夜开放，不容许有丝毫的延迟。这首诗体现了武则天作为女皇的自信和权威，以及她对权力的绝对掌控。

第四名：隋炀帝杨广《野望》

隋炀帝杨广，隋朝第二位皇帝，在位期间修建大运河、营建东都等，对后世产生了深远影响，但也因滥用民力、穷兵黩武等导致隋朝迅速灭亡。但是他的文学修养还是很高的。

> 寒鸦飞数点，流水绕孤村。
> 斜阳欲落处，一望黯消魂。

前两句"寒鸦飞数点，流水绕孤村"，描绘了一幅凄凉的秋日景象，寒鸦点点，流水环绕着孤独的村庄，营造出一种孤寂、落寞的氛围。后两句"斜阳欲落处，一望黯消魂"，进一步渲染了这种氛围，夕阳西下，诗人远望，心中涌起一股黯然销魂的愁绪。整首诗意境深远，用词简洁，通过对自然景象的描写，表达了诗人内心的孤独和忧愁。后来秦观的"斜阳外，寒鸦万点，流水绕孤村"就是化用了此诗。

第五名：宋太祖赵匡胤《咏初日》

赵匡胤，宋朝开国皇帝，他通过陈桥兵变夺取后周政权，建立宋朝，在位期间采取了一系列措施加强中央集权，奠定了宋朝重文轻武的政治格局。

> 太阳初出光赫赫，千山万山如火发。
> 一轮顷刻上天衢，逐退群星与残月。

前两句"太阳初出光赫赫，千山万山如火发"，描绘了初日升起时的壮丽景象，光芒万丈，照耀着千山万山，如火焰喷发一般，展现出一种雄浑、壮阔的气势。后两句"一轮顷刻上天衢，逐退群星与残月"，则进一步夸张地表现了初日的强大力量，它迅速升上天空，仿佛要将群星和残月都驱赶下去。这首诗以日喻己，表达了赵匡胤统一天下的雄心壮志和对未来的信心。

第六名：汉武帝刘彻《秋风辞》

刘彻是西汉第七位皇帝，景帝之子，十六岁登基，在位五十四年。他承文景之治，对内实行政治经济改革，对外用兵，开拓疆土，建太学，设置五经博士，使西汉王朝达到全盛高峰，但晚年迷信鬼神、封禅求仙、挥霍无度。

秋风起兮白云飞，草木黄落兮雁南归。

兰有秀兮菊有芳，怀佳人兮不能忘。

泛楼船兮济汾河，横中流兮扬素波。

箫鼓鸣兮发棹歌，欢乐极兮哀情多。

少壮几时兮奈老何！

诗开篇"秋风起兮白云飞，草木黄落兮雁南归"，描绘出一幅清朗的秋日图景，白云飘荡，草木枯黄，大雁南飞，点明了季节时令。"兰有秀兮菊有芳，怀佳人兮不能忘"，借兰菊之秀芳，引出对佳人的怀念，这里的佳人或指李夫人等。"泛楼船兮济汾河，横中流兮扬素波。箫鼓鸣兮发棹歌"，描写了汉武帝泛舟汾河、君臣欢宴的热闹场景。然而，乐极生悲，"欢乐极兮哀情多"，汉武帝在欢乐中不禁感慨时光易逝、盛年难再，"少壮几时兮奈老何"直接抒发了对衰老和时光匆匆的无奈与忧伤。全诗比兴并用、情景交融，是中国文学史上"悲秋"的名作。

第七名：明太祖朱元璋《咏雪竹》

朱元璋是濠州钟离人，出身贫寒，幼时还入寺为僧，后从普通列兵逐步崛起，1368年建都南京，定国号为明，同年推翻元代统治，攻克大都，以后逐步统一全国。

雪压竹枝低，虽低不着泥。

明朝红日出，依旧与云齐。

诗的前两句"雪压竹枝低，虽低不着泥"，描绘了大雪重压下竹枝低垂但未沾泥的姿态，展现了竹子在恶劣环境中的坚韧。后两句"明朝红日出，依旧与云齐"，则充满了对未来的信心和乐观，坚信一旦红日升起，冰雪消融，竹子会重新高耸入云，恢复往日的挺拔。整首诗以竹自喻，体现了朱元璋不畏挫折、奋发进取的精神以及对未来充满希望的坚定信念，造语浅显明白，率直中却寓有深意。

第八名：唐玄宗李隆基《经邹鲁祭孔子而叹之》

李隆基，唐朝在位时间最长的皇帝，开创了开元盛世，但后期沉迷享乐，引发安史之乱，使唐朝由盛转衰。

> 夫子何为者，栖栖一代中。
> 地犹鄹氏邑，宅即鲁王宫。
> 叹凤嗟身否，伤麟怨道穷。
> 今看两楹奠，当与梦时同。

诗的首联"夫子何为者，栖栖一代中"，以设问的方式，表达了对孔子一生奔波的感慨。颔联"地犹鄹氏邑，宅即鲁王宫"，描绘了孔子出生和讲学的地方，如今依然保留着历史的痕迹。颈联"叹凤嗟身否，伤麟怨道穷"，借孔子的典故，表达了对孔子命运的同情和对其思想未得到充分实现的惋惜。尾联"今看两楹奠，当与梦时同"，通过对眼前祭祀孔子的场景的描写，联想到孔子生前的理想和追求，认为如今的祭祀或许与孔子梦中的情景相同，表达了对孔子的崇敬和缅怀之情。

第九名：唐宣宗李忱《吊白居易》

李忱，唐朝第十六位皇帝。他自幼被视为智障，后流亡民间多年，甚至落发为僧。唐武宗病危时，被宦官立为继承人。即位后，他展现出非凡的胆识、智慧和魄力，消灭"牛李党争"，遏制藩镇和宦官势力，收复河湟失地，缔造了唐中晚叶的最后一抹辉煌。

> 缀玉联珠六十年，谁教冥路作诗仙。
>
> 浮云不系名居易，造化无为字乐天。
>
> 童子解吟长恨曲，胡儿能唱琵琶篇。
>
> 文章已满行人耳，一度思卿一怆然。

首联"缀玉联珠六十年，谁教冥路作诗仙"，高度评价了白居易一生的文学成就，称其诗作如美玉珍珠般璀璨，如今却在黄泉路上成为诗仙。颔联"浮云不系名居易，造化无为字乐天"，巧妙地嵌入了白居易的名和字，"浮云不系""造化无为"体现出一种豁达超脱的心境。颈联"童子解吟长恨曲，胡儿能唱琵琶篇"，通过童子和胡儿都能吟唱白居易的《长恨歌》和《琵琶行》，进一步强调了白居易诗作的广泛流传和深远影响。尾联"文章已满行人耳，一度思卿一怆然"，表达了唐宣宗对白居易的深切思念和悲痛之情，同时也暗示了白居易的文章在当时社会上的巨大影响力。

第十名：乾隆《飞雪》

乾隆，清朝第六位皇帝，一生写了四万多首诗，也只有这首《飞雪》有点特色。在位期间清朝达到了康乾盛世以来的最高峰，但后期宠信和珅等大臣，贪污腐败盛行，也为清朝的衰落埋下了隐患。

> 一片一片又一片，两片三片四五片。
> 六片七片八九片，飞入芦花都不见。

前三句"一片一片又一片，两片三片四五片。六片七片八九片"，以简单、重复的语言，描绘了雪花纷纷扬扬飘落的情景，给人一种生动、形象的感觉。最后一句"飞入芦花都不见"，则巧妙地将雪花与芦花融为一体，让人在脑海中形成一幅雪花融入芦花中的美丽画面，给整首诗增添了一份诗意和情趣。

第七章

站在历史巨人的肩膀上，
对中国诗歌再铸辉煌的祈盼

🌿 从毛主席诗词中汲取精神力量与创作智慧

　　毛主席诗词似巍巍昆仑，达到了艺术性思想性无与伦比的高峰。同时也是一部生动的中国革命与建设的史诗，蕴含着无尽的精神力量和深刻的创作启示，值得我们深入学习与品味。

　　革新诗学主张，指明诗词发展方向。五四新文化运动后，新诗与旧诗激烈碰撞，传统诗词格律虽有深厚底蕴，却面临创作难度大、格律束缚思想、不易普及等问题；新诗虽自由却散漫且脱离民众。毛泽东以高瞻远瞩的目光，提出新体诗和旧体诗都要改革创新，新诗应在古典诗歌和民歌的基础上求发展，从民歌中汲取养料和形式，发展为吸引广大读者的新体诗歌。这一主张，既尊重传承了传统诗词格律，又为中国诗歌发展开辟了新路径，如明亮的灯塔，为迷茫中的诗坛指明了前行方向。

　　坚持守正创新，创作手法炉火纯青。在诗词创作中，毛泽东对传统格律运用娴熟。押韵上，像《七律·长征》严格遵循格律诗规则，使诗句朗朗上口，韵律优美，情感与思想得以更好表达；平仄方面，《七律·人民解放军占领南京》中"虎踞龙盘今胜昔，天翻地覆慨而慷"，平仄交替，节奏明快，尽显诗词韵律之美；对仗工整更是常见，"红雨随心翻作浪，青山着意化为桥"，展现出深厚文学功底。

然而，他并非被格律束缚的创作者，为了表达思想情感，会灵活调整格律，做到"不以文害意"。《七律·送瘟神》中虽有部分词句看似不合常规格律，实则是他巧妙运用拗救，展现出对格律的驾轻就熟与灵活运用；《蝶恋花·答李淑一》中为了不因韵害意而"破格"，体现出他以表达需要为先的创作理念，将格律作为表达思想的工具，而非创作的枷锁。

运用新词新典，彰显语言时代特色。毛泽东诗词的语言极具时代特色，他大胆运用新词、新典，赋予诗词鲜明的时代印记。在那个革命与建设的特殊时期，许多反映新事物、新思想的词汇被他巧妙融入诗词之中。如"一桥飞架南北，天堑变通途"，"桥"指武汉长江大桥，这是新中国建设成就的象征，以直白而有力的语言展现出社会主义建设的伟大成果，让古老的诗词与现代工业文明紧密相连。

同时，他还创造了属于新时代的"典故"。以革命历程中的重大事件和英雄人物为蓝本，这些新典成为激励人民奋进的精神符号。像"红军不怕远征难"中的长征，已不仅仅是一次军事行动，更成为坚韧不拔、革命必胜精神的象征，在诗词中反复被提及和赞颂，激励着一代又一代中国人为实现理想而拼搏。这种对新词新典的运用，使诗词既贴合时代脉搏，又传承了文化底蕴，展现出独特的语言魅力。

继承"诗言志"传统，抒发伟大抱负情怀。"诗言志"在中国诗论中源远流长，毛泽东不仅主张，更是身体力行的典范。他的诗词所言之志，紧密关联着中国革命与建设事业。从青年时期"丈夫要为天下奇"，到"改造中国与世界"，这一宏伟目标贯穿其诗词创作。"问苍茫大地，谁主沉浮"，展现出对国家命运的深沉思考；"为有牺牲多壮志，敢教日月换新天"，表达对革命胜利的坚定信念和对美好未来的憧憬。这些诗词以深刻思想内涵和强烈时代精神，继承并发展"诗言志"传统，成为激励后人奋进的精神旗帜。

书写革命史诗，展现时代宏大气象。毛泽东诗词是一部系统完整的中国革命史诗，生动记录了中国革命的重大事件。从秋收起义的"匡庐一带不停留，要向潇湘直进"，到长征的"红军不怕远征难，万水千山只等闲"；从抗日战争到解放战争的"百万雄师过大江"，再到新中国成立后的社会主义建设，诗词描绘出一幅幅波澜壮阔的历史画卷。他将传统诗词格律与表现手法，融入对革命事业的独特感悟，使诗词具有强烈时代感与历史感，成为中国革命历史的生动写照，让后人能穿越时空，感受那段激情燃烧的岁月。

融合多种风格，创造独特艺术境界。毛泽东诗词融合革命现实主义与浪漫主义，形成雄浑、豪放、壮丽、优美的独特风格。现实主义层面，真实反映中国革命和建设进程，记录重大事件与人民生活；浪漫主义层面，运用丰富想象、夸张手法和生动意象，营造出宏大壮阔意境，抒发远大理想与豪迈情怀。《沁园春·雪》便是经典之作，上阕北国雪景描绘尽显现实之美，下阕纵论历史人物则充满浪漫豪情，二者完美结合，具有极高艺术价值。其语言通俗易懂又生动形象，巧用口语与典故，使诗词既有文化底蕴又朗朗上口；形式上，在继承古典诗词格律基础上大胆创新，符合现代语言表达习惯，为诗词创作提供了宝贵范例。

汲取精神力量，助力个人成长前行。毛泽东诗词中蕴含的精神力量，对个人成长有着深远影响。"孩儿立志出乡关，学不成名誓不还"，展现出壮志凌云、心怀天下的抱负，激励我们树立远大理想，将个人命运与国家发展紧密相连；"红军不怕远征难，万水千山只等闲"，体现出坚韧不拔、不畏艰难的意志，当我们在人生道路上遭遇困难挫折时，能从中汲取勇气与力量，勇往直前；"人生易老天难老，岁岁重阳。今又重阳，战地黄花分外香"，洋溢着豁达乐观、笑对人生的态度，教导我们以平常心面对生活中的风雨，保持积极心态；"长夜难明赤县天，百年魔怪舞翩跹，人民五亿不团圆。一唱雄鸡天下白，万方乐奏有于阗，诗人兴会更无前"，表达心系人民、无私奉献的情怀，让我们懂得关注他人，为社会贡献自己的力量。

🌿 鲁迅先生诗词：似一把刀刺向黑暗，像一盏灯照亮前行的道路

鲁迅（1881—1936 年），原名周樟寿，后改名周树人，字豫才，浙江绍兴人。现代著名文学家、思想家、革命家、教育

家、民主战士。1918 年发表《狂人日记》，成为新文化运动主将。鲁迅的诗词蕴含着深刻的思想与浓烈的情感，像一把把利刃，刺向黑暗的社会，也如一盏盏明灯，照亮人们前行的道路。

自题小像

灵台无计逃神矢，风雨如磐暗故园。

寄意寒星荃不察，我以我血荐轩辕。

这首诗创作于 1903 年左右。当时的中国处于民族危机空前严重、人民生活极度痛苦的年代，帝国主义列强不断侵略，孙中山领导的旧民主主义运动蓬勃发展。鲁迅怀着满腔爱国热忱到日本后，积极投入反清爱国革命活动。首句"灵台无计逃神矢"，以希腊神话中白虹神箭射心作比，表达了他对祖国的强烈热爱之情。"风雨如磐暗故园"，生动地描绘出帝国主义和封建主义的侵略压迫下，祖国暗无天日、岌岌可危的状况，也流露出他对祖国命运的深切担忧。"寄意寒星荃不察"，他希望救国救民的理想能被祖国人民理解，但因历史局限，发出了这样的慨叹。最后一句"我以我血荐轩辕"，是他对祖国和人民的庄严誓言，展现出他为了拯救祖国、为人民献身的坚定决心和革命英雄气概。

答客诮

无情未必真豪杰，怜子如何不丈夫？

知否兴风狂啸者，回眸时看小於菟。

这首诗创作于 1931 年，当时一批文人编造谣言，恶意咒骂鲁迅不满周岁的儿子周海婴，援引"父子无恩"的旧说，讽刺他对幼子的慈父之爱。有个叫杨村人的以"小记者"的笔名在报纸上造谣，说鲁迅"领到了南京中央党部的文学奖金，大开筵宴，祝孩子的周年"等。这首诗开篇"无情未必真豪杰，怜子如何不丈夫"，用哲理性的诗句，有力地回击了那些抽象地玩弄"有情""无情"的论客，严正指出以"无情"自夸的人并非英雄，用攻击别人"怜子"来显示自己"无情"的行为卑鄙可笑。在鲁迅看来，是否为英雄不在于是否怜子，而在于对敌人是否无情。诗句先用"未必"否定"无情"论者，又用"如何"诘问攻击"怜子"者，使其无言以对。后两句"知否兴风狂啸者，回眸时看小於菟"，以老虎虽猛却也怜爱小老虎的生动比喻，进一步扩展了"怜子如何不丈夫"的意思，给攻击者以嘲笑和挖苦，充分表现出他深爱下一代的思想内涵。

自　嘲

> 运交华盖欲何求，未敢翻身已碰头。
> 破帽遮颜过闹市，漏船载酒泛中流。
> 横眉冷对千夫指，俯首甘为孺子牛。
> 躲进小楼成一统，管他冬夏与春秋。

这首诗创作于 1932 年。首联"运交华盖欲何求，未敢翻身已碰头"，"运交华盖"表示生逢黑暗社会，交了坏运，"欲何求""未敢"以反语写出他对国民党统治的极端蔑视和憎恨，也凸显出他不畏强暴、勇往直前的革命精神。颔联"破帽遮颜过闹市，漏船载酒泛中流"，运用象征手法，通过"破帽"与"闹市"、"漏船"与"中流"的对立，展现形势的险恶，而"过"和"泛"字生动地表现出他临危不惧、激流勇进的战斗精神，充满诙谐乐观的情趣。颈联"横眉冷对千夫指，俯首甘为孺子牛"是全诗的核心，集中体现了他的无产阶级世界观，对敌人的强烈憎恨和对人民的深厚热爱，展现出他在敌人面前毫不妥协、为人民大众无私奉献的崇高品德。尾联"躲进小楼成一统，管他冬夏与春秋"，"躲进小楼"有暂时隐避之意，"躲"字蕴含着巧与敢，前一句风趣地描绘出战斗环境和斗争艺术，反映出他自信乐观的心境，后一句则表明他无所畏惧、坚持战斗到底的决心，同时也是对国民党统治者出卖民族利益罪行的辛辣讽刺。

无　题

万家墨面没蒿莱，敢有歌吟动地哀。
心事浩茫连广宇，于无声处听惊雷。

鲁迅写这首诗时，国民党发动的第五次反革命"围剿"已进行半年多，军事"围剿"和文化"围剿"使全国人民陷入水深火热之中。首句"万家墨面没蒿莱"，用悲愤的笔触描绘了中国人民的苦难生活，国民党的统治和日本的侵略导致无数城乡化为废墟，百姓流离失所。"敢有歌吟动地哀"，进一步写出人民在精神上的哀痛和怨愤，在当局的压迫下，他们只能把仇恨积压在心底。"心事浩茫连广宇"，从描绘社会现实转向直抒胸臆，体现

出他与人民心心相印、同革命息息相关的博大胸怀，也包含着他
对时局和革命形势的思考以及对革命前途的期待。结句"于无声
处听惊雷"，"无声"象征着表面的沉默，"惊雷"则象征着人
民革命的风暴和抗击日本侵略的怒吼，揭示了新的民族革命高潮
即将到来的局势，表达了他对时局发展的坚定信念。

无　题

> 惯于长夜过春时，挈妇将雏鬓有丝。
> 梦里依稀慈母泪，城头变幻大王旗。
> 忍看朋辈成新鬼，怒向刀丛觅小诗。
> 吟罢低眉无写处，月光如水照缁衣。

这首诗创作于 1931 年，当时白色恐怖笼罩，众多革命青年
惨遭杀害，鲁迅的处境也十分危险。首联"惯于长夜过春时，挈
妇将雏鬓有丝"，描绘了他在黑暗社会中艰难生活，拖家带口，
岁月催白了鬓发，体现出生活的困苦和压抑。颔联"梦里依稀慈
母泪，城头变幻大王旗"，"梦里依稀慈母泪"写出他对母亲的
牵挂和愧疚，"城头变幻大王旗"则形象地展现出军阀混战、政
权更迭频繁、社会动荡不安的状况。颈联"忍看朋辈成新鬼，怒
向刀丛觅小诗"，表达了他对被国民党反动派杀害的革命青年的
深切哀痛和对敌人的无比愤怒，即便在敌人的白色恐怖下，他依
然愤怒地以笔为武器进行战斗。尾联"吟罢低眉无写处，月光如
水照缁衣"，写出了即使写下表达悲愤的诗句，却无处发表的无
奈，在如水的月光下，穿着黑色衣服的他更显孤独与坚定，展现

出他在困境中坚强不屈的精神力量。

鲁迅诗歌的精神力量，首先体现在对现实的深刻批判上。他的批判并非简单的抱怨和指责，而是基于对国家命运和人民苦难的深切关怀，希望通过揭露黑暗，唤醒民众的觉醒，从而推动社会的变革。这种对现实的深刻批判精神，让读者在面对社会的种种问题时，能够保持清醒的头脑，不被表象所迷惑，勇于正视现实，积极寻求改变。

鲁迅诗歌还蕴含着坚定的理想信念和顽强的斗争精神。他用诗歌鼓舞着人们的斗志，让人们在困境中看到希望，坚定信念。无论是面对敌人的威胁，还是遭受社会的误解，鲁迅都未曾放弃对真理和正义的追求。他的诗歌成为激励人们勇往直前的精神旗帜，让人们在面对困难时，能够坚定信念，不屈不挠地与困难作斗争，为实现理想而不懈努力。

鲁迅诗歌中饱含的人文关怀精神，也具有强大的感染力。他关心底层人民的疾苦，对他们的悲惨遭遇寄予深切的同情。在《哀范君三章》中，他通过对友人范爱农悲惨命运的描写，深刻地反映了当时知识分子在黑暗社会中的艰难处境，以及普通民众所遭受的苦难。这种人文关怀精神，让读者感受到鲁迅对人的尊重和关爱，使人们在阅读他的诗歌时，能够产生强烈的情感共鸣，进而激发人们对社会弱势群体的关注和同情，培养人们的爱心和社会责任感。

鲁迅诗的精神力量是多方面的，它是对黑暗现实的批判，是对理想信念的坚守，是对斗争精神的弘扬，更是对人文关怀的彰显。在当今时代，虽然社会环境发生了巨大的变化，但鲁迅诗歌所蕴含的精神力量依然具有重要的价值和意义。它激励着我们在追求个人梦想的道路上，要保持清醒的头脑，坚定信念，勇于面对困难和挑战；它也提醒着我们要关注社会现实，关心他人的疾苦，积极为社会的进步和发展贡献自己的力量。

🌿 聂甘弩：开诗词一代新风

聂绀弩（1903—1986年），是中国现代作家、诗人、中国文学研究家。他的杂文师法鲁迅，是"鲁迅风"中的重要人物，被称为"当代杂文八大家"之首，在格律诗创作上独树一帜，为旧体诗反映新生活打开了一扇门。

《聂绀弩旧体诗全编》2005年4月1日由武汉出版社出版，收录了迄今为止并有资料印证的聂绀弩全部旧体诗词606首，分为"散宜生诗"和"《散宜生诗》集外诗（拾遗草）"两大部分，全面呈现了聂绀弩的旧体诗创作成就。在现代诗坛，聂甘弩的诗词宛如一颗独特的星辰，以其独树一帜的幽默风格照亮了读者的精神世界，让人在捧腹之余，又陷入深深的思考与感悟。

《周婆来探后回京》写于聂绀弩入狱后，描述了妻子周颖来探望他走后的感受。前两联"行李一肩强自挑，日光如水水如刀。请看天上九头鸟，化作田间三脚猫"通过描写妻子挑着行李、寒冷的日光，以及将自己比作"三脚猫"，展现出自己的狼狈和生活的艰难。后两联则表达了对未来相见的期盼和对妻子的心疼。

《東周婆》中诗人以幽默诙谐的语言，描绘了自己在北大荒劳动的场景，"龙江打水虎林樵，龙虎风云一担挑。"将打水砍柴说成是挑着"龙虎风云"，"邈矣双飞梁上燕，苍然一树雪中蕉。"又以"双飞梁上燕"感慨与妻子的分离，展现了乐观的心态和对生活的独特感悟。

《题林冲题壁图寄巴人》通过对林冲遭遇的描述，展现了林冲的无奈与悲壮。"男儿脸刻黄金印，一笑心轻白虎堂"写出林冲虽蒙冤受屈，却仍有豁达与无畏。尾联"天寒岁暮归何处，涌血成诗喷土墙"则以景衬情，强化了林冲的孤独与悲怆。

《地里烧开水》："搜来残雪和泥棒，碰到湿柴用口吹。风里敞锅冰未化，烟中老眼泪先垂。如何一炬阿房火，无预今朝冷灶吹。"描绘了在北大荒劳动时烧开水的场景，将艰难的劳动细节刻画得生动形象，以"阿房火"的想象对比现实的冷灶，幽默中饱含着生活的辛酸与无奈。

聂甘弩的幽默，首先体现在他对平凡事物的独特视角。在《搓草绳》中，"冷水浸盆捣杵歌，掌心膝上正翻搓。一双两好缠绵久，万转千回缱绻多。"将搓草绳这一再普通不过的劳作，用充满情趣的语言描绘，把草绳比作恋人，赋予其"缠绵""缱绻"的情感，读来忍俊不禁。这种幽默并非是为了博人一笑的肤浅打趣，而是源自他对生活细致入微的观察。他能从艰苦的劳作里发现乐趣，以轻松诙谐的笔触去书写，让读者明白，即使生活充满艰辛，也总有值得会心一笑的瞬间，提醒我们在平凡日子里要善于挖掘生活的美好，换个角度看待那些看似枯燥的日常。

他的幽默还巧妙地融入了对历史和现实的辛辣讽刺。在特殊的时代背景下，聂甘弩经历诸多坎坷，却用诗词作为武器，以幽默的方式针砭时弊。《挽雪峰》中，"天晴其奈君行早，人死何殊睡不醒。"表面上是在感慨友人的离世，实则是对当时社会环境的隐晦批判。他没有直白地宣泄愤怒，而是用这种看似调侃的语句，将内心的悲痛与对社会的不满以一种更为深刻的方式表达出来。这种幽默是一种智慧的抗争，在那个言论受限的时代，以含蓄的幽默避开锋芒，却又能精准地刺痛社会的沉疴，让我们看到在困境中，幽默也可以成为一种有力的反抗工具，以柔克刚，发人深省。

聂甘弩诗词的幽默背后，是深刻的人生感悟。他一生历经磨难，却始终保持着乐观豁达的心态，这种心态在他的诗词中体现得淋漓尽致。读他的诗词，能感受到一种超脱苦难的精神力量。在困境中，他没有自怨自艾，而是用幽默来化解痛苦，把生活的苦难当作创作的素材，转化为充满智慧的文字。这启示我们，面对生活的挫折，不应一味地抱怨，而要像他一样，用乐观积极的态度去应对，将苦难化作成长的养分。

从他的诗词中，还能体会到一种对人性的洞察。他以幽默为放大镜，展现出人性的复杂与多面。无论是对自身的调侃，还是对他人的描绘，都真实而生动。他的幽默不针对特定个体，而是指向普遍的人性弱点，让读者在发笑的同时，也会不自觉地审视自己，从而引发对人性的思考，促使我们在生活中不断反思自我，提升修养。

聂甘弩的诗词以幽默为外衣，包裹着深刻的思想与真挚的情感。他的幽默风格不仅为诗词创作开辟了新的路径，更给读者带来了无尽的感悟。在阅读他的作品时，我们既能收获欢笑，又能在欢笑中获得生活的启示，汲取精神的力量，学会以乐观、智慧的态度面对生活的种种挑战，在复杂的世界中保持一颗清醒而有趣的心。

🌿 文化大师对古典诗词情有独钟

诗歌素养已经形成中国文人的标配。文人会作诗是太寻常不过了。在近代诗坛，就有许多文人的古典诗词颇具名气，他们以独特的风格和深厚的情感，在诗坛留下了浓墨重彩的一笔。

国学大师王国维和他的《人间词话》

王国维（1877—1927 年），浙江海宁人，曾在北大、清华就职，他与梁启超、赵元任、陈寅恪被称为清华国学研究院"四大导师"。1927 年自沉于北京颐和园昆明湖。早年追求新学，受改良主义思想影响，融合中西哲学、美学思想。在教育、哲学、文学等多领域有精深造诣，著有《人间词话》《观堂集林》等，是新史学开山之人、中国近代享有国际声誉的国学大师。他在《人间词话》提出"境界说"对诗词理论诗词创作影响深远。他认为"词以境界为最上，有境界则自成高格，自有名句"。境界有"景与情"，主张写真景物、真感情。有造境与写境之分，前者偏于理想虚构，后者偏于写实，大诗人所造之境必合乎自然，所写之境亦必邻于理想。还有有我之境和无我之境，有我之境以我观物，物皆著我之色彩；无我之境以物观物，不知何者为我，何者为物。被广为人知的"人生三境界"，就是王国维提出的。他说，古今成大事、大学问者必经三重境界。第一重境界"昨夜西风凋碧树，独上高楼，望尽天涯路"，是说人在开始追求时的迷茫与对远方目标的向往。第二重境界"衣带渐宽终不悔，为伊消得人憔悴"，体现了在追求梦想过程中不畏艰难、执着努力的状态。第三重境界"众里寻他千百度，蓦然回首，那人却在，灯火阑珊处"，表示经过长期追寻，在不经意间获得成功的顿悟。这里可以赏析他的一首词。

蝶恋花·阅尽天涯离别苦

阅尽天涯离别苦，不道归来，零落花如许。花底相看无一语，绿窗春与天俱莫。　　待把相思灯下诉，一缕新欢，旧恨千千缕。最是人间留不住，朱颜辞镜花辞树。

上阕写久别归家，看到花已凋零，与爱人相对无言，春去天暮，烘托出一种凄凉落寞之感。下阕欲在灯下倾诉相思，却新欢少而旧恨多，最后以"最是人间留不住，朱颜辞镜花辞树"感慨时光易逝、美好难留，表达对人生无常的无奈与悲哀，情真意切，意境深远。

变法先锋梁启超和他的诗词

梁启超（1873—1929年），早年师从康有为，1895年参与公车上书，是戊戌变法核心成员。为著名政治家、思想家、教育家、史学家、文学家，新文化运动倡导者，作品有《中国近三百

年学术史》《中国历史研究法》《饮冰室合集》。这里通过他的
两首诗词，看看这位国学家的诗词功夫。

太平洋遇雨

一雨纵横亘二洲，浪淘天地入东流。
却余人物淘难尽，又挟风雷作远游。

首句写雨势横跨两大洲，气势磅礴，展现出广阔的空间感。
次句以浪淘天地，江水东流，暗示时光流逝、历史变迁。后两句
则由自然景象转向自身，说尽管人物在历史洪流中难以被淘尽，
自己又要挟着风雷去远方游历，体现了作者不畏艰难、积极进取
的精神和壮志豪情，表现出一种宏大的抱负与胸怀。

水调歌头·甲午

拍碎双玉斗，慷慨一何多。满腔都是血泪，无处着悲歌。
三百年来王气，满目山河依旧，人事竟如何？百户尚牛酒，四塞
已干戈。　　千金剑，万言策，两蹉跎。醉中呵壁自语，醒后一
滂沱。不恨年华去也，只恐少年心事，强半为销磨。愿替众生
病，稽首礼维摩。

上阕以拍碎玉斗的激烈动作，抒发满腔悲愤，山河依旧但
人事已非，百姓尚在庆祝而边疆已起干戈，形成鲜明对比。下阕
感慨自己的才华和抱负都被浪费，醉中自语，醒后悲叹，不恨年

华逝去，只怕少年时的理想被消磨，最后愿为众生之苦向佛法稽首，表达对现实的无奈和对众生的悲悯，展现了作者忧国忧民的情怀和壮志难酬的苦闷。

史学大家陈寅恪和他的两首七言律诗

陈寅恪（1890—1969年），江西义宁人，出身名门，是著名历史学家、古典文学研究家、语言学家。与叶企孙、潘光旦、梅贻琦被列为清华百年四大哲人，与吕思勉、陈垣、钱穆并称"前辈史学四大家"。

残　春

无端来此送残春，一角湖楼独怆神。
读史早知今日事，对花还忆去年人。
过江愍度饥难救，弃世君平俗更亲。
解识蛮山留我意，赤榴如火绿榕新。

首联写无端来此送别残春，在湖楼一角独自感伤，奠定了全诗的悲怆基调。颔联通过"读史"与"对花"，将历史与现实、今与昔联系起来，表达对世事变迁的感慨和对故人的思念。颈联借"过江愍度""弃世君平"的典故，抒发对社会现实的无奈与对世俗的疏离。尾联以景结情，蛮山的赤榴如火、绿榕清新，似乎在理解并挽留自己，在伤感中又透露出一丝对自然的慰藉与对生活的希望。

忆故居

渺渺钟声出远方，依依林影万鸦藏。

一生负气成今日，四海无人对夕阳。

破碎山河迎胜利，残余岁月送凄凉。

松门松菊何年梦，且认他乡作故乡。

这首七言律诗借景抒情，将个人的命运与国家的兴衰交织在一起，展现出深厚的历史感和沧桑感，充满了对时代变迁和个人身世的感慨。诗中用典精妙，情感深沉内敛，体现出他深厚的文化底蕴和独特的文人气质。

岭南名家黄节和他的两首诗

黄节（1873—1935年），原名晦闻，字玉昆，号纯熙，广东顺德人。他是中国近代著名诗人、学者、教育家。早年投身反清革命，后致力于学术研究与教育事业，曾任北京大学教授。黄节以诗名世，与梁鼎芬、罗瘿公、曾习经合称岭南近代四家，作品兼见唐诗文采与宋诗骨格，人称"唐面宋骨"。他的诗作题材广泛，既有对自然风景的描绘，也有对人生感慨的抒发。

《别西湖兼呈西溪长何庚生丈》："名地阅人谁是主，眼前风景足怀宽。初秋野菊城根晚，一雨湖菱桨尾寒。"用细腻的笔触勾勒出西湖的景致，借景抒情，传达出对自然与人生的思考。

《辛亥三月雨夜无聊观曼殊画因题一律于是与曼殊别已五阅星霜矣哲夫宝爱此册岂徒在画耶》："浮云终日随游子，南北东西各一天。供眼江山同脉脉，看人乌狗复年年。"通过对浮云、江山的描写，抒发了对时光流逝、人生漂泊的感慨。

翻译大家苏曼殊和他的绝句

苏曼殊（1884—1918 年），原名戬，字子谷，学名元瑛，法名博经，法号曼殊，笔名印禅、苏湜，广东香山人。他是近代作家、诗人、翻译家，精通多门外语，能诗擅画，翻译过雨果的《悲惨世界》（当时名《惨世界》）、《拜伦诗选》，中日混血的身份以及家庭的复杂关系，使他的成长经历充满坎坷，也造就了他敏感、矛盾的性格，具有强烈的民主思想和爱国意识，积极参与革命活动，一生身世坎坷，曾三次出家。苏曼殊以七绝擅长，诗风"清艳明秀"，别具一格。

《寄调筝人》："禅心一任蛾眉妒，佛说原来怨是亲。雨笠烟蓑归去也，与人无爱亦无嗔。"诗中尽显其对爱情的复杂态度，情意缠绵悱恻。

《东居杂诗》："流萤明灭夜悠悠，素女婵娟不耐秋。相逢莫问人间事，故国伤心只泪流。"这首诗借景抒情，将秋夜的寂寞与对国事的忧虑融合，虽情调悲观消沉，却饱含对多灾多难祖国的深情。

爱国志士柳亚子和他的一首《沁园春》

柳亚子（1887—1958 年），江苏吴江人，是中国近代著名诗人、政治活动家。他早年投身革命，是南社的重要发起者和组织者，以诗歌为武器，宣传民主革命思想。新中国成立后，担任中央人民政府委员等职务。柳亚子的诗风慷慨激昂，充满强烈的民族情感和革命精神。

沁园春·国庆

华夏神州，万里河山，换尽旧颜。

看风云世界，五湖四海，巨龙耸立，上下千年。

春夏秋冬，花香遍地，绿水青山不夜天。

临国庆，道青春风采，挺立中坚。

中华儿女豪言，创奇迹和平环宇篇。

有南方新省，北疆春色，放歌东海，西北高原。

千古英雄，太平盛世，锦绣前程满故园。

今朝起，领风骚千载，万众心间。

开篇"华夏神州，万里河山，换尽旧颜"，直接点明新中国成立后华夏大地的巨大变化。"看风云世界"四句，从时空角度，展现中国在世界舞台的地位和悠久历史，体现作者对祖国历史底蕴的自豪。"春夏秋冬"三句，从季节入手，描绘祖国四季繁花似锦、山水秀美的繁荣景象，"不夜天"突出热闹。"临国庆，道青春风采，挺立中坚"强调年轻一代风采与在国家建设中的中流砥柱作用，表达对国家未来的信心。

下阕"中华儿女豪言，创奇迹和平环宇篇"体现中华儿女豪情与为世界和平努力的抱负。"有南方新省"四句，列举南方、北疆、东海、西北的景象，展现祖国山河壮丽和各族人民团结奋斗。"千古英雄，太平盛世，锦绣前程满故园"将历史英雄与当今盛世联系，表达对英雄的敬仰和对未来的憧憬。结尾"今朝起，领风骚千载，万众心间"展望未来，表达中国将在世界引领风骚的信念，强调全国人民团结奋斗的决心。

文学大家郁达夫和他的一首《满江红》

郁达夫（1896—1945年），原名郁文，字达夫，浙江富阳人，是中国现代著名小说家、散文家、诗人。他早年留学日本，回国后积极参与新文学运动，与郭沫若等人创立创造社。抗日战争期间，积极投身抗日救亡运动，后在苏门答腊岛被日本宪兵杀害。郁达夫的诗词情感真挚，风格多样。"不是樽前爱惜身，伴狂难免假成真。曾因酒醉鞭名马，生怕情多累美人。劫数东南天作孽，鸡鸣风雨海扬尘。悲歌痛哭终何补，义士纷纷说帝秦。"《钓台题壁》借景抒情，抒发了对时局的无奈与愤懑。而一首《满江红》，则表达了对国家命运的关切。

满江红·三百年来

三百年来，我华夏威风久歇。有几个，如公成就，丰功传烈。拔剑光寒倭寇胆，拨云手指天心月。到于今，遗饼纪东征，民怀切。　　会稽耻，终须雪。楚三户，教秦灭。愿英灵，永保金瓯无缺。台畔班师酣醉石，亭边思子悲啼血。向长空，洒泪酹千杯，蓬莱阙。

开篇"三百年来，我华夏威风久歇"，以惋惜口吻回顾三百年间华夏由盛转衰，隐含对列强侵略和封建统治软弱的愤恨。"有几个，如公成就，丰功传烈"，以反问突出戚继光的卓越功绩。"拔剑光寒倭寇胆，拨云手指天心月"，形象地展现了戚继光令倭寇胆寒的英雄气概和拨云见日的军政才能。"到于今，遗饼纪东征，民怀切"，通过"继光饼"这一细节，说明戚继光的功绩被人民铭记，其精神激励着后人。

下阕，"会稽耻，终须雪。楚三户，教秦灭"，以越王勾践雪耻和"楚虽三户，亡秦必楚"的典故，表达了中国人民抗击日寇、雪洗国耻的坚定信念和不屈精神。"愿英灵，永保金瓯无缺"，祈愿戚继光的英灵保佑国土完整。"台畔班师酣醉石，亭边思子悲啼血"，描绘了戚继光班师庆功的场景和他因思子而悲啼的细节，展现了他的大将风度和骨肉亲情，赞颂了他以国家利益为重的高尚品德。"向长空，洒泪酹千杯，蓬莱阙"，作者以泪当酒，洒向长空，祭奠戚继光的英灵，表达了对英雄的崇敬之情。

文学大家钱钟书和他的格律诗

钱钟书（1910—1998 年），江苏无锡人，中国现代作家、文学研究家。他博闻强识，学贯中西，在文学创作和学术研究上都取得了卓越成就，其代表作《围城》被誉为中国现代文学史上的经典之作。钱钟书的格律诗以才学见长，幽默风趣，机智巧妙，在语言运用和意象营造上独具特色。

《将归》"蜉蝣身世桑田变，蝼蚁朝廷槐国全。闻道舆图新换稿，向人青只旧时天。"诗中巧妙运用典故，将对世事变迁的感慨、对家国命运的忧虑以幽默又深刻的方式表达出来，展现出他深厚的文学功底和对生活、社会的独特观察与思考。

《还乡杂诗》前两句"昏黄落日恋孤城，嘈杂啼鸦乱市声"，描绘了一幅黄昏时分的城镇景象，昏黄的落日仿佛眷恋着孤城，乌鸦的啼叫和集市的嘈杂声交织在一起，营造出一种既带有沧桑感又充满生活气息的氛围。后两句"乍别暂归情味似，一般如梦欠分明"是诗的精妙所在，将暂别和暂归的情感体验比作梦，那种似真似幻、难以言明的感觉被刻画得十分细腻。诗人通过这种独特的感受，表达了对故乡既熟悉又陌生的复杂情感，以及人生中聚散无常、世事如梦的感慨。

《牛津公园感秋》前两句"绿水疏林影静涵，秋容秀野似江南"，描写了牛津公园秋日的景色，绿水悠悠，疏林的影子静静地倒映在水中，秋天的田野景色秀丽，竟有几分江南的韵味，展现出一种宁静而秀美的画面。后两句"乡愁触拨干何事，忽向风前皱一潭"笔锋一转，由景生情，诗人心中的乡愁本已潜藏，却被这眼前的景色或秋风无端地触动，就像风突然吹过，使平静的潭水泛起涟漪。"皱"字用得极为巧妙，将无形的乡愁具象化，把内心的情感波动与外在的潭水涟漪相类比，生动地表现出乡愁的不由自主和难以抑制。

民国时期国学大家对格律诗青睐有加，背后有着深厚的文化、历史与个人因素。文化传承的使命。国学大家自幼接受传统教育，对中华文化怀有深切的热爱与责任感。格律诗作为传统文学的瑰宝，承载着千年的文化底蕴，从《诗经》的四言，到唐宋的律绝、律诗，它见证了中华文化的发展变迁。他们钟情于格律诗，是在守护文化的根脉，力求将这一传统文学形式传承下去，不让其在时代变革中失传。审美表达的契合。格律诗的形式之美，如平仄、押韵、对仗等规则，构建出和谐的音韵与整齐的结构，符合国学大家们对文学艺术的审美追求。以陈寅恪为例，他的诗作格律严谨、用典精妙，通过格律诗，他能将自己的情感与思想，以一种精致、含蓄的方式表达出来。这种独特的审美范式，是自由体新诗难以完全替代的。时代背景的映照。民国时期，社会动荡，国家面临内忧外患。在这样的时代背景下，格律诗的凝练与深沉，成为国学大家们抒发家国情怀、寄托忧思的有力工具。像王国维，其诗词中既有对时代变迁的感慨，也有对传统文化式微的忧虑，格律的严谨恰如其内心的坚守，在动荡中寻求一种秩序与永恒。社交与文化认同。民国时期，文人之间的唱和交流频繁，格律诗是他们社交的重要媒介。同好者们以诗会友，在格律的框架内切磋技艺、交流思想，形成独特的文化圈。这种基于格律诗的社交互动，不仅加深了彼此的情谊，更强化了他们对传统文化的认同感和归属感。

🌿 五四运动后的诗歌探索

五四运动，标志着近代中国文化复兴的开始，对诗歌发展提供了新的契机。知识分子们高举民主与科学的大旗，在文学领域发起了对旧传统的挑战，新诗应运而生。胡适的《尝试集》作为新诗的开山之作，率先打破了旧体诗词的格律束缚，以白话入诗，虽在艺术上稍显稚嫩，但如一声号角，唤醒了无数诗人投身于新诗的创作浪潮。

这一时期的新诗探索，是对自由表达的热切追寻。诗人们得以自由地抒发内心的情感，描绘眼中的世界。郭沫若的《女神》堪称新诗探索的一座丰碑。他以雄浑的笔触、磅礴的气势，将个性解放的呼声、对旧世界的批判与对未来的憧憬，尽情地倾泻在诗行之中。"我是一条天狗呀！我把月来吞了，我把日来吞了，我把一切的星球来吞了"，这般大胆的想象、狂放的表达，展现出强烈的时代精神，让新诗充满了蓬勃的生命力。

新诗探索也是对多元主题的深度挖掘。诗人们将目光投向社会的各个角落。田间的《假使我们不去打仗》，以简洁有力的语言，唤起民众的抗日斗志，"敌人用刺刀，杀死了我们，还要用手指着我们骨头说：'看，这是奴隶！'"直白的话语，如战鼓声声，激励着无数人投身抗战。艾青的《大堰河——我的保姆》，则饱含深情地描绘了一位普通劳动妇女的形象，抒发了对底层人民的深切同情与赞美，让诗歌成为反映社会现实、表达民生疾苦的有力武器。

在艺术形式上，新诗也在不断摸索前行。新月派提出"三美"主张，即音乐美、绘画美、建筑美，为新诗的形式规范提供了有益的尝试。徐志摩的《再别康桥》，节奏轻盈明快，韵律和谐优美。"轻轻的我走了，正如我轻轻的来；我轻轻的招手，作别西天的云彩。"宛如一首轻柔的小夜曲，在读者心间缓缓流淌。戴望舒的《雨巷》，则营造出一种朦胧而又凄美的意境。"撑着油纸伞，独自彷徨在悠长，悠长又寂寥的雨巷，我希望逢着一个丁香一样地结着愁怨的姑娘。"其独特的音乐性和象征手法，为新诗增添了别样的魅力。

从五四运动后一直到 20 世纪末的八十年间，几代人以创新的精神，为诗歌开辟出一条新路。他们用诗歌记录时代的脉搏，抒发民族的心声，为新诗的发展奠定了基础。这里举例赏析。

徐志摩：《再别康桥》

徐志摩（1897—1931 年），浙江海宁人，新月派代表诗人。曾留学英国，诗歌风格浪漫、飘逸。这首诗以细腻的笔触，描绘了对康桥的爱恋与不舍，将自然风光与个人情感完美融合，节奏明快，韵律和谐。

> 轻轻的我走了，
> 正如我轻轻的来；
> 我轻轻的招手，
> 作别西天的云彩。
>
> 那河畔的金柳，
> 是夕阳中的新娘；
> 波光里的艳影，
> 在我的心头荡漾。
>
> 软泥上的青荇，
> 油油的在水底招摇；
> 在康河的柔波里，
> 我甘心做一条水草！

那榆荫下的一潭，

不是清泉，是天上虹；

揉碎在浮藻间，

沉淀着彩虹似的梦。

寻梦？撑一支长篙，

向青草更青处漫溯；

满载一船星辉，

在星辉斑斓里放歌。

但我不能放歌，

悄悄是别离的笙箫；

夏虫也为我沉默，

沉默是今晚的康桥！

悄悄的我走了，

正如我悄悄的来；

我挥一挥衣袖，

不带走一片云彩。

这首诗以离别康桥为背景，表达了诗人对往昔生活的怀念、对眼前无可奈何的离愁以及对西方文明的向往和对自然美的追求。通过对康桥景色的描绘和自己内心感受的抒发，展现出对爱与美的追求及理想破灭后的哀伤。诗中描绘了康桥的多种景物，如"金柳""青荇""榆荫下的一潭"等，构成了清新、明丽又略带哀愁的意境，让读者仿佛置身于康河岸边，感受着诗人的情感起伏。诗人选取的意象都具有独特的象征意义。"康桥"象征着诗人的理想世界和精神家园；"金柳"是夕阳下的新娘，象征着美好与温柔；"青荇""水草"则暗示着自由、自在的生活。这些意象组合在一起，使诗歌充满了艺术感染力。诗歌节奏明快，韵律和谐。每节押韵，逐节换韵，韵脚和谐自然，读起来朗朗上口。同时，诗行长短错落有致，形成了一种灵动的音乐美。语言优美华丽，清新自然。如"轻轻的我走了，正如我轻轻的来；我轻轻的招手，作别西天的云彩"，"轻轻"一词多次使用，奠定了全诗轻柔、舒缓的基调，将诗人对康桥的爱恋，对往昔生活的怀念，对眼前无可奈何的离愁，表现得真挚、隽永。诗歌情感真挚细腻。既有对康桥美丽景色的赞美与留恋，如"在康河的柔波里，我甘心做一条水草"，表达了诗人对康桥自然之美的沉醉；又有与康桥离别时的惆怅与哀伤，"悄悄的我走了，正如我悄悄的来；我挥一挥衣袖，不带走一片云彩"尽显诗人的洒脱与无奈，在洒脱中更见深情，让人感受到诗人内心深处的那份眷恋与不舍。

戴望舒：《雨巷》

戴望舒（1905—1950 年），浙江杭州人，现代派象征主义诗人，因《雨巷》被称为"雨巷诗人"，诗歌多写个人情感，意象独特。在这首诗中，诗人营造出一种朦胧、凄美的氛围，借"丁香姑娘"表达了诗人在现实中的孤独、迷茫与对美好理想的追求。

撑着油纸伞，独自
彷徨在悠长，悠长
又寂寥的雨巷，
我希望逢着
一个丁香一样地
结着愁怨的姑娘。

她是有
丁香一样的颜色，
丁香一样的芬芳，
丁香一样的忧愁，
在雨中哀怨，
哀怨又彷徨；

她彷徨在这寂寥的雨巷，
撑着油纸伞
像我一样，
像我一样地
默默彳亍着，
冷漠，凄清，又惆怅。

她静默地走近
走近，又投出
太息一般的眼光，
她飘过

像梦一般的，
像梦一般的凄婉迷茫。

像梦中飘过
一枝丁香的，
我身旁飘过这女郎；
她静默地远了，远了，
到了颓圮的篱墙，
走尽这雨巷。

在雨的哀曲里，
消了她的颜色，
散了她的芬芳
消散了，甚至她的
太息般的眼光，
丁香般的惆怅。

撑着油纸伞，独自
彷徨在悠长，悠长
又寂寥的雨巷，
我希望飘过
一个丁香一样的
结着愁怨的姑娘。

作者运用象征手法，以"雨巷""丁香姑娘"等意象，营造出一种朦胧、凄婉、迷茫的氛围，含蓄地表达诗人在大革命失败后的失望、痛苦与对未来的渺茫希望。诗歌节奏舒缓，韵律和谐，具有独特的音乐美。

卞之琳：《断章》

卞之琳（1910—2000 年），"汉园三诗人"之一，江苏海门人。诗歌具有独特的哲理与意象，善于从平凡生活中捕捉诗意。

你站在桥上看风景，

看风景的人在楼上看你。

明月装饰了你的窗子，

你装饰了别人的梦。

短短四句，却蕴含着深刻的哲理，以简洁而生动的画面，阐释了世间万物相互依存、相互作用、相互影响的关系，体现了诗人对宇宙和人生的思考，具有一种含蓄、空灵的美感。

艾青：《我爱这土地》

艾青（1910—1996 年），浙江金华人，七月派代表诗人。诗歌充满强烈的爱国主义情感和对人民的同情，风格沉郁雄浑。诗人在《我爱这土地》中，通过对土地、河流等自然元素的描写，抒发了对祖国深深的眷恋和对侵略者的愤恨。

假如我是一只鸟，

我也应该用嘶哑的喉咙歌唱：

这被暴风雨所打击着的土地，

……

为什么我的眼里常含泪水？

因为我对这土地爱得深沉……

诗人以鸟自喻，用饱含深情的笔触，通过对土地、河流、风、黎明等意象的描写，抒发了对祖国深深的眷恋和对侵略者的无比愤恨，"为什么我的眼里常含泪水？因为我对这土地爱得深沉……"直抒胸臆，情感真挚强烈，极具感染力。

舒婷：《致橡树》

舒婷，1952 年生于福建厦门，朦胧诗派代表诗人。诗歌多关注女性情感与自我价值，具有强烈的女性意识。她的《致橡树》以独特的意象，否定了传统的依附式爱情观，表达了对平等、独立爱情的向往与追求。

我如果爱你——

绝不像攀援的凌霄花，

借你的高枝炫耀自己；

我如果爱你——

绝不学痴情的鸟儿，

为绿荫重复单调的歌曲；

也不止像泉源，

常年送来清凉的慰藉；

也不止像险峰，

增加你的高度，衬托你的威仪。

……

我们分担寒潮、风雷、霹雳；

我们共享雾霭、流岚、虹霓。

仿佛永远分离，

却又终身相依。

这才是伟大的爱情，

坚贞就在这里：

爱——

不仅爱你伟岸的身躯，

也爱你坚持的位置，

足下的土地。

作者以独特视角探讨爱情与独立人格，通过"橡树"和"木棉"的形象，否定了依附式、奉献式的爱情，倡导男女之间平等、独立、相互尊重、相互扶持的爱情观，充满了现代女性的自我意识和追求独立的精神。

顾城：《一代人》

顾城（1956—1993 年），北京人，朦胧诗派代表诗人。诗歌风格纯真、空灵，充满奇幻的想象，善于用简洁的语言表达深刻的情感。他的《一代人》短短两句，高度概括了一代人在特定历史时期的精神追求与对光明的渴望。

> 黑夜给了我黑色的眼睛，
> 我却用它寻找光明。

这首诗短小精悍，却具有强大的冲击力。"黑夜"与"黑色的眼睛"形成强烈的视觉反差，"寻找光明"则表现出一代人在黑暗中不屈不挠、追求光明的精神，反映了特定时代人们的精神状态和理想追求。

海子：《面朝大海，春暖花开》

海子（1964—1989年），安徽怀宁人。诗歌充满理想主义色彩，以独特的意象和真挚的情感，展现了对美好生活的向往。他在《面朝大海，春暖花开》里，描绘了一幅温暖、美好的生活画卷，表达了诗人对尘世幸福的渴望与祝福。

> 从明天起，做一个幸福的人
> 喂马，劈柴，周游世界
> 从明天起，关心粮食和蔬菜
> 我有一所房子，面朝大海，春暖花开
> ……
>
> 给每一条河每一座山取一个温暖的名字
> 陌生人，我也为你祝福
> 愿你有一个灿烂的前程

愿你有情人终成眷属
愿你在尘世获得幸福
我只愿面朝大海，春暖花开

诗歌描绘了一个充满诗意和温暖的世界，表达了诗人对简单、平静、幸福生活的向往与憧憬。然而，在这温暖背后，也能感受到诗人内心深处的孤独与无奈，形成一种复杂而独特的情感张力。

余光中：《乡愁》

余光中（1928—2017年），江苏南京人，后居台湾。诗歌多表达对故乡、祖国的思念之情，语言优美，意境深远。他的《乡愁》，以独特的意象，将抽象的乡愁具象化，抒发了对故乡和祖国深深的眷恋。

小时候，
乡愁是一枚小小的邮票，
我在这头，
母亲在那头。

……

后来啊，
乡愁是一方矮矮的坟墓，
我在外头，

母亲在里头。

而现在，
乡愁是一湾浅浅的海峡，
我在这头，
大陆在那头。

作者以时间为序，将"乡愁"分别比作"邮票""船票""坟墓""海峡"，把抽象的乡愁具象化，层次分明地抒发了诗人对故乡、对祖国的思念之情，情感真挚深沉，具有强烈的艺术感染力，也反映了两岸同胞对统一的期盼。

臧克家：《有的人》

臧克家（1905—2004 年），山东诸城人。诗歌多反映社会现实和人民疾苦，风格质朴、深沉。他的《有的人》，通过对两种人的对比，歌颂了鲁迅等为人民奉献的人，批判了反动统治者，富有哲理和教育意义。

有的人活着，
他已经死了；
有的人死了，
他还活着。

有的人
骑在人民头上："啊，我多伟大！"

有的人

俯下身子给人民当牛马。

……

骑在人民头上的

人民把他摔垮；

给人民作牛马的

人民永远记住他！

把名字刻入石头的

名字比尸首烂得更早；

只要春风吹到的地方

到处是青青的野草。

他活着别人就不能活的人，

他的下场可以看到；

他活着为了多数人更好地活的人，

群众把他抬举得很高，很高。

　　作者运用对比手法，将两种不同的人进行鲜明对照，歌颂
了那些为人民利益而奉献的人，批判了骑在人民头上作威作福的
人，表达了对生命价值的深刻思考，具有强烈的现实意义和教育
意义。

冯至：《我是一条小河》

冯至（1905—1993 年），河北涿州人，被鲁迅誉为"中国最杰出的抒情诗人"。诗歌风格清新自然，情感真挚。他的《我是一条小河》以小河为意象，委婉地表达了爱情的美好与无奈，充满浪漫主义色彩。

我是一条小河，
我无心由你的身边绕过——
你无心把你彩霞般的影儿，
投入了我软软的柔波。

……

我流过一座花丛，
柔波便粼粼地
把那些凄艳的花影儿，
编织成你的花冠。

最后我终于
流入无情的大海，
海上的风又厉，浪又狂，
吹折了花冠，击碎了裙裳！

我也随着海潮

漂漾到无边的地方；

你那彩霞般的影儿，

也和幻散了的彩霞一样！

作者采用以人拟物的手法，把"我"比作小河，以小河的流淌为线索，通过小河流过森林、花丛，最终流入大海的过程，委婉地表达了对恋人的一往情深以及爱情在现实面前的无奈与变化，情感细腻，富有诗意。

五四运动后新诗的精神价值，反映了"五四"时期追求自由、民主、科学的时代主题，如郭沫若的《女神》，以磅礴的气势展现了对旧世界的反叛和对新世界的渴望，激励着人们打破封建束缚，追求个性解放。注重民族精神的重塑，在国家内忧外患的背景下，新诗承载着民族复兴的期望，激发了民族自豪感和爱国热情，像艾青的《我爱这土地》，抒发了对祖国深深的眷恋和对侵略者的愤恨，凝聚了民族力量。体现平民意识的觉醒，关注普通民众的生活与疾苦，体现出平民化倾向，如刘半农的《相隔一层纸》，反映了贫富差距下底层人民的艰难，推动了社会对弱势群体的关注。探索创新的激励，在形式和内容上不断探索创新，勇于突破传统，这种精神鼓励着后来的创作者在文学及其他领域不断尝试，为文化发展注入活力。同时，新诗的探索，既吸收西方诗歌的精华，又传承中国古典诗歌的传统，促进了中外文化交流融合，有助于构建多元包容的文化氛围。

🌿 当代中华诗词的复兴之路

　　进入新时代，中华诗词复兴呈现出良好的发展态势。创作者群体扩大。从专业诗人、学者到普通诗词爱好者，从白发苍苍的老人到朝气蓬勃的青少年，越来越多的人参与到诗词创作中。众多诗词社团、网络诗词平台为创作者提供了交流和展示的空间，如中华诗词学会拥有大量会员，省市县也有众多诗词组织，还有诗词吾爱网等网络平台汇聚了海量创作者。创作者们继承格律诗传统，积极反映当代社会生活，对科技发展、城市建设、乡村振兴等方面的赞美，对社会问题的关注和思考，以及对个人情感、生活感悟的抒发，展现了新时代的风貌。风格与形式多样。在继承传统风格的基础上，出现了许多融合现代语言和表达方式的作品，使诗词更具时代感。同时，新韵、新体诗也不断探索发展，丰富了诗词的形式。在诗词传播方面，电视节目如《中国诗词大会》《经典咏流传》等，以新颖的形式、丰富的内容吸引了大量观众，让诗词走进了千家万户。网络媒体上，诗词相关的文章、视频、音频等内容广泛传播，抖音、微博等平台上的诗词话题热度不断。各地举办诗词朗诵会、诗词讲座、诗词大赛等活动，如中华诗词学会组织的"诗词中国""华夏诗词奖"大赛等，激发了民众对诗词的兴趣和参与度。诗词进校园扎实推进，诗词教育纳入中小学教育体系，教材中诗词比重增加，学校通过诗词社团、朗诵比赛、诗词创作等活动，培养了学生对诗词的热爱和素养。高校、科研机构对诗词的研究不断深入，从诗词的历史、文化、艺术价值到创作理论等方面都有大量的学术成果，相关的学术著作、论文不断涌现。在继承传统诗学理论的基础上，结合现代文学理论和时代需求，对诗词的创作、审美、评价等理论进行创新和完善，这些都有助于中国诗词走向复兴之路。

特别是一大批诗词名家活跃在当代中国诗坛，为中国诗词重铸辉煌做出了贡献。他们的精品力作，彰显了他们的诗词功底，受到大众的喜爱。这里，根据收集到的资料，只能辑录一小部分供学习研读。

叶嘉莹（1924—2024 年），号迦陵，中国古典文学研究领域的杰出代表。获得首届"中华诗词终身成就奖"，被评为"感动中国 2020 年度人物"等。叶嘉莹的诗，以其真挚的情感和深厚的文化底蕴展现了独特的艺术魅力。

《秋蝶》是叶嘉莹 15 岁时创作的作品。首句"几度惊飞欲起难"描绘出秋蝶在风中想要飞起却困难重重的状态，暗示着作者在人生道路上遭遇的挫折。"晚风翻怯舞衣单"，通过"晚风"和"舞衣单"，进一步渲染了秋蝶所处的艰难环境，也体现出作者内心的孤独与脆弱。"三秋一觉庄生梦"化用庄周梦蝶的典故，将秋蝶的命运与人生的虚幻联系起来，表达了对人生的思考。最后"满地新霜月乍寒"，以满地新霜和乍寒的月色为背景，营造出一种清冷、孤寂的氛围，强化了秋蝶的悲剧命运，也抒发了作者对未来的迷茫与惆怅。

首届"华夏诗词奖"一等奖作品：

水龙吟·秋日感怀

满林霜叶红时，殊乡又值秋光晚。征鸿过尽，暮烟沉处，凭高怀远。半世天涯，死生离别，蓬飘梗断。念燕都台峤，悲欢旧梦，韶华逝，如驰电。　　一水盈盈清浅。向人间、做成银汉。阋墙兄弟，难缝尺布，古今同叹。血裔千年，亲朋两地，忍教分散。待恩仇泯没，同心共举，把长桥建。

上阕描绘深秋景象，霜叶红、征鸿过、暮烟沉，营造出凄凉氛围，作者登高怀远，引发对半生漂泊、生死离别的感慨，"念燕都台峤，悲欢旧梦，韶华逝，如驰电"，回忆故乡与往昔，叹时光飞逝。下阕"一水盈盈清浅，向人间、做成银汉"，以银河喻分离，"阋墙兄弟，难缝尺布，古今同叹"，借兄弟失和的典故，表达对亲人、同胞分离的痛心，最后"待恩仇泯没，同心共举，把长桥建"，寄托了作者渴望消除隔阂、实现团聚的美好愿望，展现了作者心系家国、渴望和平统一的情怀。

周文彰，笔名弘陶，江苏宝应县人，哲学博士，现任中华诗词学会会长，曾任国家行政学院副院长、全国政协委员。

诗渡瓜州

遥凭京口忆临川，来去何难一水间。
古若桥横江浪上，焉得诗渡九州传。

诗人从凭京口而忆临川起笔，"来去何难一水间"化用王安石诗句，点明瓜州渡地理位置的重要和与对岸的距离之近。后两句通过假设古时有桥横于江浪之上，就不会有诗渡九州传的感慨，从反面衬托出瓜州渡在诗词文化传播等方面的独特意义，引发人们对历史文化的思考。

壶口瀑布

水雾升腾彩半空，蛟龙出海啸声隆。
一壶任泻东流远，吐纳天河乐不穷。

这是瀑声里的山河诗魂。在这首七言绝句中，我们仿佛能触摸到水雾的清凉，听见蛟龙的嘶吼，看到方寸之间展开的一幅吞吐日月的山河长卷。

"水雾升腾彩半空"，首句便以画家的笔触勾勒出壶口的梦幻之姿。瀑布飞溅的水珠在阳光中编织七彩霓虹，升腾的雾气似轻纱漫卷，将天地染成朦胧的水彩画。这里的"彩"字尤为精妙，既实写彩虹的瑰丽，又暗喻自然造化的神奇，让静态的水雾有了流动的韵律。紧接着"蛟龙出海啸声隆"，笔锋一转，从视觉盛宴跌入听觉的震撼。诗人以"蛟龙出海"的磅礴意象喻瀑布奔腾之势，那轰鸣的水声不再是单纯的自然声响，而是天地间蛰伏的巨龙苏醒时的怒吼，既有具象的画面感，又暗含民族精神的象征——黄河，这条孕育中华文明的母亲河，正以雷霆万钧之力诉说着岁月的沧桑与力量。

后两句"一壶任泻东流远，吐纳天河乐不穷"，将视野从眼前的奇观引向更广阔的时空维度。"一壶"既呼应题目，又暗合"黄河之水天上来"的诗意联想，仿佛整个壶口瀑布是大自然倾倒的玉壶，滔滔河水奔流向东，不知疲倦。末句"吐纳天河"境界骤升，瀑布不再是单一的地理景观，而是连接人间与苍穹的通道，它吸纳天上之水，又哺育人间万物，在"吐"与"纳"的循环中，展现出永恒的生命力。"乐不穷"三字，更是将自然的律动与诗人的心境合二为一，传递出对天地大美永不枯竭的赞叹。诗人用诗的滤镜，让我们重新看见壶口瀑布，那便是一个民族的精神图腾。

赵润田，河南台前人。现任中华诗词学会副会长、山东诗词学会会长，曾任山东省人民政府副省长、省政协副主席。

古　槐

枝虬叶茂驻街心，惯看南舒北卷云。

莫道浓荫寻丈窄，千秋晴雨佑行人。

作品首句描绘了古槐粗壮弯曲的枝干、繁茂的枝叶，以及它位于街心的独特位置，"惯看南舒北卷云"运用拟人的手法，赋予古槐以人的视角，仿佛它长久以来看惯了天空中云彩的变幻，展现出古槐的沧桑与沉稳。后两句"莫道浓荫寻丈窄，千秋晴雨佑行人"，是对古槐的赞美，不要嫌弃古槐的树荫不够宽广，它在千百年来无论是晴天还是雨天，都为行人提供着庇护，表现了古槐默默奉献的精神，蕴含着对岁月沉淀和生命延续的感慨，体现了作者宽广的胸襟和人文关怀。

山坡羊·土地感发

癸卯年春，参观山东省土发集团"百年党史·百年土地展览"。该展自土地形成始，回溯土改、联产承包，描绘壮丽规划，气势恢宏，壮志可嘉，感慨系之。

一

石崩涛怒，泥翻浆注，奔流亿载知天数。水沉浮，草荣枯。厚德可载尘间物，并蓄兼收成陇亩。山，也化土，林，也化土。

二

豺狼当路，冤屈难诉，俱由无地生悲怖。太阳出，鬼魔除。田连阡陌归耕户，寥廓山河咱作主。亡，也在土，存，也在土。

三

饥荒难度，农民先路，手印一按国重塑。改机枢，地昭苏。楼台遍耸穿云雾，浩荡车流开海曙。民，也靠土，国，也靠土。

四

高楼直竖，登高环顾，掌中海岱重排布。展宏图，美田庐。煌煌党史彰出处，百姓呼声牵肺腑。昔，也念土，今，也念土。

《山坡羊·土地感发》是一组别具一格的土地颂歌，以元曲"山坡羊"的形式，融合历史与现实，展现了土地的厚重与伟大，表达了对土地的深厚情感与深刻思考，是华夏中国一部土地史诗。其蕴含的思想性、艺术性独树一帜。

首先作者注重意象与意境的营造。以自然意象，展现土地演变，"石崩涛怒，泥翻浆注，奔流亿载知天数。水沉浮，草荣枯"，诗人通过"石崩""涛怒""泥翻浆注"等充满力量感的意象，描绘出土地在漫长岁月中经历的地质变迁，"水沉浮，草荣枯"展现出自然环境在土地上的更迭变化，营造出一种宏大、沧桑的意境，让读者感受到土地形成的漫长与艰辛。"山，也化土，林，也化土"进一步强化了土地在自然演变中的包容与最终归宿，体现土地历经沧桑、孕育万物的特性。

历史与社会意象，映射时代变迁，"豺狼当路，冤屈难诉，俱由无地生悲怖"，"豺狼"暗指黑暗势力，"无地生悲怖"描绘出旧时代农民因失去土地而遭受的苦难，营造出压抑、悲愤的氛围。"太阳出，鬼魔除。田连阡陌归耕户，寥廓山河咱作主"，"太阳"象征光明与希望，与"鬼魔除"形成鲜明对比，展现了新中国成立后土地改革给农民带来的新生，意境从黑暗走向光明，凸显土地对于农民命运和国家发展的关键意义。

作者注重情感的表达。表达了对土地的敬畏与感恩，四首散曲字里行间都渗透着对土地的敬畏。土地历经亿万年形成，承载万物，从自然的山、林到人类的生存发展，它是一切的根基。农民依靠土地度过饥荒，国家依靠土地发展，高楼大厦在土地上崛起，百姓的生活与土地紧密相连，表达了对土地无私奉献的感恩之情。

表达了对历史变迁的感慨。从土地形成的自然演变，到旧时代农民无地的悲惨，再到新中国成立后的土地改革、改革开放时期土地制度变革带来的发展，诗人通过土地这一视角，抒发了对历史沧桑巨变的深沉感慨，见证了国家和人民在土地上的奋斗历程。

作者注重对主题的深化。深化了对土地与生存发展的主题，四首散曲围绕土地，层层递进地阐述土地与人类生存、社会发展的紧密关系。土地不仅是自然万物的依托，更是农民生活的保障、国家发展的基础。无论是农业时代农民对土地的依赖，还是现代社会土地在城市化、工业化进程中的重要作用，都体现了土地作为生存根基和发展动力的核心主题。深化了对土地与党的历史使命的主题。通过参观"百年党史·百年土地展览"有感而发，将土地的历史与党的历史紧密相连。党领导下的土地改革、土地政策调整，使土地回到农民手中，推动了国家发展，体现了党为人民谋幸福、为民族谋复兴的使命，深化了土地在国家发展进程中的历史意义和时代价值。

《山坡羊·土地感发》（四首）以独特的视角、丰富的意象、真挚的情感，谱写了一曲深刻而动人的土地颂歌，展现了土地在自然、历史、社会发展中的重要地位，引发读者对土地、历史和人类发展的深入思考。

林峰，浙江龙游人。现任中华诗词学会常务副会长，曾获
"诗词中国"最具公众影响力诗人称号。

念奴娇·白帝城

瞿塘关口，看洪波千里，奔腾如练。百丈红崖相对起，疑是
不周崩断。龙举澄空，鹤来绝塞，水下生雷电。长风无恙，正吹
林霭轻展。　　兴废白帝城头，沧桑历尽，问鬼雄谁辨。蜀国仙
山佳气永，秋色似深还浅。知遇恩隆，孤怀未了，都共扁舟远。
少陵何处？一声惊掠天汉。

上阕先以"瞿塘关口，看洪波千里，奔腾如练"交代白帝
城的位置，凸显瞿塘峡的磅礴气势。"百丈红崖相对起，疑是不
周崩断"运用虚实结合，把瞿塘峡两岸的险峻岩壁比作不周山崩
断，富有神话色彩。"龙举澄空，鹤来绝塞，水下生雷电"进一
步渲染出白帝城周边景象的雄浑壮观。下阕"兴废白帝城头，沧
桑历尽，问鬼雄谁辨"由景及史，引发对历史兴亡和英雄的追
问。"蜀国仙山佳气永，秋色似深还浅"将自然景色与历史的厚
重感相融合。"知遇恩隆，孤怀未了，都共扁舟远"则可能是借
古人之事，抒发自己的某种情怀。最后"少陵何处？一声惊掠天
汉"以问句收束，余韵悠长，给人留下无尽的遐想空间。

钟振振，现任清华大学特聘教授，南京师范大学教授，博士生导师。中国韵文学会荣誉会长，全球汉诗总会常务副会长，中华诗词学会顾问。中央电视台"诗词大会"总学术顾问。

雁荡山大龙湫

一绳水曳素烟罗，百丈疑悬织女梭。

何必秋槎浮海去？攀援直上即天河。

首句"一绳水曳素烟罗"将大龙湫瀑布比作一条绳索曳着素色的烟罗，生动地描绘出瀑布细长、飘逸且如烟似雾的形态。"百丈疑悬织女梭"，把瀑布想象成织女悬在百丈高处的梭子，既写出了瀑布的高度，又赋予其神话般的浪漫色彩。后两句"何必秋槎浮海去？攀援直上即天河"，诗人奇思妙想，说不必乘坐木筏到海上寻找天河，沿着这大龙湫瀑布攀援而上就可以到达天河，进一步拓展了诗歌的意境，由眼前的瀑布联想到天河，充满了奇幻的想象，使整首诗富有浪漫主义色彩。

望海潮·海魂颂

纪念郑和七下西洋六百周年。郑和所驾宝船，造于南京龙江，工场遗迹犹存，今已辟为宝船遗址公园。海上丝绸之路，起点在此。

　　乾坤英气，炎黄俊裔，文明岂止农桑？东渡鉴真，北追徐福，舳舻千载相望。玉帛睦群邦。更郑和奉使，七下西洋。廿八年风，十万里浪，只寻常。　　今当。日月重光。看金镶浩瀚，银镀苍茫。雅典开罗，悉尼纽约，都成隔水邻庄。楼舶溯初航。问丝绸海上，路起何方？雄魄来归，宝船编阵发龙江！

　　开篇"乾坤英气，炎黄俊裔，文明岂止农桑"，大气磅礴，指出中华民族的英气和文明不仅仅体现在农桑方面，为下文写航海等壮举做铺垫。接着列举了鉴真东渡、徐福东渡等历史事件，展现了中国古代航海交流的悠久历史，"玉帛睦群邦"体现了和平友好的外交理念。"更郑和奉使，七下西洋。廿八年风，十万里浪，只寻常"，着重突出郑和下西洋这一伟大壮举，二十八年的风雨，十万里程的波浪，在航海者眼里实乃寻常事，这一句实则是对郑和船队勇气和毅力的高度赞扬。下阕"日月重光"寓意新时代的到来，"看金镶浩瀚，银镀苍茫"描绘出大海在阳光照耀下的壮丽景象。"楼舶溯初航。问丝绸海上，路起何方"，引发对海上丝绸之路起源的思考，最后"雄魄来归，宝船编阵发龙江"，这一句是说，归来吧，英雄们的魂灵！再次将宝船编队，从龙江启程，奔向海洋！仿佛看到了当年的宝船从龙江出发的壮观场面，充满了对历史的敬意和对未来的期许，整体气势恢宏，情感豪迈。

星汉，姓王，字浩之，山东东阿县人，新疆师范大学文学院教授，中华诗词学会发起人之一，"天山诗派"领军人物。

乾陵无字碑

生前掌下统山河，见识却输春梦婆。

何必只教无一字，立碑当日已嫌多。

这首诗以独特的视角对武则天的乾陵无字碑进行了解读和评说。首句"生前掌下统山河"，直接点明武则天曾经手握重权、统治天下的事实，展现了她的非凡政治地位和权力。第二句"见识却输春梦婆"，将武则天与春梦婆对比，认为她在某些方面的见识或许还不如平凡的春梦婆，这是一种大胆且新颖的观点，引发读者的思考。后两句"何必只教无一字，立碑当日已嫌多"，针对无字碑发表看法，认为既然已经有了立碑这个行为，其实就已经传达出了很多信息，有无字都显得多余了，从侧面反映了对武则天一生功过是非难以用文字简单概括的感慨，同时也体现了诗人对历史人物和历史现象的独特思考与深刻洞察，以简洁的语言表达了丰富的历史内涵和个人观点。

水龙吟·乙未秋登梅关

丹崖红叶残阳，孤筇送我临云表。回头峤外，放眸江右，都成画稿。捧出童心，收来旧事，远随飞鸟。任边疆迢递，霜丝疏荡，雄关在、情难了。　　碧宇秋风暗扫，纵高吟、空空无扰。

约陈元帅，呼苏学士，陪张阁老。评说诗词，推敲字句，此时嫌少。待天山归去，重支雪案，向前贤讨。

开篇"丹崖红叶残阳"描绘出绚烂的秋景，色彩浓烈，烘托全词氛围。"回头峤外，放眸江右，都成画稿"将江左壮美江山尽收眼底，自己也融入画卷。"捧出童心，收来旧事，远随飞鸟"由景及情，拓展时空。"任边疆迢递"一语双关，体现对梅关与天山同样的深情。下阕"碧宇秋风暗扫，纵高吟、空空无扰"从容不迫，"约陈元帅，呼苏学士，陪张阁老"尽显观史用事的独到眼光。"评说诗词，推敲字句，此时嫌少"体现诗人的使命感。结尾"待天山归去，重支雪案，向前贤讨"，以天山与梅关的联系收束，结构完整，情理皆通。

熊东遨，湖南宁乡人，当代著名诗词家与学者，曾获"诗词中国"最具影响力诗人称号。

南天湖梅花写意·其一

自向清波展瘦姿，露苞枝上吐香迟。
东风莫作多情顾，林下催妆只有诗。

诗中的梅花临水展瘦姿，香迟未放，拒绝东风的多情眷顾，只愿在诗的催促下绽放，尽显清冷孤傲之态，如遗世独立的佳人，韵味独特。

杨逸明，上海人，2024 被中华诗词学会评为中华诗教名师，曾获"诗词中国"最具影响力诗人称号。

题浔阳楼

九派烟云起，奔腾入小窗。

古今多少笔，到此蘸长江。

诗中"九派烟云起"描绘长江奔腾气势，"奔腾入小窗"以小容大，动静相宜。转结"古今多少笔，到此蘸长江"，以夸张手法写出古今文人墨客以长江之水为墨，为浔阳楼写下诸多篇章，提升了诗的内涵深度与广度。

高昌，中华诗词学会副会长，《中华诗词》杂志主编。

一剪梅·洪泽湖之恋

湖是长淮小酒窝。晴也如歌。雨也如歌。万千缱绻绕南柯。天也情多，地也情多。　　蛮触鸡虫一笑呵。醒也烟波，醉也烟波。高家堰上记曾过。云也婆娑，月也婆娑。

上阕以"湖是长淮小酒窝"巧妙起句，将洪泽湖比作长淮的小酒窝，生动形象且富有新意。"晴也如歌，雨也如歌"通过晴雨两种天气下湖的状态，展现出洪泽湖无论何时都充满诗意。"万千缱绻绕南柯"由实入虚，将对湖的情感化为绮梦，"天也情多，地也情多"进一步强化了这种情感，天地都饱含深情。下阕"蛮触鸡虫一笑呵"，以典入词，表现出一种豁达的心态，"醒也烟波，醉也烟波"写出诗人沉醉于洪泽湖的烟波美景中，难以自拔。"高家堰上记曾过"点明曾在高家堰的经历，"云也婆娑，月也婆娑"以景结情，营造出一种如梦似幻的氛围，让人回味无穷。

刘庆霖，黑龙江密山市人，中华诗词学会副会长、《中华诗词》杂志社社长。

过射阳中华后羿坛

羿弓不再有余音，远古云烟东海沉。
九个太阳皆转世，其中一个是吾心。

首句"羿弓不再有余音"，写后羿射日的弓已不再有声音，暗示古老的传说已远去。"远古云烟东海沉"，进一步营造出一种悠远、深沉的氛围，让远古的故事如烟雾般沉入东海。后两句"九个太阳皆转世，其中一个是吾心"，诗人突发奇想，说九个太阳都已转世，而自己的心就是其中一个太阳，以太阳自比，展现出诗人光明远大、普照乾坤的抱负与襟怀，思接千古，兼颂时下。

感事寄友人

与世无争寄海湖，何曾日夜斗赢输。
太阳从不批评黑，只把光明一路铺。

前两句"与世无争寄海湖，何曾日夜斗赢输"，表达一种超脱、豁达的人生态度，寄情于海湖之间，不参与世间的争斗输赢。后两句"太阳从不批评黑，只把光明一路铺"，以太阳为喻，太阳不会去批评黑夜的存在，只是一味地将光明洒向大地，蕴含着一种包容、奉献的精神，也是诗人对生活、对世界的一种深刻理解和积极态度，传递出一种正能量，希望人们像太阳一样，用光明和温暖去对待世界，而不是去指责和抱怨。

蒿峰，山东鱼台人，山东诗词学会常务副会长，齐鲁诗词名家。曾任山东省人民政府党组成员、秘书长。

迎　春

残雪细冰方化尽，烟含酥雨始临池。
沿河一抹鹅黄淡，料是春风已暗吹。

首句"残雪细冰方化尽"，描绘出冬去春来，残雪和细冰刚刚融化殆尽的景象，展现出季节交替时的微妙变化。"烟含酥雨始临池"，用"烟含"来形容雨，给人一种烟雨朦胧的美感，

"酥雨"让人联想到春雨的轻柔、滋润，雨点开始落入池中，富有动态感。后两句"沿河一抹鹅黄淡，料是春风已暗吹"，通过"一抹鹅黄淡"这一细腻的视觉描写，捕捉到了河边柳树刚刚吐出新芽的淡绿之色，"料是春风已暗吹"则点明是春风在暗中吹拂，让万物开始复苏，表现出诗人对春天细微变化的敏锐感知和对春天到来的欣喜之情。

春分前三日回棠园旧日值庐

二十年前故值台，海棠依旧应时开。
案留残砚听更漏，文拟华章费剪裁。
瘦马迟迟工部梦，孤舟隐隐子陵哀。
荣枯已寄浮云外，风过中庭人独徊。

首联"二十年前值守台，海棠依旧应时开"，诗人回到旧日值庐，看到海棠花依然像二十年前一样按时开放，以海棠的依旧盛开，衬托出时光的流逝和物是人非之感。颔联"案留残砚听更漏，文拟华章费剪裁"，通过"案留残砚""听更漏"等细节，描绘出曾经在此工作时的情景，"费剪裁"体现了创作时的精心构思。颈联"瘦马迟迟工部梦，孤舟隐隐子陵哀"，借杜甫（工部）和严子陵的典故，表达自己对人生理想的追求和内心的感慨。尾联"荣枯已寄浮云外，风过中庭人独徊"，诗人将世间的荣枯看作浮云，表现出一种超脱的心境，但"风过中庭人独徊"又表达了诗人无官一身轻的洒脱心绪，体现了在经历岁月沧桑后的一种心境。

宋彩霞，山东威海人，中华诗词学会常务理事，山东诗词学会副会长，齐鲁诗词名家，曾获"诗词中国"最具影响力诗人称号。

过龙江

云低天拍水，一望势滔滔。
莫怪清流细，能生白浪高。
波从桥外泻，韵向岸边淘。
我取龙江墨，燕山煮小毫。

诗人开篇"云低天拍水，一望势滔滔"，描绘出一幅宏大的景象，低低的云层仿佛与江水相接，天水相连，一眼望去，江水浩浩荡荡，奔腾不息。"低"与"拍"二字用得极为巧妙，形象地写出了云与水相接的画面，给人一种强烈的视觉冲击，同时也为整首诗营造出一种雄浑壮阔的氛围。"莫怪清流细，能生白浪高"，由眼前的江水景象引发了诗人的思考，蕴含着丰富的哲理。意思是不要小看那细细的清流，它们汇聚起来却能涌起高高的白浪，强调了积累的重要性，以自然之景传达出深刻的道理，正如荀子《劝学》中"积土成山，风雨兴焉；积水成渊，蛟龙生焉"所表达的，巧妙地借助物象来揭示哲理。"波从桥外泻，韵向岸边淘"，继续描写江水的动态，波浪从桥外奔涌倾泻，仿佛带着一种韵律向岸边淘洗而来。此句将景与情相融合，"韵"字的运用，让读者仿佛看到一位诗兴大发的诗人，面对如此壮观的江水，心中涌起无限的诗情，赋予了江水一种诗意的美感。"我取龙江墨，燕山煮小毫"，诗人的豪情在尾联达到顶点，诗人要取这龙江之水为墨，到燕山去煮笔，书写壮丽的诗篇，展现出诗人豪迈的气概和对创作的激情，避俗出新，大气浑然，使整首诗的意境得到了进一步的升华。

西江月·春分

　　树袅一痕含露，兰摇几蕾迎风。两三小雀叫春红，来践海棠幽梦。　　锦上添花容易，诗中韵味难工。高低但见百千丛，谁晓谁分谁种。

　　上阕通过细腻的笔触描绘春分时节的景象，"树袅一痕含露，兰摇几蕾迎风"，"袅""摇"二字将树木和兰花写得灵动鲜活，展现出春分清晨的清新与美丽。"两三小雀叫春红，来践海棠幽梦"，小鸟的欢叫与海棠的幽梦形成动静结合的画面，充满生机与活力，营造出一种春日的美好意境。下阕"锦上添花容易，诗中韵味难工"笔锋一转，由景入理，通过对比强调了艺术创作中"形易神难"的道理，体现了作者对诗词创作的深刻思考。"高低但见百千丛，谁晓谁分谁种"又回到对自然景象的描写，以百花盛开的景象，引发对自然之美神秘与伟大的思考，充满了哲思，体现了诗人对自然和生活的热爱。

布凤华，山东阳谷人，山东诗词学会副会长，中华诗词学会理事，齐鲁诗词名家，《历山诗苑》主编。

春访庆云金山寺

马颊河流映绣甍，隋杨云月鼓钟鸣。

蒲团有幸坐玄奘，呗叶忘年度众生。

一洗尘心三界外，再祈家国四夷平。

回看来路增颜色，春笑盈盈春水明。

此诗以清新笔触描绘了金山寺的自然风光与人文历史。首联写马颊河映照寺脊，隋时鼓钟齐鸣，展现环境美与历史厚重。颔联借玄奘表达修行荣幸与为众生祈福决心。颈联是内心独白，希望洗净尘心，祈愿家国和平。尾联以景结情，回望来路美好，春景充满生机，呼应内心喜悦。

闻中沙伊联合声明在京签署

智略高超恃雅怀，荆丛怒马勒悬崖。

欲栽沙漠连枝树，先扫胸襟深岁霾。

月缺当能秉明烛，镜圆不惜费芒鞋。

都门一握春风里，看取弟兄琴瑟谐。

首联以"荆丛怒马勒悬崖"的险峻意象，暗喻沙伊长期对峙的危机，而"恃雅怀"点明中国外交的从容气度，虚实相映奠定基调。颔联通过"栽树"与"扫霾"的因果对仗，揭示破局关键。颈联借"秉烛补月""芒鞋觅镜"的典故，强调和解需持久努力（虚中见实），彰显破冰决心。尾联以春风琴瑟作结，化政治成果为兄弟情谊的生动画面，举重若轻收束全篇。诗人巧妙激活古典意象，赋予其当代外交内涵，意象构成"危机—破局—耕耘—和谐"的隐喻链条，使抽象外交事件获得诗性承载。此诗以古典形式注解现代外交，实现了三重超越，政治话语的诗意转化，历史时空的文化叠印，人类共情的艺术唤醒，这种创作实践，恰是中华文化"温柔敦厚"诗教传统在当代大国外交中的创造性延续。

包德珍，中华诗词学会理事，海南省诗词学会副会长。

月下红城湖路灯

> 银光闪灼衬高楼，一步光阴一步酬。
> 客店窗纱揉月色，街风木叶动歌喉。
> 廊前云杪清方澈，苑内丹墀晚更幽。
> 虽是难堪逐炎意，心中明了破闲愁。

首联"银光闪灼衬高楼，一步光阴一步酬"，开篇点题，实写路灯银光衬高楼，虚写光阴与报酬，虚实结合。颔联"揉""动"二字生动，将客店窗纱、街风木叶写得灵动，画面具艺术美感。颈联营造朦胧美意境，继续写与路灯相关之景。尾联"虽是难堪逐炎意，心中明了破闲愁"为情语，表达对路灯趋炎附势的看法，又因路灯照亮夜晚而释怀，尽显包容情怀。

灌木树

叶如玉佩也珊珊，误到红尘耐岁寒。
风月之前窥画阁，色香而内护芝兰。
逢时剪去争春样，适处披成清世冠。
如此无花堪一绝，焉能开与俗人看。

这是一首咏物诗。首句"叶如玉佩也珊珊"颂其芳姿，"误到红尘耐岁寒"怜其遭遇。"风月之前窥画阁"写其无奈渴望，"色香而内护芝兰""逢时剪去争春样，适处披成清世冠"则叹其为人装点、任人摆布。尾联"如此无花堪一绝，焉能开与俗人看"，既表达对灌木树的同情，也是对弱者的欣赏、支持与鼓励，格律严谨，境界高尚。

刘能英，湖北新洲人，《诗刊》2014 年度青年诗词奖获得者。

九日还乡

梦中乡路奔，村外邻翁遇。
宝马戛然停，逸尘刹不住。
寒暄雁又归，感慨年将暮。
有女客京城，何时能一聚。

此诗有《古诗十九首》的风格。全诗以梦为背景展开，开篇写在梦中奔行于回乡之路，遇到村外的邻翁，"宝马戛然停，逸尘刹不住"以生动的细节描写，增强了画面感，仿佛能看到车停时扬起的尘土。"寒暄雁又归，感慨年将暮"借与邻翁的寒暄，由归雁联想到岁月流逝，年事将暮，流露出淡淡的沧桑感。最后"有女客京城，何时能一聚"，从与邻翁的对话自然过渡到对自身的感慨，含蓄地表达了漂泊在外的游子对故乡的思念和对团聚的渴望，是梦是现实，真假难辨，给人一种迷离恍惚的美感。

闲　暇

最爱双休正午时，书窗坐享日华滋。
新茶沏出轻黄色，小楷抄完太白诗。

这首诗围绕"闲"字展开。首句"最爱双休正午时"直接点明时间和心境，表现出对双休日正午时光的喜爱，因为这是属于自己的闲暇时刻。"书窗坐享日华滋"描绘了诗人坐在窗前，享受着阳光滋润的惬意场景，营造出一种宁静、舒适的氛围。后两句"新茶沏出轻黄色，小楷抄完太白诗"对仗工整，"新茶"对"小楷"，"轻黄色"对"太白诗"，信手拈来却又十分工整稳贴，通过描写沏茶和抄写李白诗歌这两个具体的行为，将闲暇时光的悠然自得展现得淋漓尽致，在平常的生活场景中体现出了诗人高雅的情趣和对生活的热爱。

王聪颖，辽宁阜新人，中华诗词学会乡村诗词工作委员会副主任，中华诗词学会进修班导师。

海棠山夜坐

晚来忽觉果然秋，暑气弥天一刻收。

树老何妨幽谷立，风凉早被半山偷。

片霞坠岭犹堪拾，孤月垂帘正待钩。

莫笑今宵衣短褐，人前不必换轻裘。

诗人通过对海棠山秋夜景色的描绘，展现出秋夜的独特氛围。首联点明时间是晚上，秋天的到来让暑气瞬间消散，给人一种秋意骤至的感觉。颔联"树老何妨幽谷立，风凉早被半山偷"是诗中的精彩之笔，既写出了老树在幽谷中的傲然姿态，又以灵动的笔触描绘出风在山间的动态，"偷"字用得极为巧妙，使诗句充满了趣味性和画面感。颈联"片霞坠岭犹堪拾，孤月垂帘正待钩"将晚霞与孤月的景象刻画得如诗如画，充满浪漫与遐想。尾联"莫笑今宵衣短褐，人前不必换轻裘"则由景及人，表达了一种豁达的心境，不必在意他人眼光，自己舒适自在就好，使整首诗的意境得到了升华。

观海棠山摩崖造像

林深正好借浓阴，每把残花落满襟。

莫道此身顽似石，剖开一片是慈心。

首句"林深正好借浓阴",描绘出海棠山摩崖造像所处的环境,幽深的树林提供了浓密的树荫,营造出一种静谧、清幽的氛围,为摩崖造像增添了几分神秘的色彩。次句"每把残花落满襟",通过描写落花飘落在衣襟上的情景,以景衬情,落花暗示着时光的流逝和生命的无常,同时也给人一种淡淡的忧伤之感。后两句"莫道此身顽似石,剖开一片是慈心"是全诗的主旨所在,由前面的写景转而抒情、言理。表面上看,摩崖造像的石头是坚硬、顽固的,但诗人却透过石头看到了它内在的"慈心",这里的"慈心"既可以理解为摩崖造像所蕴含的慈悲为怀的佛教精神,也可以引申为一种对世间万物的仁爱、宽容之心,表达了诗人对摩崖造像所承载的文化内涵和精神价值的深刻理解与感悟。

姚泉名 第九届华夏诗词奖一等奖作品:

菩萨蛮·瞻芷江受降堂

隼鹰怒发长云阔。碧血春秋事。剑影刀光,腥风血雨,多少英雄泪。 山河破碎心犹壮,浩气冲牛斗。今日重游,抚今追昔,感慨盈怀袖。

上阕以"隼鹰怒发长云阔"起笔,描绘出一种雄浑壮阔的画面,以景衬情,为下文叙事抒情做铺垫。"碧血春秋事"直接点明主题,引出对历史事件的回忆,"剑影刀光,腥风血雨"具体描绘了战争的残酷与激烈,"多少英雄泪"则抒发了对在战争中牺牲的英雄们的惋惜与敬佩之情。下阕"山河破碎心犹壮，浩气冲牛斗"表达了即使山河破碎，人们的壮志与浩气依然冲天，展现了不屈的民族精神。"今日重游，抚今追昔，感慨盈怀袖"，作者回到此地，将历史与现实交织，心中充满了对过去的感慨和对现在的珍惜，使读者也能深刻感受到历史的厚重与沧桑。

当今格律诗的文学价值在于它对历史反思与文化传承。如王翼奇在《钱塘江大桥怀古》中写道"潮声犹带六朝哀，铁马金戈入梦来。谁信一桥分两浙，千秋功过费疑猜"，以钱塘江大桥为切入点，借古喻今，通过潮声、铁马等意象引发对历史变迁的反思，表现出对历史的尊重和对文化传承的思考，体现了诗人以史为鉴的精神。当今格律诗的文学价值在于情感表达与人文关怀，如刘梦芙的《秋夜寄远》："梧桐叶落月如霜，独对寒灯夜未央。万里关山鸿雁绝，一生心事玉壶藏。"以秋夜为背景，借梧桐叶、寒灯等意象营造孤寂氛围，表达了对远方之人的思念，展现了细腻的情感和人文关怀。

当今格律诗的美学价值也令人向往。它特别注重韵律和谐之美，如周笃文的《登黄鹤楼》："楚天极目气吞云，千古江山一望新。黄鹤不归楼自在，长江无语浪空陈。"四联皆押平水韵"真"部，声调铿锵，读起来朗朗上口，通过严谨的韵律展现了格律诗独特的音乐美，增强了诗歌的艺术感染力。当今格律诗注重意境营造之妙，如熊东遨的《山居春日》："溪云初起日沉阁，山雨欲来风满楼。野老门前瓜蔓绿，稚童笑指竹篱秋。"前两句化用名句，后两句描绘田园日常，通过自然景象的描写，营造出恬淡而充满生机的意境，让读者仿佛置身于山居之中，感受到大自然的美好。当今格律诗也特别注重语言凝练之巧，如刘梦芙《咏史》中的"千古兴亡一局棋，英雄儿女各成痴"，用"一局棋""各成痴"几个字就高度概括了历史的无常与人性的执着，语言简洁而富有表现力，体现了格律诗以少胜多、凝练含蓄的艺术价值。

结　语

AI 时代诗歌的生命力

从远古一路穿越到 AI 时代，诗言志诗言情的历史传统和真情实感，永远是诗歌的精神内核和本质追求。在科技飞速发展的当下，AI 作诗成为热议话题。"深度求索"（DeepSeek）能快速生成格律工整、辞藻华丽的诗作，乍看之下，颇具诗的模样。但仔细品味，就会发现这些诗不过是没有生命张力的塑料花，徒有其表，缺乏精神内核。它虽能精准遵循格律，巧妙组合词句，却无法真正理解情感的真诚。它没有经历过生活的酸甜苦辣，没有为思念而辗转反侧，没有因理想实现而欢呼雀跃，又怎能写出触动人心的诗句？在如今这个快节奏的时代，人们被海量信息包围，更需要情感的慰藉与共鸣。诗歌的真情实感显得尤为珍贵。

我们不能否认 AI 在某些领域的优势，在诗歌创作上，AI 只能起到工具性的作用，这对诗词工作，包括诗词比赛、诗词评论、诗词鉴赏、诗词编辑都提出了严峻的挑战。

在当今文化多元共生的时代，现代诗词创作也有一些值得关注的问题。过度尊崇古代格律诗词的范式，力求复刻古人的韵味与风格，忽略了时代的变迁，放到古人诗集里分辨不出。比如，在描写现代生活时，仍沿用"更漏""寒鸦""暮霭""炊烟"等古典意象，未能将高楼大厦、车水马龙、电灯电话等现代元素巧妙融入。像某名家在一首描绘城市夜景的诗中，虽格律严谨，却满篇皆是"画楼""宫阙"等古典词汇，使整首诗与现代生活的真实场景格格不入。这种创作方式，使得诗词无法反映当下社会的风貌与人们的精神状态，难以触动当代读者的心灵，限制了现代格律诗在新时代的发展。把创作视为纯粹个人雅好的表达，过于注重自我情感的抒发与个人审美情趣的展现，而未充分考虑大众的审美水平与接受能力。有的作品常运用复杂的哲学隐喻与生僻的意象，语言晦涩难懂，读者往往难以解读其中深意，导致作品传播范围有限，无法在更广泛的受众中引发共鸣，使得现代格律诗逐渐远离大众视野。把诗词创作当作自娱自乐的消遣，作品内容局限于个人生活的琐碎与情感的细微波动，对社会现实问题缺乏关注。虽在语言和格律上有一定造诣，但主题缺乏深度与广度，未能对时代的重大议题、社会的矛盾冲突以及人民的生活困境进行深刻反映，使得诗词失去了应有的社会责任感与时代使命感。

现代诗词创作，应坚持人民性、时代性、艺术性的方向。深入人民群众的生活，反映他们的喜怒哀乐。例如叶嘉莹先生的部分作品，她以细腻的笔触描绘普通人在时代变迁中的情感起伏。在一些诗词中，她回忆自己在艰苦岁月中的经历，以及对家乡、亲人的思念，这种情感真挚且具有普遍性，能让广大读者感同身受。她的创作从人民的生活出发，用诗词传达人民的心声，使得作品具有深厚的群众基础，这正是坚持人民性的生动体现。

坚持时代特色，展现时代精神。诗词应紧跟时代步伐，展现时代特色。像洛夫先生的一些作品，在保留格律韵味的同时，大胆融入现代元素。他在描写现代科技对人类生活的影响时，巧妙运用"电波""网络"等现代意象，展现出科技时代人们的生活状态与精神世界。其作品不仅体现了对传统格律的坚守，更展现了现代社会的新风貌，让读者感受到时代的脉搏，具有鲜明的时代性。

把握艺术水准，提升审美价值。现代格律诗创作要注重语言的锤炼、意境的营造以及格律的精妙运用。以最后举例的当代诗词作品为例，他们的作品语言优美典雅，格律严谨和谐，意境深远。在创作中，他们善于运用巧妙的修辞手法与独特的意象组合，营造出富有感染力的艺术氛围，使读者获得了极高的审美享受，提升了现代格律诗的艺术水准。

坚持在传承守正中不断创新。现代格律诗创作要坚守传统格律诗词的精髓，深入学习古代诗词的格律规则、韵律之美以及文化内涵。例如，在格律运用上，严格遵循平仄、对仗、押韵等规则，确保诗词的韵律和谐。同时，继承传统诗词中丰富的意象与表现手法，如"梅花"象征高洁，"柳树"代表离别等，这些经典意象承载着深厚的文化底蕴，在现代格律诗中合理运用，能增添作品的文化内涵与艺术感染力。要勇于创新。一方面，在语言表达上，要结合现代口语与书面语，使诗词更贴近当代人的表达习惯。另一方面，在题材和意象的选择上，要大胆引入现代元

结语

369

素，如航天科技、人工智能等，展现现代社会的新事物、新现象。此外，在表现手法上，可借鉴现代文学的创作技巧，如意识流、象征主义等，为现代格律诗注入新的活力，使其在传承传统的同时，符合当代人的审美需求。

最后，关于 AI 诗词创作工具论的观点，笔者求助于 DeepSeek 进行了问答。DeepSeek 坦率地认为，DeepSeek 在格律诗词创作上的工具性定位及其局限性，从技术能力、创作本质以及人文价值等多维度综合分析，永远替代不了人类。

AI 生成的诗词虽然形式上符合格律要求，但缺乏真实的情感体验和个性化意境。例如，匹兹堡大学的实验显示，AI 诗歌更倾向于"直接明了"的语言风格，而人类创作中复杂的情感层次（如隐忍、矛盾或文化隐喻）常被读者误判为"不连贯"，实际上这些正是人类情感深度的体现。

AI 依赖数据训练，其创作本质是对既有诗歌模式的模仿与重组。例如，清华大学"薇薇"作诗机器人的作品虽能通过"图灵测试"，但 31% 的误判率表明其仍停留在对现有风格的复刻阶段，无法像人类诗人那样融合个人经历、历史背景进行独创性表达。而人类诗人的创作往往包含对文化符号的深度解构（如"恨竹生云翠欲流"中的意象创新），这是 AI 难以企及的。

AI 在诗句衔接和主题一致性上存在缺陷。例如，机器诗《秋夕湖上》中"一夜秋凉雨湿衣"与后文"西窗独坐对夕晖"存在时间矛盾，而人类创作更注重整体意境的逻辑自洽。此外，AI 对生僻字或非常用搭配（如"细雨濛"）的使用常显生硬，缺乏语言的自然流动感。

艺术的核心在于"独一无二的创造性"，而 AI 作品即使形式上完美，仍被批评虽有美感却无生命力。例如，微软"小冰"的诗集《阳光失了玻璃窗》中，诗句"你双颊上的道理"被指为臆造，缺乏真实情感根基。相比之下，人类创作的经典诗词往往承载个体生命体验，成为文化传承的载体。

AI 的核心优势在于辅助创作，例如快速生成符合格律的初稿、提供词汇组合灵感，或帮助非专业用户体验诗词创作。其低成本、高效率的特点使其在普及诗词文化、降低创作门槛方面具有显著价值。

AI 的"创作"本质是算法驱动的数据加工，而非基于意识与情感的主动表达。例如，人类诗人可以通过黄山雅集的亲身经历创作《金缕曲》，将自然景观与人文情怀融合，而 AI 仅能模拟文字表象，无法注入对"文化传承"或"人生信仰"的思考。因此，AI 是工具，而创作主体始终是人类。

AI 技术可通过强化对文化语境的学习（如结合历史文献训练）提升语义合理性，但其局限性的突破需依赖对人类情感机制的更深层模拟。当前，AI 在格律诗词领域的最佳定位是"辅助者"——帮助人类突破创作惯性，而非替代创作者。正如搜狗 AI 研究员所言，AI 在"封闭环境下的标准化任务"中表现出色，但涉及创造力与认知深度的领域仍需人类主导。

AI 在格律诗词创作中展现了强大的工具属性，但其无法取代人类在情感深度、文化独创性及艺术价值评判中的核心地位。未来，人机协作的创作模式或将成为主流，而人类作为创作主体的角色不可动摇。借助于 AI，人类或许能够把当代诗词创作推向又一个诗歌繁荣的辉煌时代！

后　记

　　在中国五千年诗歌的汪洋大海里畅游，真是人生一大快事，让我们感受到了诗歌独有的魅力，她启迪智慧、慰藉情感，赋予克服困难的力量，激发想象，涵养家国情怀，源源不断地为我们提供生命的精神滋养。在快节奏的现代生活中，当我们捧起一本诗集，在诗歌王国里漫步，心灵会得到净化与升华。我珍惜遇见诗词的缘分。从2019年冬至到2025年的立夏，五年多的时间，我把大部分的业余时间都献给了诗歌，甘苦自知。但把自己想做的事情做了，做成了，也颇感欣慰。

　　在此，我要特别感谢中国书法家协会主席孙晓云女士题写书名；感谢我的老领导和同事们的鼓励和支持，感谢中华诗词学会和山东诗词学会的领导、同事和钟振振教授、星汉教授、杨逸明先生、熊东遨先生以及其他当代诗家同意在书中引用演绎他们的作品；感谢优创数据大卫主席、韩国安全农业朴钟灿会长、壳牌亚太首席执行官林瑞光、意大利歌剧演唱家张建力、神州高铁总裁李浩、域潇董事长吴涛、南郊无线专网总经理于传伟等国内外

373

朋友小聚时对华夏诗歌的探讨以及对本书出版的关注。

需要特别说明的是，这本书内容涉及的时间跨度太大，需要查阅收集的资料太多，自己遇见诗歌的能力、眼界有限，在写作过程中，对材料、诗歌作品的运用、取舍和演绎，皆按我个人的主观理解进行，就像一个漫步海滩的旅者，他只是捡起了他心目中最美的珍珠和贝壳而沾沾自喜、津津乐道、爱不释手，其中偏颇在所难免。如果看到此书的中外读者朋友和有缘人，能从中受到启发和感染，或者从此喜欢上了诗词，那我更感到欣慰了。也请读者朋友对书中不足之处赐教指正，欢迎在"今日头条"的"诗家茶座"留言交流。

作者于 2025 年 5 月 16 日